Quelques mots sur la traductrice

Julia est la traductrice de *Taken to Voraxia* et la fondatrice de FIT Found In Translation.

Née en région parisienne, elle est amoureuse des livres et des belles histoires depuis son plus jeune âge. Elle décide d'en faire son métier et elle étudie la littérature française avant de devenir enseignante.

Passionnée par les voyages, Julia lit aussi bien en français qu'en anglais et se plaît à noircir des carnets dans lesquels elle conte ses évasions.

En 2019, elle quitte la France pour partir enseigner à l'étranger. C'est lors de son séjour sur le continent américain qu'elle se met à traduire quelques nouvelles et qu'elle décide d'entrer en contact avec des autrices talentueuses.

De retour en France, elle propose ses services à Elizabeth Stephens et se lance dans de nouvelles aventures !

Pour toute demande de traduction, veuillez contacter FIT Translation à l'adresse blackwomanreading2@gmail.com.

Table des matières

Glossaire

Asgid *(ass - gidd)*
Espèce endémique de Lemora ; caractérisée par une peau d'ébène, deux bras et deux jambes. Ils sont souvent de petite taille.

Centare *(cent - are - ray)*
Centare signifie « non » en langage Meero, la langue des Niahhorrus et la langue communément utilisée pour le commerce dans les différents quadrants.

Egama *(egg - ahm - a)*
Guerriers ressemblant à des géants, reconnaissables à leur peau vert olive et à leur immense et unique œil.

Eshmiri *(esh - mi - ree)*
Pirates de l'espace (plus grand peuple de pirates après les pirates de Kor) connus pour leurs corps trapus, leur langue semblable à des éclats de rire et leurs fosses de combat situées sur l'astéroïde Evernor.

Hypha *(high - fa)*
Deuxième espèce endémique comptant le plus de membres de Lemora. Les hyphas présentent une peau orange, de grands yeux noirs et quatre nageoires sur les côtés du visage.

Kor *(kohr)*
Ville de commerce et d'échanges gouvernée par les Niahhorus, considérés comme des pirates de l'espace. Leur chef n'est autre que Rhorkanterannu, un pirate

redoutable. Cette ville est située dans la zone grise entre les quadrants 4 et 5.

Lemora (*Lehm - oh - rah*)
Planète du deuxième quadrant ; caractérisée par un terrain rocheux et vallonné recouvert de mousses aux couleurs variées. Les Lemorans ont un accès limité aux technologies avancées et sont gouvernée par cinq chefs de clan. Les cristaux de kintarr, de grande valeur, constituent l'exporation principale de la planète.

Lemoran (*Lehm - oh - ran*)
Espèce principale (la mieux représentée) de Lemora. Elle est connue pour sa morphologie rocheuse et ses cornes massives gris foncé.

Nob (*nohb*)
« Non » en lemoran.

Ohr (*or*)
Mot grossier employé couramment.

Ontte (*aunt-tay*)
Ontte signifie « oui » en langage Meero, la langue des Niahhorrus et la langue communément utilisée pour le commerce dans les différents quadrants.

Oosa (*Ooh - sah*)
Espèce du Quadrant 8 gouvernée par Reoran. Les Oosas se caractérisent par leurs grandes silhouettes semblables à des blocs de gélatine bleue qui s'illuminent de l'intérieur lorsqu'ils parlent ou expriment des émotions. Ils sont extrêmement difficiles à tuer.

Va'Raku *(va – rah – kooh)*
Gouverneur de la planète voraxiane Nobu.

Rekkaru *(rek - ka - rou)*
Espèce endémique de Lemora. Les Rekkarus ont un petit corps, deux bras et deux jambes, avec de grandes ailes en forme de chauve-souris qui leur permettent de voler.

Shrov *(shrohv)*
Juron en langage Meero.

Yeffa *(yeff - ah)*
« Oui » en lemoran.

Ce livre t'est dédié, Papa.
Tu m'as appris que je pouvais construire et créer ce que
je voulais.
Même d'autres univers.

(Voilà ! Tu peux t'arrêter là, papa. N'en lis pas plus !)

1

Raingar

– Je déteste ça.

– Yeffa. Nous le savons, dit Merquin sans me regarder par–dessus le dossier de son siège.

Tana et Reyna sont concentrées sur les commandes qu'elles espèrent passer. Bebette, à ma droite, fronce le nez et, faisant mine d'être horrifiée, puis s'approche d'un pas pour me donner une légère tape sur l'épaule avant de la serrer brusquement.

Je la repousse avec colère.

– Arrête ça !

Elle se contente de sourire.

Tana est trop occupée à regarder par la vitre pour intervenir. Cela fait plus d'une demi–rotation qu'elle a décidé de ne plus se soucier de mes complaintes; alors je dirige ma colère sur Reyna.

– Je ne sais pas pourquoi c'est moi qui ai été choisi pour représenter notre peuple.

– C'est parce que tu es chef de clan, fait–elle sèchement remarquer.

– Il y a d'autres chefs de clan, je rétorque.

Reyna pousse un long soupir.

– Yeffa, bien vu, Raingar. C'est pourquoi nous sommes *tous* ici.

Mon visage se réchauffe. Je me déplace, mal à l'aise sous la tunique traditionnelle Lemorane que j'ai mise pour l'occasion. Elle est faite de soie brute de catacat, mais j'ai l'impression de porter du fil barbelé. Je tire rageusement sur le col afin de l'étirer pour qu'il s'ouvre. C'est ma petite révolte du jour.

– Nob !

Je tape du pied droit et agite mon poing droit vers tous les membres présents, vers l'extérieur translucide en cristal de Kintarr de notre vaisseau, vers les étoiles au-delà et surtout vers la planète monstrueusement dorée qui se rapproche de plus en plus. C'est à cause d'*elle* que je me sens aussi mal.

– Vous, vous avez tous *choisi* d'être ici. Vous auriez pu envoyer quelqu'un d'autre de mon clan. Vous auriez pu envoyer Gorman ! Il aurait très bien pu représenter mon clan. Moi, je ne peux pas parler en leurs noms.

– Tiens, c'est drôle ça, gazouille Bebette avec sa voix vive et pétillante. Corrige-moi si je me trompe, mais jusqu'à preuve du contraire, c'est toi qui es monté sur le vaisseau.

J'ouvre la bouche pour contredire Bebette, mais je ne trouve rien qui puisse contrecarrer sa logique insouciante. Je dois parler au nom de tous les membres de mon peuple. J'ai été élu. Et c'est pourquoi je suis ici sur ce foutu vaisseau et pas Gorman.

– Argh !

Nous sommes près du quai et je commence à faire les cent pas. Je me tortille, toujours mal à l'aise. Ma tunique ne me va pas bien. Elle est trop serrée, j'ai chaud, mon épiderme est irrité. La peau autour de la base de mes cornes me démange et je la frotte pensivement. Merquin doit avoir remarqué mon geste, car lorsque je détourne mon regard de la hideuse planète dorée, je la surprends en train de me regarder attentivement pour la première fois depuis que nous avons quitté Lemora et que j'ai commencé à me plaindre.

– Tes cornes te gênent–elles ?

Ses sourcils sont rapprochés au–dessus de ses larges narines.

Comme tous les Lemorans, son apparence est marquée par ses cornes, qui commencent au–dessus de ses oreilles et descendent vers ses joues, avant de s'incurver magistralement vers le haut et de se terminer à une bonne longueur de pied Lemoran au–dessus de sa tête en pics dangereusement pointus. Elle a de grandes mains et des doigts en forme de blocs. Elle n'a pas de cheveux et sa peau rugueuse est texturée sur toute sa surface. Ses épaules massives se dressent en crêtes dures comme si elle était faite de pierres.

Avec une peau qui va du brun clair au brun plus foncé, elle ressemble vraiment à une pierre. Nous ressemblons tous à des pierres. Quant à sa taille... Eh bien, elle la rapproche encore plus de l'apparence du rocher. Elle est bâtie comme une montagne. Je suis un mâle – le seul mâle parmi les chefs de clan – donc je lui ressemble, mais en plus grand, en plus dur, et sans les seins. Mes cornes sont aussi plus courbées et bien sûr.... euh... je suis plus chargé entre les jambes. Autant dire que je sors du lot ! En outre, comme je suis un mâle, toutes les autres pitoyables espèces qui mettent leurs femelles à l'écart, veulent me parler ! Je déteste ça !

– Ne t'inquiète pas pour mes cornes. Je ne descends pas du vaisseau. Tu sais que toutes ces espèces stupides qui n'ont que des mâles pour dirigeants vont venir me parler. Ils se fichent que je sois le plus jeune chef de clan. Je n'irai pas. Je ne veux pas leur parler. J'ai déjà conclu la plupart des affaires pressantes dont j'avais la charge grâce aux écrans holo. C'est à ça que sert cette technologie, après tout, à négocier des accords avec des idiots à distance.

– C'est utile pour *la plupart* des accords, soit, déclare Tana, la voix riche d'une emphase malicieuse que je n'aime pas.

Ça ne me dit rien qui vaille.

– C'est utile pour *pratiquement* tous les accords. Si j'avais su que je serais tout de même obligé de venir à ces réunions, je ne vous aurais jamais laissé installer ces écrans holo dans mon donjon. Vous savez à quel point je déteste ces objets. Je déteste le fait que les visages des dignitaires viennent envahir mes espaces privés et mon donjon. Pourquoi n'a-t-on pas gardé les vieilles boîtes ? Celles à travers lesquelles on ne pouvait échanger que des messages audio ?

– Il vaut mieux ne pas négocier avec des créatures qui peuvent nous voir, dit Tana.

– Elles ont tendance à avoir peur de nous…

Le regard de Bebette se dirige vers mes cornes et elle me tire la langue comme si elle venait de faire une blague. Maudite femelle !

– Je ne suis pas là pour négocier ! je m'écrie, mais Reyna couvre le son de ma voix.

– Tu sais, si tu n'avais pas obtenu ces écrans holo des Voraxians, tu aurais dû faire *toutes* tes négociations d'ici.

Cette pensée m'horrifie. Merquin souffle en riant. Bebette rit. Je secoue la tête et bafouille :

– Ça ne me plaît pas. Ça ne me plaît *pas du tout* !

Reyna et Tana poussent un long soupir en même temps. Merquin fixe à nouveau mes cornes tandis que Reyna guide le vaisseau dans l'énorme hangar doré, aux côtés de centaines d'autres vaisseaux construits à partir de matériaux différents que je peux nommer et d'autres que je ne reconnais pas.

Il y a des vaisseaux à peine plus grands que des nacelles d'insectes et d'autres aussi grands que des montagnes. Un vaisseau élégant attire mon attention à travers le hangar. Son extérieur noir est mouvant, il bouge comme s'il avait son propre esprit. Il me donne la chair de poule. Je sais qu'il appartient à des pirates, ce qui me surprend. Ils n'ont pas l'habitude de participer à ce genre de choses.

– Est–ce que tu crois… je commence.

Le regard de Merquin est si intense que j'en oublie ce que j'allais demander.

– Quoi ? je m'exclame alors que le vaisseau passe entre une monstruosité rose et dorée et un autre petit vaisseau bleu vif.

Ces deux vaisseaux appartiennent probablement à l'un des princes ou princesses du premier quadrant, quadrant auquel appartient la planète sur laquelle nous venons d'arriver. Il y a dans ce coin du cosmos *un nombre incalculable de princes et de princesses. Et je les déteste tous.*

Merquin continue à me fixer tandis que, derrière elle, Tana abandonne le pont. L'atmosphère légèrement plus oxygénée de notre vaisseau se répand dans le monde rempli d'or et de princesses sur lequel nous venons d'atterrir. Je déteste l'or. Je déteste la noblesse ! Je déteste voyager ! Grrr !

– Tu es sûr que tu te sens bien ? demande–t–elle en penchant légèrement la tête.

Ses deux yeux sont fixés sur mes cornes.

Je réalise que je suis en train de caresser inconsciemment la base de ma corne droite. *D'ordinaire, je ne touche jamais mes cornes. Qu'est-ce qui m'arrive ?* Je laisse tomber ma main et croise mes bras sur mon torse. La profondeur de ma poitrine rend la tâche difficile, mais je lutte contre la tension dans mes épaules et je réplique d'une voix forte :

– Mes cornes vont bien ! Et je ne descendrai pas du vaisseau.

Les autres cheffes de clan lèvent les yeux au ciel et descendent du pont pour accéder au hangar luxueux de ce monde doré. Maintenant seul, je jette un coup d'œil aux clans qui sortent de leurs vaisseaux en souriant et en gloussant. Je les déteste. Ils se promènent sur les plateformes circulaires pour atteindre les différentes entrées du château d'or qui relient directement ce dôme en plein air aux nombreux couloirs qui mènent au palais du roi. C'est assez marrant, vu que le dernier roi est mort il y a des rotations. Aujourd'hui, il n'y a que des princesses et des princes. Des tas de princesses et de princes.

Mes mains trapues se crispent contre mes côtes. Je les ai repliées sous mes bras, comme pour les empêcher d'atteindre les commandes. Je me demande quel niveau de douleur et de souffrance je subirais si je devais réquisitionner le vaisseau et retourner sur Lemora sans les autres cheffes de clan. Je pense qu'on me ferait vivre *un enfer. Nob, pas un enfer, des enfers…*

Je les suis en soufflant le long de la rampe, en serrant le poing et en criant :

– Ok, je viens. Mais je ne vais pas dans le château !

Dans le château, debout au bord de la salle de bal, je contemple les couleurs horriblement vives et les centaines de rois, reines et chefs rassemblés.

– Argh ! Je ne vais pas dans la salle de bal par contre !

Une fois dans la salle de bal, je recule, je m'éloigne de plus en plus de la foule qui s'est rassemblée, jusqu'à ce que je me heurte à des cornes : celles de Reyna. Elle me pousse à avancer.

– Nous savons tous pourquoi nous sommes ici, je siffle. Mais ces créatures ont encore envie de presser leurs immondes visages les uns contre les autres et de prétendre qu'ils se soucient des réponses aux questions qu'ils posent. Pff ! « *Oh, comment se portent les cultures du Quadrant huit ?* » je minaude en imitant un prince du Quadrant 1. « *Oh, très bien ? C'est charmant.* » Non ! Ce n'est pas le cas. Ils ne savent donc pas que l'agriculture est impossible dans le Quadrant 8 ? Les Oosas ne mangent que des aliments synthétiques !

Pendant que je parle, une délégation Walrey du Quadrant Cinq vole assez près pour interrompre ma diatribe – ils sont assez près pour que je puisse me voir reflété dans les énormes orbes violets que sont leurs yeux.

– Kintarr à vendre ?

C'est ce que nous entendons à travers les traducteurs qu'*ils* portent. Nous ne portons pas de traducteurs, mais nous parlons le Meero, la langue du commerce universelle, et c'est ce qui émane de leurs boîtes de traduction bidirectionnelles.

– Nob ! je crie en Lemoran, avant de répéter en Meero pour faire bonne mesure, Centare !

Bebette pouffe de rire. Reyna me pousse dans le dos. Tana baisse la tête pour la couvrir avec sa main. Merquin me contourne et aborde le contingent Walrey avec la diplomatie qui me fait défaut.

– Nous avons du kintarr à vendre. Nous le vendons à trente mille crédits par sac, trois millions de crédits par tonne, ou contre des ressources et marchandises de valeur équivalente. Nous sommes intéressés par les fils de soie Walreys...

– Et le miel Walrey, je lâche. Il a des propriétés curatives que mon clan utilise à des fins médicinales et récréatives. Sa popularité ne fait qu'augmenter sur les marchés.

– Naturels ou traités ? répondent–ils. Les fils de soie traités sont plus chers.

– Naturels. Nous les traitons nous–mêmes avec nos propres produits, même si nous aimerions acheter certaines des vos teintures, en particulier les teintes ambrées et jaunes. Nous ne pouvons pas fabriquer des teintes aussi claires.

– Nous voulons aussi du miel Walrey, je murmure à nouveau.

Ma présence ici m'irrite. Cette négociation m'irrite. Et bien sûr, on ne répond pas à ma demande, ça m'irrite !

La Walrey positionnée à l'avant émet un bourdonnement. Les ailes transparentes sur son dos battent trop vite pour que je puisse les voir. Ses fines pattes avant se frottent l'une contre l'autre devant sa gueule crochue et il hoche la tête.

– Nous ne pourrons vous donner que de l'ambre et de l'or. Le jaune n'est pas de saison.

– D'accord. Mais nous attendons au moins une tonne de soie et deux tonnes de teinture pour chaque sac de kintarr.

Les Walreys prennent un moment pour se concerter. Comme leurs chefs se détournent pour faire face aux autres, je siffle :

– Ces petits Walreys du ciel auraient-ils oublié le miel ?

Merquin me fait signe de la main derrière son dos pour que les Walreys ne puissent pas la voir. Je grogne d'une voix plus grave, mais plus forte :

– Walrey. Ciel. Miel.

– Combien ? chuchote Tana penchée vers mon oreille.

– Six sacs. J'échangerai un sac de miel contre un sac de kintarr.

Elle lève ses deux sourcils saillants et glabres, visiblement surprise. Le Kintarr est l'une des marchandises les plus précieuses des quadrants connus, rien ne l'égale. Échanger un sac de Kintarr contre un sac de miel comme s'ils avaient la même valeur semble insensé. Moi, je ne négocie pas. Les autres sont ici pour ça, mais pas moi. Alors je paie ce que je peux me permettre de payer pour ce que je pense être la valeur d'un objet.

J'acquiesce, puis je dis :

– Le miel est très important pour mon clan.

– On dirait bien.

Sa surprise disparaît et elle me fait un signe de tête. Assuré que ma demande sera acceptée et que la commande sera passée par Tana, j'en profite pour sortir du cercle des chefs de clans lemorans pour me diriger vers la sortie la plus proche. J'ai besoin d'air. Je ne sais pas comment je vais survivre à une autre demi-lune de négociations. C'est exactement le temps qu'il me faudrait pour quitter cette planète sans arbustes et sans arbres. Il ne me manquerait plus qu'un autre solaire pour être de retour sur le rocher couvert de mousse que j'appelle ma maison.

L'entrée de la salle de bal est scellée par un rideau. Je me glisse derrière pour entrer dans un foyer presque entièrement fait d'helos – une pierre blanche et noire brillante – avec des lustres qui tombent des plafonds en forme de stalactites. On dirait qu'ils les ont faits en... Argh !

– Ces satanées lumières sont faites en kintarr ! Probablement celui tiré de ma propre mine ! Ohr ! C'est une source d'énergie rare, pas de la déco !

Je suis encore en train de crier vers le plafond quand une voix joyeuse retentit dans la pièce.

– Raingar !

Je grimace. J'ai été repéré. Argh !

Je grogne et regarde de côté, par–dessus le bord de ma corne, le pirate Niahhorru qui s'avance rapidement vers moi. En voyant ma propre corne dans ma vision périphérique, je réalise que j'en touche à nouveau la base. Qu'est–ce que...

Je ne m'explique pas cet *inconfort*. La peau à cet endroit est tendue depuis que nous sommes entrés en orbite. Je me demande si c'est dû au stress lié à ma présence dans cet horrible endroit. Yeffa, ça doit être ça... Tout ce que je sais, c'est que je n'aime pas ça.

– Raingar, comment vas–tu ?

Je remarque qu'il porte le traditionnel pantalon de cuir gris tantu que les pirates Niahhorrus portent toujours – un signe clair qu'il rompt avec les formalités et le dress code de ces négociations insensées – et je me souviens qu'il est l'un des rares êtres ici que j'apprécie.

Ou plutôt, que je tolère.

Enfin... que je peux supporter.

Moi, je suis piégé dans cette tunique faite d'une soie provenant d'un insecte qui vit dans les profondeurs de la terre du Quadran 4. Un ver qui n'a pas d'yeux et qui a trois culs par lesquels il excrète ladite soie.

– Tu as l'air plus heureux que jamais, dit–il en écartant ses quatre bras d'argent et en me souriant avec ses dents brillantes.

Je grogne et montre les dents mais il ne cesse pas de sourire, alors mes épaules s'affaissent, vaincues.

– Qu'est–ce que tu veux ?

Il ne répond pas tout de suite, mais les énormes orbes argentés de ses yeux se déplacent de gauche à droite. Il se met à bégayer lorsqu'il aperçoit un capitaine Oroshi qui passe avec son garde – *une femelle*. L'Oroshi repère aussi Tevbarannos, et lui fait un signe subtil d'un tentacule en passant. On ne me regarderait pas comme ça moi, pas même une créature qui n'est que tentacules vert–gris et rien d'autre. Herannathon, un autre pirate que j'admire, m'a dit un jour que c'était parce que je ne souriais pas et que je regardais tout le monde comme si j'étais à deux doigts de commettre un meurtre brutal et sanglant. Mais moi je sais ce qu'il en est.

C'est parce que je ressemble à un rocher.

Je sais aussi que nous, les Lemorans, nous sommes la meilleure espèce de ces huit quadrants. Nous sommes les seuls êtres dignes et travailleurs. Nous nous conduisons toujours avec honneur, un honneur tissé dans notre peau extérieure rocheuse, et mêlé au sang rose qui coule dans nos veines. Nous ne sommes pas comme ces pirates sans honneur avec leurs quatre bras et leurs sourires éclatants, ou encore comme ces crétins du premier quadrant avec leurs mille princes et leur milliard de princesses, et encore moins comme les Oroshis, qui sont, eh bien, entièrement mous.

– Qu'est–ce que tu fais ici ? La dernière fois que j'ai vu Rhorkanterannu, il m'a dit qu'il préférait participer à une orgie avec des Oosas que de revenir dans le Quadrant 1.

– Mieux vaut une orgie Oosa qu'une orgie Oroshi, fait remarquer Tevbarannos.

Il frissonne et continue à observer l'Oroshi jusqu'à ce qu'elle disparaisse dans les escaliers et ne soit plus visible.

J'essaie de m'imaginer ce à quoi ressemblerait un accouplement avec une Oroshi et je suis moi aussi immédiatement parcouru d'un long frisson devant cette image.

– Je suppose que tu as raison, dis–je.

Tevbarannos rit. Ohr, les pirates rient toujours avec une facilité déconcertante…

– En fait, je cherche quelqu'un, ajoute–t–il.

Comme il n'en dit pas plus, je lève les yeux au ciel.

– Bonne chance !

Je fais mine de partir mais il poursuit en criant :

– Tu n'as pas vu des Egamas par ici, n'est–ce pas ?

– Bien sûr que si ! Ce sont des géants, ils sont plus grands que moi. Difficile de ne pas les voir.

Je lui fais signe de s'en aller et me dirige vers les escaliers, mais il se précipite à ma suite et me donne une sacrée frayeur en me saisissant le biceps pour m'entraîner vers la gauche.

– Qu'est–ce que tu fais ?

Je reste enraciné là où je suis et le regarde en fronçant les sourcils.

Il penche la tête et me lance un regard suppliant, mais comme je ne bouge toujours pas, je lis de la frustration dans ses yeux. Il croise ses bras inférieurs sur sa poitrine, puis ses bras supérieurs par-dessus ceux-ci.

– Qu'est-ce que tu peux être têtu… Herannathon m'avait prévenu à ce sujet.

Je suis curieux de savoir où se trouve Herannathon, mais les mots ne dépassent pas la barrière formée par mes dents. Mes cornes sont à nouveau douloureuses, un peu plus que tout à l'heure. Je grogne et commence à m'éloigner. Je monte les escaliers où je peux voir les Oosas se rouler par terre – ce sont des êtres bleus à l'aspect gélatineux et je déteste discuter avec eux. Ils veulent toujours faire l'amour entre eux au beau milieu d'une conversation ! Lorsque je réalise qu'ils bloquent presque tout le palier au-dessus de moi, mes épaules s'affaissent encore plus.

Soudain, Tevbarannos apparaît à mes côtés et demande poliment aux Oosas de s'écarter de son chemin. Il capte mon regard lorsqu'il libère un passage et me fait avancer – non pas vers le divan sur lequel s'étalent les guerriers du Quadrant Cinq en train de jouer au mok-biz avec quelques délégués Hyphas – des créatures orange vif qui marchent sur deux pieds, ont deux mains, sont remarquables par l'ensemble des nageoires qui sortent de leur tête dans toutes les directions, *et* qui sont la deuxième espèce la mieux représentée à Lemora – mais vers un couloir moins encombré.

Là, il attrape mon coude avec sa main inférieure gauche et baisse la voix pour chuchoter :

– Je voulais juste te dire que si tu restes dans le coin, tu vas tomber sur Igmora et Tyto.

Il fait une grimace que je n'arrive pas à interpréter, mais quand ses yeux se déplacent nerveusement, je fronce les sourcils.

– Qu'est–ce que ça peut bien me faire ? Ce sont des vendeurs de chair. Je n'ai pas l'intention de commercer avec eux. Au revoir.

– Attends !

Sa prise se resserre sur mon bras.

– Tu l'as vue ? demande–t–il.

– Qui ?

– Leur dernière... acquisition.

Il a la décence d'avoir l'air embarrassé et de baisser le regard en disant ça.

Pendant ce temps, mon visage brûle pour des raisons totalement différentes qui ont toutes un rapport avec la rage que je ressens.

– Tu veux dire la femelle de plaisir qu'ils cherchent à vendre ? Nob ! Je te l'ai déjà dit, je ne fais pas affaire avec des vendeurs de chair. Sur Lemora, nous les mâles, nous croyons qu'il faut gagner l'estime de nos femelles à l'ancienne. Après une longue cour assidue !

Je m'éloigne encore, jusqu'à ce qu'il murmure, si bas que je peine à l'entendre :

– J'ai entendu dire que cette fois–ci, ils vendent une *humaine*.

Une humaine ? Je n'avais jamais entendu parler de cette espèce auparavant et je pensais avoir entendu parler de tout.

Bien que je n'en aie rien à ohr, une pression serrée remplit mes cornes jusqu'à la pointe avant de redescendre et de s'installer avec une douleur sourde et lancinante. C'est une douleur qui ne fait qu'empirer quand je me retourne. À cause de cela, des pensées ridicules, incroyables, risibles, prennent naissance dans mon esprit...

Peut-être que, juste pour cette fois, je devrais accorder mon attention à ce pirate et prendre quelques instants pour l'*écouter*.

– Une humaine ? C'est quoi une humaine ? je demande malgré moi.

Tevbarannos réduit l'espace entre nous et parle comme s'il divulguait des secrets d'État.

– Les humains sont un nouveau type d'espèce, ils sont sous la protection des Voraxians et des Niahhorrus. Ils sont très...hum... Les femelles, en tout cas, sont très... douces ?

J'attends. Il n'en dit pas plus.

– Tu l'affirmes ou tu me poses la question ?

Non mais, c'est une blague ! Argh !

– Centare, corrige-t-il en secouant la tête. Elles...

Les plaques dures qui recouvrent une partie de sa poitrine se soulèvent. C'est un signe Niahhorru de gêne. Je lève mes mains en l'air. J'ai beau être le plus jeune chef de clan, j'ai plusieurs rotations de plus que Tevbarannos. C'est le plus jeune pirate du cercle restreint de Rhorkanterannu. Rhorkanterannu est le roi pirate de Kor. Entre nous, je n'oserais jamais le lui dire en face car les pirates méprisent les rois. Je me demande distraitement ce qu'ils pensent des chefs de clan et je me mets à ronchonner bruyamment.

– Accouche, Tevbarannos ! je rugis.

– Les femelles humaines sont douces, c'est une affirmation !

Il sursaute, comme si quelqu'un venait de passer derrière lui et de lui taper sur l'épaule. Il va même jusqu'à se retourner, mais il n'y a personne. Le haut de ses épaules se relève et il expire, l'air épuisé. Il se frotte le front et passe le haut de sa main droite sur le sommet de sa tête, où ses pointes se dressent comme d'épaisses défenses.

Il en a toute une rangée sur la colonne vertébrale et, bien qu'elles ne soient pas aussi épaisses que celles de certains pirates, elles sont certainement assez épaisses pour empaler quelqu'un s'il lui arrivait de tomber sur le dos sur sa victime par accident. Je soupire, rêveur... *J'aimerais avoir des défenses. J'aimerais avoir des défenses sur chaque centimètre de mon corps !*

– Je suis ici tout seul parce que Rhorkanterannu ne fait pas confiance à beaucoup de pirates quand il s'agit des humains. Ils sont délicats et ceux qui croisent leur route ont tendance à vouloir les... garder. Surtout les femelles. Bien que certaines de nos femelles Niahhorrus raffolent des mâles humains, aussi. C'est une espèce très *séduisante*. Je suis à la recherche d'une femelle humaine. En fait, c'est Herannathon qui est à sa recherche, mais nous ne l'avons pas vu depuis deux douzaines de solaires.

– Il a disparu ?

Oh non, c'est grave. Je me sens presque... désolé. Ohr ! J'aimais bien le croiser à ces soirées , même si je ne le lui dirais jamais.

– Il n'a pas *disparu*, disons plutôt qu'il est en train de la *chercher*. Une amie Eshmiri nous a signalé qu'il suivait une nacelle Egama.

– Une amie Eshmiri ? je m'exclame, les bajoues tremblantes sous l'effet de la surprise. Comment ça, une amie Eshmiri ? Tu veux dire un ami ? C'est ce que tu voulais dire ?

Tevbarannos rit, mais on dirait que le cœur n'y est pas. Il secoue sa tête et me sourit de toutes ses dents nacrées.

— Centare, Raingar. C'est une amie. Son nom est Ashmara et c'est une amie des Niahhorrus et des humains. Elle a capté son signal il y a quelque temps et, selon elle, il attend que les Egamas accostent quelque part pour se ravitailler, mais ils ne l'ont toujours pas fait. Ils devraient bientôt manquer de nourriture, alors il y a de l'espoir, mais il n'a pas été capable de s'accrocher en plein vol. Ils semblent savoir qu'il les traque et ils l'évitent constamment.

— Eh bien, tant mieux pour eux, et pour vous, y compris pour votre ami Ashmara, quel qu'il soit, dis-je, en rectifiant ses dires.

Il semblait insinuer que ce personnage, Ashmara, est une femelle. Or, tous les Eshmiris sont des mâles. Tout le monde le sait.

Je commence à repartir, mais Tevbarannos, ce petit ingrat, me retient.

— Rhorkanterannu m'a envoyé réclamer de l'aide, juste au cas où les Egamas passeraient ici pour commercer. Mais ensuite, nous avons entendu qu'Igmora et Tyto avaient une femelle humaine et nous nous sommes demandé si Herannathon n'avait pas fait une erreur. Peut-être que le commerce a déjà été effectué.

— Eh bien, pourquoi tu ne vas pas leur demander ? Je ne comprends pas pourquoi tu me racontes tout ça. Je ne fais pas affaire avec des vendeurs de chair, des pirates, des marchands d'esclaves ou qui que ce soit ! Je suis Lemoran !

Le mâle me grogne dessus, comme si c'était moi qui étais insupportable. Il se frotte une main sur le visage et me bloque avec deux autres quand j'essaie de le dépasser.

– Je suis venu te voir car je veux savoir s'ils t'ont adressé une invitation pour voir la femelle. Ils demandent un petit sac de kintarr juste pour la voir et comme c'est vous, les Lemorans, qui avez le plus de kintarr ici, j'espérais que tu pourrais me dire si elle correspond à la description de l'humaine d'Herannathon.

Ma mâchoire s'ouvre, puis se referme. Je peux presque l'entendre grincer comme une charnière rouillée. D'un côté, je suis consterné par l'emploi des vendeurs de chair – même ceux qui sont aussi renommés qu'Igmora et Tyto. Ils passent des *rotations* à préparer leurs acquisitions pour qu'elles deviennent les femelles de plaisir les plus exotiques et les plus douées de la galaxie – mais je suis presque *offensé* qu'Igmora ne soit pas venue me voir.

Elle sait que si elle veut du kintarr, il n'y a personne ici qui puisse égaler notre offre. A-t-elle encore moins d'estime pour nous, chefs Lemorans, que pour les plus jeunes pirates de Rhorkanterannu ?

Je fronce les sourcils et le fixe du regard.

– Ils sont venus te voir ?

Tevbarannos hoche la tête avec une telle insouciance que cela m'agace immédiatement, il est impossible d'être énervé par lui.

– Igmora est venue te voir en personne ?

Il hoche à nouveau la tête.

Je fronce encore plus les sourcils.

– Et tu as fait une offre, dis-je.

Ce n'est pas une question, mais une supposition.

– Centare. Je te l'ai dit, nous ne cherchons pas *n'importe quelle* humaine. Nous cherchons une femme à la peau marron clair... presque comme les helos, mais pas tout à fait aussi claire. Il me semble en tout cas. Elle est blanche mais pas blanche et rose et pas tout à fait rose non plus. Tu vois ce que je veux dire ?

– Nob ! je grogne. Comment le *pourrais*-je ? Je n'ai jamais vu d'être humain et les vendeurs de chair ne sont pas venus me voir, moi !

Les yeux de Tevbarannos s'écarquillent.

– Vraiment ? Mais... mais... mais… balbutie-t-il.

– Accouche !

– C'est toi qui détiens le plus de kintarr !

Je me sens légèrement chauffer. Mes cornes sont encore plus sensibles qu'avant. Elles n'ont pas été aussi sensibles depuis… Ça n'est jamais arrivé en fait. Même quand j'étais jeune et que mes cornes poussaient, j'avais mal à la tête, mais mes cornes ne me faisaient pas mal du tout. Maintenant, c'est vraiment la corne qui est douloureuse. Cet extérieur rugueux pourrait pénétrer la chair de n'importe quelle créature vivante, Oosa inclus – nous sommes leurs plus grands adversaires dans l'arène des gladiateurs d'Evernor. Mais aussi douloureuses qu'elles soient comme ça, je ne pourrais pas attaquer un Walrey ! Je les déteste. Tout comme je déteste toute cette conversation . Ohr ! Je déteste ça ! *Et je déteste surtout qu'Igmora ne m'ait pas approché.*

– Je…

Tevbarannos me coupe la parole.

– La rumeur dit que l'offre actuelle pour la femelle est déjà de quatre.

– Quatre sacs de kintarr pour la femelle ? je souffle, quelque peu rassuré. Ça ne semble pas beaucoup pour une femelle cultivée par ces dégénérés...

– Centare, centare.

Il secoue ses quatre mains dans ma direction avant de répéter lentement, comme s'il s'adressait à un enfant :

– Quatre tonnes, Raingar. Des tonnes, pas des sacs.

Je m'étouffe avec ma propre salive. Tevbarannos me tape dans le dos avec deux de ses mains, ce qui n'arrange pas les choses. La seule chose qui m'*aiderait* à retrouver mon souffle – et ma raison – serait de savoir que ce n'était qu'une horrible blague et qu'il ne vient pas d'offrir aux deux créatures les plus méprisables de ce côté des quadrants assez de cristaux de kintarr pour alimenter une petite ville pendant une rotation. Une quantité que mon clan entier ne pourrait produire qu'en une demi rotation.

– Shrov, il maudit en Meero.

– Ohr, je maudis en lemoran, toujours ébahi. Qui leur a offert quatre tonnes ? Qui peut leur en offrir autant ? Ne me dis pas que c'était un pirate. Je sais que tu n'as pas autant de kintarr ou que tu n'y as pas accès et je jure sur les étoiles, que si toi ou Rhorkanterannu essayez de me voler, je vous arracherai deux bras. Les deux du bas.

Il glousse.

– Si Rhorkanterannu avait voulu te voler, ce serait déjà fait et tu ne t'en serais pas aperçu.

– Je n'en doute pas.

Je me redresse en m'agrippant à son épaule si fort qu'il grimace avant d'arracher mes doigts de sa peau.

– Cela ne me dit pas qui a pu se procurer une telle cette quantité de Kintarr et d'où ils la tiennent.

– Je les ai vus parler aux Egamas et aux Oosas.

– Je pensais que les Egamas avaient vendu la femelle ?

– Nous n'en sommes pas sûrs.

– Mais s'ils l'ont fait, pourquoi auraient–ils offert de l'acheter ?

Il secoue la tête.

– Ce sont des mercenaires Egamas qui se sont chargés de la vente. Ces Egamas–là sont de la fédération.

– Hum…

Je me renfrogne, puis je me frotte le menton pensivement – même si *ce que je veux vraiment, c'est me frotter les cornes.*

– Ils n'ont rien à voir les uns avec les autres.

– Ok.

Je regarde fixement le hall, en repensant aux géants Egamas que j'ai vus dans la salle de bal, à l'affût des autres invités. Ces géants borgnes à la peau couleur mousse sont deux fois plus grands que moi.

– J'ai de la peine pour cette femelle, je grommelle.

Puis je me rappelle que je ne fais pas de commerce de chair, que je ne négocie pas, et que je ne paierai jamais ce prix pour quoi que ce soit, *à moins, peut–être, qu'il s'agisse de miel.* Je m'éloigne à nouveau de lui. Ce faisant, la base de mes cornes ne fait pas que chauffer, elle me démange. C'est comme si la coquille qui les enveloppe se contractait petit à petit pour les réduire en morceaux.

Tevbarannos me regarde avec ses énormes yeux d'argent, l'air naïf, innocent, et confus, plus qu'autre chose.

– Tu n'es même pas curieux de voir à quoi elle ressemble ?

– Non.

– Herannathon avait raison. Tu es d'un ennui mortel, tu le sais ça ? fait–il remarquer avec un sourire.

Sa remarque m'irrite mais me donne aussi envie de sourire.

– Argh ! je m'écrie, en échappant à sa prise sur mon bras. Je n'ai pas de temps à perdre...

Alors que je me retourne pour sortir du tunnel, je m'arrête net. J'ai sous les yeux le dernier être de ce misérable cosmos que j'aurais voulu voir. *Pourquoi ? Par les étoiles, pourquoi m'ont–ils élu comme chef de clan ? C'est Gorman qui aurait dû être élu à ma place !*

– Raingar.

Entendre cette voix prononcer mon nom me fait grimacer. Je me tourne vers le hall et me heurte à Tevbarannos, qui bloque le chemin.

– Dégage ! je lui crie.

Il se contente de me regarder avec frustration.

– Igmora, salue–t–il.

Pendant quelques instants – les plus longs et douloureux de ma vie, et cela n'a rien à voir avec la soudaine démangeaison dans mes cornes – nous dansons l'un autour de l'autre, sans avancer dans la direction souhaitée.

Mes épaules s'affaissent avant que l'électricité ne remonte le long de ma colonne vertébrale sous l'effet de la douce pression de doigts perfidement doux contre mon bras nu, juste sous l'emmanchure de ma tunique sans manches. Mes épaules se retournent. Ma peau rugueuse grésille sous ce contact. Elle sait comment toucher un homme. Comment le manipuler. C'est leur truc : Igmora et son compagnon reptilien sont les maîtres en la matière.

– Igmora, je fais d'une voix sèche, en me retournant pour admirer la femelle à la peau orange vif.

Certains disent qu'elle est à moitié hypha et à moitié voraxiane, mais je n'en suis pas sûr. À vrai dire, je m'en fiche. Tout ce que je sais, c'est qu'elle est orange et aussi douce qu'un fouet. Elle est légèrement plus petite que moi, mais elle est mince et couverte d'un tissu lisse qui capte la lumière et la transforme en toutes sortes de couleurs selon la façon dont elle se déplace. Cela attire le regard, mais je n'ose pas regarder ailleurs que dans le sien. Elle voit tout. Elle sait ce que les hommes aiment. Mais elle n'a pas de chance avec moi, car je n'aime rien qu'on ne puisse trouver sur Lemora.

Je déteste tout.

Je n'aime que ma planète rocheuse. Mon énorme rocher splendide et ses habitants solides.

Elle lève les yeux au ciel. Couleur de la poix, huileux et noir, son regard se dirige vers Tevbarannos. Elle se faufile entre nous, glisse son autre main sur son épaule et s'éloigne de moi dans le même mouvement fluide.

– Ne t'inquiète pas, je ne suis pas là pour toi. J'ai des nouvelles pour Tevbarannos. Pour une somme modeste, je serais prête à te permettre de la voir. Ce ne sera pas aussi... *intime* que ce à quoi pourront prétendre certains enchérisseurs, mais je peux te laisser jeter un coup d'œil pour confirmer tes...

Elle jette un regard dédaigneux dans ma direction avant de faire passer Tevbarannos devant moi et de baisser le ton pour que je ne puisse plus l'entendre. Il n'a d'yeux que pour elle, plus *rien* d'autre ne compte. Ensuite, elle... *elle...*

Elle me tourne le dos.

Je ne suis pas un mâle particulièrement fier, mais je n'aime pas ça. Je déteste ça. Alors je fais quelque chose d'inattendu. Au lieu de me taire et de continuer à chercher la sortie, je déclare :

– Un bon mâle préférera une femelle forte qui a les pieds sur terre à une petite chose fragile pour laquelle il devrait payer une somme folle en Kintarr !

– Ok, Raingar, dit–elle sans me regarder par–dessus son épaule. Je connais ton avis sur le sujet. Ne t'inquiète pas, je ne t'inviterai pas à participer à cette vente aux enchères et mon compagnon non plus. Je ne voudrais pas heurter ta sensibilité lemorane.

– Tu… mais je… Argh !

– La sortie se trouve au bout du hall principal, à droite. Je sais que c'est ce que tu cherches, de toute façon. Au revoir, Raingar. Bonne chance avec tes… négociations.

Elle me jette un regard par–dessus son épaule et m'offre un sourire à la fois menaçant et plein d'humour. Avec elle, c'est difficile de faire la différence.

Puis elle et Tevbarannos disparaissent au bout du couloir. Je les suis. Je les suis dans le hall principal, mais là où ils vont à gauche, je vais… enfin, je ne vais nulle part au début. Je me contente de regarder dans la direction où ils ont disparu en me demandant ce qui m'effraie le plus : ma curiosité, ma fierté… ou mes cornes. *Je les touche à nouveau.* La démangeaison s'est installée dans cette pression étouffante que je méprise plus qu'Igmora et la somme de ses parties peu recommandables.

Il me faut de l'air ! Du vent ! De l'air bien frais. Pas ces vapeurs de princesses parfumées. Je me dirige à grands pas vers la sortie, passe devant la table de mok–biz, et devant les Oosas qui s'accouplent ouvertement sur des bancs d'un vert atroce. Je frissonne et cela n'a rien à voir avec ce que je ressens en les voyant. C'est le goût étrange du parfum dans l'air qui semble me donner un mal de tête encore plus sévère. L'odeur me fait froncer les sourcils.

Je pense à ce que Tevbarannos a dit à propos de cette nouvelle espèce, ces *zumains*. Il a dit qu'ils étaient « *doux* ». Je me demande s'il voulait dire qu'ils étaient comme les Oosas ou les Oroshis. J'en doute. Il les a aussi décrits comme des êtres *séduisants* et très peu de gens présenteraient les Oosas ou les Oroshis comme des êtres séduisants, en dehors des membres leur propre espèce. Je ne peux pas imaginer cette humaine qui se trouve entre les griffes de Tyto et d'Igmora, mais je la plains. D'après ce que Tevbarannos a dit, elle ira soit à un guerrier Egama qui risque de la briser dès leur premier accouplement, soit à un Oosa qui risque également de l'étouffer avec sa masse gélatineuse.

Je suis encore en train de penser à cette pauvre femelle potentiellement forcée de s'accoupler avec un amas de gélatine ou une bête, lorsque j'atteins le tunnel qui mène à la sortie et que je l'emprunte. Il y a plusieurs portes dans ce hall. Quelle porte Igmora m'a–t–elle dit de prendre ? Celle de droite ? Je n'arrive pas à m'en souvenir. Il n'y a personne ici pour m'aider – non pas que j'aurais demandé même s'il y avait eu quelqu'un – alors je choisis la porte la plus éloignée du couloir sur la droite et je la pousse...

Je suis bouche bée. L'air entre et sort sans problème de ma gueule béante. Pendant un moment, j'oublie où je suis. Pas où. Qui. J'oublie *qui* je suis.

Tout ce que je sais, c'est que ce n'est pas la sortie, que mes cornes ont découvert la définition même de la douleur et pourtant, je m'en fiche.

L'odeur m'étouffe et j'inspire une fois, puis une autre, pour faire bonne mesure et une pensée terrible se fait jour dans mon esprit...

Je ne déteste pas ce que j'ai sous les yeux.

2

Essmira

Mes doigts tremblent et mon cœur bat la chamade. Une femme n'est pas censée transpirer mais je suis couverte de sueur.

Les femmes ne transpirent pas, ne tremblent pas, ne claquent pas les… *Bam !* C'est le bruit de ma main qui touche le loquet du cadre de la fenêtre. Les femmes ne claquent pas les portes ou les fenêtres. C'est pourtant ce que je viens de faire.

Je pensais… je pensais que j'y arriverais. Je me suis entraînée pour ça toute ma vie. Durant des rotations, Igmora m'a montré des images représentant tous les êtres vivants connus, et mon corps *s'est préparé* à les accueillir. Je pensais que mon esprit l'était aussi, mais ce n'est pas le cas. Ce n'est vraiment pas le cas.

L'Egama qui est venu me voir était beaucoup plus grand que je ne l'imaginais. Il était terrifiant, et pire encore, Igmora l'a laissé me toucher malgré les protestations de Tyto. Il s'est montré brutal et cruel. Je sais qu'Igmora n'est pas ma mère et que Tyto n'est pas mon père – ils me l'ont bien fait comprendre toute ma vie

– mais j'ai quand même pensé à tort qu'ils chercheraient à me protéger.

En particulier Tyto. Je n'ai pas oublié ce qu'il m'a chuchoté à l'oreille lorsque nous avons débarqué. Il m'a dit que je ne devais pas m'inquiéter, il m'a assuré qu'aucun mâle ici ne serait capable de payer le prix qu'Igmora exigeait pour moi. Il m'a promis que je serais bientôt de retour dans la sécurité de son nid. Je n'ai pas compris pourquoi il avait employé le mot « retour » étant donné qu'Igmora ne l'a jamais laissé m'emmener dans son nid auparavant. Lorsque je lui ai demandé des explications, il m'a dit que bientôt, ce qu'Igmora pensait n'aurait plus d'importance. Puis il a caressé mon dos et mon cou. Igmora lui a pourtant déjà dit de ne pas le faire, il se sont déjà disputés à ce sujet.

– Tyto arrête ! Avec tes griffes et ta queue hérissée de pics, tu vas gâcher la marchandise. Elle n'est pas faite pour toi ! avait–elle hurlé.

Cette fois–ci, elle était trop distraite pour le voir. Elle œuvrait déjà en silence pour me donner au mâle qu'elle avait repéré pour moi depuis un moment. Tyto a profité de son absence pour laisser sa langue fourchue glisser de mon épaule à mon oreille. Il a frissonné et a laissé ses griffes caresser mon derrière à travers ma robe. Je l'ai laissé faire parce que je pensais que ce serait la dernière fois que cela arrivait et que mon nouveau maître me traiterait au moins *respectueusement*. J'espérais qu'il m'emmènerait loin de Tyto et de son regard effrayant et, plus important encore, bien loin de cette vie de captivité.

Mais Igmora m'a ensuite présenté les maîtres potentiels, avec leurs mains baladeuses et leurs yeux agressifs.

Les seuls autres enchérisseurs qui offraient suffisamment pour rivaliser avec les Egamas étaient un clan d'Oosas. En les voyant en chair et en os, je me suis sentie dégoûtée à l'idée de laisser leur peau bleue et glissante se faufiler entre mes jambes. Cette idée me dégoûtait *plus que la perspective de passer une vie entière dans le nid de Tyto, bien que je n'en sois pas encore tout à fait sûre.*

Les caresses collectives des Oosas n'étaient peut-être pas brutales, mais elles n'étaient pas moins cruelles que celles du seigneur de guerre Egama. Ils ont touché mon corps, sans se soucier de moi. Ils communiquaient entre eux, grâce aux lumières vives qui illuminent leurs corps translucides, et c'était suffisant. Mais ma physiologie à moi, ne me permet pas de communiquer ainsi avec eux. Peut–être que s'il y avait une sorte de traducteur…

– Pff ! Mais qu'est–ce que tu racontes ? je me murmure à voix haute en lemoran.

C'est la langue que je maîtrise le mieux.

– Tu crois vraiment que tu aimerais *coucher* avec un Oosa ? Nob, crois–moi, tu n'aimerais pas ça. Ils sont gluants, humides, et Igmora a dit...

Je grimace, comme si j'avais été frappée. J'ai l'impression que c'est le cas.

Igmora m'a fait des promesses en me montrant des photos de mâles aux allures de guerriers. Des mâles aux bras volumineux et aux jambes massives. Des mâles aux cornes s'élevant vers le ciel pour défier les étoiles, et aux visages rudes et bourrus conçus pour intimider plus que pour charmer. J'avais aimé l'apparence de ces mâles, ceux des Lemorans en particulier. C'est peut–être seulement dû au fait que je me suis préparée pour des mâles Lemorans, mais je ne peux pas nier l'excitation que je ressens à la vue de leurs images.

Toutefois, je me suis aussi préparée pour les mâles Egamas et Niahhorrus, pourtant jusqu'à présent, je ne suis pas charmée par les tentacules, la gélatine, les yeux aussi grands que mon torse, les nageoires aux couleurs alarmantes, les bouches sans langues ni dents ou pire, des bouches avec trop de langues *et* de dents qui viennent m'observer.

Je frissonne et frappe ma main plus fort contre la vitre.

– Je ne vais pas y arriver.

Je me retourne rapidement et découvre une statue hideuse au sommet d'une table monstrueusement décorée. La statue est celle d'un prince du Quadrant 1. Elle a été moulée d'une manière inhabituelle et… euh… outrageusement flatteuse. La bite du petit prince est aussi longue que ses deux jambes.

– Même ce prince aurait été un meilleur candidat que les mâles qui sont venus me voir, je grogne malgré tous les efforts fournis par Igmora pour que j'arrête de produire un son aussi peu séduisant.

Tout ce qu'elle a réussi à m'inculquer, c'est le sentiment de honte qui suit immédiatement ce son involontaire.

Je grimace à nouveau et j'essaie de me recentrer. Je soulève la statue dorée du jeune prince. Ses membres sont comme les miens, il a la même quantité d'yeux, de dents et d'oreilles que moi. La différence entre lui et moi réside dans la couleur de sa peau, qui est colorée en or et de ses cheveux, qui sont de toutes les couleurs que l'on peut trouver sous les trois soleils de cette planète. J'aurais pu me contenter d'un arc–en–ciel doré comme compagnon, du moment que sa voix était un peu douce et que son toucher était un peu tendre.

– Essmira, tu n'as pas de temps à perdre !

J'entends des pas dans le hall. Qu'ils soient réels ou imaginaires, ils sont terrifiants. Le loquet de la fenêtre dorée ne se desserre pas, alors je me concentre sur le verre et j'y fais craquer la tête dorée du prince. Un éclat apparaît dans le verre rose vif, puis se déplace vers l'extérieur, comme une toile d'araignée. Je frappe à nouveau la statue contre le verre. Mon bras tremble. L'arrière de mon cou est couvert de sueur. *Que fera Tyto quand il me trouvera ?* Tyto avec sa peau reptilienne et sa queue tranchante. *Il m'a frappée avec cette queue plus d'une fois, même contre la volonté d'Igmora, et ça a fait mal à chaque fois. Il veut que je m'enfuie, juste pour qu'Igmora m'abandonne et laisse mon sort entre ses mains. Il pourra ainsi passer sa vie à me punir...*

– Non. Tu dois rester positive. Pas de « Et s'il me trouve ? ». Il ne te trouvera pas. Il ne te retrouvera pas si tu t'échappes. Je veux dire, quand... quand...

Je renifle à nouveau alors que ma panique augmente. Mon bras tremble, mais, lorsque je frappe la statue contre la vitre une quatrième fois, elle se brise.

Je remets la statue à sa place sur la table hideuse, puis je saisis le pouf à côté et le fais glisser sous la fenêtre. Je soulève ma lourde jupe et monte sur la chose, ce qui est un peu inquiétant car elle est verte, très poilue et peut-être *vivante*. Elle roule sous moi et je couine. Mes mains se tendent pour attraper quelque chose pour me maintenir debout. Tout ce que j'ai à ma portée, c'est la fenêtre dentelée. Je m'y accroche et ma paume est immédiatement douloureuse.

Nob. Nob, nob, nob, nob, nob, nob, nob, nob, nob. Qu'est-ce que j'ai fait ?

Je regarde le sang sur mes mains et les coupures qui les traversent horizontalement.

– Essmira, tu dois partir maintenant. Tu n'as pas d'autre choix. Si Igmora te voit comme ça... ou si Tyto te voit...

Juste au moment où la première bouffée d'air frais caresse mon visage et mon cou, la poignée de la porte derrière moi tourne et la porte s'ouvre.

Je me retourne, la bouche grande ouverte, les yeux immenses. Nob. Nob, nob, nob, nob, nob, nob, nob, nob, nob.

– Ça y est Essmira, tu es cuite, je grogne, terrorisée.

Lorsque mon regard se tourne et se pose sur l'être qui vient d'entrer dans la pièce, mon souffle s'accumule dans mon estomac comme une série de nœuds que je ne peux pas libérer. Ce mâle n'est ni Igmora ni Tyto, mais un être dont Igmora m'a souvent montré l'image. C'est le Lemoran qui, selon elle, va m'acheter.

J'expire en tremblant, soudain si soulagée que je pourrais pleurer, puis je me souviens que je suis censée faire bonne impression pour qu'il m'achète *vraiment*. S'il ne le fait pas, je pourrais être vendue à l'Egama, aux Oosas, ou peut-être à une espèce surprise qu'Igmora a contactée pour moi en secret et qui est encore plus horrible que celles qui ont passé le solaire à me tripoter.

– Calme-toi, Essmira, je murmure doucement.

Je prie pour qu'il ne m'ait pas entendue. Je ne veux pas qu'il pense que je fais ça souvent, même si c'est le cas, ou que je suis folle, ce qui... après une vie en captivité, pourrait être le cas.

Je me raidis et me redresse, je replie soigneusement mes doigts sur les coupures fraîches de mes mains et je lui offre une révérence, plutôt que le salut lemoran, qui exigerait que je lui montre ma main blessée. Il pourrait ne pas vouloir de moi s'il voyait la coupure sur ma main. Tyto a toujours détesté les rares fois où j'ai eu des égratignures. *Il aimait les lécher pour les nettoyer, cependant.*

Les mains sur la taille, je m'incline profondément, mais quand j'essaie de mettre un pied devant l'autre, la chose poilue sous mes pieds décide de continuer à rouler, cette fois, directement sous moi. ...

Je vole à travers le tapis de fourrure, et j'atterris durement sur mon épaule droite. Ma tête heurte le sol, puis se détache sans douleur du tapis bleu et jaune en peluche. Un grognement étranglé frappe mes oreilles et je gémis au lieu de rassurer le mâle qui se trouve à mes côtés. *Une femelle doit toujours rassurer et soutenir le mâle, même s'il a tort. C'est très important pour sa fierté et cet être fragile doit être protégé avant tout. C'est ton devoir, en tant qu'amante, de le soutenir, même au détriment de ton propre confort.*

Je me demande si c'est ce que Tyto a appris à Igmora, ce qu'Igmora a appris à Tyto, ou ce qu'ils se sont appris l'un à l'autre. Elle a toujours semblé être l'Alpha entre eux deux, et si Tyto l'effraie, elle ne l'a pas laissé paraître.

– Je vais bien, ne vous inquiétez pas, je déclare d'une voix douce.

Cependant, ma respiration saccadée et les battements rapides de mon cœur rendent mes mots inintelligibles et viennent démentir mon affirmation. Les larmes me montent aux yeux alors que je lutte pour respirer, avant d'émettre des sons peu attrayants dans le fond de ma gorge.

– Ohr ! Reste où tu es, grogne une voix furieuse avant que des mains tout aussi rugueuses, tout aussi furieuses que la voix à laquelle elles appartiennent, s'ajustent à mes épaules et me soulèvent comme un sac de grain.

Pof. C'est le bruit que font mes pieds quand il me dépose et, bien que la pièce semble tourner autour de moi, je me force à rester debout. *Une femme doit toujours être gracieuse. Cela rassure le mâle, cela lui apporte un confort essentiel.* Je me force à sourire. *Une femme doit toujours sourire, c'est...*

J'ouvre les yeux et j'ai du mal à continuer à sourire. Ce mâle est bien plus grand qu'il ne le paraissait sur les images holo qu'Igmora m'a montrées, mais je doute, en le regardant maintenant, qu'une image lui ait jamais rendu justice.

Il porte en lui une histoire écrite dans les cercles de ses yeux. Il y en a tellement. Blancs à l'extérieur, comme les miens, puis noirs, bleus, violets, gris, orange, jaunes, roses et, au centre, un vert irisé qui clignote en bleu quand la lumière le frappe.

Ses yeux sont, en un mot, magnifiques. Même si le reste de sa personne est trop rude pour être décrit ainsi.

Il a la même peau rugueuse que les Egamas, mais ses épaules sont plus massives, presque semblables à de la pierre dans leur rugosité. Ses joues sont hautes. Ses lèvres sont pleines et d'un brun pâle contre sa peau brun moyen. On dirait qu'il n'a pas de cheveux, car son crâne est chauve entre les deux cornes jumelles qui s'enroulent autour de ses joues. Elles dépassent du sommet de sa tête, si bien qu'il est étonnant qu'il puisse voir au–delà de son périmètre.

La profondeur de sa poitrine excède la largeur de mes épaules, en outre, elle semble être complètement solide...

aussi solide que la pierre. J'ai du mal à comprendre si cet être devant moi est vraiment fait de chair et de sang, comme moi, ou s'il est fait de pierre de part en part. Je dois lutter contre l'envie de lever une main et de toucher son bras pour obtenir des réponses à mes questions. Toutefois, comme la température autour de moi a augmenté avec sa présence, je suppose que, s'il est de pierre, il a au moins un pouls.

Je retiens donc ma main. Comme on me l'a appris, les mâles aiment être touchés par les femelles, mais cela doit se faire sur demande du mâle, au moment de son choix. C'est ce que font les femelles respectables. *Les femelles qui ne veulent pas finir sur le dos dans des maisons de plaisir.* Si je mets toutes les chances de mon côté, ce mâle pourrait être le seul mâle que j'aie à satisfaire.

Et ce ne serait pas une tragédie.

Jusqu'à présent, il ne m'a pas touchée de manière inappropriée ou fait du mal. Il ne m'a même pas lancé un regard lascif. Il me regarde juste comme si j'étais... comme si j'étais n'importe quel autre membre de la délégation d'une quelconque espèce. Pourtant seuls les dirigeants et les négociants les plus estimés des Quadrants constituent les délégations, et moi je ne suis qu'une chose, un objet à acheter.

Mais lui, il me regarde comme si je n'étais pas qu'un objet.

Mes joues se réchauffent à cette idée et une soudaine angoisse m'envahit. Je pourrais tout gâcher. Il pourrait décider de ne pas enchérir et je pourrais rentrer à la maison avec l'Egama, si j'ai de la chance, et c'est seulement s'il veut de moi maintenant que j'ai été assez stupide pour me blesser les mains. *Les mâles aiment les femelles sans taches, sans vilaines cicatrices. Ta peau doit présenter une perfection immaculée pour moi*, me disait Tyto; mais en présence d'Igmora, il nuançait ses propos en disant que ma peau devait présenter une perfection immaculée pour la vente.

Je repousse au loin ces mauvais souvenirs. Je n'aime pas penser à Tyto. Je cesse d'observer la poitrine du mâle qui me fait face, je passe le col usé de sa tunique crème avec les coutures olive effilochées autour du cou, je poursuis jusqu'à son menton dur et lisse, sa bouche, son nez large, pour revenir à ses yeux. Mon cœur bat plus vite. Ses yeux sont très jolis. Je pense que je pourrais donner du plaisir à ce mâle. Ma bouche s'ouvre et je réalise avec horreur que je suis sur le point de lui révéler mes pensées.

Je ferme la bouche et à ma grande surprise, c'est lui qui parle en premier. C'est normalement le rôle de la femme de parler en premier et de trouver des sujets de conversation. Le mâle n'a pas besoin de s'embêter avec ça.

– Ça va ? Tu es blessée ?

Il me parle en meero, mais je sens bien que ce n'est pas sa langue maternelle. Nob, sa langue maternelle est la même que celle qui m'a été enseignée depuis mon plus jeune âge.

Je lui offre une autre révérence pour souligner ma soumission avant de passer rapidement au lemoran.

– Je vais parfaitement bien, merci de vous en inquiéter. Vous êtes très gentil.

Je me lève, croise son regard et tente un sourire. C'est bien plus difficile de lui sourire maintenant que de s'entraîner à sourire devant un miroir. J'ai répété ce sourire avec mille subtilités différentes – je l'ai même perfectionné – mais face à son air renfrogné, j'ai du mal à avoir l'air assuré. Je me suis longuement entraînée à sourire, mais c'est la première fois que je souris face à un mâle. *Et je ne peux pas me permettre d'échouer maintenant.*

Il me fixe avec méfiance et fait un demi–pas en arrière. Son propre regard scrute mon visage, mais je ne lis dans ses yeux aucune critique ou évaluation. Les autres enchérisseurs ont été assez loquaces sur ce qu'ils aimaient chez moi, mais lui, il est... silencieux. Son regard va à la fenêtre, puis se pose sur le sol, comme s'il cherchait quelque chose.

N'ayant manifestement pas trouvé, sa bouche se fronce, son front se plisse et ses sourcils proéminents mais glabres se froncent sur son nez.

– Avec quoi as–tu brisé la vitre ?

Il ne doit pas savoir que j'ai essayé de m'enfuir. Une femme ne s'enfuit pas. Elle n'essaie pas d'échapper à Tyto. Pas si elle craint d'être punie.

– Je…

Je déglutis. Une femme est toujours élégante.

– Pardon ?

Sa mine renfrognée devient plus sévère – si sévère qu'on dirait qu'il essaie d'écraser tous les traits de son visage pour les concentrer dans une zone aussi petite que possible. Ce serait drôle si sa colère n'était pas dirigée contre moi. S'il choisit de passer à l'acte, il est de mon devoir d'accepter sa colère sous toutes ses formes.

– Qu'as–tu utilisé pour casser la fenêtre ? répète–t–il.

Je ne trouve rien d'autre à faire que de bégayer bêtement en guise de réponse.

– Tu as essayé de la briser avec ta main ? demande–t–il.

– Non, j'ai pris la statue, je réponds en la désignant du menton.

Il ne détourne pas le regard de mon visage.

– Quelle statue ?

– Celle qui est sur la jolie petite table d'appoint juste à votre droite.

– Je ne la vois pas.

– Mais vous…

Il ne faut jamais contredire le mâle. Il a toujours raison. Je dois combattre un froncement de sourcils car Igmora ne m'a pas préparée à ça. Mon instinct me pousse à ne pas être d'accord avec lui, car je sais qu'il n'a pas regardé, mais je sais aussi que je dois l'aider et rendre la réponse à sa question tout à fait claire.

Je déglutis.

– Elle est juste ici.

Je me place à côté de la statue afin de ne pas avoir à montrer mes poignets, actuellement bien cachés derrière mon dos.

Ses épaules s'affaissent. Il se frotte le visage et soupire, comme si je l'exaspérais. La panique s'empare de moi. Je manque de renifler, mais je parviens à le dissimuler sous un délicat éternuement. Quand je lève les yeux, il grogne :

– Nous savons tous les deux que je me fiche bien de la statue. Laisse–moi voir tes mains, femelle.

La femelle doit obéir aux ordres du mâle. À tous ses ordres. Elle doit être gracieuse et faire tout ce qu'il dit. Mais si je lui montre mes mains, il va…

– Argh ! Je n'ai pas toute la lune !

Sa voix est si forte qu'elle résonne dans la pièce, et en moi, comme si je n'étais que de l'air.

Je sursaute et brandis rapidement mes poings devant moi, en prenant soin de ne lui montrer que le dos de mes mains. Cela a l'effet désiré car ses propres doigts s'arrêtent lorsqu'ils entourent mes poignets et je l'entends inspirer.

– Tes marques... dit–il doucement.

Son pouce frotte le motif rouge vif qui s'enroule sur ma peau marron foncé.

– Tevbarannos n'a pas mentionné de marques. Tu n'es pas la femelle qu'il recherche.

– Nob, je ne le suis pas, je confirme.

Le gentil pirate qu'il vient de mentionner avait l'air très contrarié quand Igmora lui a donné un aperçu de moi depuis la porte. Il n'avait pas été autorisé à me toucher comme les autres.

– Il l'a dit lui–même.

– Bien, grommelle le mâle pour lui–même.

Il fait sonner le mot comme un vague constat, tant il est distrait par les couleurs qui s'entrechoquent sur mes bras.

– C'est bien, répète–t–il.

Les marques rouges de ma peau s'étendent sur le dos de mes paumes, autour de mes deux bras. Sur le côté droit, elles glissent sur mon épaule et se déploient sur mon cou avant de s'enrouler autour de mon oreille droite. À gauche, les marques remontent le long de mon bras et s'étendent sur mon omoplate pour former un énorme tourbillon sur mon dos. Bien qu'il ne puisse pas les voir, mes seins sont également rouges, tout comme mon ventre, mon abdomen et mon aine. Il y a aussi des tourbillons rouges sur mes deux pieds, mes chevilles et ma jambe gauche, mais étrangement, pas du tout sur la droite.

Il s'éclaircit brusquement la gorge et lorsqu'il reprend la parole, son intérêt pour ma personne semble s'évaporer. Il est à nouveau d'une froide sévérité.

– Je n'ai jamais vu de marques comme celles–ci auparavant. Tu es du Quadrant 1 ?

Mon cœur s'emballe. Mon estomac plonge. Mes poumons flottent. Il ne sait pas qui je suis. *Il n'est pas du tout là pour m'acheter.* Je halète et j'arrache mes poignets de ses doigts écrasants et rugueux.

– Par les étoiles !

Je recule en titubant, je me heurte à la chaise et l'oblige à s'éloigner à nouveau de moi.

Si ce n'est pas lui, ce maître que j'attends, alors tout ce que je pensais sur le fait d'avoir un seul maître s'est envolé par cette fenêtre brisée. Personne ne voudra de moi si j'ai été souillée par un autre mâle. Maintenir ma pureté est le commandement le plus important qu'on m'ait donné. *Une femelle ne doit pas être touchée, sauf par son maître. Si elle l'est, elle se retrouvera sur le dos, non pas pour un seul maître, mais pour des centaines.* Si je suis souillée, Igmora pourrait bien me donner librement à Tyto pour qu'il me torture avec sa queue aux pointes acérées et ses griffes tranchantes, avant de me vider dans l'espace, comme un déchet. Il paraît qu'il l'a déjà fait à d'autres femelles de plaisir.

– Qui êtes–vous ? Qu'est–ce que vous faites ici ? je m'écrie.

Il ne dit rien. Ses épaules s'agitent comme s'il était stupéfait. Il jette un coup d'œil autour de lui avec confusion, puis lève la main et touche la base de sa corne gauche, l'air absent.

– Je pensais que c'était la sortie.

– Nob… nob, nob, nob…

Je suis soudain furieuse. Si furieuse, que je fais l'impensable. Je me précipite vers la petite table, saisis la statue et me retourne… Avant de comprendre ce qui m'arrive, je lui lance la statue à la tête et, dans un moment de pure horreur, je réalise que je vise plutôt bien. Et qu'une statue en or peut être une arme efficace.

Le pénis du petit prince extraterrestre s'écrase contre le centre du front de ce puissant mâle avant de rebondir sur le tapis. L'énorme mâle recule d'un pas, comme si je venais de lui tirer dessus avec un canon et pas avec une statue minuscule, qui a à peine la taille d'un bibelot dans ses pattes démesurées.

– Aïe ! crie-t-il en déplaçant la main sur sa corne vers l'espace entre ses yeux, si grands et si beaux. Pourquoi as-tu fait ça ?

Honnêtement, c'est une bonne question. Je devrais être en colère qu'il soit entré et m'ait touchée, ou qu'il m'ait vue, alors que personne n'est censé me voir à part les enchérisseurs. Je devrais même être en colère qu'il soit entré et m'ait volé des moments précieux que j'aurais dû utiliser pour m'échapper. Mais je suis surtout, irrationnellement, excessivement en colère parce que pendant ces précieuses secondes où je pensais qu'il était là pour m'acheter, j'ai ressenti quelque chose que je n'avais pas ressenti depuis très longtemps. Peut-être même... jamais.

J'ai ressenti de l'espoir.

Et maintenant, aussi rapidement qu'il est entré dans ma vie, il a volé ce rêve ratatiné, desséché, qu'il n'a jamais su qu'il m'avait donné.

– Tu n'es pas censé être ici !

Je le pointe du doigt et une gouttelette de sang s'écoule du bout de ma main sur sa tunique, faisant de ma main une lame.

– Ohr ! Ta main ! grogne-t-il.

Il touche à nouveau sa corne. Nob, il s'y accroche comme s'il avait peur qu'elle s'envole. Puis il lève son autre main et attrape les deux cornes en même temps. Il a l'air plutôt... *ridicule* comme ça, mais je n'ai pas le temps de continuer à l'admirer et je me précipite à nouveau vers la fenêtre.

– Que fais–tu ? Tu es blessée !

– Oui, merci, je le sais. J'étais blessée avant que tu t'en aperçoives et maintenant je dois partir, alors laisse–moi passer.

C'est la première fois que j'emploie ce ton avec qui que ce soit et le frisson momentané de satisfaction que je ressens est rapidement étouffé par la honte.

J'ouvre la bouche pour m'excuser jusqu'à ce qu'il grogne :

– Tu dois partir ?

– Yeffa, je souffle avec agacement. Tu es Lemoran. Tu es censé être l'un des plus intelligents ici, mais là, tu as l'air aussi bête qu'un Egama.

Wow, Essmira, est–ce que tu viens d'insulter le mâle ?

– Je... tu... un Egama ! crie–t–il.

Soudain, il est juste contre moi. Je sais que je devrais être paniquée, mais mon besoin de m'échapper est trop grand et trop urgent pour craindre d'être seule dans une pièce avec un mâle qui n'a aucune intention de m'acheter et, à l'évidence, ce besoin est aussi trop grand pour m'empêcher de l'insulter.

– Je suis clairement en train d'essayer de m'échapper. Maintenant pourrais–tu me passer cette chaise posée là–bas pour que je puisse atteindre la fenêtre ?

Je m'accroche à nouveau au cadre brisé, sans me soucier des bords déchiquetés, mais il attrape prestement mon poignet.

– Tu t'es coupée les mains la première fois et maintenant tu réessayes ! Et en plus, tu as le culot de me traiter d'Egama ?

J'essaie d'écarter mon bras de lui, mais c'est peine perdue. Il aurait pu briser tous les os de mon corps sans grand effort, mais je ne peux pas me payer le luxe de me soucier de ça en ce moment. Je pousse sa poitrine avec mon autre main, ce faisant, j'étale mon propre sang rouge vif sur sa tunique, qui n'est plus immaculée. *Combien de décharges électriques cela m'aurait-il valu de la part des griffes avides de Tyto ? Beaucoup. Des centaines, réparties sur des solaires.*

Je suis sur le point de crier : « Tu ne vois pas que j'essaie de m'échapper ? » quand ses lèvres prononcent le mot « *fuis* » tandis que ses yeux passent de mes mains à la fenêtre, puis à mes mains, puis à la fenêtre, avant de se poser sur mon visage. Il halète et s'éloigne soudainement de moi en titubant, avant de lâcher mon bras comme s'il s'agissait d'une bûche pourrie grouillant d'insectes mangeurs de chair.

– Ohr ! siffle-t-il.

Il s'agrippe à nouveau à sa corne gauche, mais cette fois, lorsque mon regard suit le mouvement de sa main, elle se crispe et son visage se tord horriblement, comme s'il souffrait.

Je sursaute, effrayée par un tel spectacle, et l'entraînement qui m'a été inculqué dès la naissance prend le dessus.

– Tu vas bien ? je demande.

Je tends la main vers lui, avec l'intention de l'apaiser, mais je suis interrompue par un doux raclement de gorge de l'autre côté de la pièce.

Je lève les yeux et tout le sang se vide de mon corps. Mon âme abandonne mes os et s'élève vers l'extérieur à travers ce morceau de fenêtre déchiqueté. Adieu, chère âme… Dans le trou noir où je vais finir, je n'en aurai pas besoin de toute façon. Igmora se tient dans l'embrasure de la porte ouverte.

Elle s'avance et je connais suffisamment ses yeux noirs pour sentir qu'elle n'est ni surprise, ni horrifiée, même si elle semble l'être. Au contraire, le faux souffle de sa voix est bien répété et l'indignation qu'elle manifeste à mon égard est complètement artificielle. Personne d'autre ne peut le voir mais moi je le sais. Mon inquiétude ne porte pas sur Igmora de toute façon, mais sur Tyto, un géant Egama, et la délégation Oosa qui se presse derrière eux.

La queue de Tyto fouette l'air derrière lui furieusement, mais je peux voir l'excitation brillante dans son regard jaune lorsque nos yeux se croisent. Il se lèche les lèvres et mon estomac se serre. Je sais ce qui m'attend maintenant. À côté, passer ma vie dans des maisons de plaisir aurait été une bénédiction.

Le regard jaune fendu de Tyto se pose sur mes mains. Il voit le sang qui les couvre et il lève les yeux. Il aperçoit alors la fenêtre au–dessus de ma tête. Il sait tout ce qu'il y a à savoir. Je peux lire dans ses yeux l'étendue de mon malheur. En mon cœur, j'appelle la mort. Aussi douloureuse qu'elle soit, elle est moins cruelle que sa punition. *Et il le sait.* Il sourit pour montrer toutes ses dents crochues. Il passe sa main griffue dans ses cheveux noirs, qui lui arrivent à la taille. *Il sait qu'il pourra faire ce qu'il veut. Il sait combien je le crains et il s'en délecte.*

Je me déplace immédiatement au centre de la pièce et je me mets à genoux, les paumes tournées vers le haut de mes cuisses. J'incline la tête, je retiens mon souffle et j'attends...

Les Oosas sont les premiers à se mettre à triller sauvagement, mais juste derrière eux, l'Egama pousse un cri de guerre. Tyto ne dit rien tandis qu'Igmora siffle d'indignation avec une voix de fausset. Elle fonce dans la pièce et désigne le mâle qui a ruiné tous mes plans et laissé fuir tous mes rêves par cette fenêtre dans la lumière des étoiles.

– Raingar, tu n'as pas le droit d'être ici. Regarde ce que tu as fait ! Tu as abîmé ses mains ! Je vous assure, dit–elle à l'Egama et à l'Oosa derrière elle, que c'est une blessure superficielle facilement guérissable. Cela n'affectera en rien son prix d'achat. Les enchères sont toujours fixées à neuf tonnes de kintarr pour la femelle...

– Centare, centare, nous savons qu'elle n'a pas été prise par le chef lemoran ici présent. Il m'a dit expressément qu'il n'avait pas envie de tâter de la chair.

Tâter de la chair. C'est donc ce qu'ils comptent faire ? C'est tout ce que je suis ? Pas un être vivant ? Juste de la chair ? Une chose sans âme ?

– Il ne participe pas aux enchères. C'est votre tour, Ooran. Allez–vous surenchérir sur l'offre de l'Egama : neuf tonnes de Kintarr, ou allez–vous abandonner ?

– Quelle que soit son offre, je surenchérirai !

La voix forte de l'Egama résonne dans la pièce et la remplit comme un gaz. Un gaz dont la température de combustion est basse. L'énergie grésille dans l'espace, crépite et éclate dangereusement. Mes mains ensanglantées mouillent le tissu violet foncé de ma robe. Igmora dit que l'indigo fait ressortir les teintes étranges de ma peau brune et fait briller mes cheveux de jais ondulés comme de l'eau.

Les Oosas répondent en trillant, mais l'Egama ne leur prête aucune attention. Au contraire, il pointe du doigt un espace à ma droite, vers la fenêtre béante et le Lemoran qui s'est retrouvé au mauvais endroit au mauvais moment.

– Mais avant toute chose…

L'Egama se baisse pour entrer dans la pièce. J'ai soudain pitié du mâle lemoran, j'ai même peur pour lui, car l'Egama fait un pas vers lui et poursuit d'un air menaçant :

– Je ne laisserai pas cet affront impuni.

Chaque cellule de mon corps se tend. Chaque nerf meurt. J'ai envie de sortir de la pièce en hurlant comme si j'étais consumée par les flammes.

Deux doigts se posent sur mon épaule avec raideur. Je sursaute et lève les yeux, mais le Lemoran – comment l'a–t–elle appelé déjà ? Rain... quelque chose – ne me regarde pas. Sa mâchoire est serrée et lorsqu'il passe sa main sur sa corne une fois de plus. Un peu de noir s'écaille sur moi. Je me demande quelle couleur il y a en dessous...

Distraite, je tombe des nues lorsqu'il me soulève dans ses bras, si haut que mes pieds quittent le sol. Puis, il me dépose de nouveau à l'autre bout de la pièce, entre le mur coloré par des peintures murales grossières de princes et de princesses en train de copuler et l'effrayante chaise verte, qui est, soit un objet, soit un être sensible.

Il se place directement en face de moi. Je ne peux plus voir l'Egama et Igmora, mais le visage reptilien de Tyto, qui reste stoïque, rocailleux et terrifiant tandis qu'il m'observe, est toujours dans ma ligne de mire. Je suis tellement absorbée par le léger mouvement inattendu de la lèvre supérieure de Tyto, que je n'ai pas vraiment conscience de ce qui se joue à quelques pas de là; jusqu'à ce que l'Egama lance un cri de guerre. Je suis certaine que son hurlement féroce peut être entendu à trois étoiles de distance.

Le géant baisse ses épaules et fonce droit vers moi.

Je ne crie pas. *Une femme ne crie pas. Une femme ne fait presque jamais de bruit.* Je me contente donc de me couvrir la tête et je me prépare... mais rien ne se passe; pas de mon côté en tout cas : je ne suis pas la cible visée. C'est le mâle Lemoran qui charge sur le tapis de fourrure pour rencontrer l'Egama qui était visé. Ce mâle renfrogné, irritable et plutôt *marrant*, qui vient de me révéler qu'il cherchait la sortie, charge l'Egama avec la puissance d'une arme mortelle.

Les deux êtres entrent en collision au centre de la pièce et l'impact fait trembler toute la pièce. Les murs peints s'élèvent jusqu'à un haut plafond où des lustres en cristal se fissurent et se brisent. Les pierres qui tombent frappent le tapis dans de magnifiques explosions de poudres roses et jaunes. Une énorme statue de princesse, dressée contre le mur derrière Igmora, se renverse. Cette dernière hurle sauvagement et fait semblant de s'évanouir.

Tyto bloque l'entrée pour empêcher les Oosas d'entrer. Je lui en suis reconnaissante. Sans son intervention, ce combat aurait pu devenir dix fois plus meurtrier. Pendant ce temps, l'Egama emploie la force brute. Il frappe le Lemoran à l'estomac et celui-ci s'envole puis heurte le mur à côté de la fenêtre brisée. Les deux mains sur la bouche, j'étouffe un cri de terreur.

Le Lemoran grogne en touchant le sol, puis atterrit accroupi avant de foncer vers l'avant, le menton contre la poitrine. L'Egama tend la main pour l'attraper mais le Lemoran le touche en premier. Tirant sur ses bras, il rapproche l'Egama de lui et frappe la poitrine de son adversaire d'un coup de cornes vers le haut.

Le sang olive de l'Egama gicle sur le Lemoran, teintant sa tunique. Un instant plus tôt rouge vif, elle devient vert forêt. Le Lemoran donne un autre coup de poing et touche l'Egama à la mâchoire. L'Egama le lui rend avec encore plus de puissance. Heureusement, le Lemoran semble effectivement être fait de pierre, car s'il ne l'avait pas été, son visage se serait sûrement brisé à l'impact.

Le combat est plus équitable que je ne le pensais... Du moins, c'est mon avis, jusqu'à ce que l'Egama parvienne à plaquer le Lemoran sur l'horrible tapis. Je commence à paniquer, je respire par à–coups. Je sais qu'une femelle doit rester en dehors des affaires des mâles, mais je ne peux pas regarder un être en tuer un autre sous mes yeux *à cause de* moi – en tout cas, pas sans réagir.

J'essaie de me lever, mais mes jambes ne fonctionnent pas. Alors je crie de là où je suis assise :

– S'il vous plaît, arrêtez !

Ils ne m'entendent pas, mais Igmora, de l'autre côté de la pièce, m'a bien entendue. Elle sourit jusqu'aux oreilles. Je ne crois pas l'avoir déjà vue si heureuse pour quoi que ce soit.

– Faites quelque chose… S'il vous plaît.

C'est elle que je supplie maintenant.

L'Egama tient le Lemoran par la tête – ce qu'il ne tarde pas à regretter car le Lemoran projette sa tête en arrière d'un coup sec et transperce l'Egama au niveau du front. Il manque de peu de lui arracher l'œil. L'Egama est obligé de le relâcher et les deux mâles se remettent debout. Ils inspectent leurs blessures, mais ils sont toujours déterminés à s'affronter – du moins, jusqu'à ce qu'Igmora s'interpose enfin entre eux et lève les deux mains. Son expression a encore changé. Elle semble pétrifiée. Ses longs cils s'agitent. Sa main tremble. Pour quiconque ne la connaît pas, ce mouvement pourrait paraître involontaire.

– S'il vous plaît... s'il vous plaît ! Arrêtez cette violence insensée ! Cela suffit. Nous devons conclure ces négociations immédiatement. Je déclare que ma précieuse fille...

Ma fille ? Ma précieuse fille ?! Laissez–moi rire.

– ...ira à l'Egama pour la somme de neuf tonnes de kintar...

– ATTENDS !

La force du rugissement est telle que plusieurs lustres s'envolent et explosent autour de ses pieds dans une symphonie de couleurs. À ma grande surprise, le Lemoran est debout, et se tient tout près d'Igmora. La bonhommie qu'il arborait autrefois a disparu. Ses dents sont serrées et il bouillonne. Il semble même *s'étouffer*.

– Attends.

On n'entend plus que le bruit de sa respiration lourde et celle de l'Egama pendant un moment. Pendant les dix secondes qui suivent. Pendant une éternité.

L'Egama gonfle sa poitrine et la frappe du poing. Il vient enfin de briser le silence atroce qui pèse plus que des eaux tumultueuses juste avant l'inondation.

– Il n'y a aucune raison d'attendre. Je l'ai gagnée. Je vais réclamer mon...

– Argh !

Le Lemoran se décale lorsque l'Egama fait un demi-pas vers moi. Le mouvement est si subtil qu'il aurait été facile de le manquer. Mais moi, je l'ai vu. *Il se déplace pour contrer l'Egama.* Si je ne le connaissais pas, je pourrais penser que le Lemoran essaie encore de me protéger, alors un petit espoir audacieux gonfle dans ma poitrine et fait de l'ombre au désespoir froid et desséché qui s'y trouve.

Le Lemoran lève une main vers l'Egama. De l'autre, il désigne Igmora.

– Tu es intelligente, affirme–t–il.

C'est tout ce qu'il lui dit.

Son expression s'adoucit, elle semble plus *sincère*. Mais ce n'est qu'une illusion. Il n'y a rien sous cette apparence extérieure. Son cœur est enfermé dans une boîte enfouie sous des couches de cupidité si épaisses qu'elle a oublié qu'elle en possède un. Tout ce qu'il en reste, c'est un coffre couvert de toiles d'araignée et une clé inutile qui n'a jamais servi.

– Je ne vois pas où tu veux en venir, répond–elle.

Elle sait exactement de quoi il est question. Elle sait toujours où les autres veulent en venir. *Toujours.*

– Je ne négocie pas, lui dit le Lemoran, la voix tendue.

Elle penche la tête vers l'avant, et lorsque l'Egama cherche à intervenir, elle émet un son, un petit « tsst ». Contre toute attente, elle lui fait signe de partir. Elle le congédie sans grande cérémonie.

– Qu'est–ce que cela signifie ? s'écrie L'Egama en faisant un pas vers elle.

Son regard se pose sur le sien. Elle ne dit rien. Elle n'a pas besoin de dire quoi que ce soit.

L'Egama se met à rugir :

– Tu me dis qu'elle est *à moi* et maintenant tu reviens sur ta parole ? Centare ! Je veux négocier !

Elle lui lance un regard froid comme la mort et murmure :

– Ce Lemoran ne négocie pas. Les négociations sont donc terminées.

– Putain !

Pris de rage, l'Egama fracasse tout sur son passage sur le chemin de la sortie, avant de détruire la porte.

Pendant ce temps, le Lemoran dit calmement :

– Va chercher les autres cheffes de clan. J'ai besoin de leur parler.

Igmora fait un signe de tête au Lemoran. Je sens la compréhension quitter mes pensées, comme la poussière dans une tempête. Igmora ne reçoit pas d'ordres. Malgré ce qu'elle m'apprend sur les femelles, Igmora ne se plie à la volonté d'aucun mâle. Pas même Tyto. En ce moment toutefois, elle regarde Tyto et une communication tendue, mais sans paroles, passe entre eux très brièvement avant qu'il ne se retourne, congédie l'Oosa et s'éloigne de nous dans le hall.

Le Lemoran me regarde par–dessus son épaule. Enfin, il se tourne pour que je puisse voir son profil, mais il ne me regarde que rapidement avant de détourner son regard vers le sol.

– Tu vas bien ? demande–t–il.

Nob. Pas du tout. Essmira n'a jamais peur et...

– Yeffa, bien sûr. Tu t'es battu... euh... admirablement !

Il se renfrogne à nouveau. Son visage se tord avant de marcher vers Igmora et de désigner la porte.

– Dans le hall, lui ordonne–t–il.

Personne ne donne jamais d'ordres à Igmora, mais lui, il le fait, et elle obéit. Ça va plus loin : elle sourit en s'exécutant. Il la suit. La porte reste ouverte, mais même dans ces conditions, à cause du mur de pierre, il m'est difficile d'entendre ce qu'ils disent, surtout quand ils se parlent si peu.

Peut–être qu'ils ne se disent rien du tout.

Un peu plus tard, de nouvelles voix se font entendre. Elles ont l'air... autoritaires. Elles ont aussi l'air... inquiètes. J'entends des cris de surprise – probablement à la vue du Lemoran – et des cris d'indignation – probablement à cause d'Igmora. Puis, un doux murmure s'installe et la voix d'Igmora roucoule :

– C'est un plaisir de faire affaire avec vous.

J'entends le claquement froid de ses chaussures sur le sol de pierre. Le bruit ne se rapproche pas mais s'éloigne. Les pas qui se rapprochent sont, au contraire, lourds. Je sursaute à chaque écho. Pour me donner du courage, je repense au Lemoran et à ses drôles de grimaces; j'essaie d'oublier la violence du combat auquel il a pris part.

– Tout va bien, Essmira. Tout va bien se passer. Tu es encore en vie. Tu es encore pour un solaire de plus au moins…

Les mots meurent sur mes lèvres quand je vois le corps dans l'embrasure de la porte. Ce n'est pas *le* Lemoran, ce n'est même pas un Lemoran – c'est une femelle qui vient d'apparaître. Et elle est énorme, presque aussi grande que le mâle. Elle entre dans la pièce et regarde autour d'elle. Au début, elle ne me voit pas.

Puis, quand elle me voit, elle me fait un sourire éclatant et un petit salut très contenu. Elle lève la main et attrape l'air avec ses cinq doigts avant de la baisser. Je tremble, mais, avec ma main ensanglantée, je réussis quand même à lui rendre son salut.

Elle se place juste en face de la chaise verte derrière laquelle je suis cachée, avant de jeter plusieurs coups d'œil entre la chaise et moi.

– Alors… hum…

Elle se gratte la tête. Comme le mâle, elle n'a pas de cheveux, mais ses lèvres sont plus grandes, tout comme ses yeux, ce qui lui donne une apparence plus féminine, à mes yeux. Par–dessus son épaule, elle crie :

– Tu parlais du truc vert en fourrure, Raingar ?

Raingar. *Son nom est Raingar.* Je ne dois pas l'oublier. Cette pensée me fait sourire quelques secondes. *Oublier ? Comment pourrais–je oublier ce qui vient de se produire ?* Je n'ai jamais vu de violence avant. Pour être précise, je n'ai jamais vu de violence qui ne soit pas dirigée contre moi, je n'ai jamais vu deux mâles sculptés dans la pierre s'affronter avec une telle violence. Jamais.

– Yeffa, c'est la réponse du mâle – *Raingar* – qui nous parvient du couloir.

Elle se gratte la tête un moment, hausse les épaules, puis me fait un autre petit signe de la main et se penche pour ramasser la chaise au moment où elle commence à rouler loin d'elle. Elle la jette par–dessus son épaule et retourne sur ses pas pour sortir dans le couloir.

– Voilà… commence–t–elle.

Elle est interrompue par la rage brûlante de Raingar qui explose à travers le monde. Le rayon de l'explosion est assez important pour me secouer et me donner la chair de poule. De l'autre côté de la pièce, un petit lustre tombe.

– J'ai dit *derrière* la chaise verte ! Je ne t'ai pas demandé de revenir avec la chaise verte !

Un autre bloc de cristal tombe du plafond et explose dans une magnificence verte. *Ils ont la même couleur que le centre des yeux de Raingar.* Mais peut–être que ces yeux m'ont trompée. Peut–être que je ne peux pas lui faire confiance. Peut–être que mon instinct m'induit en erreur. Je jette à nouveau un coup d'œil à la fenêtre. Je rêve de m'échapper, mais mes membres sont paralysés et je tremble. Quand ai–je commencé à trembler ? Pourquoi est–ce que je ne peux pas m'arrêter ? Pourquoi est–ce que je ne peux pas bouger ?

– Tu as dit que la chaise verte...

– TU CROIS QUE J'AI PAYÉ 14 TONNES DE KINTARR POUR UNE CHAISE VERTE ?

– Hé, du calme ! Pour commencer, *tu* n'as rien payé, alors arrête de t'exciter comme ça, dit une autre voix, plus douce.

J'entends des rires, beaucoup d'éclats de rires. Ils me parviennent amplifiés par leurs échos.

La femelle revient et pose la chaise verte en lui donnant une petite tape. L'animal (la chaise est bien vivante) semble apprécier car au lieu de s'éloigner d'elle, il la suit vers moi. Je frissonne, complètement effrayée par cette situation et comme je me sens un peu dépassée, je ferme les yeux.

– Ça va aller. Tu es blessée ?

– Blessée ? Elle est blessée ?

La voix de Raingar est teintée d'une touche de folie. Alors qu'il était assez éloigné de la femelle directement en face de moi un instant auparavant, il se retrouve soudain là, près de nous.

Je lève les yeux quand il la repousse assez brutalement et enlève sa tunique. Il s'accroupit devant moi et me tend un tissu en boule.

– C'est pour tes mains, dit–il d'un air inquiet.

Il a pourtant l'air d'en avoir bien plus besoin que moi. Il est couvert de sang mais... je ne vois rien de gonflé, rien de cassé. Et la plupart du sang ne semble pas être le sien, à moins qu'il ne saigne vert, lui aussi.

– Raingar, dit la femelle, tu veux qu'elle utilise un tissu avec lequel tu as essuyé du sang d'Egama pour nettoyer ses plaies ouvertes ? Laisse–moi faire.

– Argh ! grogne–t–il en m'arrachant la chemise des mains avant de la jeter sur le sol. Donne–moi ta chemise, Reyna.

La femelle appelée Reyna ouvre la bouche comme si elle allait protester, mais à la place, elle soupire et lève les yeux au ciel. Elle attrape l'ourlet de sa tunique et la passe par–dessus sa tête avant que mon esprit ne rattrape ma bouche.

– Oh non merci, ne faites pas ça. Non, non, vraiment, c'est gentil mais ce n'est pas nécessaire, je…

Elle me sourit et passe la main sur son ventre nu. Il est nervuré, comme celui des hommes. Placée face à tous ces muscles, je me sens beaucoup plus dodue qu'avant. Ses seins hauts et fermes n'ont pas de tétons. C'est inhabituel, mais... mais…. rien. Elle est juste différente de moi. Elle n'est pas moins intéressante. Elle n'est pas moins sublime.

– Nous venons de payer deux rotations de kintarr pour toi, heelee, dit–elle avec un sourire pour que je sache qu'elle emploie heelee comme un terme d'affection et non pour me comparer à la bestiole dont il s'agit en réalité. Nous avons donc tout intérêt à te ramener à Lemora en un seul morceau.

Elle me fait un clin d'œil et me jette sa chemise.

– Panse ces coupures et on les nettoiera sur le vaisseau.

Mon incrédulité se transforme en excitation, accompagnée d'une forte dose de peur et d'une dose encore plus forte d'épuisement.

– Je...

Ma voix se brise et je rougis, honteuse. Une femme est toujours éloquente, même quand elle souffre.

– Je vais partir avec vous ?

Nerveuse, je prends une grande inspiration avant de continuer.

– Vous...

Mon regard se dirige vers le mâle qui toise tout ce qui l'entoure, accroupi à mes pieds. Cependant... il n'est pas renfrogné pas en ce moment. En ce moment, il me regarde comme s'il était un peu incertain. Peut-être même terrifié. *Oh nob. Peut-être qu'il regrette son achat. Peut-il me rendre ? Je prie tous les soleils qu'il ne puisse pas me rendre...*

– Vous m'avez achetée ? je lui demande.

Je me lèche les lèvres et son regard se pose sur ma bouche avant qu'il ne grogne sans enthousiasme.

C'est la femelle qui répond à sa place :

– Non. Raingar ne t'a pas achetée. Nous avons payé.

Je ne comprends pas.

– Nous ?

Elle fait un geste par-dessus son épaule. Trois autres femelles Lemoranes se tiennent au centre de la pièce. Je ne les avais pas entendues entrer. Elles arborent toutes des sourires et des expressions allant du stoïcisme à l'incrédulité, en passant par l'excitation.

– Nous, répète la femelle qui arbore un air stoïque.

Je remarque que, contrairement à tous les autres Lemorans présents dans la pièce qui ont des cornes grises, de la couleur du charbon, ses cornes ont une teinte ivoire.

– Nous avons toutes contribué. Toutes, *sauf* Raingar.

Je ne comprends toujours pas.

– Mais…

Un peu d'éloquence que diable ! *Fais un effort* ! Je m'éclaircis la gorge aussi délicatement que possible.

– Si vous avez *toutes* contribué, alors qui sera ma maîtresse ? Qui servirai–je ?

Raingar grimace visiblement en entendant ma question. Il n'était pas si troublé lorsqu'un géant Egama fonçait droit sur lui.

C'est celle qui m'a donné sa chemise, Reyna, qui intervient :

– Tu n'auras pas de maître ou de maîtresse. Tu ne serviras personne.

Je ne servirai personne…

– Mais si je ne sers personne, qui vais–je devenir ?

Je voulais dire « que », « que vais–je devenir », mais la formulation m'a échappé. À en juger par le regard que les femelles partagent à mes dépens, elles sont aussi embarrassées que moi par la tournure de ma question. *Une femelle qui se couvre de honte est destinée aux maisons de plaisir. Une femme qui fait honte à son maître n'est même pas digne de ce destin.*

– Pardonnez–moi. Ce que je voulais dire c'est…

– Qui ? Tu as dit qui ? grogne Raingar en attirant mon attention sur lui.

Ma mâchoire se ferme, mes dents claquent. Je secoue la tête. Il a l'air furieux. C'est ma question qui l'a mis dans cet état, alors j'ouvre rapidement la bouche pour m'excuser mais la femelle qui m'a donné sa tunique abaisse sa main sur mon épaule et la serre doucement.

– Ne t'inquiète pas pour ça. Nous te trouverons un rôle dans les clans qui te conviendra. En attendant, concentre–toi sur toi et à la personne que tu veux être.

– Oh, d'accord. Yeffa. Merci, dis–je à haute voix, même si je ne le pense pas vraiment.

Penser à ce… ce… ce rôle inconnu que je suis censée assumer, ou peut–être abandonner, me décourage. Je ne comprends même pas vraiment ce qu'elle me demande, mais je ne résiste pas – *une femme ne résiste jamais* – et je laisse la femelle m'aider à me lever, me guider dans le hall et pour finir, sur un vaisseau.

Le vaisseau lemoran est translucide, teinté de violet et de bleu, de vert à certains endroits, de rose à d'autres. C'est tout ce que je remarque. Je suis étourdie, je ne pense à rien d'autre qu'à l'ordre qu'on m'a donné. Le seul pour lequel je n'ai jamais été formée.

Alors que je me dirige vers l'arrière du vaisseau et que je regarde les femelles prendre leur place aux commandes, une peur intese et soudaine me traverse les orteils. Je me demande pourquoi elles m'ont acheté si elles n'ont pas l'intention d'user de moi comme c'était prévu.

Existe–t–il *pire* situation que d'être une femelle de plaisir pour une colonie d'Oosas ou pour une horde d'Egamas ? Ces Lemorans ont l'air gentils, aimables… enfin, sauf le mâle. Il n'a pas l'air de m'aimer du tout, ce qui est en contradiction avec la vision que je conserve de lui s'interposant entre moi et le chef de guerre Egama. Il n'est peut–être pas cordial, mais cet acte reflète sa bonté. Il semble aussi avoir négocié l'accord avec Igmora. Par les étoiles, je n'y comprends rien, il lui a seulement dit qu'il ne négociait pas – mais il n'a pas fait l'achat lui–même.

Ils doivent vouloir m'utiliser pour quelque chose de vraiment infâme. Je frissonne en regardant autour de moi. Je n'ose pas prendre l'un des sièges vides au centre du transporteur. Je m'assois sur le sol contre le mur du fond et je respire profondément, pour refroidir et calmer mon esprit.

Cela n'aide pas, car toutes mes pensées se dispersent lorsque les portes se ferment et que nous décollons de cette planète. C'est seulement la deuxième fois que je quitte le fort qu'Igmora et Tyto tiennent sur Eshmir, la planète commerciale des pilleurs. Nous nous élevons au milieu des étoiles. En temps normal, je regarderais par la fenêtre, en me concentrant sur ces points lumineux et la splendeur dont ils inondent l'univers, mais je ne peux pas. Parce que le mâle qui m'aime assez pour me défendre, ou qui ne m'aime peut–être pas du tout, prend position à ma gauche et se met à me fixer avec une telle intensité que j'en ai l'estomac retourné et que chaque mot qui me vient à l'esprit pour briser cette horrible tension meurt dans mon estomac avant même d'atteindre mes lèvres.

Allez, tu peux le faire Essmira. Pense à Tyto, pense à ce qu'il te ferait s'il apprenait que tu oublies ses règles. Je sais comment mettre fin à une punition. Je pense que je suis punie en ce moment, car c'est ce que je ressens : son regard me transperce plus durement que n'importe quel fouet.

Le problème que c'est une punition.. agréable. Je me détends presque. En tout cas, ça aurait été le cas... si l'une des femelles n'avait pas choisi ce moment pour se lever des commandes et s'approcher de moi.

– Bonjour, je suis Bebette.

Elle bouge l'objet volumineux qu'elle tient de haut en bas. C'est une torche de guérison. J'en ai déjà vu une semblable à plusieurs reprises.

– Je peux jeter un coup d'œil à tes mains ?

Je baisse les yeux et je vois du rouge. Je ne comprends pas.

Je lève les yeux et je vois un sourire. Je ne comprends toujours pas.

Je jette un coup d'œil à la brute grincheuse, qui n'a d'yeux que pour moi. Il ignore complètement Bebette, et je réalise que je suis sur le point de perdre pied et de m'éloigner des rives de la réalité. Ces créatures aimables, ou peut–être très effrayantes, vont me regarder me noyer. On m'a appris à nager, mais sans l'ancrage que représente mon statut de femme de plaisir, j'ai oublié comment faire.

3
Raingar

Ça ne me plaît pas. Mes cornes palpitent. J'ai la poitrine serrée et depuis un quart de solaire, j'ai envie de faire caca. Pour être honnête, j'ai même envie d'exploser. Ce n'est peut-être pas au niveau de mon cul, mais quelque chose se passe dans ma poitrine, c'est certain. Mon cœur martèle et se jette contre mes côtes, toujours dans la même direction : vers elle.

Merquin sourit, même si elle essaie de ne pas le montrer. Je la surprends en train de sourire quand je détourne mon regard de la femelle assez longtemps pour croiser le sien. Cependant, détourner le regard de la femelle me procure une douleur sans nom, alors je ne me donne pas la peine de réessayer. Il me suffit de savoir que Merquin sourit. Reyna, Tana et Bebette aussi. Elles sourient toutes. Et je sais pourquoi elles sourient toutes.

Elles sourient toutes parce qu'elles entrevoient ma perte.

Merquin se tient derrière Reyna et Tana aux commandes. La seule différence entre notre arrivée et ce départ, c'est que Bebette se trouve à l'arrière du transport, à genoux devant la femelle à la peau brune et rouge. Elle soigne ses blessures avec une torche de guérison.

La torche va nettoyer et sceller ses coupures, mais la vue du sang rouge vif sur ses mains me donne toujours envie de briser quelque chose. J'ai envie de briser l'Egama… Il la *désirait*. Il désirait *ma* femelle. Je veux retourner là-bas – il le faut. Je veux plonger mes deux mains dans son visage, lui arracher son unique œil et le piétiner.

Un nouvel accès de sueur se répand sur mon front, ce qui est presque douloureux. En règle générale, les Lemorans ne transpirent pas, pas même lorsqu'ils travaillent dans les mines. Je me déplace. Ma peau dure ondule lorsque je frissonne. Je suis saisi par la panique et la douleur à la fois. Elle s'est fait mal aux mains. Elle s'est blessée et maintenant elle saigne. Je peux voir son sang couler. Il n'y a rien à faire pour l'arrêter à part attendre et je déteste ça. Je l'ai laissée se blesser et je ne m'en remets pas. J'ai laissé mes cornes, mon irritation et sa beauté incandescente me priver de quatorze tonnes de kintarr...

– Qu'est-ce qui m'a pris ? j'aboie.

Je m'adresse à Merquin, mais comme je ne peux quitter la femelle des yeux, j'ai l'air de lui crier dessus, ce qui *la* fait sursauter.

Elle regarde autour d'elle, confuse, et presse ses belles lèvres l'une contre l'autre. L'inquiétude sur son visage me rend dingue et le problème, c'est que je me sens déjà paniqué et enragé.

– Ce n'est pas à toi que je parle ! TOI, JE N'AI RIEN À TE REPROCHER, TU ES TRÈS BIEN…

J'ai à peine prononcé – crié – ces mots que je me rends compte qu'ils pourraient être mal interprétés. Tu es très bien ? Je voulais juste lui dire qu'elle s'en sortait bien. Je ne voulais pas avoir l'air de parler de son physique. Même s'il est parfait.

Ses grands yeux m'observent et ses jolies lèvres brun foncé tremblent. Ses mains saignent toujours et à la vue de ce sang, mon coeur bat la chamade. Est–ce que je devrais le lui dire ? Mais qu'est–ce que je raconte ? Nob ! Elle ne doit *rien* savoir. Argh !

– Merquin ! Qu'est–ce qui m'a pris ?

Derrière moi, Merquin fait la moue.

– Si tu penses que c'est toi qui es responsable de ce qui s'est produit, alors tu es aussi têtu que je le pensais et deux fois plus bête.

J'ignore sa remarque et je m'esclaffe :

– Ça ne me plaît pas.

– Tiens donc, ça ne te plaît pas ? ricane Tana. Pourtant, nombreux sont les mâles qui seraient bien heureux à ta place.

« Heureux » n'est pas le mot juste. C'est *la plus belle créature de toute la galaxie* et je suis sûr qu'aucune autre femelle ne pourra, à mes yeux, rivaliser avec elle. Elle occupe la place de la plus belle créature de l'histoire du cosmos et elle s'est si naturellement et complètement attribué ce titre, que toutes celles qui viendront à sa suite ne pourront prétendre qu'à une seconde place.

Savoir que je vais devoir la ramener à Lemora, où d'autres mâles – et d'autres femelles – seront plus qu' « heureux » de la contempler, me fait mal aux os.

Mon visage s'échauffe tandis que je la fixe. Je me demande ce qu'elle comprend de cet échange. Il est clair qu'elle parle parfaitement le lemoran – ce que j'aurais trouvé bizarre si Igmora ne m'avait pas fourni des explications.

– Je suis heureuse que tout se soit déroulé comme je l'avais prévu il y a trois rotations.

Je ne sais pas quoi dire. Nous attendons ensemble l'arrivée des autres cheffes de clan pour pouvoir régler cette somme astronomique. Je suis troublé et je ne sais pas de quoi elle parle.

Elle n'attend pas que je réponde, cependant; elle se contente de croiser ses bras sur sa poitrine et regarde le hall où son compagnon vient de s'enfuir.

– Tyto n'avait pas confiance en moi, lui aussi.

Elle rit doucement.

– Ah, vous, les mâles… Il est presque trop facile de vous manipuler et d'anticiper vos réactions. Je savais qu'elle serait ta compagne dès que je lui ai montré ton image.

– Mais de quoi tu parles ? je grommelle.

– Elle a souri, répond–elle.

Les yeux d'Igmora brillent et j'y discerne quelque chose qui m'horrifie. Je peux y voir l'ombre d'une émotion. Igmora ne ressent pourtant rien. Elle n'est pas censée ressentir quoi que ce soit. Elle passe une main dans ses cheveux, puis tire distraitement une mèche de cette masse noire et lisse.

– Tu étais presque trois fois plus âgé qu'elle sur l'image – tu avais atteint la maturité, alors qu'elle n'était qu'une jeune fille. Mais cela ne semblait pas avoir d'importance. Elle aimait tes yeux. Elle disait qu'ils étaient doux. J'ai alors compris que Xana et Xaneru prenaient soin de la petite femelle. Et de moi aussi par conséquent.

Elle rit. Ce son est plus cruel, plus grinçant. Ça lui ressemble plus. Elle est impitoyable dans tous les sens du terme.

– Je connaissais déjà ta réputation à l'époque. Je savais que tu ne négociais pas, j'avais donc prévu de t'extorquer tout ce que je pourrais. Cela a fonctionné. Je suis maintenant une femme très riche; et ma progéniture est entre les mains d'un mâle aux yeux doux qui la désirera et la chérira, et pas seulement pour sa capacité à engendrer des petits hybrides pour lui. J'ai réussi à la mettre sur ton chemin et c'est une bonne chose. Si cela n'avait pas fonctionné, je n'aurais pas pu dissuader Tyto de la garder pour lui.

– TYTO ! je crie.

Tout le sang se précipite de la base de mes cornes vers mes orteils.

– Tyto ? Mais il est… il est... il est...

– Il la convoite depuis qu'elle a reçu sa première marée lunaire.

Une envie de massacre me saisit impitoyablement. Je suis à deux doigts de devenir fou.

– Mais c'est ton compagnon !

Elle me regarde comme si j'étais la créature la plus stupide de toute la création. Elle croise ses bras lisses et charmants en se déplaçant avec l'élégance d'une créature marine.

– Ce n'est qu'une question de temps, chef de clan.

– De temps ? Comment ça ?

Elle me regarde en clignant des yeux.

– Ce n'est qu'une question de temps avant que je le tue ou qu'il me tue. Et crois–moi, il ne m'aura pas.

Je n'en doute pas une seule seconde.

Je lutte contre le goût amer dans ma bouche : cette femelle a été élevée pour moi par les deux créatures les plus détestables de tous les royaumes. Je retourne mon attention sur la femelle qui parle lemoran comme si elle était née et avait grandi sur ma planète. Il est clair que la langue ne sera pas un problème entre nous; mais peut–être n'a–t–elle pas perçu les subtilités de mes actions. *Peut–être* qu'Igmora ne l'a pas préparée à ce qu'elle représente pour un mâle lemoran, et dans ce cas, elle n'a pas compris pourquoi mes cornes commencent à s'effriter.

Je ne sais pas si je suis soulagé ou si cela me donne envie de céder à cette rage primaire encore une fois. Je n'ai jamais été aussi en colère. Quand l'Egama l'a regardée et a revendiqué son droit de la prendre, je savais avec certitude que je mourrais avant de laisser cela se produire. Et je n'ai jamais voulu me battre contre quoi que ce soit de toute ma vie. Je ne veux plus jamais me battre contre quoi que ce soit. Sauf si c'est pour elle. Pour elle, je me battrai sans poser de question.

Je regarde le sang séché sur mes poings et je secoue la tête. J'aimerais aller le chercher et recommencer à me battre contre lui. *Cette fois, je gagnerai. Je veux qu'elle soit sûre que je peux la protéger.* Argh ! Qu'est–ce qui m'arrive ? Je déteste ressentir toutes ces émotions étranges !

– Argh ! Ce n'est pas ce que je veux dire et tu le sais. Tout ceci représente une nuisance importante. J'ai trop de choses à gérer pour m'engager dans…

Je m'arrête. Je n'arrive pas à prononcer les mots qui dévoileraient mon état d'esprit et mes pensées.

– La *métamorphose* ? fait Reyna d'un air malicieux.

Bebette glousse. Tana s'étouffe de rire. Merquin ne dit rien. La femelle – *ma* femelle – semble sur le point de dire quelque chose, ce qui m'inonde d'une combinaison mortelle de panique et de désir, puis elle m'écorche vif lorsqu'elle décide de ne pas le faire.

– Ne dis pas ça, ce n'est pas…

Je souffle. Je me sens à la fois épuisé et traversé par une énergie inhabituelle.

– Ça ne me plaît pas.

– C'est *bien* une métamorphose, insiste Tana avec une petite voix diabolique. Je peux déjà voir paraître tes cheveux blancs.

Mon estomac s'affaisse et mes os se durcissent. Je pense à ce que j'ai vu dans le réflecteur que Merquin m'a tendu quand je l'ai vue dans le couloir. Elle avait dit quelque chose de similaire. *Tu as des cheveux blancs.*

Tous les Lemorans naissent avec des cornes gris foncé et ils les gardent jusqu'à ce que leurs énormes corps trapus soient réduits en poussière. Ils sont alors brûlés dans des bûchers construits sur les sables de Kintarr qui, lorsqu'ils sont allumés, produisent des flammes brillantes et colorées.

À moins que…

À moins qu'ils trouvent leur âme sœur. Nous avons pris l'habitude de parler d'âmes sœurs xiveris, comme les Voraxians. Nous ne vénérons pas Xana et Xaneru, leurs divinités, mais nous vénérons l'univers et nous savons quel est le pouvoir de nos cornes. Le pouvoir du véritable amour. En présence de nos âmes sœurs xiveris, la couche sombre qui recouvre nos cornes s'écaille et il ne reste que des cornes blanches en dessous.

Merquin est la seule cheffe de clan en couple et elle porte ses cornes blanches avec fierté, même si elles sont ternies par l'âge. Elle a trouvé son âme sœur xiveri il y a des rotations, avant qu'il ne me vienne à l'esprit de diriger un clan. Je n'en avais pas envie à l'époque. Je ne voulais pas non plus d'une âme sœur, ni de cornes blanches, ni de la responsabilité qui va avec.

Mais quelque chose s'est passé dans cette pièce avec l'Egama – et je ne parle pas de l'altercation parfaitement orchestrée par cette actrice d'Igmora. Je veux dire que quelque chose s'est produit en moi. Je me suis... transformé.

L'Egama est entré dans la pièce et m'a lancé son défi, mais pour moi cela n'avait aucune espèce d'importance. L'Egama est entré dans la pièce et *l*'a menacée, et alors… rien n'a eu plus d'importance que ce défi. Cette menace était bien plus importante pour moi que tout le miel de la ruche centrale des Walreys, et lorsque l'Egama s'est approché de moi, plusieurs choses sont devenues absolument claires.

Je ne l'aurais jamais laissé la blesser.

Je ne laisserais jamais rien ni personne lui faire du mal.

Soit dit en passant, mes cornes me font un mal de chien ! Ohr !

Merquin n'est peut-être plus la seule cheffe de clan en couple maintenant...

Comme si j'avais parlé à haute voix, son regard s'élargit et se dirige vers mes cornes.

– Arrête de les regarder !

Je lève le bras pour attraper mes cornes et les cacher, mais je me rends compte que je les tiens déjà.

– Argh !

Je ne sais pas quoi faire. Dois–je me lever, aller dans les toilettes et y rester pour le reste du voyage de retour vers Lemora ? Nob, si j'agis ainsi, je ne pourrai pas la voir et cette idée m'est insupportable. Devrais–je... me rapprocher d'elle ? J'inspire profondément, paniqué et exalté à cette idée. Oh nob, nob, nob, nob... ce n'est pas une bonne idée. Sous mon pantalon, ma queue se met à s'agiter.

Je me lève d'un bond, mais au moment où je m'apprête à me diriger rageusement vers les toilettes, j'entends le son de sa voix.

– Essmira, dit–elle.

Je cligne des yeux vers elle, perdu. Je suis tellement perdu que je n'arrive pas à respirer.

– QUOI ? J'halète.

Elle tressaille à cause du volume de ma voix et je fais un demi–pas en arrière; puis un autre demi–pas quand Bebette me grogne dessus.

– Calme–toi, Raingar.

COMMENT POURRAIS–JE ME CALMER ? SA VOIX A LA DOUCEUR DU MIEL DE WALREY. COMMENT EST–CE POSSIBLE ? COMMENT PEUT–ELLE ÊTRE AUSSI DOUCE ?

Quelque chose brille dans ses yeux. Son regard a eu le même éclat avant qu'elle n'attrape cette stupide sculpture et me la lance à la tête. Je sursaute et regarde autour de moi comme si je m'attendais à une attaque. Comme il n'y a aucun objet à lancer dans les parages, je me contente de la fixer dans les yeux, mais je n'y parviens qu'avec peine. *Elle est trop stupéfiante. Les Lemorans sont des créatures rocheuses. Il n'y a rien ni personne sur Lemora qui lui ressemble.*

Je fixe ses mains, que Bebette finit de panser, et j'aboie :

– Quoi ?

Le feu dans sa voix s'estompe. Elle se racle doucement la gorge.

– Je m'excuse. Je ne voulais pas... enfin... je ne sais pas si...

Je grogne. Je déteste cette voix. Je la hais plus que tout. C'est la voix qu'elle a utilisée pour s'adresser à Igmora et Tyto, aux autres, à moi aussi parfois. Mais ce n'est pas celle qu'elle avait la fois où elle m'a poussé et frappé à la tête. Est-ce qu'elle me considère comme un maître ou un bourreau du même acabit que ses épouvantables geôliers ? Ou est-elle... contrariée de ne pas s'être échappée ? Ma mâchoire s'agite et la rage monte rapidement dans ma poitrine. Je n'ai pas l'habitude d'être dans cet état.

Je jette un coup d'œil par-dessus mon épaule à Merquin pour lui demander de l'aide. Elle me regarde en fronçant les sourcils. Très subtilement, elle secoue la tête. J'aimerais savoir ce que cela signifie, parce que le mouvement semble significatif, mais je *ne sais pas ce qu'elle veut dire*, alors je l'ignore complètement et je me tourne vers la femelle.

– Qu'est-ce que tu as dit ?

Ses yeux brillent de plus belle. Ses mains forment des poings sur ses genoux, qu'elle garde serrés contre sa poitrine.

– Essmira !

Son cri fait sursauter Bebette. Elle sourit en se plaçant sur son derrière.

– Ravie de te rencontrer Essmira. Je suis Bebette.

Elle touche le centre du front d'Essmira avec deux doigts.

Essmira cligne rapidement des yeux avant que son regard ne passe de Bebette à moi. Ça ne me plaît pas, mais le sourire qui incline les coins vacillants de sa bouche me fait quelque chose. Oh non... J'ai beau ne pas aimer ça, ma bite… Ohr ! Ma bite… Le désir s'empare de moi. Une sensation magnifique et paralysante me traverse. Je passe une main sur ma poitrine nue et quand son regard se pose sur mes doigts, j'arrête de respirer.

Essmira lève sa main et touche le centre du front de Bebette avec deux doigts.

– Merci, Bebette. C'était gentil de votre part de réparer mes mains. J'espère que je pourrai vous rendre la pareille – à vous tous – pour la gentillesse que vous m'avez montrée. Je ne comprends toujours pas... ce qui s'est passé. Je sais que vous avez tous dit que...

Elle déglutit mais elle ne poursuit pas, comme si l'émotion était logée là et que ça lui faisait mal. Ça me fait mal de la voir ainsi. Ma main sur ma poitrine cesse de frotter et commence à serrer, comme si je devais creuser à travers la peau et arracher le haut de mon coeur pour le lui donner. Est–ce que ça l'aiderait ?

– Je m'excuse.

Ses yeux papillonnent. Elle doit être épuisée. Est–elle fatiguée ? A–t–elle envie de dormir ? Est–elle...

– Je ne vous demande rien, je veux juste… S'il vous plaît, ne pensez pas que je suis...

Un mouvement derrière moi attire son attention par–dessus mon épaule. Merquin est soudainement là, près de nous. Elle me pousse hors du chemin. Elle fait un signe de la main à Bebette et met un genou à terre devant ma femelle. Merquin est une bonne femelle, une femelle forte, mais en ce moment, je suis tendu et prêt à intervenir si elle... si elle quoi ? Je n'en suis même pas sûr. Mais je retiens mon souffle, au cas où.

– Bonjour, Essmira, dit Merquin.

Sa voix n'est jamais aussi douce lorsqu'elle s'adresse à moi. Elle salue Essmira en lui touchant le front. Essmira fait de même et cela semble la soulager. Pas beaucoup, mais suffisamment pour qu'elle cesse de trembler si violemment.

– Je m'appelle Merquin.

– Bonjour, Merquin. C'est un plaisir de vous rencontrer. Je suis désolée si j'en demande trop. Je vous promets que je suis profondément reconnaissante pour tout ce que vous avez fait pour moi jusqu'à présent. Je...

Oh nob. Nob, nob, nob, nob. NOB ! Elle renifle. Juste une fois, mais c'est suffisant pour me détruire. Merquin, dis quelque chose ! Fais quelque chose ! Mais elle ne fait rien. Elle hoche la tête et laisse Essmira poursuivre.

– Je promets de travailler très dur et d'accomplir toutes les tâches que vous jugerez bon de me donner. Je vous prie seulement, si vous souhaitez vous débarrasser de moi, de ne pas me vendre à un Oosa, un Egama ou un Oroshi.

Sa voix se brise à nouveau et elle renifle trois fois de suite avant de... Oh nob ! Des larmes tombent de ses yeux et se répandent sur ses joues brunes.

Je suis saisi par une souffrance sans nom. Je m'évanouis. Mes cornes... la douleur qui les traverse a atteint le reste de mon corps. Je tends la main pour attraper quelque chose, mais je sens Tana sur mon bras droit. Elle cherche à me soutenir. J'ai besoin d'aller vers elle... J'ai besoin de toucher Essmira... Elle seule peut faire disparaître cette douleur... mais quand j'avance, Tana me tire en arrière. J'essaie encore, mais sa prise sur mon bras est féroce.

– Nob, siffle-t-elle dans son souffle. Ce n'est pas de toi dont il est question.

Je secoue la tête. La rage, la confusion et une profonde, profonde tristesse, me rendent incertain. Je suis écorché.

Je suis sur le point de m'éloigner de Tana pour de bon et d'ignorer complètement son conseil quand Essmira essuie ses larmes et murmure.

– Je pensais être prête... Igmora a fait en sorte que je sois prête... mais les voir pour de vrai était bien plus accablant que je ne le pensais. L'idée de m'accoupler avec cet Egama était... difficile à accepter.

Sa voix devient de plus en plus faible.

– Quant à la délégation d'Oosas, elle était très...

Elle secoue la tête, jette un coup d'œil sur moi et détourne les yeux aussi vite.

– Je sais que je n'ai pas le droit de vous demander quoi que ce soit, mais si vous êtes mécontents de moi, j'accepterais volontiers n'importe quelle punition. Je souhaiterais juste ne pas être vendue à Tyto ou à une maison de plaisir fréquentée par des Oosas et des Egamas.

Tout en elle évoque la plus grande contenue, la constriction. Elle a l'air au bord de l'implosion. On dirait qu'elle pourrait bien se briser en mille milliards de morceaux et que si elle le faisait, il ne resterait rien. Il ne resterait rien d'elle. Et il ne resterait rien de moi. Je m'accroche à ma corne droite, mais l'enveloppe extérieure est si sensible que je me mets à siffler. Je laisse tomber mes mains et les serre le long de mon corps tandis que Tana continue de me maintenir en place.

Merquin laisse le silence s'installer pendant un instant avant de prendre la parole et, lorsqu'elle parle, sa voix est calme, telle un baume qui apaise tout ce qui se trouve dans le rayon de l'explosion.

– Tu es une femme courageuse, Essmira. Il faut du courage pour survivre à ce que tu as vécu. Tu as été volée à la naissance. Tes parents, où qu'ils soient maintenant, ne t'auraient pas abandonnée. Ils t'aimaient.

Essmira ouvre grand les yeux et souffle :

– Comment… Est–ce que…

Elle déglutit et l'eau commence à s'accumuler sur ses paupières inférieures. Je peux à peine respirer, je suis à l'agonie.

– Vous les connaissez ? reprend–elle.

Merquin secoue la tête.

– Non, je ne les connais pas. Nous n'avions jamais entendu parler de ton espèce avant ce solaire, mais nous connaissons Igmora et Tyto et leurs méthodes détestables. Ils t'ont volée quand tu étais petite parce qu'ils savent détecter très tôt la beauté; et tu es très belle. C'est indéniable. Mais nous, nous ne t'avons pas achetée pour ta beauté. Nous t'avons achetée parce que nous ne soutenons pas l'achat et la vente d'êtres humains. Nous voulions te libérer. Nous espérons que, même si nous ne sommes pas de ton espèce, nous pourrons servir de substituts acceptables aux membres de ta communauté et si tout se passe bien, tu nous considéreras peut–être comme une famille. Lemora est une planète où s'épanouissent de nombreux types d'espèces différentes. Ma compagne, par exemple, est Hypha. Elle a été exilée de sa communauté pour avoir rejeté le compagnon qu'on lui proposait et elle savait qu'elle se sentirait bien sur Lemora. C'est une planète sauvage et rude, certes, qui ne bénéficie pas de la technologie innovante des pirates Niahhorrus ou des structures administratives rigides des Voraxians – mais c'est une planète agréable. Une planète où il fait bon vivre. Elle est venue y vivre et quand je l'ai vue au marché, j'ai su immédiatement qu'elle était la femelle pour moi. Nous sommes ensemble depuis neuf rotations. Neuf rotations de bonheur. Ça représente probablement la durée de ta vie entière. Je peux t'assurer que si jamais elle découvrait que j'avais acheté un être vivant pour quatorze tonnes de kintarr avec l'intention de l'utiliser, de le maltraiter ou de le vendre, elle me quitterait. Aucun kintarr au monde et aucune beauté ne me ferait risquer ce que j'ai avec ma compagne. Elle est tout pour moi.

Les tremblements d'Essmira sont devenus si violents qu'elle ne peut pas parler, même lorsqu'elle essaie. Elle couvre son visage avec sa main bandée.

Merquin tend la main vers Essmira, mais la serre en un poing avant de toucher sa jambe. Puis elle pose une question qui ne m'avait même pas effleuré l'esprit.

– Puis-je te toucher, Essmira ?

– Yeffa !

Le mot sort de la gorge d'Essmira et un instant plus tard, les bras de Merquin l'entourent. Elle oblige Essmira à éloigner ses bras de ses jambes pour pouvoir l'enlacer complètement. Bebette, que j'avais complètement oubliée, se voile soudain la face. Des larmes coulent sur son visage.

– Je veux me joindre à vous ! s'écrie-t-elle avant de se jeter à terre pour passer ses bras autour du dos d'Essmira.

– Hors de mon chemin !

Tana me dépasse et va les envelopper toutes les trois dans ses bras. Ses seins exposés qui se balancent sauvagement alors qu'elle se jette sur elles ne m'aident pas à calmer ma bite.

– Hé ! Qu'est-ce qui se passe ? Et moi ? crie Reyna crie depuis l'avant du vaisseau. Raingar, pousse ton cul, je veux voir !

Je me déplace vers la droite distraitement, abasourdi par la scène. Je n'en crois pas mes yeux. Essmira sanglote. Elle s'effondre. Elle tombe en morceaux, en petits fragments de morceaux. Je me demande ce qu'elle voit quand elle s'effondre. Ce qu'elle ressent. Ce que je vois, moi, me donne envie de piloter ce vaisseau jusqu'à cette putain de planète d'ohr pour trouver Igmora et Tyto et leur arracher le cœur par la bouche. Que lui ont-ils fait ?

Je la regarde pleurer dans les bras des femelles de mon clan pendant une éternité. Assez longtemps pour que la douleur dans mon corps soit reléguée au second plan – elle n'a pas disparu, je n'ai pas l'impression qu'elle puisse disparaître totalement, mais elle est réduite à une douleur sourde.

À la fin, elle commence à respirer un peu plus facilement et, la voix brisée, elle parvient à murmurer :

– Si vous n'aimez pas les vendeurs de chair... pourquoi m'avez-vous achetée ?

Merquin se retire, se dégage du groupe.

– C'est Raingar.

Elle me fait un signe du pouce par-dessus son épaule et je me serre à nouveau la poitrine, des deux mains cette fois, pour me défendre contre la dague qu'elle vient de lancer sur mon cœur.

– Il nous a dit que c'était ce qu'il fallait faire.

Essmira lève les yeux vers moi et je ne sais plus où me mettre. Ohr ! Merquin donne l'impression que je suis un héros. C'est peut-être ce que j'ai dit, mais ce n'est pas ce que je voulais dire. Je voulais dire que c'était ce qu'il fallait faire... pour moi. Je ne pouvais pas supporter l'idée de la quitter. Nob, je n'aurais pas pu la quitter. Ça aurait été comme essayer de laisser mes deux jambes derrière moi avant d'essayer de m'échapper.

Ce n'était pas à elle que je pensais quand j'ai pris cette décision et j'aurais dû penser à elle. C'est ce que j'aurais dû faire.

Je ne l'ai pas fait, mais j'aurais dû le faire.

Ohr ! Je suis un bâtard et je ne suis pas digne d'être son compagnon.

Mais je suis son compagnon. Je suis son *âme sœur.* Mes cornes choisissent ce moment pour vibrer. Je grimace. Derrière moi, Reyna crie :

– Nous y sommes. Nous voici à la maison.

Quoi ?

Je me retourne et dehors le monde est sombre, éclairé seulement par les orbes flottants que nous achetons aux pilleurs Eshmiris. Durant les lunes, elles éclairent nos routes sinueuses de terre et de pavés jaunes ternis. Plusieurs autres vaisseaux sont amarrés ici sur la corniche circulaire et moussue. Entourés de lumières, les orbes Eshmiris brillent sur les coques extérieures des autres vaisseaux. Ils scintillent dans toutes les couleurs du Kintarr, tandis qu'au–delà d'eux, la corniche s'abaisse. La légère élévation, seulement d'une hauteur de corps, assombrit tout de même tout ce qui se trouve en–dessous. Le monde y est plus sombre, plus sinistre. *Essmira est ici maintenant. Ma compagne est ici. Je vais devoir la défendre contre tout cela.* Mon estomac se creuse. Je me sens vide. Nob – je me sens plein, je ne me suis jamais senti aussi vivant. Je ne me suis jamais senti aussi vivant, aussi terrifié et aussi *affamé.*

J'entends des bruits derrière moi sur le vaisseau et le son de la rampe qui s'abaisse pour toucher le sol moussu de notre quai. L'air froid se répand dans l'espace. Il est trop froid pour moi car je ne porte pas de cape, mais pour Essmira, il doit être glacial. Je me retourne pour crier à quelqu'un de lui donner sa chemise, mais je vois Merquin draper une couverture sur ses épaules et la guider le long de la rampe et hors du vaisseau.

– Argh ! Merquin ! Où vas–tu ?

Je les suis en titubant. Je sens la tension monter dans mes os et m'assaillir avec encore plus de force quand son odeur me parvient par–dessus l'odeur propre et moussue de ma terre natale. C'est *aussi* son odeur. Mais la sienne est plus forte. Mille fois plus. Elle est habitée par les effluves de mousse, de rosée humide, de soie et de miel de Walrey, mêlé à celui de la pierre de sang que nous récoltons au fond des mines et qui, dans son cœur, contient de petites gouttelettes d'eau. Elle sent aussi la plaine sombre, sauvage et rude. Là, où les sables de kintarr ondulent avec de constantes explosions colorées. Elle sent comme les étals sucrés des marchés.

Je m'écrase contre le dos de Tana et quand je recule, je bouscule Reyna.

– Aïe, je grogne en essayant de dépasser les autres cheffes de clan pour la rejoindre.

Je me retrouve face à elles quatre, Essmira légèrement en retrait, la main de Merquin sur son épaule. Le visage parfait d'Essmira semble légèrement gonflé autour des narines et de la bouche. Ses yeux sont également bouffis et rouges. J'ai mal aux genoux et j'ai du mal à ne pas céder à l'envie de m'effondrer.

– Où vas–tu ?

En m'entendant crier, elle me regarde avec des yeux ronds. Ses lèvres s'écartent. Elles sont marron foncé à l'extérieur, mais à l'intérieur, elles sont du même rouge sang que certaines parties de sa peau. Ohr, je veux savoir jusqu'où va le rouge. Je veux *vraiment* le savoir.

Elle lève les yeux vers Merquin, qui me jette un regard furieux avant de s'adoucir pour devenir une femelle que je ne reconnais pas. Elle se retourne vers Essmira et dit :

– Tu peux t'installer chez moi si tu veux. J'ai une chambre et des vêtements de rechange que tu peux utiliser. Tu peux rester aussi longtemps que tu le souhaites.

Essmira se mord la lèvre inférieure et je sens mon cœur battre à nouveau dans sa direction. C'est sa nouvelle habitude. Elle acquiesce.

– Merci.

– Bien. Alors c'est réglé.

Merquin me regarde à nouveau.

– Maintenant, tu sais où elle va.

– Quoi ? Mais..!

Je sursaute. Tout mon corps se soulève de colère. Comment ose–t–elle m'enlever ma femelle ?

– Merquin, il faut que je te parle en privé. Tout de suite.

– Bien sûr.

Elle lève les yeux au ciel mais me suit quand même sur le vaisseau.

Je lui mets mon doigt dans la figure et je hurle aussi doucement que ma rage me le permet :

– Tu n'as pas le droit de m'éloigner de ma compagne. Elle devrait rester avec moi !

– Raingar, j'essaie de t'aider.

Ses yeux n'ont pas la même couleur que les miens. Les siens ont plus de bleus et de violets que de bruns et de roses. Ses lèvres sont plus charnues et ses cornes blanches semblent se moquer de moi.

– Tu viens de l'inviter chez toi, ça ne m'aide pas !

– Si, je t'aide. Utilise un peu cet appendice épais que tu appelles une tête. Enfin, c'est évident, non ?

Elle pouffe de rire et ses yeux deviennent scintillants et distants. Je déteste ça !

– Peut–être que ce n'est pas évident finalement… Quand j'ai rencontré Librida, j'ai tout de suite su qu'elle était ma compagne, grâce à ça.

Elle tapote sa corne droite avec deux doigts.

– Mais tu sais quoi ? Librida n'a pas de cornes. Elle m'a regardée, m'a vue, et a passé son chemin. C'était un moment difficile, mais je n'ai pas abandonné pour autant. Je ne pouvais pas. Alors, j'ai dû lui faire la cour.

Lui faire la cour. *Lui faire la cour* ?

Je suis bouche bée. Je fixe la femelle qui se trouve en face de moi, horrifié. Terrifié.

– Mais enfin… Je ne peux pas faire… faire…

Je n'arrive même pas à le dire.

– JE NE PEUX PAS FAIRE LA COUR À CETTE FEMELLE ! Pourquoi le devrais–je ? Je l'ai déjà achetée !

Le regard de Merquin est tranchant. Mon cœur bat comme un gong. La douleur dans mes cornes pulse et déferle.

– Nob. Ce n'est pas…

Merquin m'interrompt avant que je n'envenime les choses.

– Tu as raison. Ce n'est pas ça. Qu'est–ce que je t'ai dit avant ? Tu *ne peux pas* acheter ton âme sœur et tu n'as certainement pas le droit de la contrôler. Ni elle, ni moi, ni personne. Donc, je te rappelle que tu *ne l'as pas* achetée. Je l'ai achetée. Reyna l'a achetée, Tana et Bebette aussi. Et les clans aussi. Nous avons payé des rotations de travail pour elle.

Elle fait un pas en avant, ses seins se pressent contre ma poitrine alors qu'elle me fixe droit dans les yeux, le regard presque au niveau des yeux.

– Tu étais le seul chef de clan mâle présent pour une raison. C'est parce que tu te soucies des autres.

– Argh ! Ce n'est pas vrai. Je ne me soucie pas de toi. C'est n'importe quoi. Je déteste tout...

– Si c'était Librida qu'on avait découverte avec Igmora et Tyto, qu'aurais-tu fait ?

– Librida ! Je leur aurais tordu le cou, bon sang ! J'aurais...

Je me tais, les joues fumantes de rage à l'idée que la charmante Librida puisse se retrouver entre les griffes de ces monstres. Ce faisant, je me rends compte que Merquin a raison. Elle a toujours raison. Mes épaules se voûtent et s'abaissent. Je m'affaisse d'un demi-pied de moins qu'avant.

– Si ça avait été le cas, je l'aurais achetée pour toi.

– Je sais.

Elle pose sa main sur mon épaule et la serre.

– Et c'est pourquoi je pense que ton clan a fait le bon choix. Ne leur donne pas des raisons de regretter leur choix. Elle est peut-être ta compagne, mais elle ne t'appartient pas et pour l'instant, tu ne penses qu'à toi. As-tu pensé une seule fois à ce qu'elle a traversé ? À ce dont elle a besoin ? Tu penses que *tu* es le genre de compagnon dont une femelle confrontée à une vie de traumatisme émotionnel a besoin en ce moment ?

La question est apparemment rhétorique puisqu'elle répond avant que je ne puisse lui faire savoir ce que j'en pense.

– Non. Tu n'es pas le compagnon dont elle a besoin en ce moment. Donc tu vas devoir attendre, être patient, et faire le nécessaire pour appendre à la connaître. Et quand tu feras connaissance avec elle, souviens-toi qu'elle se découvre aussi pour la première fois, et qu'elle découvre une autre planète.

Merquin se détourne de moi et retourne dans l'air froid et parfumé de mousse sans que j'aie pu trouver une réponse à lui donner. Le vent souffle sur ma poitrine nue. La croûte de sang sur ma peau est plus serrée qu'elle ne l'était. Je la gratte sans ménagement et le vert s'écaille sur ma poitrine, comme une peinture de guerre. C'est bien une peinture de guerre quand on y pense. Et en ce moment, je serais prêt à mener une guerre à nouveau si cela pouvait me permettre de sauter toutes les étapes de séduction de mon parcours avec elle.

Je suis un rocher et elle, est plus belle qu'une étoile. Comment suis-je censé l'attirer ? Comment peut-on séduire le soleil ?

– Tu sais, elle n'est pas si docile que ça, je grommelle en rattrapant Merquin à mi-chemin de la rampe. Elle m'a frappé avec une statue représentant un prince hideux. Je crois que j'ai encore un morceau de son pied planté dans mon front.

Du moins, j'espère que c'était un pied; même si, à y repenser, c'était la première fois que je voyais une statue de prince à trois jambes.

Merquin sourit mais ne me répond pas. Nous rejoignons rapidement le groupe et elle s'avance entre Bebette et Reyna avant d'atteindre Essmira.

– Es–tu prête, Essmira ? Il nous faut des pads pour aller chez moi. Les écuries sont juste là.

Elle hoche la tête, mais Reyna prend la parole.

– Attends ! Je n'ai pas eu mon câlin tout à l'heure.

Elle saute en avant et enlace Essmira. Elle l'étreint si fort qu'elle manque lui faire mal. Sans parler du fait qu'elle est torse nu. Essmira aime–t–elle la sensation des seins rocailleux de Reyna poussant contre ses seins beaucoup plus doux ?

Je fronce les sourcils et je grogne :

– Doucement Reyna, ne l'étouffe pas.

Essmira sourit quand Reyna la remet sur ses pieds.

– Tu seras bien ici. Et si tu as besoin de quelque chose, si tu t'ennuies à mourir chez Merquin par exemple, tu peux venir chez moi quand tu veux.

– Chez moi aussi ! intervient Bebette.

– Et chez moi aussi, bien sûr, ajoute Tana. C'est chez moi que tu t'amuseras le plus, j'ai le plus joli donjon, après tout. Nous organisons un concours de lancer de haches toutes les 8 lunes. Tu devrais venir !

– Non, elle *ne va pas* lancer des haches à l'une de tes fêtes paillardes, je gémis.

Merquin me lance alors un regard pénétrant que je ne parviens pas à comprendre. Sa main se crispe sur l'épaule d'Essmira, ce qui détourne l'attention d'Essmira de mon visage. C'est à la fois une bénédiction et un tourment.

– Je pense qu'elle serait très douée pour ça au contraire, si elle veut essayer. Comme tu l'as fait remarquer, elle est assez adroite au lancer. Apparemment, elle a jeté une statue à la tête de Raingar.

– Oh... yeffa ! Je pense que je vois une petite égratignure là. Pas mal, pas mal...

Reyna rit. Les autres rient aussi.

– Oh, la chance ! J'ai toujours voulu jeter quelque chose à la tête de Raingar, affirme Tana.

Je secoue mon poing vers elle. Vers elles toutes, pour être honnête.

– Vous n'avez pas intérêt à essayer. Si vous le faites, je vous démonte ! je crie, avant de jeter un regard horrifié à Essmira. Tu n'es pas concernée... bien sûr. Toi, tu peux me jeter ce que tu veux. Enfin... pas n'importe quoi. Idéalement, pas quelque chose de pointu. Mais si tu le veux vraiment...

Elle sourit et le pont entre mon cerveau et ma bouche s'effondre.

– Je suis vraiment désolée, Raingar. Je n'aurais pas dû. J'étais... dépassée. Ça ne se reproduira plus jamais.

– Oh, ce n'est pas...oh...ok, je marmonne maladroitement.

Reyna, Bebette et Tana murmurent des mots d'adieu à Essmira, Merquin et moi, mais je les salue d'un signe de tête. Elles descendent les petits escaliers et empruntent le chemin de droite, vers le dôme lointain, où les pads hennissent et crient toute la lune durant.

Essmira est toujours debout à l'endroit où elle me regardait. Merquin se tient juste derrière elle. J'ouvre la bouche, j'aimerais avoir quelque chose à dire. *Je dois la séduire. Je suis censé la courtiser.* Comment faire la cour à une femelle qui n'a pas véritablement envie d'avoir un compagnon ? Comment faire la cour à une femelle qui est la plus belle créature de l'univers ?

– Essmira ? dit Merquin.

Elle s'est éloignée de quelques pas. Elle attend qu'Essmira la suive jusqu'aux écuries, mais Essmira ne fait que me regarder avec un pli entre les yeux. Sa lèvre inférieure est coincée entre les dents. J'ai envie de la libérer, avec mes lèvres.

Essmira tressaille, puis une sorte de résolution hésitante inonde ses traits alors qu'elle fait le premier pas vers moi, puis le suivant. La mousse et la terre s'écrasent doucement sous ses pieds nus et je ne peux m'empêcher de regarder ses orteils. Il y en a cinq, alors que je n'ai que trois doigts épais. Des doigts qui ne se casseraient pas si un rocher leur tombait dessus, ce qui est arrivé plusieurs fois. Si un simple caillou atterrissait sur ses petits orteils, ils se casseraient tous. *Et je ne pourrai pas la protéger car Merquin me l'enlève.* Argh !

Mon hystérie rend le monde brumeux. La structure du donjon de Merquin est–elle vraiment sûre ? Et si elle se blessait ? Et si elle faisait de mauvais rêves ? Et si l'Egama venait la chercher une lune quand Merquin ne fait pas attention ?

Je suis sur le point de supplier Merquin de reconsidérer le fait de me laisser Essmira, au moins pour cette première lune. Je veux rester éveillé et la regarder fixement toute la lune. Je veux éloigner d'elle tout ce qui pourrait lui faire du mal; mais Essmira détruit cette impulsion quand elle fait un pas vers moi, puis un autre.

Essaie–t–elle de retourner sur le vaisseau ? Regrette–t–elle d'être venue avec nous jusqu'ici ? Je sursaute vers la rampe ouverte du vaisseau kintarr, prêt à bloquer sa sortie, mais Essmira ne se dirige pas vers le vaisseau. Elle vient vers *moi.* Avec tout ce qui fleurit sur cette belle planète, c'est vers moi qu'elle se dirige !

La sueur fait frissonner mon front tandis qu'un baume apaisant coule de la pointe de mes cornes jusqu'à la base au moment où Essmira me touche.

Elle touche ma poitrine et tout mon être s'articule autour de cette sensation. Ohr. Elle est parfaite. Elle est plus que parfaite. Et moi, je ne suis qu'une bête sculptée dans la pierre avec des cornes. Ça ne marchera jamais. Je ne serai jamais capable de la courtiser. Je vais... J'étouffe.

Elle glisse ses bras autour de ma taille. J'ai envie de déchirer le vêtement indigo dans lequel elle est enveloppée pour pouvoir sentir sa peau contre la mienne. Mes doigts se crispent. Elle enfouit son visage dans ma poitrine. Elle ne semble pas se soucier du sang d'Egama ou de la texture rude de mon corps. Je reste là, les bras en croix, à fixer le sommet de sa tête comme un fou. Je ne me souviens pas de la dernière fois que quelqu'un a essayé de me toucher, par contre, je me souviens que je détestais ça. Mais là... Être touché par Essmira... Oh, je ne déteste pas ça. Non, je ne déteste pas ça du tout.

Mon cœur est tendu. Tout en moi est tiré vers elle. Pour finir, mes mains tombent sur ses épaules et restent là, frissonnant et tressaillant du désir d'aller plus loin, de toucher d'autres parties de son corps...

– Merci, dit–elle en se retirant avant même que je puisse décider de ce que je pourrais faire.

Ma bouche est totalement sèche. Je me contente de grogner.

Son sourire vacille, puis elle devient toute penaude. Je n'aime pas la voir ainsi.

– Je suis aussi désolée d'avoir jeté la... la statue sur toi. Je suis vraiment, vraiment désolée.

Je grogne encore. Je devrais lui demander si je peux lui rendre visite un jour. Je devrais lui proposer de lui montrer mon village. Je devrais lui dire qu'il est beaucoup plus grand que celui de Merquin, même si ce n'est pas vrai. Je devrais lui parler du miel de Walrey, lui dire qu'elle parle comme lui et qu'elle sent la soie, même si ce n'est concrètement pas possible, même s'il s'agit plutôt d'une *impression*. Je devrais lui dire qu'elle a l'odeur légère des impressions. Des impressions qui, avant ce moment, étaient mon foyer. Mais maintenant, tout a changé, parce que lorsqu'elle recule, j'ai l'impression qu'elle emporte aussi mon foyer avec elle, et je n'aime pas ça. *Mon foyer est censé être un endroit, pas une créature.*

– Voilà, je voulais juste… m'excuser. Merci, Raingar. Merci pour tout.

Elle s'éloigne de moi avec Merquin et je reste là, bouche bée, pendant encore trois millénaires, le temps que le temps se déroule autour de moi et devienne une toute autre bête, un serpent cette fois. Il m'étouffe.

Je choisis de rentrer à pied au lieu de prendre une de ces bêtes sauvages que la plupart des villageois utilisent comme moyen de transport; et alors que je piétine, une affreuse vérité se fait jour dans mon esprit.

Je me définissais comme le grincheux de service, celui qui détestait tout. Ce n'est plus le cas.

4

Raingar

– Ohé !

Je me répète, plus fort cette fois, car personne ne me prête la moindre attention. Mes couloirs sont pleins, mais les créatures immondes qui occupent une grande partie de mon espace sont toutes occupées à travailler.

– Ohéééééééééé !

Je suis allongé sur le sol de pierre au centre de la grande salle, les bras et les jambes écartés sur les côtés tandis que je fixe le plafond de pierre. J'aimerais qu'une comète tombe à travers la lucarne et mette fin à mes souffrances. Par contre, il faudrait que cette comète soit très petite : je ne voudrais pas qu'elle détruise le plafond et blesse quelqu'un d'autre. Ce serait dommage d'avoir à reconstruire mon donjon. C'est une belle construction, une belle maison. En ce moment cependant, il y a bien trop de monde à l'intérieur, et comble de malchance, celle que j'aimerais voir ne se trouve pas parmi eux.

– EEEEHHHHHHHHHH !

Le visage de Gorman apparaît au–dessus du mien, comme une lune ronde suspendue dans le ciel. Gorman est Hypha. Il a une peau orange vif, des nageoires qui sortent de chaque côté de sa tête et de grands yeux noirs qui occupent la majeure partie de son visage. Son nez est constitué de deux fentes et sa petit bouche présente des rangées de dents courtes et carrées. Il ne sourit pas – mes bouderies sont loin de l'amuser – mais dit d'une voix plate :

– Tout va bien, Raingar ?

– Ohééééé…

– Yeffa, interrompt–il. Nous t'avons entendu les cent mille dernières fois. Les Rekkarus ont du travail, alors si ça ne t'ennuie pas, va crier dans tes quartiers privés.

Les Rekkarus constituent la majorité de la populace qui occupe mon grand hall en ce moment. Délicates petites créatures ailées, ce sont des coursiers hors paire et en ce moment, mon hall est rempli de marchandises à livrer puisque les livraisons et les commandes continuent d'affluer des Huit Quadrants.

C'est le travail de Gorman de coordonner le transport des marchandises. Mon job à moi, c'est de rencontrer les dignitaires qui font les livraisons et de les terroriser lorsqu'ils atterrissent. S'ils sont persuadés que je peux aisément les faire passer de vie à trépas, aucun d'eux n'essaiera *jamais* de tromper, de mentir ou de voler un Lemoran. Ça fonctionne plutôt bien, personne ne tente un mauvais coup. À part les pirates, ces êtres puants et sanguinaires.

Je suis ici depuis le lever du soleil – avant le lever du soleil pour être honnête. Ohr ! Comment aurais–pu trouver le sommeil ? Je refuse de rencontrer qui que ce soit ou de faire quoi que ce soit d'autre que de rester allongé ici à repenser aux récents événements qui ont bouleversé ma vie. Gorman, ce petit malin, a décidé d'amener les dignitaires dans ma putain de chambre. Ohr ! Je pensais que c'était pour me punir, mais c'est encore pire.

En fait, il se sert de mon humeur actuelle pour favoriser les négociations de dernière minute. Il vient d'affirmer que je suis *encore plus utile* que d'habitude et qu'il est particulièrement satisfait de la façon dont les choses se sont passées avec les Oroshis. Au lieu de s'attarder et de nous faire perdre du temps en mangeant toutes nos meilleures réserves de nourriture, le dignitaire Oroshi a pris la fuite sur ses tentacules pour retourner à son vaisseau quand j'ai commencé à gémir. Apparemment, il pensait que j'étais malade et il ne voulait pas être contaminé. Il était si pressé qu'il n'a pas pris le temps de négocier et qu'il a payé tous ses articles au prix fort.

Je déteste cet Oroshi maintenant. Et je déteste aussi Gorman. Je déteste tout le monde !

Enfin… presque tout le monde.

Tout le monde sauf celle que je n'arrive pas à séduire...

– OHHHHHHHHHHHHH !

Mes cornes brûlent. Je croasse devant le visage de Gorman.

Son expression placide se tord aux coins, ce qui transforme sa petite bouche en un arc de cercle presque parfait.

– Raingar, lève-toi. Mon boulot c'est d'être ton second, pas ta mère. Maintenant que les dignitaires sont partis, tu peux aller piquer ta crise dans tes appartements privés. Ou, mieux encore, lève-toi, prends ça, et aide-moi.

Il secoue un journal de bord aux pages usées et cornées sous mon nez. À mille lieues de la technologie fantaisiste Voraxiane et de la technologie Niahhorru, qui est connue pour être faillible et corrompue, nous, Lemorans, nous comptons sur nos cerveaux ! Nous nous appuyons sur nos mains et nos pieds trapus pour résoudre nos problèmes ! Il nous arrive d'utiliser occasionnellement une tablette ou un écran holo, conséquences malheureuses des voyages inter-quadrants; mais ça reste occasionnel. Si seulement nous n'avions pas participé aux voyages inter-quadrants…

Si nous n'avions pas participé aux voyages inter-quadrants je n'aurais jamais trouvé Essmira.

Je commence à gémir à nouveau et Gorman me donne un coup de pied sur le côté.

– Aïe ! Ça fait mal !

Mon exclamation est teintée de mauvaise foi. Je me redresse si vite qu'il recule. Mais je suis plus rapide que lui et je lui arrache son livre avant de me rallonger puis de feuilleter les pages. Quelques secondes plus tard, je me rends compte que je le tiens à l'envers.

– Quel est le problème ? je grogne.

Il semble surpris par ma question. Ses yeux circulaires s'agrandissent et sa petite bouche s'agite en un petit sourire.

– Regarde.

Il ouvre le livre au milieu, le tourne dans l'autre sens et me le rend.

– Tu as commandé sept caisses de ce liquide, mais personne ne sait à quoi il sert.

Je garde un œil ouvert, mais laisse l'autre fermé – juste pour l'effet – pendant que je lis les pages.

– C'est de l'essence de feu.

Les nageoires de Gorman se contractent. C'est un signe que je l'agace vraiment, il ne fait plus semblant. Je me sens encore plus mal.

– Qu'est-ce qu'il y a ?

Je grogne et me hisse sur mes coudes, ce qui fait reculer Gorman de quelques mètres. Il se redresse de toute sa hauteur et ramène le livre contre sa poitrine quand je le lui rends. Il tient son stylo à encre vers le bas et vers la droite, comme un guerrier pourrait le faire avec une épée dont il s'apprêterait à faire usage.

– C'est comme ça que le Niahhorru l'appelait, j'explique.

– Tu l'as acheté à des pirates, poursuit-il.

Il lève la peau creusée au-dessus de son œil qui ressemble à un sourcil, mais qui n'en est pas un. Je hoche la tête.

– À un prix équitable ?

– Yeffa !

Ses narines fendues s'élargissent et je fronce les miennes – enfin, dans la limite de ce qui est permis par la peau lemorane. Un peu embarrassé, j'admets :

– Je l'ai acheté… à un certain prix.

Gorman semble prêt à signer mon arrêt de mort. Je continue rapidement :

– C'est de l'huile pour les lampes du dôme Eshmiri. Celles qui flottent. Tu sais, celles qu'on utilise pour...

– Je sais de quelles lampes tu parles, souffle Gorman. Mais je sais aussi qu'elles sont construites pour un usage unique. C'est la raison pour laquelle les Niahhorrus sont passés au yeeyar.

– Les Eshmiris les ont construites pour un usage unique, mais ça n'empêche pas les Oroshis de les réutiliser. Ils les ont modifiées en utilisant les excrétions des ionis pour produire cette huile qu'on peut employer pour recharger les lampes Eshmiris. Elles sont donc maintenant réutilisables.

Il cligne des yeux, ses paupières se ferment sur les côtés.

– Je vois. Cela va nous faire économiser une fortune sur les lampes…

– C'est une question ? je grogne.

– Non. Je suis juste surpris.

Il note quelque chose dans son livre.

– Sais–tu combien nous allons économiser avec ça ?

– Dix–sept sacs de Kintarr à chaque rotation.

– Ok. Super.

Il hausse les épaules en arrière comme si sa tunique de soie ne le dérangeait pas du tout. Ohr ! D'une rare élégance, ce mâle a le culot d'avoir une autre robe de soie drapée par–dessus. Je déteste ma vie !

Gorman siffle soudain assez fort pour que je pousse un glapissement de surprise.

– Arrête !

Il m'ignore et hurle pour que sa voix couvre le bruit de la salle bondée.

– Mino et Closette ! Vous pouvez utiliser ce liquide pour restaurer l'énergie des dômes. Apportez–en un ici et Raingar vous montrera comment faire. Raingar !

Il donne un coup de pied sur le côté de mon pied.

– Tu leur montreras comment faire, n'est–ce pas ?

Je grommelle mais je recroqueville mes jambes pour me préparer à me lever.

– Tu m'aideras aussi à identifier trois autres cargaisons pendant que tu y es.

Je grogne encore.

– Et ensuite, tu te bougeras les fesses pour aller aux écuries de l'aire de jeu et tu prendras un chariot qui te mènera au donjon de Merquin. Là, tu répondras aux trois requêtes qu'elle a envoyées. Je ne sais pas ce qu'elle a aujourd'hui mais elle a même envoyé un messager pour toi.. Ohr… Par toutes les comètes…

Ses nageoires se crispent et ses doigts se resserrent autour de son journal de bord.

– Qu'est–ce qu'elle nous veut, Raingar ?

Je brûle, mortifié à l'idée de devoir révéler ce que je vais devoir avouer. Je suis toutefois reconnaissant que les autres cheffes de clan, pipelettes invétérées, n'aient pas encore révélé la présence d'Essmira sur notre planète. Elles devront le faire – nous devrons tous expliquer pourquoi quatorze tonnes de kintarr se sont… évaporés. Mais pour le moment… je ne suis pas encore prêt à parler d'elle.

– Tout va bien, Gorman. Elle veut juste me voir pour… quelque chose.

J'ai tant de peine à m'exprimer que je ne suis pas sûr qu'il puisse me comprendre. Ce qui se trouve confirmé quand il me demande de me répéter.

– Puisque je te dis que tout va bien, Gorman. Ne me regarde pas comme ça.

Je sens une chaleur dans mon visage et une douleur dans mes cornes. Je les touche, et les yeux de Gorman me fixent avec plus d'acuité. Il a l'air effrayant.

– Arrête ! Je n'aime pas quand tu me regardes comme ça !

Gorman cligne des yeux, inspire et s'apprête à dire quelque chose… mais il n'en fait rien et se contente de secouer la tête.

– Ok, Raingar. Tu sais que j'ai toute confiance en toi. Donc je te crois. Si tu dis que tout va bien, alors tout va bien.

Gorman est mon conseiller depuis que j'ai été nommé puis élu chef de clan. Il était aussi candidat au poste de chef de clan, j'ai même voté pour lui. Je pense que le fait qu'il ne soit pas Lemoran a quelque chose à voir avec sa défaite. Je me sens comme de la bouse de pad à cette idée; car je lui fais confiance plus que quiconque. J'ai peut–être l'air d'une pierre, mais je n'ai pas un cœur de pierre : c'est mon ami et je n'aime pas lui cacher des choses. Je ne veux rien lui cacher.

J'ouvre la bouche, prêt à lui raconter ce qui s'est passé dans le premier quadrant, mais tout à ses préoccupations, il est déjà en train de faire venir vers moi un petit groupe de créatures et il m'ordonne de leur montrer comment rallumer les dômes Eshmiris en utilisant l'essence de feu que j'ai achetée aux Niahhorrus, qui eux–mêmes l'ont achetée aux Oroshis.

Cela dure une éternité. Il me faut une autre éternité pour expliquer à un groupe de Lemorans comment faire fonctionner les hélices à vent que j'ai achetées à une délégation voraxiane. Elles vont nous aider à garder les mines de Kintarr au frais dans mon clan.

Les Rekkarus viennent ensuite me demander comment distribuer le miel de Walrey : ils veulent savoir quelle part doit aller aux guérisseurs et quelle part revient aux sorcières qui transforment le miel de Walrey en quelque chose de plus... puissant.

Je termine cette tâche éreintante et sept autres, lorsque Gorman s'approche de moi. Il semble encore moins heureux de me voir que d'habitude.

– Merquin est là, annonce–t–il.

Sa couleur orange vif habituelle rougit, il prend la teinte d'une terre d'ombre.

– QUOOOOOOOIIII ?

Ma voix s'élève à la fin et s'embrouille au milieu. Je commence à respirer difficilement et lourdement. La douleur sourde dans mes cornes revient avec une vengeance ardente. Je lève la main et attrape l'une des deux.

– Est–elle seule ?

– Nob.

– Nob ?

– Nob.

– Nob !

Je jette un coup d'œil à mon pantalon. Ce n'est qu'une pièce de tissu en laine grossière, non raffinée. Je suis vêtu comme le dernier des Lemorans. Je panique.

– Elles sont déjà là ?

Les nageoires de Gorman s'agitent, ce qui est, chez lui, un signe d'irritation.

– Raingar, d'habitude tu me dis tout. J'ai besoin de savoir ce qui s'est passé quand tu étais dans le Quadrant 1. As–tu négocié ?

– Argh ! Tu sais que je ne négocie jamais. Dis–moi, tu trouves que ce pantalon me va bien ?

– Dans ce cas, qu'est–ce que…

Il se fige tout à coup et jette un coup d'œil autour de lui. Le mâle lemoran et la femelle qui se tiennent à côté de lui se sont également immobilisés.

Ils me regardent tous les trois, échangent des regards surpris, puis regardent mon pantalon. C'est finalement Gorman qui siffle :

– Qu'est–ce qui te prend ? Tu ne t'es jamais soucié de l'aspect de ton pantalon auparavant. Est–ce que tu as cassé une de tes cornes ?

Il a l'air horrifié. La femelle Lemorane inspire avec inquiétude.

– Tu as mal ? demande–t–elle. Est–ce qu'on doit t'emmener chez le guérisseur ?

Un mâle lemoran – appelé Bruttut – renchérit :

– Tu es tombé dans les escaliers ? Tu t'es cassé le crâne ?

– C'est Merquin, suggère la femelle, Talia, avec un haussement d'épaules qui montre qu'au fond, elle ne s'en soucie pas. C'est sûrement elle qui l'a poussé.

– Nob ! Je ne suis pas tombé dans les escaliers ! J'ai le temps d'aller me changer ou est–ce qu'elles sont déjà entrées ? Est–ce qu'elles…

Un silence s'installe dans la moitié avant de la pièce et le temps se suspend. Tout ce qui suit se passe au ralenti. Merquin entre à grands pas par les portes massives et arquées situées au bout de l'espace, deux de ses assistantes les plus proches se pressent à ses côtés tandis qu'elle présente les différentes caractéristiques de ma grande salle.

– Comme tu peux le voir, Raingar a érigé son donjon avec quatre tours et une grande salle en leur centre. As–tu également aperçu la longue maison construite entre deux des tours sur la gauche lorsque nous nous sommes arrivées ?

Mes oreilles se tendent – mon corps tout entier se tend – pour entendre la réponse. Mais je ne l'entends pas.

– Tout à fait. C'est là qu'il garde ses appartements privés. Contrairement à Librida et moi, Raingar n'aime pas trop la vie au village. Il préfère rester ici, loin de l'agitation.

C'est une façon polie de dire que je déteste tout le monde. Connaissant Merquin, c'est une formulation bien gentille – trop gentille – cela ne lui ressemble pas. Elle a dû goûter au miel de Walrey.

Un rire doux émane de la capuche de la silhouette cagoulée entre les trois femelles lemoranes. Elle est venue avec *des femelles. Béni soit le soleil ardent.* Si elle était venue avec des mâles, j'aurais pu tuer ou blesser l'un d'entre eux. Ou les deux.

– Le voilà ! s'exclame Merquin.

L'attention se concentre sur moi, debout sur la courte volée d'escaliers qui mène à mon pitoyable trône.

Je regarde autour de moi. Je cherche à m'assurer qu'elle parle bien de moi, tout en essayant de ne pas avoir une érection et de ne pas me faire dessus. *Elle est là. Elle est là !*

– Raingar. Ah, Raingar ! Te voilà, chante Merquin.

Sa voix est légère mais son regard est glacé. Cela m'effraie.

– Nob. Je ne suis pas là, je réponds pour la forme.

Je me demande s'il n'y a un endroit derrière moi où je pourrais me cacher; mais cette femelle qui est mienne lève les yeux au moment où je parle et croise mon regard avec un doux sourire, à peine visible.

Oh nob. Nob, nob, nob. Son sourire… Il est si… C'est trop pour moi, je suis submergé. Je ne suis pas prêt pour ça. Je suis comme une fleur lunaire qui se ratatine sous le doux contact du soleil précoce. Parce que c'est exactement ce à quoi elle ressemble, elle est un soleil qui éclaire Lemora le matin, quand le monde commence à peine à bouger. Elle est l'astre qui s'élève quand tout est en paix.

Pendant un moment, je ne distingue que son visage, aussi suis–je surpris de constater que le reste de son corps a fait son entrée dans ma sphère personnelle. Merquin se tient à ses côtés. Elles sont toutes les deux au pied de l'escalier. Les assistantes sont légèrement en retrait. Je fixe son visage. Je suis bien conscient que Merquin est en train de parler, mais je n'entends pas un mot de ce qu'elle dit. Je n'entends rien. Je suis sourd.

– SUIS–JE SOURD ?

Mon âme sœur cligne ses yeux noirs, bruns et blancs. Ils forment des cercles parfaits qui correspondent à la forme de sa bouche avant qu'elle ne dise .

– Pardon ?

– Toi ?

Je panique. Je commence à transpirer et je jette un coup d'œil autour de moi en priant pour une distraction quelconque. Je vois Merquin à la place et je pointe un doigt en forme de bloc vers elle.

– Toi !

Je l'accuse. Elle lève les yeux au ciel et grimace, mais quand Essmira se retourne pour la regarder, elle est toute souriante.

– Pardonnez–moi. Ai–je fait quelque chose de mal ? Si c'est le cas, je suis désolée. Dites–moi ce que j'ai fait et je veillerai à ce que cela ne se reproduise plus jamais...

Merquin la prend par le bras et la pousse un peu plus vers moi.

– Tu n'as rien fait de mal, Essmira.

Il y a une légère acidité dans son ton qui me déplaît particulièrement. Je ne comprends pas la raison de ce changement. Jusqu'alors, tous ses autres gestes envers

Essmira ont été empreints de gentillesse – ce qui est inhabituel chez Merquin. Être gentil n'est pas non plus une habitude chez moi. Pas du tout.

– Et comme je te l'ai déjà dit, tu dois arrêter de t'excuser.

Le regard d'Essmira se pose sur les escaliers entre nos pieds avec un air désolé qui me plaît encore moins.

– Argh ! Ne l'écoute pas. Tu peux t'excuser. Tu peux faire tout ce que tu veux !

Je termine en soufflant rageusement et Essmira me sourit avec surprise. Merquin, elle, me lance un regard noir et, à nouveau, quand Essmira la regarde, elle se transforme.

Sa main glisse vers le dos d'Essmira et elle la pousse vers l'avant, vers la première marche et au–delà de la barrière invisible qui nous séparait.

– Yeffa, je suppose que Raingar a raison. Pfff ! C'est bien la première fois qu'il a raison, mais je suppose que ça devait arriver un jour.

Essmira réagit alors avec une sauvagerie à mille lieues de son caractère. Elle grogne. Elle grogne comme un ruffalumph affamé à la recherche de fleurs de ranxcera et des fruits roses et lumineux qui poussent en dessous. Elle se couvre immédiatement la bouche, mais un petit rire s'échappe de la cage formée par ses mains.

Et toute cette démonstration est suivie d'un comportement encore plus inattendu de la part d'une femelle formée par Igmora, qui est aussi fausse qu'impeccable. Essmira s'écrie soudain :

– Ohr ! Je veux dire… Par les étoiles ! Oh…

Elle a juré. Elle a juré !

Elle serre ensuite ses mains autour de sa bouche et se tait pendant que nous la regardons tous, choqués.

La réaction d'Essmira n'est pas fausse, elle est naturelle. Et elle n'est certainement pas parfaite.

En fait, c'est presque inesthétique.

Alors que je me fais ces réflexions, mes cornes se transforment en miel liquide de Walrey parce que – à l'exception de son visage – *ce comportement* est ce qu'il y a de plus attirant chez elle.

Merquin réagit avant moi. Elle éclate de rire si fort que le bruit remplit toute la salle. Je lève les yeux et me demande s'ils se sont tous arrêtés à cause de ce rire... mais je ne le pense pas. Merquin a beau rire, tous les yeux s'efforcent d'apercevoir la créature sous la capuche. Celle qui a des mains brunes et des ongles pointus écarlates. Celle dont la peau porte une tâche *rouge* qui disparaît sous le vêtement, comme pour nous inciter à voir ce qui se cache en dessous. *J'ai payé quatorze tonnes de kintarr pour savoir ce que cachent ces vêtements. J'ai besoin de le savoir.* Mais d'abord, j'aimerais l'entendre grogner et jurer à nouveau.

Je souris, je glousse même un peu. Essmira lâche un petit cri derrière ses mains, ses yeux s'agrandissent. Ses mains s'éloignent de ses lèvres et elle ouvre la bouche, mais c'est l'une des assistantes de Merquin, Hebba, qui crie la première :

– Ohr ! Raingar a souri !

– Nob ! Nob, je n'ai pas souri ! je crie en luttant pour cesser de sourire. Bon... peut-être que j'ai souri, mais c'est la faute d'Essmira !

– Essmira ?

Nous nous retournons tous pour voir Gorman debout à côté du simple siège en pierre qui me sert de trône. Il regarde avec curiosité le petit groupe que nous formons.

– Oh ! Je m'excuse de ne pas m'être présentée plus tôt. Je m'appelle Essmira, dit mon âme sœur dans un lemoran irréprochable.

Elle fait un pas en avant, ce qui l'amène à la marche juste en dessous de moi; ce faisant, sa capuche glisse.

Elle lève ensuite le bras pour attraper l'air avec sa main droite et la ramener sur son cœur. Gorman répète le mouvement maladroitement, si je puis dire, tant il est subjugué par la jeune femme, qu'il *regarde fixement* la bouche béante et les épaules affaissées. Je ne l'ai jamais vu ivre mais je dirais qu'il a l'air bourré.

Comme le capuchon d'Essmira a glissé et et que ses bras dépassent de sa cape, nous pouvons tous distinguer la robe qu'elle porte en dessous. Ohr ! Où a t-elle trouvé cette robe ? Elle est venue avec nous les mains vides et pourtant, elle porte ce qui est clairement du tissu lemoran cousu parfaitement pour s'adapter à sa forme. Il est d'un jaune doux et fait ressortir sa peau dans des nuances vives et frappantes. La robe s'attache derrière son cou et les côtés se drapent presque jusqu'à ses hanches.

Ohr ! Par tous les putains de Ohr de toutes les étoiles de Ohr. Avec son bras tendu, j'aperçois sa taille – sa taille *nue* – et je vois rouge. Ma bouche s'assèche. La tâche rouge qui part de ses seins descend tout le long de ses flancs. Je perds sa trace juste au–dessus de la courbe de son os iliaque à cause du tissu. *Est–ce que ça couvre sa... sa... enfin, sa.. ?*

J'ouvre la bouche. Est–ce pour le lui demander ? Pour la supplier de me la montrer ? Ou pour lui demander de se couvrir ? Je réussis à me rattraper au dernier moment.

Gorman vient à ma rescousse en bégayant :

– Ess…Essmira. C'est un… c'est… ton nom est euh… beau.

Il devient orange foncé et je lève les mains au ciel.

– Ne reste pas là, bouche bée devant elle ! je m'écrie.

C'est pourtant exactement ce que je suis en train de faire.

Gorman se redresse et pour la première fois depuis qu'elle a capté son regard, il se tourne vers moi et cligne des yeux.

– Je… Je suis…

Il se racle la gorge et se redresse encore plus. Nob. Est–il…? Ce mâle que j'ai connu la moitié de ma vie et qui ne s'est jamais incliné devant personne… Fait–il preuve de déférence envers elle ? *Nob, il essaie de l'impressionner. Peut–être qu'il va réussir à la séduire…*

– Argh ! je crie.

Mon gémissement profond ne semble émouvoir personne alors j'agite mes mains vers Gorman et le force à reculer de quelques pas en lui bloquant la vue sur Essmira avec mon dos. Maintenant face à elle, je pousse sa main tendue vers le bas, saisis les pans de sa cape et les rapproche sur sa poitrine. Puis je saisis sa capuche et la remets en place.

Merquin se racle la gorge bruyamment, s'avance derrière Essmira et dit :

– Arrête Raingar. Sa capuche n'était relevée que pour se protéger de la pluie. Dehors, il y a une légère bruine.

– Il y a toujours une légère bruine. Elle pourrait être mouillée. La capuche reste.

Nous nous engageons dans un affrontement de regards. Merquin perd et se pince l'arête du nez.

– Arrête tes bêtises ! Essmira, ce sont tes vêtements. Tu les as faits toi–même en l'espace d'une lune. Il est clair que tu sais comment tailler et t'habiller. Tu vas donc décider toi-même si tu veux te mouiller, garder ta capuche en haut ou en bas, ou quoi que ce soit d'autre. Ne laisse pas Raingar t'intimider. Je vais te laisser avec lui pour le reste du solaire. Il est important que tu en apprennes autant que possible sur chacun des territoires afin que tu puisses décider où tu aimerais construire ta maison et quels rôles il y a pour toi dans tout Lemora. Je reviendrai te chercher peu après le début de la lune. Quant à toi, Raingar…

Elle me lance un regard acéré par-dessus la tête d'Essmira, puis elle pointe un doigt menaçant dans ma direction.

– Sois sage. Je sais que c'est un concept étranger pour toi, mais comporte-toi bien. Gorman, garde un œil sur lui. Je n'ai pas besoin de te dire à quel point Essmira est précieuse.

La façon dont Essmira grimace fait réagir tout mon corps. Je me pousse contre elle et j'agite un poing avec fureur en direction de Merquin.

– Elle n'est pas une marchandise ! Elle est Lemorane maintenant !

Des chuchotements émanent de la foule. Tout le monde se tait lorsque ma voix cesse de résonner. Merquin émet un son doux et touche le centre du dos d'Essmira.

– Essmira, je suis vraiment désolée. Je ne voulais pas…

– Oh, s'il te plaît…ne t'excuse pas.

Ses mains se tordent devant elle et elle se retourne pour nous faire face, à Merquin et moi.

– Vous êtes tous si gentils avec moi. Je ne pourrais pas être plus reconnaissante que vous m'ayez tous achetée. Mille mercis.

Les nageoires de Gorman s'agitent et il me regarde, sous le choc. Il sait que nous ne faisons pas affaire avec les vendeurs de chair. Il sait à quel point je déteste ce commerce. Je déteste vraiment ceux qui prennent part à ce marché immonde, il ne s'agit pas seulement la haine passagère que j'ai pour tous les autres. Gorman *sait* donc que j'ai dû avoir une bonne raison d'acheter un autre être sensible à un autre. Il sait qu'il aurait fallu que ce soit une question de vie ou de mort pour moi.

Et il a raison. C'était une question de vie ou de mort. C'était vital.

Ma main droite s'agite vers mes cornes et son regard capte tout. Il s'étouffe. Il s'étouffe vraiment. Rien n'aurait pu rompre la tension dans la grande salle plus rapidement que le son de Gorman en train de suffoquer.

– Gorman ? Ça va ?

– On va chercher le guérisseur ?

Talia et Bruttut parlent en même temps, l'inquiétude perce dans leur voix; pour eux, la santé de Gorman est en jeu.

Je me dirige vers lui avec colère tandis que Merquin et Essmira échangent quelques mots doux que je n'arrive pas à distinguer à cause du bruit qu'il fait en cherchant à respirer normalement.

– Arrête ton cinéma, misérable Hypha.

– Ack ! Aïe ! Opff !

Il étouffe encore quelques secondes pendant que je lui tape sur le dos et que je demande à un Rekkaru de passage d'aller lui chercher de l'eau.

Après avoir bu au retour du Rekkaru, Gorman se redresse de toute sa hauteur et jette un coup d'œil entre Essmira et moi à plusieurs reprises. Il finit par la regarder elle, avec douceur. Je le comprends. C'est facile de la regarder. J'aurais aimé qu'elle soit moins tentante.

J'aurais préféré avoir une âme sœur aussi hideuse que moi, aussi dure et rocailleuse, mais Essmira n'est rien de tout cela. Elle est parfaite comme la lune et douce comme un pétale de fleur. Je me souviens encore de l'effleurement de ma main sur son poignet... *Qu'est-ce que ça me ferait de poser mes grosses mains sur elle ?* Je rougis et m'éloigne d'elle en essayant d'utiliser Gorman comme bouclier.

Finalement, Gorman tend sa main et je vois qu'elle tremble. Je m'élance pour empêcher tout contact entre eux, mais c'est un homme intelligent et il se déplace plus rapidement pour compenser. Il tend son bras libre pour bloquer le mien et nos avant-bras se heurtent maladroitement.

Tendant la main par l'ouverture de sa cape entrouverte, il lui prend doucement la main. Je n'aime pas ça. Je déteste ça. Je confie ma vie à Gorman mais puis-je lui faire confiance quand il s'agit d'elle ? Essmira a été conçue pour tenter tous les mâles. Tous.

Je suis tendu comme un fil électrique quand la voix de Gorman se brise. Il s'assombrit encore plus en me regardant, puis en la regardant à nouveau, et il lui serre doucement la main en disant :

– Ma chère Heelee, je suis Gorman et je peux vraiment dire du fond de mon cœur que c'est un grand plaisir de vous rencontrer enfin.

5

Essmira

– Hum. C'est donc la grande salle.

C'est la première chose que Raingar me dit après s'être maladroitement glissé entre Gorman et moi.

Gorman, une fois le choc initial que lui a causé la vue de mon visage d'extraterrestre passé, s'est montré mi-cordial, mi–distant, mais il est resté très doux dans ses manières.

Tous les êtres de Lemora semblent être extrêmement gentils. Je n'y suis pas habituée, mais cela m'enthousiasme. Cela me donne l'espoir que je pourrai avoir une vie meilleure sur cette planète. Je sais qu'il ne faut pas se faire trop d'illusions. Il y a toujours une chance que je ne trouve pas de place ici et que je sois... je déglutis difficilement à cette idée... *renvoyée.*

Je ne sais pas à quelles conditions ces Lemorans m'ont achetée à Tyto et Igmora, mais je suis absolument certaine qu'Igmora me reprendrait volontiers pour me revendre à nouveau. Pourquoi faire une seule vente quand elle peut en faire deux avec la même créature ? Quant à Tyto...

Je frémis. Je ne veux pas savoir ce qui se serait passé s'il avait eu gain de cause et si on lui avait permis de me garder. Tout ce que je sais, c'est que je n'aurais probablement pas survécu très longtemps.

J'ai entendu parler de ce qu'il fait dans d'autres maisons de plaisir dans lesquelles les créatures qui y travaillent peuvent être sacrifiées – pour le bon prix – mais je ne l'ai jamais vu moi–même. Je n'ai pas voulu croire les histoires que m'ont racontées les gardes, les cuisiniers et les assistants qui s'occupaient du domaine d'Igmora et de Tyto, et encore moins les voir. Je ne sais pas si cela fait de moi une misérable peureuse, mais je suis égoïstement heureuse de ne pas avoir eu à le découvrir par moi–même.

Je souris au mâle chargé de me faire visiter son village. Il n'a pas l'air particulièrement ravi de le faire, mais j'ai bien l'intention de lui faire changer d'avis. Jusqu'à maintenant, nos interactions ont toutes été plutôt *étranges*.

– Ça lui va bien, je dis pour plaisanter un peu et détendre l'atmosphère.

Il se contente de croiser ses bras crispés sur son large torse nu et me regarde en fronçant les sourcils.

– Qu'est–ce qui va bien à qui ?

– Oh. Je voulais juste parler du nom de cette pièce : la grande salle. Ce nom convient bien.

– Argh. C'est justement parce qu'elle est grande que toutes ces créatures travaillent dans cette salle. Cette salle m'appartient et d'ordinaire, il y a bien moins de monde.

Il agite son énorme main en direction d'un Rekkaru qui passe, et manque de peu heurter la pauvre créature, qui ne fait que la moitié de ma taille et le quart de celle de Raingar. Son attitude me déplaît et j'ai envie de dire quelque chose, mais à ma grande honte, je pense à la punition que je pourrais recevoir en le défiant. Alors je me mords l'intérieur de la joue et je murmure seulement pour moi–même :

– Non, Essmira. Chut.

– Quoi ?

– Rien, dis–je en me maudissant et en reprenant mes vieilles habitudes. Je disais juste que vous aviez probablement raison.

– Moi ? J'ai raison ?

Nob.

– Yeffa. Bien sûr.

Le mâle a toujours raison. Je grimace. J'ai beau lutter, la voix d'Igmora hante mes pensées alors qu'elle est à des quadrants de distance. Une panique passagère s'empare de moi quand une nouvelle pensée m'assaille, une pensée dangereuse. *Suis–je vraiment libre ?*

– Hum, grogne Raingar.

Il me fixe toujours lorsque nous atteignons enfin la porte voûtée. Les portes sont grandes ouvertes et le soleil y pénètre à flots, ainsi que par la lucarne qui les surplombe. C'est magnifique. Un nouveau monde plein de brume et de lumière s'ouvre à moi.

À l'intérieur de la salle, d'énormes ballots, des caisses, des foudres, des cartons, des coquillages, des cosses de yeeyar et des sacs sont disposés dans ce qui semble être un ordre de plus en plus méthodique. Des Rekkarus transportent des objets dans les deux sens. Le mâle qui s'est présenté sous le nom de Gorman porte un carnet dans lequel il inscrit le nom des objets et leur quantité – je suppose qu'il s'agit d'une sorte de registre.

J'avais espéré qu'il se joindrait à nous pour cette visite, car il est plus... éloquent et plus utile que Raingar pour ce qui est de présenter le fonctionnement de ce donjon, mais Raingar et moi sommes seuls et tout le monde nous dévisage.

Je m'attendais à ce qu'ils me regardent, car je n'ai jamais vu de créature qui me ressemble, mais à ma grande surprise, ils regardent aussi Raingar. Ils le fixent autant que moi. C'est comme si... comme s'ils le voyaient aussi pour la première fois. *N'est–il pas le chef de clan de ce territoire ?*

– Qu'est–ce qu'il y a ? À quoi penses–tu ? Pourquoi me regardes–tu comme ça ? C'est mon pantalon... c'est ça ?

Je jette un coup d'œil vers le bas, soudainement troublée par cette étrange déclaration qui m'arrache à mes pensées.

– Ton... quoi ? Ton pantalon ?

Une femelle soigne toujours son langage…

– Non, ne le regarde pas !

Il saute – bondit – en l'air ! C'est tellement absurde que je me mets à pouffer de rire sans pouvoir me retenir. J'essaie alors d'utiliser une tactique que m'a enseignée Igmora pour masquer mon rire en toussant.

– Je ne – kof, kof – comprends pas, mon seigneur.

– Mon... mon... QUOI ?

Il crie si fort que je sursaute à mon tour.

Nous nous tenons face à face dans l'embrasure de la porte voûtée, tandis que des Rekkarus, des Lemorans et quelques Asgids – des créatures de ma taille, à la peau charbonneuse aussi foncée que la mienne, mais un peu plus grise, et aux yeux effervescents qui brillent comme des étoiles dans leurs visages carrés – passent en trombe devant nous.

J'essaie de ne pas laisser transparaître ma confusion et de rendre mon expression plus agréable.

– Je suis désolée. Je pense qu'il y a des fréquences de yeeyar, là, on ne s'entend pas très bien.

Je ris. Le rire apaise le mâle et rend la femelle plus accessible. Il faut toujours être facile d'accès pour le mâle.

– Vous m'avez d'abord demandé à quoi je pensais. Si j'interprète bien votre deuxième question, vous pensez que j'observais votre pantalon. Ce n'est pas le cas. Je pensais à la riche diversité de Lemora et à la fierté que vous devez éprouver pour votre donjon, même s'il est malheureusement plein à craquer lors des solaires où il y a beaucoup d'affaires à faire comme ce solaire–ci, dis–je.

C'est tout ce que j'ai trouvé à dire pour laisser entendre que je ne suis pas d'accord avec l'évaluation qu'il fait de sa salle. Moi, je la trouve géniale.

Je me demande s'il n'en est vraiment pas conscient, ou s'il fait juste semblant de ne pas le voir. Je sens qu'au fond, c'est un mâle honnête et *bon*. Ou peut–être que je suis juste influencée par notre première rencontre : je lui ai alors donné toutes les occasions de me repousser et il a fait tout le contraire. Il m'a protégée et il m'a gardée près de lui. Il a fait naître en moi un sentiment de sécurité. Et une chaleur nouvelle.

– Argh, dit–il sans s'engager.

Il déplace son poids d'un pied à l'autre, se gratte la jambe, puis se gratte la joue. Il regarde dans et hors du couloir, partout, sauf vers moi. Cela me donne le temps de contempler – d'observer avec attention – son visage.

Ses lèvres sont pleines et d'un brun plus pâle que le reste de sa peau. Ses narines sont larges. Sa peau est aussi rugueuse que la surface d'un rocher taillée à la hache. Le contraste avec la douceur de ses yeux... me surprend à chaque fois.

Ses yeux sont des anneaux de couleur striée. Ils sont stupéfiants, beaux et très expressifs. Il n'a pas de poils à l'emplacement de ses sourcils mais la bosse qui s'y trouve dépasse et projette des ombres sur ses joues. Je lutte contre l'envie de me hisser sur la pointe des pieds et de passer mes doigts sur son visage. Je me contente de me concentrer sur les cornes qui dépassent de ses oreilles.

Énormes, magnifiques, elles descendent en cercle, assez bas pour effleurer sa ligne de mire, avant de remonter à un pied au-dessus de sa tête où elles se dressent, aussi tranchantes que des lances, prêtes à s'enfoncer dans les nuages de basse altitude. Elles le rendent encore plus gigantesque qu'il ne l'est déjà.

Chaque corne est aussi épaisse que mon bras. Elles sont gris foncé, presque noires, à l'exception d'une petite tache sur la droite qui semble plus claire que le reste. Je me demande si ses cornes lui font mal – il agit comme si c'était le cas. Peut-être que l'écaillage de la couleur est un signe de mue ?

– Tu...

Il se racle la gorge.

– Donc tu aimes ce pantalon ?

Il écarte les jambes un peu plus et je suis surprise, vu la taille de ses cuisses, que son pantalon soit si large.

Bien entendu, je ne le lui fais pas remarquer ! Je renifle, tousse pour couvrir un gloussement, puis je lance :

– Vous êtes un mâle séduisant...

– Argh ! crie-t-il en se secouant. Je sais à quoi je ressemble. Je te parlais du pantalon. Tu l'aimes bien ?

– Nob ! je m'exclame. Enfin… nob, je…

Je panique, je réalise que je viens d'insulter ce mâle, alors je souffle nerveusement.

Le son semble lui plaire, car ses lèvres se retroussent en un sourire.

– Je suis vraiment désolée. Je ne voulais pas...

Son sourire s'évanouit aussi vite qu'il est apparu et je me demande ce que j'ai fait pour le contrarier. Je commence à me demander si les leçons de séduction d'Igmora n'étaient pas un peu... à côté de la plaque.

– Nob. Dis ce que tu penses. Je sais que c'est ce que tu penses.

Il croise les bras sur sa poitrine et parvient à paraître étrangement plus à l'aise.

– Est-ce que tu peux… l'améliorer ?

– Le pantalon ? Oui, bien sûr.

Un de ses sourcils se lève et il me fixe avec plus d'acuité, mais je n'ai aucune idée de la raison de son scepticisme. C'est pourtant une tâche réservée aux femelles. N'est-ce pas ?

Je secoue la tête. J'essaie de paraître sûre de moi et pas le moins du monde troublée par cette interaction.

– Nob, je suis sincère. Je serais ravie de vous aider à tailler vos vêtements. J'ai taillé cette robe au cours de la dernière lune. Vous fournir un vêtement plus adapté à votre morphologie serait pour moi un plaisir.

C'est la vérité en plus. La couture est l'une des rares compétences qu'Igmora a tenu à m'enseigner que j'apprécie.

– Je couds depuis toute petite, dis–je, sans savoir pourquoi.

Il se fiche bien de mon enfance...

– Tu aimes coudre ?

J'acquiesce.

Il se détend davantage.

– Et Igmora t'a laissé faire ?

– Elle a même insisté. C'est elle qui m'a appris à coudre. J'ai toujours aimé ces moments–là. Je passais des moments agréables avec elle à ces occasions. La plupart du temps, elle était juste... froide.

Il acquiesce et fronce les sourcils, mais je n'ai pas l'impression qu'il soit mécontent de moi. Alors pourquoi suis–je si nerveuse ? Je me lèche les lèvres et je me déplace de gauche à droite, mal à l'aise. Il se lèche les lèvres aussi. Il a des lèvres si pleines. Je me demande si elles sont aussi dures que le reste de son corps ou si elles peuvent être douces.Je pense qu'elles peuvent être douces. Je pense qu'il peut l'être aussi.

Je me sens chauffer et je me racle doucement la gorge.

– Est–ce qu'elle t'a... bien traitée ? Quand... quand tu étais petite...

Mes poings se serrent automatiquement. Je lutte pour soutenir son regard mais je finis par fixer la porte grande ouverte, puis les collines moussues qui s'étendent au loin et les routes qui serpentent à travers elles.

– Il y a eu de bons moments.

Trois, pour être exacte.

– Igmora m'a acheté ma première machine à coudre par exemple.

– Quel genre ?

– Qu...quoi ?

– Quel genre d'appareil ? C'était une machine moderne ou une aiguille automatisée ?

– Oh. C'était une aiguille automatisée.

– Je peux t'en acheter une ? Cela te ferait plaisir ?

Sa voix est teintée d'un soupçon de d'anxiété.

Cela me fait sourire et l'effet sur mon cœur est immédiat : il bat la chamade. Mes entrailles se resserrent. *C'est à la femelle de séduire le mâle.* C'est ce qu'Igmora a toujours dit. Mais en ce moment, si je ne me trompe pas, on dirait que ce mâle essaie de *me* séduire.

– Yeffa. Cela me plairait énormément. Je pourrai faire deux fois plus de travail en deux fois moins de temps avec une aiguille automatisée. J'aurais probablement dormi plus longtemps lors de la dernière lune, si j'en avais eu une.

Je grogne en riant et ses yeux s'écarquillent.

Je me demande si j'ai dit quelque chose de mal, mais le coin de sa bouche se crispe et ses bras volumineux se resserrent encore plus sur sa poitrine massive.

– GORMAN ! rugit-il par-dessus son épaule. Peux-tu donner à Essmira un de ces gadgets de couture Asgid ?

Mon visage brûle. Je tends la main et la pose sur son bras.

– Oh non ! Non, non, vous n'avez pas à …

Il fixe le contact de ma peau sur la sienne et je me demande s'il le sent aussi. C'est comme *un picotement...* Ce picotement sur ma peau m'est totalement étranger.

C'est peut-être dû au fait que sa peau est très rugueuse et que je viens de rêver qu'il se pressait contre moi afin que j'en apprécie le contact. Ou c'est peut-être parce que ce picotement a atteint mon bas-ventre. Peut-être que c'est dû à sa gentillesse. Peut-être que c'est juste la brise fraîche et humide de Lemora qui produit cet effet sur moi.

Et peut–être que l'idée d'avoir un homme qui cherche à me faire plaisir est si nouvelle et excitante, que j'en suis toute émoustillée. Je me demande s'il l'est tout autant.

– Je…

Sa gorge se noue et sa main va vers ses cornes avant de s'arrêter brusquement et de se replier contre sa poitrine.

Son bras gauche – celui que je touche – ne bouge pas du tout. Il est étrangement immobile. Puis, hébété, il murmure :

– Tu peux avoir tout ce que tu veux. Tout ce qui m'appartient et que je peux te donner est à ta disposition. Tu en as besoin maintenant, Essmira, ou je peux faire livrer l'aiguille chez Merquin ?

– Oh. Je ne veux pas déranger l'un de vos coursiers, dis–je en me tournant rapidement vers Gorman, qui semble avoir surgi de nulle part.

Ses yeux brillants et curieux m'observent et je sens mon visage s'échauffer encore plus lorsqu'il jette un coup d'œil furtif entre Raingar et moi, entre ma main et son bras.

– Je peux la porter.

– Nous avons des colis à livrer au donjon de Merquin, de toute façon, affirme Gorman. Et la baguette ne prend que très peu de place sur les chariots. Cela ne change rien pour les coursiers.

– Oh, dans ce cas, ce serait très aimable de votre part. Merci.

– Pas de problème.

Il me fait un sourire et une petite révérence, mais ne s'éloigne pas tout de suite. Au lieu de cela, il rédige rapidement quelque chose dans son livre et le referme avec un bruit sec.

– Que vas–tu faire en premier, Essmira ?

– Un pantalon pour Raingar, je réponds.

Gorman éclate de rire. Il rit si fort que des larmes montent à ses yeux d'onyx. Il les essuie avec la manche de sa robe – une création extrêmement fine, mais qui ne convient pas tout à fait à la carrure de son espèce, je pense. Des possibilités de créations adaptées à la morphologie Hypha me viennent à l'esprit alors que j'essaie de ne pas me laisser contaminer par son rire communicatif.

– Qu'est–ce que j'ai dit ? je demande à Raingar en souriant.

Je me mords la lèvre inférieure.

– Ne réponds pas ! aboie Raingar à Gorman, qui l'ignore aussitôt et répond :

– Apparemment, sa visite dans le Quadrant 1 a fait de lui un fin connaisseur de la mode.

Gorman rit de sa propre blague avant de secouer la tête.

– Je crois que je ne me suis jamais autant amusé de ma vie… ajoute–t–il.

– Argh !

Raingar m'attrape le bras un peu brutalement et m'entraîne dehors, dans l'air frais et brumeux.

– Laisse–nous tranquilles, espèce de salaud ! crie–t–il par–dessus son épaule.

– Ce fut un plaisir, Essmira, lance Gorman pas le moins du monde contrarié.

– Tout le plaisir est pour moi ! je réponds en faisant un signe maladroit par–dessus mon épaule.

Je laisse Raingar nous conduire hors de la cour animée, hors des portes d'entrée et dans une rue bondée. La plupart des êtres ici se déplacent sur des pads, mais Raingar insiste pour marcher.

– Hum… où allons-nous ? je demande.

Nous nous tenons debout au centre du chemin bondé qui mène à son donjon depuis un petit moment – suffisamment longtemps pour qu'une demi-douzaine de créatures tentent de lui parler et, étonnamment, de m'adresser la parole à moi aussi.

– Euh…

Il bafouille et porte les mains distraitement à ses cornes. Je suis plus que jamais convaincue qu'elles lui font du mal, et je lutte contre l'envie de lui demander si je peux l'aider d'une manière ou d'une autre. Je sais que les cornes lemoranes sont sensibles, mais je crains que si je le lui propose, il ne me considère que comme une femelle de plaisir. *Et alors ? N'est-ce pas ce que je suis ?* Après tout ce qui s'est passé et après toutes les questions que je me suis posées, je n'en suis plus très sûre.

– Y a-t-il un endroit où je pourrais trouver du tissu pour vous faire un pantalon ? Je pensais recoudre votre pantalon actuel, mais je peux aussi vous en faire un nouveau.

– Ah… Tu voudrais aller… au marché ?

Je ne sais pas pourquoi il me regarde comme si je venais de lui demander de me donner l'un de ses organes vitaux, mais j'acquiesce.

– Oui, un marché ce serait pas mal. Y en a-t-il un sur votre territoire ?

– Bonne question ! Est-ce qu'il y en a un, hein ? Est-ce qu'il y en a un sur *mon* territoire ? Bien sûr qu'il y en a un ! Argh !

Il lève les bras et emprunte un sentier, apparemment sans se soucier de savoir si je le suis ou non.

Je me retiens de sourire en trottinant pour le rattraper et, même si l'air est mouillé par la bruine et le soleil, je ne me donne pas la peine de mettre ma capuche.

La route vers le marché est longue et sinueuse. Je réalise rapidement que Lemora est une planète très étendue, et pourtant... on n'y est jamais seul. Il y a des êtres, des avant-postes occasionnels, des pubs, des restaurants, des habitations ou des vitrines, tout au long des chemins sinueux et à chaque endroit, chaque être à l'intérieur ou simplement sur le chemin, salue Raingar quand nous passons. Ils ne semblent même pas s'offusquer du fait qu'il ne leur répond, au mieux, que par des grognements, et au pire, par des jurons.

Les pads que certains êtres chevauchent sont de magnifiques bêtes. Énormes et hirsutes, ils ont une longue fourrure beige et blanche imperméable à la saleté et la poussière. Ils ont quatre pattes et une queue fendue avec trois bouts de fourrure qu'ils utilisent parfois pour frapper, attraper et dévorer de gros insectes qui bourdonnent près d'eux, simplement pour se frapper les uns les autres ou pour embêter leurs cavaliers. Ils émettent toujours des sons sauvages que j'aime à prendre pour des rires. Ils ont l'air si heureux que c'en est contagieux.

Leurs bouches larges sur le devant de leurs têtes gigantesques forment des sourires qui s'étirent jusqu'à leurs minuscules oreilles cornues. Leurs dents en forme de blocs ont un charme étrange. Leur nez brun est doux et duveteux au toucher et leurs yeux sont petits et sombres. Entièrement doux, ils sont, en un mot, l'opposé des Lemorans.

Et ils sont heureux.

Tout, ici, respire la joie. Et peut-être que le Lemoran grincheux à côté de moi, que je vois me fixer du coin de l'œil quand il pense que je ne peux pas le voir, l'est aussi.

Je lève les yeux vers lui et il se tourne rapidement vers l'avant. Je souris, les picotements se font plus forts dans mon ventre. Ils affectent le haut de mes cuisses. Je reconnais le symptôme pour ce qu'il est : le désir croissant de mon corps. J'espère seulement qu'il ne peut pas sentir l'excitation comme d'autres espèces. *Ce serait gênant...*

— Vous... n'aimez pas les pads, mon seigneur ? je demande alors que nous prenons un autre virage.

Le chemin disparaît derrière nous, emportant avec lui la possibilité de voir le donjon de Raingar, tandis qu'en face de nous, un amas de rochers se détache pour révéler le village de Raingar en contrebas. C'est magnifique.

De petites maisons et des magasins sont amassés au centre d'une vallée peu profonde. Partout ailleurs, le sol sombre est recouvert de mousse plutôt que d'herbe. À l'horizon, une énorme étoile brille.

Aussi grande soit-elle, la chaleur qu'elle émet n'est pas si violente. Avec les vents frais et les pluies légères et intermittentes, j'ai tout de même besoin d'une cape. Raingar, lui, semble être immunisé contre la fraîcheur.

— Moi ? Je les déteste ! Tu n'as pas vu leurs visages ? Ils sourient toujours comme si les secrets de l'univers étaient cachés sous toute cette fourrure. De la fourrure ! C'est ridicule pour ce climat.

Je lui offre un sourire moqueur. Les femmes ne sourient pas avec malice. C'est bien ce que me disait Igmora ? Je ne m'en souviens plus, alors je décide de créer mes propres règles sur le sujet. La moquerie, c'est pas si mal.

– Ne sont–ils pas originaires de cette planète ?

Il se renfrogne.

– Oui, oui, mais…

J'étouffe l'envie de grogner à nouveau en me mordant l'intérieur de la joue.

– Donc vous ne les aimez pas juste parce qu'ils ont de la fourrure ?

– Je ne les aime pas parce que je ne les aime pas.

Il donne l'impression d'en avoir fini avec le sujet, mais il ajoute quelques instants après :

– Ils sourient trop.

Je ne peux pas m'en empêcher. J'éclate de rire. C'est bien plus qu'un grognement et ça me surprend franchement. Je ne pense pas avoir déjà entendu un tel son. Du moins, jamais venant de moi.

Je continue de marcher quand je réalise que Raingar n'est plus à mes côtés. Je me retourne, prête à m'excuser pour ce que j'ai pu faire pour l'offenser, mais l'expression de son visage m'ôte les mots de la bouche. Il a l'air complètement abasourdi. Je jette un coup d'œil derrière moi. C'est peut–être la vue du village qui lui fait cet effet.

– C'est magnifique, lui dis–je. Vous devez être très fier.

Il se lèche les lèvres.

– Magnifique, en effet et je suis… fier ? Fier ?

Il secoue la tête.

– De quoi tu parles ? demande–t–il.

– Pas de ton pantalon en tout cas.

Oh mon Dieu ! Mais qu'est–ce qui m'a pris de dire ça ?

Les sourcils de Raingar se haussent. Il cligne rapidement des yeux. Sa poitrine se gonfle et je ne manque pas de remarquer le resserrement de son abdomen fortement dessiné. Soudain, il *éclate* de rire. Il rit si fort et de si bon cœur qu'il fait sursauter le pad qui trotte vers nous et l'Asgid qui le chevauche.

Ce dernier, pas contrarié pour un sou, sourit; et le pad sourit manifestement aussi. Ce qui est drôle, c'est que j'ai l'habitude que les hommes me regardent, mais ce cavalier ne prête pas attention à moi. J'aime bien ça. C'est libérateur de ne pas être l'objet de tous les regards.

Au lieu de cela, il sourit affectueusement à Raingar et j'aspire une bouffée d'air. Je me sens presque étourdie. Je pense qu'*ils l'adorent. C'est la brute la plus grincheuse du cosmos, et ils l'aiment.*

Le rire du cavalier prend fin et le pad expire joyeusement avant de passer devant nous, satisfait. Je me précipite hors de son chemin, mais le mouvement m'envoie percuter Raingar de plein fouet.

– Pardon ! Je suis désolée. Je suis vraiment désolée.

Je tends instinctivement la main pour redresser sa chemise, mais il n'en porte pas. Je finis par toucher ses pectoraux à la place. Je devrais retirer ma main sitôt après avoir pris conscience de mon erreur, mais je m'attarde. Sa peau est si rugueuse qu'elle ressemble à un tissu texturé. Elle est plus rugueuse qu'un coton non traité, mais bien plus douce qu'une laine non traitée. Raingar se fige quand ma main se pose sur lui et je reste immobile. L'envie de le toucher davantage se fait plus forte, plus intense.

Il tend la main vers mon visage et effleure une de mes boucles noires et souples.

– Je crois que Merquin a raison, dit–il distraitement avant de frémir brusquement et de s'éloigner de moi.

Mes paumes sont froides, sa chaleur me manque, même si je brûle d'embarras. Je l'ai touché, lui que je connais si peu, sans sa permission, et devant tout le monde !

– D'après ce que j'ai cru comprendre, c'est souvent le cas, dis–je.

C'est la deuxième fois que je le taquine. Ohr ! Qu'est-ce qui m'arrive ?

– Désolée, je…

– Ne t'avise pas de lui dire que je suis d'accord avec toi, mais c'est vrai. Elle *a* toujours raison et tu dois l'écouter.

Craignant tout de même d'avoir manqué à mes devoirs, je poursuis :

– Je suis vraiment désolée, je...

– Oh la la ! crie–t–il. Encore !

– Quoi ?

– Tu n'arrêtes pas de t'excuser ! Je déteste ça ! Arrête !

– Ok…

Je ne sais pas quoi penser.

– Hum…

Je m'apprête à m'excuser, puis je me ravise :

– Bien sûr, mon seigneur.

– Mon seigneur ?! Je n'aime pas ça non plus, lance–t–il.

Je souris.

– Raingar.

– Bien. Voici le village, Essmira.

Il me montre différents bâtiments, différents magasins. D'ici, je peux repérer six espèces différentes officiant dans ces établissements et aucune ne semble être mieux ou moins bien traitée que les autres, bien que j'aie remarqué que les Lemorans constituent l'essentiel des dirigeants.

Le guérisseur du village fait toutefois exception à la règle : c'est un mâle Asgid. Nous nous arrêtons là pour donner à Raingar le temps de lui parler d'un certain type de miel qu'il a acquis. Il pose des questions sur les quantités, les réserves et d'autres éléments dont il pourrait avoir besoin plus tard. L'homme est très respectueux envers Raingar, malgré toutes ses insultes et ses grognements.

Nous faisons cela dans plusieurs autres magasins – un étal d'épices tenu par un mâle ou par une femelle, un étal tenu par deux sœurs lemoranes, un forgeron, un gardien de pads, une équipe qui vend du bois, et une boulangerie où Raingar insiste pour me bourrer de délices Rekkarus, Hyphas et Asgids – avant d'arriver finalement à l'intérieur d'un magasin plein d'étoffes. Toutes sortes de tissus sont étalés sous nos yeux.

J'ai le vertige et j'ai du mal à me contenir alors que je jette un coup d'œil à la multitude de boulons de différentes couleurs qui se trouvent dans cet espace frais et bien éclairé. Des orbes Eshmiris flottent autour des plafonds bas, oscillant dans le vent et projetant des ombres dans tous les sens, illuminant le monde de couleurs, d'éclats et de scintillements saisissants. C'est époustouflant.

J'essaie de rester calme et discrète tandis que Raingar s'approche du mâle lemoran derrière le comptoir. Ils échangent le salut lemoran traditionnel avant que Raingar ne se tourne vers moi. Il fronce les sourcils et son regard descend jusqu'à mes orteils avant de remonter.

– As–tu besoin d'uriner ou de déféquer ?

– Par les étoiles ! Nob. Nob, je n'en ai pas besoin.

Je ris et en soufflant bruyamment. Je me couvre presque la bouche pour étouffer le son quand je me rappelle que Raingar n'a pas l'air de s'en préoccuper, alors j'y renonce. Ma main tressaille et son regard se pose sur elle avant de revenir sur ma bouche et il sourit, comme s'il connaissait et que la décision que j'avais prise le satisfaisait. Je rougis de fierté. Je suis heureuse de pouvoir plaire, comme on m'a appris à le faire depuis toujours.

– Nob. Je suis juste… contente. Merci, de m'avoir amenée ici Raingar. C'est incroyable. Le simple fait de voir tout ce qu'il y a ici est réjouissant. Même si tu n'avais pas l'intention d'acheter quoi que ce soit, je…

– Pas l'intention d'acheter quoi que ce soit ! souffle-t-il. Qu'est-ce que tu racontes ? Nous ne sommes pas venus jusqu'au village pour repartir les mains vides !

Il recommence à crier. Je ris et je lève les yeux au ciel. *Moi, Essmira, je lève les yeux au ciel ! As-tu perdu la tête ?* me crie la voix d'Igmora dans mes pensées.

– Je voulais juste dire que c'est un endroit magnifique. Je me ferai un plaisir de t'aider à choisir du tissu pour ton pantalon.

J'ai prononcé ces mots en souriant.

– Du tissu, murmure-t-il. Pour… un pantalon ?

Je le regarde dans les yeux et je sens mes lèvres se pincer de plaisir. Chaque fois que je lui parle, soit il me crie dessus, soit il a oublié de quoi nous parlons. Je trouve ça charmant. C'est un peu idiot et ça nous fait perdre du temps, mais c'est charmant.

– Oui, Raingar, un pantalon. J'ai dit que je te ferai un nouveau pantalon.

Il inspire et se redresse, le torse bombé. Il a soudain l'air deux fois plus grand qu'avant, aussi grand que lorsqu'il combattait l'Egama. Il fait un pas brutal vers moi et je me sens soudain prise dans son ombre alors que la lumière n'a pas bougé. Des étoiles dansent à ma périphérie. Par tous les soleils de la galaxie ! Raingar est excité ! Je vois la bosse qui se forme sur le devant de son pantalon et mon corps réagit immédiatement. Je m'avance, mes lèvres s'écartent, mon torse se balance, trop lourd pour mes jambes, et entre mes cuisses, une chaleur liquide se répand.

– Tu cherches du tissu pour un pantalon ? Un pantalon pour Raingar ? Raingar veut un nouveau pantalon ?

La voix d'une femelle attire mon attention et rompt le charme du poison ou de l'élixir que Raingar et moi étions en train de consommer en même temps. *Qu'est-ce qui s'est passé au juste* ? Je me sens un peu ébranlée. On m'a enseigné le plaisir sous toutes ses formes, mais *ce* qui vient de se produire, quoi que ce soit, est nouveau pour moi...

– Yeffa, je réponds.

Je reprends après m'être éclairci la gorge :

– Yeffa, c'est ça.

C'est ça ? Quelle était la question déjà ? Je me racle la gorge plus fort et je recommence :

– Yeffa, j'espère faire un nouveau pantalon pour Raingar et repriser son pantalon actuel. Je veux dire...

Ohr !

– Ce n'est pas que ce ne soit pas un bon pantalon. C'est juste que... j'espère pouvoir l'adapter à sa morphologie.

Le mâle derrière le comptoir grogne et je me crispe. Je crains de l'avoir insulté.

– Il me semble que j'ai fait ce pantalon pour le grand-père de Raingar. Je n'ai jamais fait de pantalon pour Raingar lui-même, déclare-t-il. La dernière fois que je lui ai dit qu'il avait besoin de nouveaux vêtements, il m'a répondu qu'il préférerait manger des bouses de pad frites plutôt que de s'en acheter d'autres.

La femelle se tient à l'une des trois tables robustes qui jonchent l'espace. Elle lève les yeux de l'étoffe qu'elle étudiait dans sa main et sourit de travers.

Elle a l'air surprise lorsque ses yeux passent de Raingar à moi et j'en suis immédiatement gênée. A-t-elle vu *ce* qui s'est produit entre nous tout à l'heure ? Saint cosmos, j'espère que non.

– On dirait que le problème ne vient pas du pantalon, mais du fait qu'il n'a pas été conçu pour lui. Je serai heureuse de t'aider à le déshabiller pour le débarrasser de ces guenilles. Qu'est-ce que tu cherches, heelee ?

Je rougis devant l'implication de ses mots. Déshabiller Raingar ? Est-ce qu'il... m'*apprécie* ? Je veux dire... est-ce qu'il m'*aime bien* ? Pour moi-même, pas seulement parce que je suis une femelle de plaisir ? M'aime-t-il comme il aimerait une femelle à laquelle il voudrait faire la cour ?

L'idée est si accablante qu'elle me remplit d'un mélange mortel d'espoir que ce soit vrai et de honte d'y avoir songé. C'est un *chef de clan*. Je ne suis qu'un objet, j'ai été achetée. J'ai une étiquette de prix attachée à mes orteils. Lui, il n'a pas de prix. Nous ne gravitons pas dans les mêmes sphères et c'est idiot de ma part d'interpréter ainsi sa gentillesse envers moi. Il se montre juste poli. Poli et grincheux.

Toutefois... je ne peux m'ôter de l'esprit qu'il *désire* que je lui fasse un pantalon et qu'il a combattu un seigneur de guerre Egama pour moi.

Mettant de côté ces terribles pensées trop tentantes, je tourne mon attention vers la femelle. Je lui offre le salut lemoran, qu'elle me rend, et je dis rapidement :

— Je me demandais si vous auriez la gentillesse de m'indiquer où se trouvent les tissus durables ? Les fibres de feranine seraient idéales, mais le wego ou le tantu feraient tout aussi bien l'affaire.

Elle incline la tête vers la gauche, mais je ne me sens pas mal à l'aise sous son regard. Je me contente de me tenir debout sous sa forme plus grande et je la laisse m'observer tout son soûl. *Toutes les femelles n'ont pas la chance d'attirer l'attention. Toi, tu dois permettre aux autres de t'observer. Il est de ta responsabilité d'accepter les regards, de les supporter.* C'est ce que fait cette femelle, elle me dévisage sans ciller. Son regard strié passe de mes cheveux à mon visage, puis à ma poitrine et à mes pieds, cachés par ma cape. Si c'était Raingar qui me fixait ainsi, j'aurais ouvert ma cape pour lui permettre de regarder plus librement.

Cette pensée m'échauffe à nouveau, et je ne peux m'empêcher de diriger mon regard vers lui. La lumière pénètre par la lucarne de cette boutique d'un étage. Rosée, elle colore sa peau brune d'une teinte douce. Mon regard descend le long de son dos jusqu'à ses hanches. Son pantalon lui fait une taille beaucoup trop haute et retombe mal sur ses fesses. C'est un mâle musclé et son torse témoigne d'années passées à faire du travail manuel.

Beaucoup de mâles et de femelles lemorans ont un physique imposant, mais certains ont un ventre rond et des pectoraux mous. L'abdomen de Raingar, lui, est formé de crêtes dures. Son dos est strié de muscles qui se contractent et se plient, même lorsqu'il semble à peine bouger. Ses bras sont épais et charnus et j'imagine que ses cuisses le sont aussi, sous le tissu informe de son pantalon. Je parie qu'il a même un beau cul musclé. Ma bouche esquisse un sourire à cette idée.

Mais c'est alors que je réalise que j'ai été prise en flagrant délit.

L'expression de Raingar traduit le plus grand désarroi alors que mon regard remonte paresseusement jusqu'au sien. Je me retourne rapidement vers la femme.

– Yeffa. Euh… nob. Pardon, je n'ai pas entendu. Pourriez-vous répéter ?

La femelle jette un coup d'œil entre Raingar et moi une demi-douzaine de fois avant que ses lèvres ne se retroussent en un sourire ironique. Sa tête s'incline encore plus et ses yeux se rétrécissent alors qu'elle pose ses deux mains sur le plateau de la table devant elle et s'appuie sur ses paumes.

– Comment avez-vous dit que vous vous appeliez ?

– Essmira.

– Moi, c'est Lyla.

– Enchantée, je réponds.

Je lutte contre l'envie de m'incliner. Merquin m'a dit une fois que les Lemorans trouvaient les révérences étranges. Cela les met mal à l'aise.

– Je crois que le plaisir est pour moi, dit-elle.

Je lui réponds par un sourire. Je ne vois pas trop où elle veut en venir.

Elle regarde à nouveau Raingar alors qu'elle s'adresse à moi.

– Alors comme ça, vous êtes…

Je souris froidement à ce sous-entendu. La peine envahit mes bras, elle les rend douloureux. Raingar émet un son guttural et horrifié derrière moi, ce qui ne fait qu'accentuer la douleur. Il ne peut pas fréquenter sérieusement une femme comme moi, c'était certain. Pas une femelle qui lui a coûté tout ce kintarr. Les chefs de clan ont eu pitié de moi et m'ont achetée. Je ne suis qu'un projet coûteux.

– C'est très gentil de votre part de supposer que Raingar aurait pu choisir quelqu'un qui... qu'il aurait pu me choisir comme compagne; mais c'est seulement par gentillesse et dans un acte de bravoure qu'il m'a sortie du premier quadrant pour m'amener ici. Vous voyez, je suis...

Je déglutis, incapable de croiser son regard – ou celui de qui que ce soit – et je poursuis avec raideur :

– J'étais sous la garde d'Igmora et de Tyto avant que Raingar et les autres chefs de clan ne m'achètent. Je suis...

Je chancelle, je me débats. J'ai honte. Pourquoi est–ce si difficile à avouer ?

– Je suis une femelle de plaisir, actuellement invitée par les chefs de clan lemorans jusqu'à ce que je trouve ma place dans la communauté.

– Une femelle de plaisir ! crie Lyla.

Le mâle au comptoir crache ce qu'il a bu sur Raingar, puis marche sur une caisse en bois et la brise sous son poids, avant de trébucher.

– Tu l'as achetée pour abuser d'elle ! s'écrie–t–il affalé sur le sol.

Raingar ne réagit pas. Au contraire, je sens son regard sur moi, plus froid et plus distant qu'il ne l'était. Je le regarde dans les yeux et un feu jaillit, chaud et sauvage. Cette énergie communicative m'arrache un petit souffle.

– Tu penses que j'aurais pu faire une chose pareille ? siffle–t–il et un éclat de peur me traverse.

– M... Mais...

– Une femelle de plaisir ? répète Lyla en hurlant.

Elle laisse tomber ce sur quoi elle travaillait. Ses efforts sont réduits à néant par l'éparpillement des épingles sur le sol.

Elle vient se placer juste en face de moi, entre Raingar et moi plus précisément, puis elle tape du pied sur les planches de bois en les faisant toutes trembler.

– Ne me dis pas que tu as utilisé cette superbe créature pour ton plaisir personnel, Raingar !

– Argh ! Bien sûr que non ! Mais même si je l'avais fait, ce ne serait pas tes affaires !

Je le vois serrer le poing par–dessus l'épaule de Lyla. Ça, je m'y attendais. Ce à quoi je ne m'attendais pas, c'est son grognement à elle.

Même le mâle au sol parvient à se lever. Son seul pied nu transperce le fond de la caisse qu'il entraîne avec lui. Il se dirige à grands pas vers Raingar. La femelle se rapproche d'eux et je panique. Je crains d'avoir provoqué un combat.

– Tu es en train de nous dire...

– Comment oses–tu venir dans ma boutique...

– Tu sais que nous ne traitons pas avec...

– Nous devons alerter les chefs de clan...

– Nous n'allons pas rester les bras croisés et te laisser abuser de cette créature !

– Argh ! Ohr ! Par toutes les astéroïdes ! Éloignez–vous de moi tous les deux ! rugit Raingar, coupant court à leur bavardage.

Il saisit le mâle et la femelle par la peau du cou. Ils ressemblent maintenant à de jeunes enfants. Pourtant, Raingar est à peine plus grand que le mâle. Il les traîne jusqu'à la porte d'entrée, qu'il referme derrière lui avec un bruit sourd.

J'ai la chair de poule.

Je forme un poing avec ma main gauche et je touche la peau soulevée à cet endroit. Il n'y a pas de cicatrice, mais la peau est légèrement plissée à l'endroit où je me suis coupée sur la fenêtre. Cela me rappelle que j'ai été une femme de plaisir, mais que je suis aussi une femme qui se bat pour sa liberté.

L'idée d'être une femme de plaisir ne m'a jamais vraiment dérangée. Je pensais que ce serait bien, d'avoir un don pour quelque chose, d'être appréciée pour cela, et d'être bien traitée – voire vénérée – pour être douée pour une chose qui apporte du plaisir aux autres.

Je n'ai jamais voulu être achetée et vendue par les créatures que j'avais rencontrées dans le premier quadrant, du moins celles que j'avais rencontrées avant Raingar. Mais maintenant, en entendant les réactions des autres Lemorans, je me sens encore plus mal. Ce qu'Igmora et Tyto ont fait de moi est considéré comme honteux dans cette société et cela me fait mal de savoir que c'est ainsi que ces créatures fières et fortes me voient.

Distraite, je frotte la coupure sur ma paume. Tout à coup, les portes s'ouvrent et les trois Lemorans reviennent. Leurs expressions ont complètement changé. Raingar s'accroche à nouveau à l'une de ses cornes et a du mal à croiser mon regard. Je fronce les sourcils.

Serait–ce la douleur que lui causent ses cornes qui le pousse tantôt à s'approcher de moi, tantôt à s'éloigner ? Tout à l'heure, je lui demanderai de s'arrêter aux étals d'herbes et de fleurs pour que je puisse prendre de quoi presser un onguent apaisant pour ses cornes.

Lyla commence à sourire et à se tourner vers moi, mais Raingar se lève d'un geste menaçant, l'attrape par la corne et lui fait faire demi–tour. Ils échangent encore quelques mots à voix basse que je n'arrive pas à comprendre avant de se séparer. La vue de sa main sur sa corne me gêne et je me surprends à froncer les sourcils, alors même qu'ils se retournent tous les deux.

– Ok ! Yeffa ! J'ai du tissu pour faire un pantalon, dit–elle d'une voix enjouée, tandis que le commerçant reprend sa place derrière le comptoir.

– Nous sommes désolés de nous être emportés, heelee, ajoute ce dernier.

Je secoue la tête, envahie par la honte.

– J'ai juste…

Nob. Je ne dirai rien. Je ne veux pas les mettre mal à l'aise.

– Ce n'est rien.

Je secoue la tête et me force à sourire, mais ils froncent tous les trois les sourcils.

Raingar s'avance, masque tout ce qui se trouve derrière lui avec ses larges épaules et sa carcasse rocheuse. Mon regard se porte sur ses cornes, puis sur ses yeux. Son regard est dur mais lui, ce n'est pas un dur. Il est grincheux, c'est sûr, mais dur ? Nob. C'est un regard inhabituel pour lui et cela me rend nerveuse.

– Qu'y a–t–il, Essmira ?

J'ai l'habitude de mentir, j'ai été formée par les meilleurs dans le domaine, mais je suis incapable de trouver les mots pour lui répondre. Au lieu de cela, je prononce une douce vérité :

– Je ne savais pas qu'être femelle de plaisir était un motif de honte sur Lemora. Si je l'avais su, je n'en aurais pas parlé. Je ne voulais pas te faire honte.

– Hon… honte ?

Sa voix s'étrangle. Il s'agrippe à sa poitrine, ses mains en griffent le centre comme s'il essayait de le déchirer.

– Toi ? Me faire… honte ? Nob…nob, nob, nob.

Il commence à marcher vers moi et je recule parce que son pas de charge me donne l'impression qu'il va m'écraser.

– Raingar ?

– Nob, nob, nob, nob.

Il ne s'arrête pas de marcher. Mon dos heurte un pan de tissu. À ma gauche, une fenêtre ouverte donne sur la rue. Je suis surprise de voir plusieurs visages lointains passer à travers. Des visages jeunes qui, en me voyant, poussent un cri et disparaissent. J'aurais pu rire si je n'avais pas été aussi inquiète et si les mains de Raingar n'avaient pas claqué contre le mur à côté de mes oreilles.

– Tu ne fais honte à personne, grogne–t–il.

Sa voix est semblable au gravier trempé dans du miel et traîné dans des éclats de verre. Tout le monde retient son souffle – ou peut–être qu'il n'y a que moi – avant qu'il ne baisse un peu le visage vers moi.

– Nous n'avons pas de mâles ou de femelles de plaisir ici, mais nous avons quelques êtres, anciens compagnons de plaisir, qui sont maintenant Lemorans. Ils ont été réduits en esclavage contre leur gré et n'ont pu s'aventurer ici qu'en s'échappant, ou parce qu'ils étaient trop vieux pour être encore utiles aux maisons de plaisir. Lemora est un endroit sûr pour tous et nous ne jugeons personne. C'est juste que nous n'avons pas l'expérience des compagnons de plaisir qui le font… par choix. C'est pourquoi ces deux Lemorans ont supposé que tu avais été réduite en esclavage.

J'acquiesce. Je me sens extrêmement gênée et je regarde nos pieds. Il a trois orteils, j'en ai cinq. Je ne porte pas de chaussures, lui il porte des sandales épaisses. Je ne sais pas pourquoi, mais je trouve la vue de nos pieds juxtaposés comme ça plutôt drôle. C'est un peu érotique aussi.

– Est–ce que tu…

Raingar déglutit, il semble lui–même perturbé. Mon regard remonte alors jusqu'au sien. Il déglutit à nouveau.

– Est–ce que ça te *plairait* d'être une femelle de plaisir ?

Il bute plus d'une douzaine de fois sur les mots.

Un sourire malicieux se dessine sur mon visage. Il repousse complètement la honte qui m'habitait jusqu'à ce qu'elle s'évanouisse. Je me lèche les lèvres. Son regard se pose sur elles. J'inspire profondément. Son regard descend jusqu'à mes seins.

– Yeffa.

Son expression se durcit, ses yeux reviennent sur les miens. J'entends le son de ses doigts qui raclent le bois dur de chaque côté de ma tête.

– Mais seulement pour le bon mâle, je murmure.

J'espère qu'il comprend le sous–entendu que je n'oserai jamais exprimer comme une demande. J'espère qu'il entend mon désir.

Je pense qu'il l'a compris car son visage fait état du choc qu'il ressent, mais il se reprend rapidement. Il presse légèrement tout son corps vers l'avant pour que nous soyons séparés par à peine plus que la longueur de mon avant–bras, sa chaleur m'envahit.

– Juste pour un mâle ?

– Yeffa. Juste pour un mâle.

Il s'étouffe et s'avance un peu plus, au point que je perds de vue son visage et regarde sa poitrine à la place. Je dois serrer mes paumes autour de ma cicatrice pour m'empêcher de le toucher. *Une femelle doit attendre la permission avant de toucher un mâle...* Ohr ! Rien à foutre, je me lance.

Je glisse ma paume sur son pectoral, ce faisant, je lisse le mamelon plat et brun foncé.

Il se penche et grogne à mon oreille :

– Mais Essmira... ne préfèrerais–tu pas être une compagne ?

– Une compagne ?

– Yeffa. Une compagne.

Mes doigts glissent vers le bas... plus bas...

– Je n'en sais rien.

Je touche le haut de son pantalon. Mes doigts se rapprochent dangereusement de l'unique bretelle qui le maintient sur ses hanches étroites. Il est si près que je pourrais juste... la tirer.

Il aspire une bouffée d'air, ses paupières s'agitent sur ses yeux striés. Tant de couleurs. Tant de couches. Ce qui n'est pas sans rappeler le mâle lui–même.

– Je peux ?

Mes doigts s'immobilisent. Mon cœur s'emballe.

Ses yeux s'ouvrent et brûlent d'un feu à faire pâlir. Est–il...

– Es–tu..?

C'est impossible... Il ne me connaît pas. A moins que ce ne soit mon apparence qui l'attire. Je trouve cette pensée incommensurablement décevante.

– Ohr. Je ne suis pas douée pour ça. Je...

– Raingar et… euh… Essmira ? Pourriez-vous vous éloigner de la fenêtre tous les deux ? Vous provoquez un embouteillage devant mon magasin !

– Notre magasin, Timor. A moins que tu veuilles que je prenne ces ciseaux et que je coupe tes doigts inutiles avec…

– Ohr ! Notre magasin, concède Timor.

Je regarde à gauche et bien sûr, d'autres visages se reflètent dans la vitrine – cette fois, pas moins d'une douzaine. Raingar s'écarte du mur avec un rugissement et brandit son poing en direction des badauds.

– Occupez-vous de vos affaires, bande de knackars rampants ! Ohr !

Il hurle d'autres insultes, puis les traite de knackars, d'insectes, d'excréments, d'astéroïdes, de déchets spatiaux et d'un éventail fascinant de synonymes du mot « *idiots* » avant de se retourner pour pester et souffler à l'intérieur de la boutique de tissus.

– Qu'est-ce que tu regardes ? Qu'est-ce que vous regardez ! crie-t-il à Lyla et Timor.

Timor grimace et tourne la tête. Lyla rit à gorge déployée derrière sa main.

– Tu vas certainement avoir besoin d'un nouveau pantalon, Raingar. Celui-ci est en effet un peu trop… *révélateur*.

Je vois à quoi elle fait allusion – impossible de le manquer – mais je n'ose pas baisser les yeux vers l'énorme érection qui hurle pour attirer mon attention – elle me hurle de la *fixer*. Raingar regarde son pantalon avec confusion, puis pousse un cri de terreur, comme s'il venait de voir sa bite pour la première fois, ou qu'il venait seulement de prendre conscience qu'elle se dressait.

Je renifle si fort que mes yeux se révulsent et Raingar danse en nous donnant le dos. Je crois qu'il essaie de secouer ses jambes et... de ranger son impressionnante longueur quelque part, je crois. J'éclate de rire.

– Ohr ! crie-t-il par-dessus son épaule avant d'arracher un lourd drap à l'une des tables et de se diriger d'un pas ferme vers la porte.

– Essmira, tu viens ?

– Je n'ai pas encore reçu le tissu pour ton pantalon.

Il hésite sur le seuil et je m'en veux de le retarder. Il est visiblement mal à l'aise.

– Ce n'est pas grave. Tu pourras le prendre au prochain solaire...

– C'est absurde. Nous allons vous donner ce qu'il vous faut. Restez avec nous pendant le solaire. Je te donnerai quelques conseils sur la façon de façonner un pantalon aux dimensions lemoranes, propose Lyla.

– Elle n'a pas besoin de ton aide. Tu ne vois pas ce qu'elle porte ? Elle a fait cette cape et la robe en dessous elle-même ! En une seule lune !

Lyla me regarde à nouveau et je sens la fierté m'envahir. Raingar aime ma robe ? J'exulte dans sa direction, mais il ne le voit pas. Il est trop occupé à crier sur les gens encore rassemblés à l'extérieur de la boutique.

– As-tu l'habitude de créer des vêtements pour d'autres espèces ? dit Lyla.

– Tout à fait. C'est l'un des seuls métiers qu'Igmora m'a permis d'apprendre. Je suis assez douée dans ce domaine.

– Et tu aimes ça ? dit Lyla.

Je bégaie quelques instants. Elle se soucie de savoir si j'aime ça. Je ressens un plaisir que je n'ai jamais éprouvé auparavant.

J'acquiesce.

– C'est mon activité préférée.

Ses lèvres se retroussent et elle crie par–dessus son épaule.

– Tu es d'accord pour qu'on s'occupe de ta miriga, Raingar ?

– Mir…miriga ? dit–il.

Je me demande si c'est un mot inventé parce que Raingar semble aussi confus que moi.

Ses yeux brillent.

– Yeffa. Je pense que nous aurions besoin d'une paire de mains supplémentaires ici. Surtout avec les clients supplémentaires que nous aurons probablement une fois que vous aurez fini de bloquer la porte.

– Argh !

Raingar tance, souffle et tape du pied. Il tient toujours le drap loin de son corps, ce qui m'empêche de voir son érection et ce qu'elle est devenue.

Il a l'air assez stressé comme ça, alors je souris et je dis :

– J'aimerais vraiment rester, si tu es d'accord.

– Ohr ! Créatures infernales. Ne laissez rien lui arriver ou je vous brise les cornes et vous les enfonce dans la gorge ! hurle–t–il.

Je suis surprise par sa férocité.

– Quant à toi…

Il pointe Timor du doigt et poursuit d'une voix assassine :

– Je sais que tu portes des cornes blanches, alors je sais que tu me comprends : tu regardes avec les yeux, interdiction de toucher.

Timor se contente de rire.

– Crois-moi, Raingar. Ce n'est pas de toi que j'ai peur. As-tu rencontré Merelda ?

La bouche de Raingar tressaille, mais il ne répond pas. Il se contente de tourner son regard vers moi. Je hoche la tête.

– Ça va aller.

– À tout à l'heure, répond-il.

Sa réponse me donne le vertige mais, avant que je puisse répondre, il sort par la porte ouverte de la porte en courant à travers la foule de gens comme un chaton à l'assaut d'une volée d'oiseaux. Les gens s'éparpillent en poussant des cris et des hurlements de joie, ou en riant.

– Tu sais vraiment faire des pantalons pour d'autres espèces ?

Je sursaute. Lyla s'est rapprochée d'une douzaine de pas et me regarde en penchant la tête d'une drôle de façon.

– Yeffa. En fait, j'avais quelques idées pour des vêtements pour Hyphas plus adaptés à leur morphologie. Je pense que si j'ajoutais deux pinces, de chaque épaule jusqu'à la taille, ça s'adapterait bien au torse plus fin du…

Je m'interromps.

– Je pourrais parler pendant des heures… Excusez-moi, je ne voudrais pas abuser de votre patience…

Elle me regarde. Un grand sourire se dessine sur son large visage brun.

– Timor, lance-t-elle par-dessus son épaule. Plus la peine de chercher une assistante. Elle est déjà là.

Il grommelle quelque chose que je ne peux pas comprendre, mais je crois que les mots de Lyla étaient plus à mon intention qu'à la sienne.

– Aimerais-tu revenir au prochain solaire et celui d'après, puis à tous les autres solaires – sauf les solaires de repos, bien sûr – et travailler ici ? Tu pourrais nous aider à fabriquer des vêtements pour la population diverse et éclectique de Lemora ?

– Aider à fabriquer des vêtements ? Êtes-vous... êtes-vous en train de m'offrir un travail ?

Mon cœur bat la chamade. Ma poitrine s'agite, mon estomac se retourne et cette fois-ci, la chaleur et la présence de Raingar n'y sont pour rien.

– Yeffa. En fait, je te supplie d'accepter ce travail.

Je cligne des yeux si longtemps qu'elle se met à rire.

– Ça veut dire « yeffa » ? demande-t-elle.

– Yeffa ! j'explose avant de me mordre la lèvre inférieure. Par contre, j'ai dit aux autres chefs de clan que je ferais le tour de leurs terres à l'occasion des prochains solaires.

– Argh. Rien à ohr, dit-elle.

Décidément, elle ressemble à Raingar lorsqu'elle plaisante.

– Oublie les autres clans. Notre clan est le meilleur, de toute façon. Et puis, miriga, tu as le droit de faire ce que tu veux maintenant. Alors dis-moi, tu veux venir ici et nous aider ou tu veux faire le tour des autres donjons ? Nous ne voyons pas d'inconvénient à ce que tu aies besoin de quelques solaires pour te décider. Nous serons là, nous t'attendrons et nous serons prêts à t'accueillir quand tu souhaiteras venir.

Je rayonne, mes entrailles frémissent d'un million de sensations étrangères. De l'espoir, peut-être ? Nob, ce n'est pas de l'espoir. Ce n'est pas non plus de la fierté. C'est autre chose, quelque chose de plus tendre. Cela me donne envie de pleurer.

Elle prend ma main et la frotte fermement dans la sienne en croisant mon regard.

– Tu peux faire ce que tu veux ici, miriga. Dis–moi, que veux–tu faire ? Si tu n'aimes pas Timor, je ne t'en voudrai pas. Et entre nous, lui non plus.

Il grogne en arrière–plan. Je ris et secoue la tête.

– Je suis d'accord. J'aimerais beaucoup t'aider.

– Vraiment ? dit–elle.

Ses yeux sont brillants de surprise, je peux y percevoir un espoir qui me donne l'impression d'être quelqu'un de spécial.

J'acquiesce, la salive est épaisse dans ma bouche. Je lutte pour l'avaler.

– Yeffa, vraiment.

– Excellente nouvelle, Miriga. Maintenant, trouvons du matériel pour les pantalons extra, extra larges de Raingar.

6

Essmira

— Elle lui allait si bien que trois autres Asgids sont venues plus tard ce jour-là pour demander le même type de robe. C'est super, n'est-ce pas ?

— C'est merveilleux, et…

Je lui coupe la parole. Cela ne fait que neuf solaires que je suis ici et je sens la femme que j'étais auparavant se dévider en bobines de fils noués à mes pieds. Je ne suis pas totalement défaite, et je ne suis pas complètement finie. Je suis un projet en cours de réalisation. Ohr ! C'est fantastique.

— Et ce n'était que la deuxième fois que je travaillais à l'atelier. Je sais que j'ai dit à Bebette, Tana et Reyna que je viendrais voir leurs villages, mais je n'ai pas le temps d'y aller. Je n'ai même pas encore eu l'occasion d'ajuster ton nouveau pantalon. Et en plus, tu insistes toujours pour porter l'ancien, je murmure en m'efforçant de ne pas cacher mon irritation.

— Parfois, les grands pantalons, c'est bien, dit-il maladroitement, bien qu'il n'ait pas l'air de le penser.

Il grommelle à nouveau, puis regarde autour de lui, partout, sauf vers moi.

Je fronce les sourcils.

– Tu agis bizarrement. Quelque chose ne va pas ?

– Arrête de me demander ça. Finis juste le pantalon, espèce d'insupportable pipelette !

Je souris. Il sait que j'aime qu'il me taquine. Il taquine tous ceux pour qui il a de l'affection, quand il est chez lui, il taquine presque tout le monde. Je grogne.

– Je te ferai remarquer que c'est toi, la brute insupportable. Je parie que tu n'as même pas écouté mon histoire.

– Quoi ! Bien sûr que je l'ai écoutée, balbutie-t-il. Tu as été très occupée et je n'aime pas ça. En neuf solaires, je ne t'ai vue que cinq fois.

– Estime-toi heureux, c'est avec toi que j'ai passé le plus de temps, dis-je.

Je ne suis *pas fière* de ce que je viens de dire, même si c'est vrai. La vérité, ce que que j'aimerais avoir le courage de lui dire, c'est qu'il m'a manqué, lui aussi.

J'aimerais lui demander s'il pourrait m'héberger, mais j'ai trop peur d'offenser Merquin ou de le mettre mal à l'aise s'il ne souhaite pas le faire. Je pense qu'il serait d'accord, mais... je n'en suis pas sûre.

C'est un chef de clan, murmure mon Igmora intérieure, *il est au sommet de sa virilité. Il va bientôt vouloir s'installer avec une femelle lemorane bonne et forte.* Et s'il le fait, qu'est-ce qui me restera à faire si ce n'est m'apitoyer sur mon sort ?

– Mais tu as passé du bon temps avec Gorman – peut-être même plus qu'avec moi – lorsque tu lui as ajusté ses nouvelles tenues. Il est extraordinairement sublime quand il les porte. Ses nageoires n'ont pas cessé de briller sous l'effet des compliments que lui ont adressés les autres Hyphas.

Je souris, submergée par les éloges. Mais je dois avouer que je suis presque plus émoustillée par l'implication contenue dans les reproches de Raingar. Est–il jaloux ? J'ai trop peur de sa réponse pour lui poser la question.

– Je serais ravie de te faire de nouvelles tenues si tu veux.

– Insupportable femelle, grogne–t–il. Commence par finir le pantalon d'abord.

J'éclate de rire et m'effondre à genoux à ses pieds.

– Ah ! Qu'est–ce que tu fais ?

Je regarde le long de son corps immense et je souris avec légèreté, même si la chaleur envahit mon visage.

– J'ai besoin d'atteindre tes chevilles et je ne peux pas le faire en restant debout.

Il me regarde fixement et se frotte le torse d'une main, tandis que l'autre s'étire pour toucher ses cornes.

– Après cela, j'aimerais t'aider à huiler tes cornes. J'ai remarqué qu'elles muent plus rapidement qu'à mon arrivée et je suis sûre qu'elles doivent te faire souffrir.

Raingar sursaute. Son visage s'éclaire, ses yeux s'arrondissent, ses deux mains s'envolent pour couvrir le sommet de ses cornes. Elle sont presque entièrement blanches. C'est aussi le cas pour d'autres Lemorans, mais ils n'ont pas tous des cornes blanches. Je ne sais pas quelle est la différence entre des cornes blanches ou grises et je n'ai pas pensé à demander. J'ai bien envie de poser la question maintenant, mais Raingar est trop occupé à râler.

– TU VEUX TOUCHER MES CORNES !

Je grimace. Une chaleur d'un autre genre se répand sur ma peau. Je jette un coup d'œil derrière moi et, bien sûr, dès que je passe la tête derrière le trône, je vois d'innombrables regards tournés dans notre direction. La plupart des curieux sourient. Les autres lèvent les yeux au ciel.

– Raingar, du calme, s'il te plaît… je murmure. Je ne veux pas qu'ils pensent que nous faisons quelque chose d'inconvenant. Surtout quand l'une de ces femelles pourrait être ta future compagne.

Ce n'est pas la première fois que je fais ce type de commentaire, et ce n'est pas la première fois qu'il fait comme s'il n'avait pas entendu. Ce n'est pas la première fois que je suis assez stupide pour me sentir blessée alors que je sais que mes espoirs sont vains. *Il ne me connaît pas. Il n'a aucune raison de faire de moi sa compagne. Je ne suis qu'une étrangère, une femelle dont il a eu pitié.*

– Essmira, dit–il.

– Yeffa ?

Il se penche et touche le sommet de mon crâne, puis passe ses doigts dans mes boucles. Il tremble, secoue la tête, ferme les yeux et grogne :

– Qu'ils aillent tous se faire ohr.

Je souris, mais le cœur n'y est pas, alors je me remets au travail.

Nous sommes de nouveau dans sa grande salle, à côté du trône le plus modeste que j'aie jamais vu. Rien à voir avec les énormes trônes de verre qu'Igmora et Tyto avaient installés dans leur salle d'observation – la salle qui donnait sur toutes les cellules où leurs enfants étaient détenues.

Je sais qu'il y en a eu deux autres pendant mon séjour, mais je ne les ai jamais vues, je ne leur ai jamais parlé, je n'ai jamais pu les rencontrer. Ça ne m'empêche pas de les aimer et de me sentir proche d'elles. J'espère qu'elles vont bien.

Ici et maintenant, à Lemora, le trône de Raingar n'est qu'un bloc de pierre recouvert d'une peau usée. Nous nous tenons en quelque sorte... derrière lui. C'est un endroit peu commode, au fond de la salle, loin des portes.

Il y a une grande fenêtre au plafond qui fait la moitié d'un mur. Une bande de tissu la recouvrait auparavant, mais vu la luminosité et l'ensoleillement de la pièce dû au soleil, elle a été roulée. La lumière du soleil entre, douce et rose. Elle couvre tout de teintes douces et fait passer le tissu tantu que j'ai entre les mains du gris argenté à une couleur plus nacrée.

– Aïe ! dit-il lorsque je le pique avec une épingle près de sa hanche droite.

– Ne fais pas l'enfant !

Je le taquine en me mettant à genoux et en retirant l'épingle. Je frotte doucement la zone. Il se fige, mais je n'y prête pas attention. Ce n'est certainement pas la première fois qu'il se fige en ma présence.

– Tu sais, ce serait beaucoup plus facile si tu enlevais ce pantalon trop grand en dessous quand j'essaie de prendre tes mesures. Elles vont être complètement fausses.

– Eh bien, c'est que je ne veux pas que tout le monde dans ce fichu village me voie nu !

Je *me* fige.

– Tu... tu ne portes rien sous ton pantalon ?

– Qu'est-ce que je pourrais bien porter sous mon pantalon ? Qu'est-ce que tu portes sous ton pantalon ?

Je rougis et me redresse. Il porte des sandales épaisses et, en plus, il me domine de toute façon. Je jette un coup d'œil derrière le trône de pierre bosselé et je vois qu'il reste quelques créatures dans la salle, la plupart d'entre elles nous regardent encore, mais au moins, elles ne sont plus toutes là.

Elles ont formé des petits groupes et, dans chaque groupe, elles travaillent sur quelque chose de différent. Quelques groupes de Lemorans travaillent à remplir les lampes du dôme Eshmiri tandis qu'un groupe mixte de Rekkarus, de Lemorans et d'Hyphas semble marchander sur de grandes feuilles de papier.

Je me racle la gorge.

– Je porte des sous–vêtements, comme certains Hyphas et Asgids avec lesquels j'ai travaillé. Je ne savais pas que ça ne se faisait pas à Lemora, cependant...

– Quel genre de sous–vêtements ?

Les yeux de Raingar sont braqués sur mon visage, ce qui fait revenir les picotements.

– Ils soutiennent mes seins et entre mes jambes, ils m'empêchent de *laisser couler* quoi que ce soit sur mes cuisses.

Je prononce cette dernière partie en grimaçant.

Il lève les deux sourcils jusqu'à ce qu'ils atteignent presque la ligne de ses cornes.

– Qu'est–ce qui coule ? De la pisse ?

Un grognement fort et violent sort de mon nez et je hoquette au lieu de rire.

– Pourquoi ta première hypothèse est toujours que je me suis uriné dessus ?

Je ris, je grogne et je glousse à nouveau, sans chercher à atténuer quoi que ce soit. Ma main se rapproche de ma bouche, mais... je ne la couvre pas.

La bouche de Raingar se retrousse sur le côté droit. Ses dents brillent d'un éclat blanc dans sa jolie bouche. Jolie ? Est-ce que je viens de dire qu'une partie de ce mâle massif est jolie ? Cette pensée m'arrache un sourire.

– Alors, qu'est-ce qui coule si ce n'est pas de l'urine ? demande-t-il avec le plus grand sérieux.

Je me mords la lèvre et me déplace inconfortablement d'un pied à l'autre, tout en ignorant mon Igmora intérieure qui me murmure que le mâle n'a pas besoin de savoir ce genre de choses. Pour une raison ou une autre, je veux que Raingar sache tout.

– Chaque solaire, je perds un peu de liquide, c'est normal. Et durant quelques solaires, chaque mois, c'est du sang qui coule. Je peux placer un petit récipient à l'intérieur de mon corps pour récupérer la plus grande partie du sang, mais les sous-vêtements m'aident à récupérer tout ce qui pourrait s'écouler tout de même. Il y a aussi le *liquide du plaisir*. Si je suis excitée, il coule, et les sous-vêtements m'aident à l'absorber.

Mes joues brûlent.

– Mais cela n'arrive pas souvent, je conclus.

Ça n'arrive souvent que si Igmora et Tyto m'obligent à porter des perles de plaisir dans ma culotte. Leurs vibrations me stimulent. Ils étaient très compétents pour m'apprendre à me stimuler. Le lubrifiant, disaient-ils, pouvait aider à augmenter le plaisir des mâles, tout comme le resserrement de mes parois intérieures lorsque j'avais un orgasme.

– Il y a un liquide... quand tu as du plaisir ?

Sa poitrine se gonfle comme un ballon. Il semble retenir son souffle. Une odeur fraîche se dégage de sa peau, qui me surprend et m'alarme. Elle ressemble à la rosée sur la mousse au lever du soleil – c'est une odeur très nouvelle pour moi, mais que j'ai sentie à chaque lever de soleil depuis neuf solaires, depuis que je suis ici. *C'est l'odeur de Lemora. Il sent comme Lemora.*

– C'est pour…euh…

Je cherche à présenter les choses avec élégance. Sans y parvenir.

– Cela… euh… lubrifie l'entrée pour le mâle. C'est du moins ce qu'on m'a appris. Je suis sûre que tu vois ce que je veux dire. À moins que les femelles lemoranes soient... faites différemment.

– Comment le saurais–je ?

Il se rebiffe, et jette ses bras sur les côtés; puis il recule d'un demi–pas et six des épingles que j'utilisais pour maintenir le tissu tantu se détachent. Les fibres synthétiques se rabattent sur ses jambes et s'affaissent mollement sur le sol, révélant le vêtement monstrueux qu'il porte en dessous.

– Je n'ai jamais touché intimement une femelle. Comment peux–tu penser ça ? s'écrie–t–il d'un air offusqué. Sur Lemora, nous ne nous accouplons que lorsque nous sommes en couple. C'est pour ça que ça s'appelle un *accouplement*. Ne me dis pas que tu as été forcée de t'accoupler avec des mâles qui n'étaient pas tes compagnons !

Son expression furieuse fait rapidement place au choc. Il pose une main lourde sur sa bouche et murmure entre ses doigts :

– Par les étoiles, Essmira. Est–ce que tu…

Ma mâchoire reste ouverte. Ses paroles vont à l'encontre de ce qu'Igmora et Tyto m'ont appris sur les mâles. Les mâles utilisent les femelles. Les mâles n'ont pas besoin de respecter les femelles. Le corps des femelles est fait pour le plaisir des mâles et rien que pour cela. Mais ce mâle affirme qu'il n'a jamais touché une femelle parce qu'elle n'était pas sa compagne ?

Deux sensations simultanées me frappent, bien qu'aucune ne soit prévisible ou plaisante.

La première sensation est une poussée de possessivité : je veux être la première femelle à lui montrer le plaisir. Je *sais* que je pourrais lui montrer un plaisir qui ferait exploser son esprit et ses trois cœurs lemorans. Je me suis entraînée toute ma vie pour cela. Je me suis entraînée pour lui.

La seconde sensation est une vague profonde et brutale de chagrin à l'idée que je n'aurai peut–être jamais cette chance. Il n'est pas fait pour toi, me dit mon Igmora intérieure. Il est fait pour une femelle forte qui peut lui donner des petits Lemorans forts, ce que je ne peux pas faire.

– Essmira ?

J'aime la façon dont il prononce mon nom. Il a un accent. C'est comme une vague. J'ai toujours aimé ça. Mais là, je m'en détourne en grimaçant.

– Essmira, ce n'est pas grave si c'est le cas. Je sais qu'Igmora et Tyto ne t'ont pas bien traitée…

– Oh. Nob. Nob, au contraire. C'est la seule chose dont ils se sont assurés. Je n'ai fréquenté aucun mâle.

J'ai envie de lui préciser que même si je n'ai jamais eu de rapports avec des mâles, je *maîtrise* parfaitement tous les actes sexuels et que je pourrais lui offrir le plus grand plaisir de sa vie – bien mieux que n'importe quelle autre femelle sur ce stupide rocher – mais je n'en fais rien. Je ne veux pas lui mettre la pression ou refuser ce droit à sa future compagne.

Je ne veux pas non plus m'humilier en suggérant que je pourrais être sa compagne. Ne l'ai–je pas déjà assez suggéré ? Je pensais que mes intentions à son égard étaient claires. Peut–être qu'elles ne l'étaient pas assez. Peut–être... que lorsque je huilerai ses cornes... je pourrai essayer de déclencher quelque chose... Ohr ! Qu'est–ce que je raconte ?

– Je ne voulais pas te contrarier...

– Nob. Je ne suis pas contrariée.

Je retrousse les épaules et je souris, mais j'ai du mal à croiser son regard. Alors je le laisse retomber sur son pantalon.

Ramassant les petites épingles sur le sol de pierre, où les épingles et la pierre se confondent presque, je me lève d'un bond et dis avec un éclat forcé :

– Je ne peux pas travailler sur ton pantalon sous l'autre pantalon. Sous–vêtements ou pas, nous devons l'enlever. Y a–t–il un endroit plus privé où nous pourrions procéder à l'essayage ?

J'essaie d'avoir l'air professionnelle, je fais comme si le fait d'enlever son pantalon ne m'affectait pas du tout.

Il bégaie, hésite, cherche ses mots et répète chaque phrase que j'ai dite et chaque question que j'ai posée, tandis que j'essaie de contenir ma jalousie et ma déception.

Il ne sert à rien de pleurer pour quelque chose que je ne peux pas changer, ou de désirer quelque chose qui je ne peux obtenir.

Igmora croyait fermement aux destins et au fait que les nôtres sont déjà écrits par l'univers parce que rien n'est nouveau, parce que tout s'est passé dans une infinité d'univers nés avant et parce que tout aura à nouveau lieu dans une infinité d'univers à venir. Encore et encore : le cycle se répète. Il sera toujours chef de clan. Et moi, je serai toujours une femelle de plaisir.

– Raingar, dis–je en essayant d'avoir l'air assuré alors que je ne le suis pas. Qu'est–ce que tu décides ? Tu te mets tout nu dans ta grande salle ou dans un endroit plus privé ?

Raingar reste bouche bée. Il reste bouche bée pendant un long moment, mais je ne quitte pas son regard qui scrute le mien. Finalement, ses épaules s'affaissent et il se frotte l'espace entre les deux yeux.

– Suis–moi, grommelle–t–il en sortant péniblement de derrière le trône et en se dirigeant vers le grand hall qui bifurque vers la gauche.

Des rideaux séparent les couloirs de gauche et de droite de la grande salle. Ce sont aussi de grands couloirs, et celui de gauche est calme. Il mène à plusieurs petites pièces qui, je le sais, constituent ses quartiers privés. *Un endroit où je n'ai jamais mis les pieds et où je n'aurai jamais le droit d'aller.*

Peintes d'un rouge profond, presque marron–sang, et munies de lourds verrous métalliques, les portes fermées au bout du couloir me narguent un peu, car avant que nous les atteignions, nous nous arrêtons.

Il ouvre une porte sur la droite pour révéler une chambre, probablement celle d'un invité. Elle est très spacieuse, même si un seul mur est percé d'une fenêtre. Il remonte le rabat qui la recouvre pour laisser passer encore plus de lumière.

Un lit assez grand pour deux Lemorans est posé contre le mur de droite. Il est composé d'un sommier en bois et de quatre posters, entre lesquels est drapé un tissu d'un blanc nacré. Je me demande si Raingar est déjà venu dans cette pièce, car il sursaute à la vue du lit, comme s'il était surpris de le voir là, et s'en détourne rapidement. Il se dirige vers l'autre côté de la pièce, écarte deux chaises et se place entre elles, juste devant la fenêtre. Il tend les bras.

– Tu veux vraiment que j'enlève mon pantalon ?

– Yeffa.

Il me lance un regard pénétrant.

– Et tu ne seras pas mal à l'aise ? Je ne peux pas garantir que je ne vais pas bander. Comme je l'ai dit, je n'ai pas l'habitude que de jolies femelles me touchent alors que je suis à demi nu.

– Ce sera peut-être un peu inconfortable, mais je promets d'être professionnelle. J'agirai comme si tu étais un client quelconque entrant dans le magasin.

– Tu as déjà touché d'autres hommes sans pantalon dans ce magasin ? hurle-t-il.

Je fronce les sourcils. Je n'apprécie pas du tout son ton.

– Ils portaient des sous-vêtements, mais oui, j'ai touché un Asgid et deux Hyphas, dont Gorman.

Raingar est comme fou. Son regard se porte sur l'entrée de la pièce et il s'en approche d'un pas menaçant.

– Raingar, dis-je, la voix tendue. Je sais que je suis une femelle de plaisir, mais j'étais sérieuse quand j'ai dit que je ne souhaitais donner du plaisir qu'à un seul mâle...

– Yeffa.

Son regard se tourne vers moi et il est à la fois glacial et effrayant.

– Je me souviens aussi que tu as dit que tu ne voulais pas être une compagne, poursuit-il.

Il prend un livre décoratif sur la table voisine et le jette par terre.

Je sursaute. Il ferme les yeux. Puis ses mains descendent jusqu'à l'unique cordon qui retient son pantalon, passé dans des passants de ceinture d'apparence plutôt grossière, et il en tire une extrémité. Le cordon se libère et son pantalon glisse immédiatement sur ses fesses. Je jette un coup d'œil au sol et ne fais pas un bruit. J'aperçois juste ce derrière qui est tout aussi musclé que je l'imaginais, mais cela veut dire que j'entends tout. Chaque petit battement de tissu. Chaque petit mouvement de ses grands pieds chaussés de sandales sur le sol de pierre, puis de ses pieds nus lorsqu'il les enlève.

J'entends quand il se tourne. Je sais qu'il me regarde et je sais qu'il incombe à la femelle d'aplanir les choses pour créer une expérience sans friction pour le mâle, mais je lutte pour bouger, affectée par la pensée de le voir nu devant moi... il pourrait être à moi si seulement j'étais la bonne femelle ou si j'étais assez audacieuse pour lui donner tant de plaisir qu'aucune femelle à part moi ne pourrait lui convenir.

Je déteste cette rivale potentielle que je ne connais pas avec une soudaineté qui confine à la folie.

Sa jalousie évidente à l'idée que j'ai touché d'autres mâles sans leur pantalon n'arrange rien. Je suis tout de même déçue qu'il puisse avoir si peu d'estime pour moi. Il pense donc que j'abuse de ma position dans la boutique de Lyla et Timor pour faire plaisir à d'autres mâles ? C'est ce que je suis pour lui ? Une dévergondée sans vergogne et sans respect ? *Je vais devoir lui prouver à quel point je suis professionnelle. Même s'il est le seul mâle que je désire.*

Je respire profondément.

– Eh bien ! s'écrie-t-il.

Je réagis d'un coup sec et laisse le tissu me tomber des mains comme s'il s'agissait d'un paquet de linge sale. Je le ramasse rapidement et me dirige vers lui sans parler.

Agenouillée au sol sous lui, j'essaie de ne pas le toucher en épinglant le tissu autour de ses jambes. Enfin, j'essaie de ne pas le *caresser*, mais sa peau est vraiment fascinante. Elle ne ressemble pas du tout à du papier de verre, ni même à de la roche. C'est clairement de la peau, dure comme du cuir. Yeffa, c'est plus du cuir que de la roche. Comme une roche dénudée au fil des ans et chauffée de l'intérieur. Comme une planète dont le noyau en fusion est scellé dans la pierre. Comme Lemora. Yeffa. Il est construit comme sa planète mère.

– Quoi ?

– Ta peau a une texture incroyable, dis–je d'un ton égal, en essayant de ne pas montrer mon ravissement.

Cela ne sert à rien, car un frisson remonte le long de sa jambe, celle sur laquelle j'ai mis la main. Je lève la tête et croise son regard. D'où je suis, agenouillée dans une robe simple faite avec du tissu de rechange, il ressemble à une montagne. J'ai utilisé le reste du tissu pour fabriquer une robe pour une Asgide. J'aurais pu imaginer un millier d'autres utilisations pour cette magnifique étoffe, mais Lyla a insisté pour que je garde le tissu de rechange. Elle m'a dit qu'il aurait été gaspillé, mais je suis persuadée que ce cadeau s'ajoute à la longue liste de gentillesses dont j'ai bénéficié depuis mon arrivée sur cette planète.

Nob, avant cela. Depuis que j'ai rencontré mon premier Lemoran.

Lui.

– Tu as vu ta peau ? Et tu trouves *la mienne* incroyable ?

Il se rebiffe et secoue la tête.

– Tu n'as aucune idée de ce que le rouge…

Il s'arrête là, à court de mots, mais on ne peut pas se tromper sur la trajectoire de son regard qui parcourt mon cou jusqu'au large col bateau de ma blouse.

Il perd à nouveau ses moyens lorsqu'il se rend compte qu'il a été surpris et regarde droit devant lui. Passant une main sur son visage, il touche ses cornes et grimace. C'est devenu tellement régulier que ça commence à m'embêter.

– Quand j'aurai fini avec ton pantalon, je *vais* appliquer de l'huile apaisante sur tes cornes. Je vois bien qu'elles te font mal.

– Tu n'as pas de cornes. Qu'est–ce que tu sais de la douleur qu'elles me causent ?

Je fronce les sourcils, je ne sais pas pourquoi mais je me sens offensée. Cherche–t–il à m'offenser ? Peut–être que ses mots servent à créer une distance supplémentaire entre nous. Je touche ses jambes nues et maintenant je suggère de toucher ses cornes… Je ne suis pas aussi professionnelle que je l'avais promis et j'en ressens une culpabilité aiguë.

– Je suis désolée, dis–je, sans savoir pourquoi.

Il ne dit rien non plus, alors je finis d'épingler le tissu sur lui en silence.

Les lacets remonteront sur les côtés, il n'y a donc aucune raison pour que je m'attarde face à lui… mais je jette tout de même un coup d'œil. Comment pourrais–je faire autrement ?

On m'a présenté des centaines de représentations holographiques d'organes génitaux masculins – des tentacules d'Oroshi aux orbes d'Oosas, en passant par les tiges des Walreys, les bites plaquées des Niahhorrus et les pénis luisants et striés des Voraxians – et je sais comment les stimuler tous. Son anatomie lemorane n'a rien de nouveau pour moi... mais il est presque en pleine érection et c'est la première que je vois un pénis lemoran en vrai. Il a beau être insupportable, je ne peux pas nier que son pénis est magnifique. Quant *aux éperons*...

– Tu n'as pas besoin de rester immobile. Tu peux te détendre, dis-je, seulement parce que je réalise à quel point je suis moi-même raide.

Je suis raide et j'ai chaud. Le tissu de mon costume est pourtant fin et léger. La pierre froide sous mes pieds nus ne m'aide pas du tout.

– Je suis détendu, dit-il les dents serrées.

Je ne me donne pas la peine de lui faire remarquer que ce n'est pas vrai, mais je détourne mon regard de la masse de son pénis. Il a réussi à le faire descendre pour suivre la ligne de sa jambe gauche, bien qu'il ait l'air douloureusement compressé sous le tissu serré autour de sa taille. *Les mâles lemorans ont quatre pierres dans leur sac. Quatre. J'ai envie de les goûter toutes.*

– Voilà. Qu'en penses-tu ?

Je m'époussette les mains et me dirige vers le miroir à côté du lit. Je le fais glisser jusqu'à ce qu'il se trouve devant Raingar et je l'observe alors qu'il s'admire.

J'essaie de me concentrer sur lui. Juste sur son visage et sa poitrine. Pas sur l'érection douloureuse qui déforme le tissu de son pantalon, ni sur les quatre pierres que j'imagine lourdement suspendues en dessous, et *surtout* pas sur les deux éperons que je sais être là, mais qui ne s'agrandissent que pour remplir le trou avant de la femelle et le trou arrière, plus serré, quand le mâle est logé au plus profond d'elle. Quand il se vide...

Je déglutis difficilement.

Le visage de Raingar se crispe. Sa bouche se tord. Il se frotte les yeux.

– C'est... c'est mon cul ?

Je glousse et presse le bout de mes doigts sur mes lèvres :

– Yeffa, chef de clan Raingar. C'est ton derrière.

– Pourquoi a–t–il l'air si... dur ?

Je ris plus fort cette fois, mais cela n'atténue en rien la pression dans mes tripes.

– Vous avez un derrière très musclé, mon seigneur.

– Argh ! Ne m'appelle pas comme ça !

Je grimace, fléchis les deux mains et serre les doigts derrière mon dos. J'aime le provoquer, c'est amusant. Trop amusant.

– Alors Raingar, tu aimes le design ?

– Bien sûr qu'il me plaît. Mais j'ai l'air d'un mâle...

– Tu préférerais avoir l'air d'une femelle ? Ça peut s'arranger...

– Nob ! Ohr...nob.

Sa façade de pierre se fissure. Il sourit et c'est un spectacle précieux.

– Je ne souhaite pas ressembler à une femelle. C'est juste que je ne suis pas sûr d'aimer le côté provocateur de ce pantalon. Ce n'est pas comme si j'essayais d'attirer...

Il fait une pause, une longue pause, qui me remplit de questions.

– Et *toi* ? Tu aimes le design de ce pantalon ? demande–t–il en faisant peser sur moi son regard et le poids du silence qui s'ensuit.

– Bien sûr que je l'aime, c'est mon design. C'est moi qui l'ai dessiné.

– Nob. Je veux dire… est–ce que tu trouves que ça me va bien ? Tu me trouves bien dans ce pantalon ?

Nous nous fixons l'un l'autre. J'ose un sourire.

– Yeffa.

C'est tout ce que je dis. J'ai trop d'appréhension pour dire quoi que ce soit d'autre. J'ai l'impression que nous sommes suspendus à une corniche, mais qu'un seul d'entre nous tombera. Ce sera moi. Lui, il ne peut pas tomber, il est chef de clan. Moi, j'ai été conçue pour souffrir.

– Vraiment ?

– Yeffa. Elles mettent en valeur tes hanches minces, ton dos serré et tes cuisses puissantes – autant de caractéristiques physiques qui attireront à coup sûr la compagne que tu désires. As–tu une... femelle en tête ?

Ohr ! Shrov ! Xok ! Je jure dans toutes les langues possibles et imaginables. Pourquoi ai–je dit ça ?

– Quoi ? Nob ! Je n'ai pas... tu n'as pas... c'est absurde !

Il se dirige en trombe vers la porte et la franchit, me laissant seule.

Je ne sais pas pourquoi je me sens si confuse et si troublée. Comme si... comme s'il y avait un sens caché dans ses paroles, quelque chose à découvrir. Quelque chose qui m'appartient.

Je reste là, incertaine, pendant encore quelques instants, suffisamment longtemps pour que je craigne que Raingar ne revienne pas. Je viens à peine de faire un premier pas vers la porte que Raingar fait irruption dans la pièce dans un tourbillon de chaleur et de fureur.

Il respire difficilement, ses membres tremblent presque, et l'une de ses cornes... on dirait que le gris s'est grandement écaillé au cours des derniers instants. Je la fixe, mais il ne la touche pas. Il se contente de tendre les bras le long du corps et de jeter un coup d'œil sur le lourd siège en cuir sous la fenêtre.

– Voilà, dit-il.

– Pardon ?

– Là. C'est là que tu vas huiler mes cornes pour moi, grogne-t-il.

Une lueur électrique illumine mon ventre. J'essaie de l'étouffer, mais c'est difficile et tous mes efforts ne font que lui donner plus d'intensité. J'acquiesce.

– Je promets d'être professionnelle.

Sa chaleur s'écrase sur mon front. Son doigt glisse sous mon menton. Il fait basculer mon visage vers le haut, vers le haut, de sorte que je n'ai plus qu'à le regarder. Droit dans ses yeux. Je suis aspirée par le noir, le bleu, le violet, le gris, l'orange, le jaune, le rose et le vert qui grésille.

Sa bouche se rapproche soudain, se tend vers moi, et je retiens mon souffle. J'imagine pour un instant fatal, qu'il pourrait être sur le point de m'embrasser. Il effleure mes lèvres si doucement et si rapidement que c'est presque comme si cela n'avait pas eu lieu. Ce contact léger survient et disparaît avant même que je puisse réagir. Je gémis légèrement, mon ventre se serre sous l'effet de la peine, du chagrin lié au contact perdu.

– Comme tu veux, Essmira, murmure-t-il contre ma joue. Mais sache que tu n'es pas obligée de l'être.

7
Raingar

Nob. C'est une mauvaise idée. Une très, très mauvaise idée. Qu'est-ce qui m'a pris de l'embrasser comme ça ? Argh ! Comme l'a dit Merquin, elle n'a pas besoin de ça, elle est encore en train de se découvrir ou une connerie dans le genre.

Mais je n'ai pas pu m'en empêcher. Elle a touché mes jambes et elle m'a posé des questions sur d'autres femelles. J'ai senti qu'elle était jalouse. Peut-être que j'ai juste imaginé cette jalousie, mais il ne m'en a pas fallu plus.

Je m'éloigne d'elle et elle se tend vers moi, comme si elle *avait aimé* que je l'embrasse et comme si elle voulait que je recommence. Je ne peux pas recommencer. Comment pourrais-je m'arrêter si je la touchais à nouveau ? Je m'éloigne brutalement, je vais jusqu'à la chaise sous la fenêtre et je m'y installe. Je pose ma tête sur le haut dossier de la chaise et je ferme les yeux. *Il vaut mieux que je ne la regarde pas.* Ma bite est déchaînée.

La pression furieuse dans mon pantalon à moitié cousu redouble et s'intensifie quand je sens son odeur.

– Ce ne sera pas douloureux, promis, Raingar, dit–elle.

Je pouffe de rire. C'est un mensonge. Elle ne peut pas le savoir, mais sa jolie bouche vient de proférer un mensonge. J'ai déjà mal mais ça n'a pas d'importance parce que je vais continuer à avoir mal jusqu'à ce qu'elle ait fini de me faire ce qu'elle veut faire.

J'entends ses mains se frotter l'une contre l'autre, puis je perçois le bruit d'un liquide qui se glisse entre elles. Une odeur, délicieuse et vivifiante, me parvient. Cela sent les herbes fraîchement cueillies, l'écorce riche et épicée d'un arbre Sadaran avec un soupçon d'agrumes. Elle l'a pressé elle–même. En quelques solaires. *Elle est incroyable.*

L'huile fait un bruit glissant en imprégnant sa chair rouge et brune. J'imagine ses mains et la petite boucle rouge près de son oreille. Jusqu'où va le rouge ? A quel point ses mains sont–elles chaudes ? Quelle est la chaleur de la fente humide et *dégoulinante* entre ses jambes ? À quoi ressemble–t–elle ? À quoi ressemblent ses sous–vêtements ? Me laisserait–elle la voir nue si je le lui demandais ? C'est une femme de plaisir, après tout, et elle a dit que cela ne la dérangeait pas si ce n'était que pour un seul mâle. Je pourrais être ce mâle. Le seul destinataire du plaisir qu'elle peut donner et qu'elle a été entraînée à procurer.

Mes pensées ne sont plus les miennes. Ma bite a traversé mon corps jusqu'à mon cerveau et l'a envahi. Elle a détruit toutes les trappes d'évacuation, éjecté toute raison, puis elle s'est emparée des canons de la luxure et du désir et elle a tiré sur tout ce qui s'y trouvait.

– Raingar ?

– Yeffa.

– Pourquoi tes cornes muent–elles ? On m'a appris que les cornes lemoranes étaient constituées de l'un des matériaux les plus résistants de l'univers – elles sont assez solides pour percer les peaux d'Oosas – mais les tiennes semblent te faire souffrir. Est–ce que ta douleur est liée au changement de couleur ?

– Les cornes lemoranes font bien partie des matériaux les plus résistants de l'univers. Mais elles changent de couleur... parfois… je réponds.

Dis–lui. Dis–lui tout ce qu'il y a à dire sur tes cornes. Mets fin à cette mascarade.

J'en ai assez de ces mystères. Que Merquin aille se faire voir. Pourquoi tente–t–elle de m'apprendre à courtiser ma femelle ? Je devrais la prendre maintenant, je lui ferai la cour ensuite. J'aurai tout le temps de lui faire la cour plus tard, mais ma bite ne peut pas attendre.

– Elles changent, c'est tout ! je crie.

– Ok, dit–elle doucement. Tu n'as pas à me dire pourquoi si tu ne le veux pas.

– Essmira, je…

Je suis interrompu par le contact de sa main sur mon corps.

Ses doigts, enduits de l'huile qu'elle a elle–même créée, exercent une légère pression sur la peau autour de mes cornes. Ce qu'il y a sur ses mains est froid, mais la température de sa peau agit comme un baume réchauffant.

– Essmira !

J'expire. Je n'arrive pas à reprendre mon souffle, j'arrête de respirer.

Ma poitrine se gonfle et je lève les yeux au ciel derrière mes paupières closes. Je ressens un pincement dans le bas du dos lorsque ses doigts entourent encore mes cornes et qu'elle dit :

– Est–ce que je te fais mal ?

– NON ! Continue !

Je halète, j'enfonce mes talons nus dans le sol de pierre, j'essaie d'arrêter les micro–pulsations de mes hanches qui cherchent à enfoncer ma bite dans son corps doux et souple.

– Ne…

Je ne me suis jamais senti aussi excité de toute mon existence. Ce foutu pantalon est sur le point d'exploser alors qu'il se resserre autour de mon érection qui se durcit. Je suis aussi dur qu'une planche de bois alors que ses caresses sont douces comme de la soie.

Elle continue à parler tout en massant la peau qui entoure la base de mes cornes, avec une douceur infinie.

– La pression te fait du bien ?

– C'est ce que tu appelles te comporter de manière professionnelle ? je siffle, furieux à l'idée soudaine qu'elle pose cette question à un autre mâle sur ce ton séduisant.

Elle s'immobilise et commence à reculer, mais ma main gauche se tend. Je l'empêche de s'arrêter et j'attrape son poignet. Je maintiens sa main contre ma corne assez longtemps pour qu'elle sache ce que je veux avant d'attraper sa taille et de la rapprocher.

Elle ne parle pas mais elle obéit. Ses doigts remontent jusqu'au milieu de mes cornes avant de faire glisser de l'onguent frais jusqu'à la pointe. Elle… Ohr ! Elle manipule mes cornes magnifiquement – *merveilleusement* ! – en les serrant bien fort. Sait–elle seulement que certains Lemorans trouvent que cette caresse est plus intime que l'acte d'accouplement lui–

même ? Nob, je pense que si c'était le cas, elle serait horrifiée, mais le salaud en moi ne veut pas lui dire d'arrêter.

J'agrippe sa taille avec plus de force, mes doigts s'enfoncent dans sa peau alors que je m'immerge complètement dans les sensations provoquées par Essmira, qui masse mes deux cornes en même temps. Ses mains glissent de haut en bas, de la base à la pointe.

La douleur exquise de ses mains qui touchent la partie grise et écaillée de mes cornes n'est rien comparée au plaisir pur que je ressens lorsqu'elle touche la partie blanche. Ces sensations contrastées me troublent, mais d'une certaine manière, je suppose que c'est logique. La partie blanche est *la sienne*, pourquoi cela me ferait–il mal qu'elle la touche ?

– Je ne veux pas que tu utilises cette crème sur quelqu'un d'autre, dis–je avec froideur.

– Raingar, je...

Elle inspire en tremblant. Son ton vacille et c'est suffisant pour que j'ouvre les yeux et que je lève la tête. Je croise son regard, à peine plus haut que le mien alors que je suis assis sur cette chaise basse et qu'elle est debout.

– Quoi ? je grogne. Tu avais l'intention d'utiliser ça sur d'autres mâles ? Tu vas leur mentir aussi en leur disant que tu resteras professionnelle ?

Sa lèvre inférieure tremblote et son menton se fronce. Elle s'éloigne de moi, ramène ses mains sur sa poitrine et les y maintient comme des victimes blessées par un crime qu'elle n'avait pas l'intention de commettre. Il y a bien eu un crime. Il a pris naissance dans mon imagination et il a eu lieu dans mes pensées. Dans ce scénario, des milliers de mâles ont été massacrés pour avoir osé toucher celle qui m'appartient de droit. Mes cornes se resserrent et brûlent lorsqu'elle lit l'avertissement dans mes yeux et recule d'un pas.

– Raingar…

Elle se raidit.

– Ce n'est pas facile pour moi, reprend–elle, mais Merquin… Merquin a dit que je ne devais pas me laisser faire et je… je n'aime pas la façon dont tu me parles.

Elle ne peut pas croiser mon regard. Elle n'a pas besoin de le faire pour que ses mots m'atteignent comme un bélier fonçant à toute allure. Je parviens à trouver la force de m'y opposer et de me lever.

Elle recule en titubant – *vers le lit.*

– Raingar ?

– Va sur le lit.

Elle regarde par–dessus son épaule et croise les bras sur sa poitrine.

– Raingar, je ne comprends pas.

Sa voix tremble et son parfum s'intensifie autour de moi. Il me rappelle la pluie fraîche qui tombe à l'extérieur de notre fenêtre. Les fleurs de printemps couvertes de rosée. L'orage à son apogée. J'ai besoin de la goûter. Je ne peux plus me retenir.

– Essmira…

Je gémis, j'agonise.

– Va. Sur. Le. Lit.

– Raingar, je pensais…

– Je croyais que tu voulais être une femelle de plaisir.

Elle fronce les sourcils, heurtée, blessée.

– Je ne…

– Je vois. *C'est moi* le problème. Tu ne veux pas t'accoupler avec moi. Y a–t–il quelqu'un d'autre ?

J'ai suffisamment avancé sur elle pour que ses genoux touchent le bord du lit. Elle s'y effondre, incapable de se rattraper.

– Raingar, tu me fais peur. Je ne t'ai jamais vu comme ça. Je... je ne voulais pas t'exciter.

Je glousse, mais c'est un rire aigre et menaçant.

– Tu n'as pas besoin de le vouloir, tu le fais malgré toi. C'est ton odeur qui me rend fou. *C'est toi.*

Son expression se durcit et le feu entre dans son regard. Cela me rappelle le moment où elle m'a jeté la statue au visage. Cela ne fait qu'attiser mon désir. Avant qu'elle ne puisse dire quoi que ce soit d'autre, j'attrape le tissu à ma taille et j'arrache le devant de mon pantalon pour le dégager de l'arrière. Ce faisant, je détruis la plus grande partie de son travail. Elle ne regarde pas ma bite qui se tend vers elle, même si je sais qu'elle la voit. Elle fournit des efforts admirables pour me regarder dans les yeux – et dompter sa colère.

– J'ai été *formée* pour être une femelle de plaisir. Je n'essaie pas de te séduire. Je ne cherche à séduire personne !

– Tu n'as pas à essayer...

– Tu as dit que je n'avais pas à être une femme de plaisir. Je pensais que je faisais du bon travail en tant que membre de ton clan...

– Je ne veux pas que tu sois un membre de mon clan.

Je pose mes poings sur le matelas, de part et d'autre de ses genoux. Elle tente de s'éloigner de moi, mais j'attrape le devant de sa robe et la maintiens en place.

– Je veux que tu diriges mon clan.

Elle se fige. Ses cils battent follement.

– Quoi ?

– Tu es ma compagne.

Les mots m'échappent, sans ménagement et sans cérémonie. Je ne peux pas les contrôler. Ils fuient mes lèvres comme des grimpeurs qui sautent en chute libre dans un abîme inconnu.

– Les cornes de Merquin n'ont blanchi que lorsqu'elle a rencontré Librida. Les cornes blanches signifient qu'un lemoran ou une lemoran a trouvé sa compagne ou son compagnon. Mes cornes ont commencé à s'écailler dès que j'ai pénétré dans l'atmosphère du Quadrant Un. C'est à cause de toi, j'explique sur un ton accusateur.

– Moi ? murmure-t-elle.

– Oui, dis-je.

J'attends un refus... qui ne vient pas. Parce que l'instant d'après, la peur frustrée qui obscurcissait son expression, la rendait trouble, est effacée. Il ne reste plus qu'un sourire brillant et clair. Elle rayonne.

– Tu es sérieux, Raingar ?

– Oui.

– C'est pour ça que tu as été si méchant... tu es jaloux ?

Elle inspire et porte une main à sa bouche. Comme je ne réponds pas, elle secoue la tête et se met immédiatement à genoux.

– Si j'avais su, j'aurais compris. Je t'aurais dit clairement que je ne touchais aucun mâle comme je te touche. je…

Elle sourit.

– Tu me plais. J'espérais que tu me choisirais comme partenaire.

– Je ne t'ai pas choisie. C'est l'univers qui choisit. C'est un lien Xiveri,. Tu es mon âme sœur.

J'incline la tête de façon à ce que mes cornes reposent sur elle.

Ce que je ne dis pas, en revanche, c'est qu'elle, elle a le choix. Elle a le choix parce qu'elle n'a pas de cornes et qu'elle n'a pas non plus la capacité de ressentir le lien Xiveri à cause de son héritage hybride – du moins d'après ce que je vois. Elle a le choix, mais je ne veux pas qu'elle le sache.

– Tu es sûr que je suis ton âme sœur ?

Elle prend mes cornes dans ses mains et mes omoplates se replient sous mes oreilles, tendues... *prêtes*.

– Yeffa. Mes cornes ne doivent s'écailler que pour mon âme sœur. Regarde–les.

Je me lève et attrape à l'aveuglette l'une de ses mains. Je l'éloigne de ma corne droite et nous regardons tous les deux sa paume entre nous. Sa peau est parsemée de petites taches noires. Je les observe attentivement. Elles me rappellent une collision d'étoiles ou une collision de vaisseaux naviguant dans l'espace. Puis je lève les yeux vers son visage. Dans l'étendue infinie que constitue l'univers, c'est incroyable que deux vaisseaux comme nous aient pu se retrouver.

– J'ai envie de toi. J'ai tellement envie de toi...

Je m'étouffe presque en prononçant ces mots, le désespoir les rend brusques et maladroits. L'embarras remonte le long de mon cou, tire sur les muscles lourds de ma gorge.

– C'est juste que... je n'ai pas étudié l'accouplement, comme toi. J'aurai besoin de tes conseils.

Je tire trop fort sur le devant de sa robe, mes mains se recroquevillent sans que je puisse les contrôler. La robe est ajustée à sa taille, mais je peux encore voir le devant et apercevoir des bretelles qui se lacent sur ses seins. Ce sont des sous–vêtements. Il doit y en avoir d'autres. Je gémis.

Je ne sais pas pourquoi je les trouve si excitants. Peut–
être parce que je les trouve aussi frustrants ? Ce sont des
obstacles qui empêchent mon regard de contempler ce
qu'il cherche à voir. Ils l'empêchent de voir la seule chose
que je souhaite voir depuis des mois : chaque centimètre
de sa peau nue. Je veux *voir jusqu'où va le rouge.*

– Les cornes lemoranes ne mentent pas. Elles *brûlent
de désir* pour toi. Je brûle de désir pour toi. Je ne peux
plus supporter ça, Essmira. S'il te plaît... dis–moi que tu
ressens... quelque chose ! N'importe quoi.

Elle m'embrasse. Sa bouche s'écrase contre la mienne.
Contrairement à moi tout à l'heure, elle opte pour une
autre voie que celle de la douceur. Au contraire, ses
lèvres s'écartent et elle mord ma lèvre inférieure entre ses
dents, l'aspirant dans sa bouche et envoyant mon esprit
se disperser.

– Je n'arrive pas à y croire. Tu aurais dû me le dire
plus tôt, dit–elle sauvagement tandis que ses bras
s'enroulent autour de mon cou.

Elle me tire et je la suis sur le lit. Mon corps vient
recouvrir le sien. J'aime cette sensation . Je la presse
contre le matelas et je ne peux pas me retenir de peser
sur elle alors que j'écrase mon bassin sur son ventre
mou.

– La robe... je grogne.

– Je vais...

Je n'ai pas la patience d'attendre. J'attrape le col et je
le déchire par la couture du devant. Son corps apparaît,
presque nu, et je suis presque sûr de mourir à ce
moment–là et de sombrer dans mon plus grand rêve.

– Tu... ton... le rouge...

Je ne trouve plus les mots. Mes doigts s'agrippent aux bretelles qui traversent sa poitrine et enserrent ses seins. Je tire et tire encore, jusqu'à ce qu'elles se défassent.

Une petite lueur de douleur traverse son visage, mais elle me laisse faire ce que je veux, alors je suppose que ça ne doit pas lui faire si mal que ça. Je tire et je déchire jusqu'à ce qu'elle soit complètement nue et qu'elle s'étale sur la literie noire sous elle. Le rouge de sa peau brille de mille feux, comme un astéroïde brûlant qui se dirige droit sur mon front. C'en est fait de moi. Je vais jouir.

– Je vais jouir, je gémis, à la fois horrifié et ravi.

Essmira se redresse, comme si elle en avait reçu l'ordre, et saisit ma bite à deux mains. Au moment où je suis fermement pris dans sa main huileuse, le sperme explose du bout de ma queue et s'étale sur ses seins parfaits. Ses seins rouges.

Elle est rouge des seins jusqu'à la fente nue et exposée entre ses jambes. Ce rouge impeccable sur toute sa partie médiane, est comme un costume qui couvre tout son ventre. Le brun et le rouge s'entrechoquent sur les os de ses hanches dans une symétrie parfaite. Ses hanches et ses jambes sont brunes jusqu'aux pieds, à l'exception d'une seule spirale rouge qui couvre sa jambe droite et non la gauche, et qui se termine sur le dessus de son pied droit.

Je l'attrape par la nuque et la serre en me vidant sur tout son corps... son visage, son menton, ses lèvres.

– Ouvre la bouche, lui dis–je.

Elle hésite, mais seulement un instant. Puis sa mâchoire se décroche et elle lèche ma bite.

– Ta langue... je gémis.

Sa langue est voraxiane. Elle possède des crêtes qui remontent en son centre et les sentir contre ma bite me provoque un plaisir indicible.

– Ohr ! Essmira. Ta langue est fantastique.

Je l'attrape par les côtés de la tête et je ferme les yeux en m'abandonnant au plaisir que cette femelle de plaisir sait me procurer. Je la tire vers l'avant et elle amène sa bouche chaude autour de ma bite tandis que ses ongles grattent significativement la peau sensible de mon sac, en dessous.

Mes éperons jumeaux, tout aussi sensibles, palpitent, mais il n'y a pas d'endroit où ils peuvent s'accrocher. Normalement, ils auraient dû s'accrocher à son sexe, mais Essmira n'est pas en reste. Elle les masse doucement avec son autre main. Sa bouche, ses mains et sa chaleur me caressent de tous les côtés, à fond. Je n'ai jamais rien connu de tel.

J'utilise sa bouche pour jouir non pas une fois, mais quatre fois avant de la libérer. Elle avale ma semence à chaque fois et quand je me retire, mes yeux sont troubles et vitreux. J'ai du mal à me concentrer. Tout ce que je sais, c'est que je veux la goûter.

Je la repousse sur le lit. Mes baisers forment une ligne le long de son corps. Je suis fasciné par ses seins et je passe une éternité à sucer ses mamelons rouge foncé. Je suce fort, je mords, j'agrippe sa taille et je la maintiens immobile lorsqu'elle se tortille.

– Essmira, tu es si parfaite.

Je peux à peine prêter attention à sa réponse lorsqu'elle murmure :

– J'en suis heureuse, mon seigneur.

Au lieu de cela, je gémis assez fort pour être entendu de la grande salle, mais je m'en fiche. Je me fiche de tout, sauf de l'odeur de la pluie et du miel de Walrey qui s'échappe d'entre ses jambes. Je me mets à plat ventre et enfonce mes hanches dans le matelas tout en léchant chaque centimètre de son monticule rouge. Il est gonflé et bouffi. Il a un goût de cosmos. Cette saveur est une drogue pour moi, et j'en suis dévasté. Je suis complètement accro.

J'enfonce un doigt à l'intérieur d'elle. J'en veux plus; mais son corps se crispe et j'ai du mal à enfoncer un deuxième doigt dans son trou serré.

– Ma bite va rentrer là-dedans, n'est-ce pas, Essmira ? je demande, nerveux.

Je regarde son corps. Ses yeux sont fermés, sa mâchoire et ses poings sont serrés, elle ne me regarde pas du tout. Je fronce les sourcils.

– Qu'est-ce qui ne va pas ?

– Rien, murmure-t-elle fermement.

Je lèche à nouveau son sexe, je trouve les plis qu'elle a fascinants. Il y a aussi un petit bouton au sommet de sa fente qui semble doux et lisse sous ma langue, mais quand je le suce, elle pousse un petit glapissement.

– Mais qu'est-ce qu'il y a ?

Elle halète. Pas comme moi, mais elle est aussi à bout de souffle. Cela ne m'excite pas comme je le souhaiterais. C'est comme si elle n'arrivait pas à respirer.

– Cette peau douce est très sensible. Si on la touche correctement, je peux ressentir un immense plaisir à travers elle.

Un grondement sort du plus profond de moi à l'idée d'apporter du plaisir à ma compagne. Mes cornes se mettent à vibrer, comme un gong sonné au rythme du défi qui m'est lancé. Je tire sur la peau qui entoure son centre de plaisir et j'y retourne immédiatement avec ma langue. Je lèche et j'embrasse. Mon esprit s'emballe lorsqu'elle tressaille et se secoue sous moi. Mes hanches plongent dans le matelas sans pitié. Je plonge sur lui et y enfonce ma bite comme j'ai l'intention de le faire avec son corps bientôt. Sauvagement.

Je suce son mamelon et le mord un peu avec mes dents. Elle glapit à nouveau et ses hanches se soulèvent du matelas. Contre mon doigt, toujours logé dans son corps, je sens une poussée de liquide. Sa fente commence à trembler et à s'agiter autour du doigt que j'ai enfoncé en elle. Est–ce ainsi qu'elle jouit ? C'est moi qui ai provoqué ce plaisir ?

Je suce son mamelon encore plus fort. Elle crie et les tremblements de ses parois intérieures sont de plus en plus violents. J'enfonce un deuxième doigt en elle, je veux la sentir davantage. Je veux tout goûter. Mes dents mordillent ses lèvres pulpeuses et je maintiens ses hanches avec ma main libre. Je veux qu'elle reste immobile pour que je puisse la sentir mieux encore.

Elle gémit au–dessus de moi, mais elle se contient, elle se retient, je le sens. Je veux qu'elle s'abandonne au plaisir comme je l'ai fait, alors je reviens à sa peau douce et je la suce encore et encore et encore jusqu'à ce qu'elle jouisse pour moi encore et encore et encore. Chaque orgasme intervient plus vite que le précédent. Mais je veux que ce soit lent. Je veux qu'elle jouisse plus longtemps, bien plus longtemps. Peut–être que la solution se trouve à l'intérieur de son corps ? Mais elle est si serrée !

Je parviens à introduire un troisième doigt en elle, bien que son sexe me serre avec délire tandis que je fais entrer et sortir mes doigts dans et hors de sa fente. J'espère la préparer pour ma bite parce qu'il n'est pas question que je quitte ce lit sans l'avoir enfoncée dans son canal chaud et humide.

Ses parois intérieures vibrent autour de mes doigts et, avant qu'elle n'ait fini, je me mets à genoux, j'attrape sa main, qui est repliée dans les draps, et je la place sur ma bite. Elle me caresse et je me répands sur son ventre et sur sa fente. Je passe mes doigts dans ma semence grise et laiteuse et les replonge en elle.

– Je vais te prendre encore et encore, je murmure d'une voix dure et bourrue.

Je saisis ses hanches et l'entraîne vers le bas du lit en soulevant ses fesses alors que je positionne ma bite vers son entrée humide et suintante.

Mais juste avant de l'enfoncer profondément en elle, mon regard se pose sur ses seins et je remarque quelque chose...

– Ohr ! Est–ce que j'ai éjaculé un peu de sang ?

Ma bite n'est pas douloureuse – loin de là, elle est au paroxysme du plaisir. Mais il y a un peu de rose mélangé au gris qui couvre sa poitrine. Je lève la main et j'y passe mon pouce. Elle gémit. Ce n'est pas un gémissement de plaisir ou d'effroi. *C'est un gémissement de douleur.*

Mon regard se porte sur son visage et la tour d'euphorie que j'ai construite si rapidement dans ma poitrine bascule et se brise. Elle touche le sol au moment où je l'attrape sous les genoux et que je ramène ses jambes de part et d'autre de mon corps pour l'examiner. Placé face à la réalité, je me précipite hors du lit pour m'éloigner d'elle. Mes pieds touchent le sol et je tombe sur mon cul dur. Essmira se redresse, mais elle grimace en bougeant, ce qui ne fait que confirmer mes soupçons.

– JE T'AI FAIT MAL ! je hurle.

Dehors, la pluie qui perturbait légèrement l'ensoleillement tout à l'heure, fait maintenant rage. Le tonnerre gronde et le vent s'engouffre dans la chambre, faisant claquer le tissu blanc accroché aux quatre colonnes du lit. Le ciel s'assombrit comme s'il allait de pair avec mon humeur.

Je m'éloigne d'elle pieds nus jusqu'à ce que je me heurte à une table d'appoint et la renverse. Le bois s'écrase, mais il n'y a pas grand mal. Les tiroirs étaient heureusement vides. Quel idiot ! C'est ma tête qui est vide : comment ai-je pu ne pas remarquer que pendant que *je me servais* de son corps pour mon propre plaisir, je la faisais souffrir ?

– Je pensais…

Je peine à parler tant mes dents claquent. Je grogne comme un animal alors que la rage fait trembler ma voix.

– Pourquoi n'as-tu rien dit ?

Sa lèvre inférieure tremble et ses yeux pleurent, ce qu'elle tente de cacher rapidement.

– Je suis désolée, mon seigneur. J'aurais dû dire quelque chose. Vous ne m'avez pas fait très mal. J'ai juste eu mal quand vos doigts étaient à l'intérieur. Et des jouissances aussi rapides ne sont pas forcément recommandées, mais ce n'est pas grave. Ce n'est pas un problème. Je veux jouir pour vous, mon seigneur. Je jouirai quand vous voulez, mon seigneur. Vos caresses étaient merveilleuses, mon seigneur. C'était juste les sous-vêtements qui posaient problème. Je les ai fabriqués avec des fibres wego. J'aurais dû vous le dire, mon Seigneur. Je suis désolée.

« Je suis désolée ». « Mon seigneur ».

« Mon seigneur, mon seigneur, mon seigneur ».

Ses paroles résonnent dans ma tête.

Ohr ! Par toutes les putain d'étoiles !

Qu'est-ce qui m'a pris ? À quoi ai-je pensé ?

Je me lève d'un bond et fonce sur le lit, avec la ferme intention de l'emmailloter dans des couvertures et de la conduire voir Moreth, le guérisseur du village, pour qu'il examine l'éraflure sur son sein droit, les écorchures rouges et les bleus qui s'assombrissent rapidement, éparpillés au hasard sur son ventre, sa poitrine, son cou... ses bras... et son... son...

— Est-ce que je t'ai... je commence, mais j'ai déjà atteint le bord du lit et quand je tends la main vers elle, pour l'aider, elle lève le bras.

Elle lève son bras pour parer un coup.

Il me faut trois respirations pour comprendre pourquoi elle tend son bras de cette drôle de façon, mais quand j'y parviens, je m'effondre.

— Je ne vais pas te faire de mal ! je crie.

Mais c'est un mensonge, ce n'est qu'un horrible mensonge. Le mal est déjà fait. Je l'ai déjà blessée et je ne m'en suis pas soucié du tout quand je le faisais.

Je me précipite hors de la pièce. Ma bite honteusement dressée brave le vent alors que je rentre dans le hall principal.

— MORETH !

Ma voix résonne sur chaque pierre et ricoche vers moi avec des murmures de honte qui font monter la bile dans mon estomac.

— MORETH !

Les créatures dans le hall arrêtent toutes ce qu'elles font et me regardent comme si j'étais devenu fou. Je suis fou. Je me sens fou et délirant.

— Raingar, tout va bien ?

Gorman sort de la salle Est. Ses vêtements flottent autour de lui et lui donnent l'air d'un roi. Il devrait l'être, il devrait régner. Et moi, je devrais être relégué dans la plus basse mine de kintarr pour le reste de l'éternité.

– Nob. Où est Moreth ? J'ai besoin de lui. Essmira est… blessée.

– Wegigichi, dit Gorman par–dessus son épaule, et un Rekkaru vole vers nous. Va chercher Moreth au village. Dis–lui que c'est urgent.

Puis il se tourne vers moi.

– Tu sais que j'ai une formation médicale. Je peux peut–être t'aider en attendant.

Je suis tenté de refuser, parce que je ne veux pas qu'il la voie dans cet état, mais une petite pensée lucide traverse la masse brumeuse de mon esprit dérangé et me dit qu'Essmira est blessée et que c'est tout ce qui compte. Ma fierté n'a pas d'importance. Ma fierté a été mise à mal dès que j'ai vu son regard blessé et qu'elle m'a appelé « seigneur ».

Essmira s'est déjà couverte d'un drap lorsque je retourne dans la chambre d'amis avec Gorman.

– Oh, non, non… Tout ceci n'est pas nécessaire. Je vais bien, vraiment. Ce ne sont que quelques égratignures.

Gorman se met à ses côtés et procède à une inspection que j'observe depuis l'embrasure de la porte, en tapant trois fois du talon sur le sol. S'il s'approche un peu plus près, je devrais arracher sa petite tête stupide de ses épaules étroites. *Aucun mâle ne devrait être autorisé à la regarder*, me murmure une voix sombre guidée par ma bite et mes bas instincts sauvages. Je ne connais pas cette voix. Mais elle est là, à me crier dessus, logée entre mes jambes. La voilà, la raison pour laquelle je suis dans ce pétrin. Ma putain de bite pourrait bien me faire perdre celle qu'elle désire le plus.

Mon âme sœur.

Le temps que Gorman termine, Moreth est arrivé. Ils se concertent brièvement avant que Moreth ne s'approche d'Essmira, tout en gentillesse et en sourires. Gorman, quant à lui, me prend doucement par le coude et m'escorte dans le hall.

– C'est grave, Gorman ? Est–ce que j'ai...

Le mâle le plus gentil et le plus stoïque de tout Lemora se tourne alors vers moi et, au centre du couloir, brandit son poing en arrière et en l'air, bien au–dessus de sa tête. La pose est grotesque. J'en suis muet d'étonnement.

– Gorman, tu es fou ? Qu'est–ce que tu...

C'est alors qu'il me donne un coup de poing en plein dans le nez.

Je tombe en arrière avec un gémissement sauvage, je trébuche et j'atterris sur les fesses. J'attrape mon nez, qui laisse échapper du sang rose sur ma lèvre supérieure, et je bafouille par réflexe :

– Qu'est–ce qui te prend ?

Il ne me répond pas. Pourquoi aurait–il besoin de le faire ? Je sais pourquoi il a agi ainsi.

Il se contente de me jeter un regard noir en réajustant ses habits – des habits qu'Essmira lui a faits parce qu'elle est gentille et généreuse. C'est une bonne femelle, à l'image de Lemora, et elle est bien trop bonne pour moi. Une fois qu'il a terminé, il répond enfin :

– Ses blessures sont superficielles, mais je dirai à Merquin qu'Essmira restera se reposer ici cette lune. Je demanderai à un chariot de la ramener au domaine de Merquin le prochain solaire. Je ferai également savoir à

Merquin que tu ne dois pas revoir la femelle dans ses quartiers privés sans chaperon.

Je grimace. La fureur de ce mâle me donne envie de me défendre, mais pour être honnête, c'est contre moi que se dirige ma propre fureur. J'acquiesce en serrant le haut de ma poitrine, puis je me frotte le front. Mes cornes ont cessé de vibrer. Maintenant, elles me démangent à nouveau.

– Je pensais qu'elle aimait ça, dis–je.

Mes paroles ont l'air si vides que je grimace lorsqu'elles s'évanouissent dans l'air glacial.

– Pourquoi ne m'a–t–elle pas demandé d'arrêter ?

– Elle ne sait pas comment faire, dit Gorman en tapotant du doigt ma poitrine pour raviver ma douleur. Si ça avait été un Oosa qui s'était jeté sur elle, je suis sûr qu'elle aurait aussi fait semblant d'apprécier.

Ce bâtard assoiffé de sang vient de creuser une tombe avec sa réponse, il jette mon corps dans le trou et me couvre doucement de terre. Je ne me suis jamais senti aussi lamentable, aussi indigne de vivre. Je ne me suis jamais senti comme ça. Je ne sais pas quoi faire.

– Je ne sais pas quoi faire. Je devrais retourner à l'intérieur. Je devrais sans doute... m'excuser ?

Je ne me suis jamais excusé auprès de quelqu'un pour quoi que ce soit. Je ne suis même pas sûr de savoir comment m'y prendre.

– Tu ne t'es pas encore *excusé* auprès d'elle ?

Je croise son regard. Il est noir et brûlant.

– Raingar, Raingar, Raingar...

Il secoue la tête, se redresse, et recule d'un pas.

– Je vais passer les prochains solaires dans ma cabane, à la campagne, le temps de réfléchir à mon avenir au sein de ce clan. Je ne suis pas sûr que tu sois le mâle que je pensais connaître. Et si cette femelle choisit un jour de te pardonner, je veux que tu sois hanté par la certitude que c'est uniquement parce qu'elle ne sait pas agir autrement. Ce n'est pas mon cas.

Le mâle qui a été mon meilleur ami depuis aussi longtemps que je me souvienne se détourne de moi et s'en va sans un mot de plus. Je vois des visages – des dizaines de visages – rassemblés de l'autre côté du rideau. Tous me regardent et chuchotent à propos de leur chef de clan nu, assis sur le sol de la salle, qui souhaite... qui souhaite seulement...

Je ne suis même pas sûr de savoir quoi.

Peut–être juste un moyen d'arranger les choses.

8

Raingar

– Tu es sûre que ça va ?

C'est la onzième fois que je lui pose cette question depuis que nous avons quitté le donjon de Merquin.

– Yeffa, Raingar, je vais bien.

– Tu as l'air d'aller bien.

– C'est parce que c'est le cas.

– Tu es sûre que tu vas bien ?

– Yeffa. Je suis sûre que je vais bien.

Elle grogne un peu et je me sens plus léger de quelques années lumière. Elle a les cheveux relevés aujourd'hui, ce qui révèle les jolies boucles rousses de sa nuque. Elle porte une tunique simple et un pantalon fin en lin, tous deux de couleur lilas. Sa peau est magnifique. Elle est magnifique. Je déteste entendre cette voix féroce en moi qui craint tout mâle qui la regarde, et la moitié des femelles aussi.

Je suis censé avoir fait taire cette voix. Je suis censé arranger les choses.

– Je suis désolé ! je m'écrie.

Comment pourrais–je ne pas l'être ? Quand je l'ai vue partir, le solaire après qu'elle ait quitté mon donjon, elle avait des taches rouges sur sa peau brune autour de la mâchoire et de la gorge, et probablement à d'innombrables autres endroits où je l'avais attrapée.

Merquin, en voyant les marques, m'a donné un coup de poing dans le nez. Plus tôt dans la journée, Librida avait fait de même. Cela fait maintenant six solaires, mais on continue de me frapper. Les autres chefs de clan s'y sont mis, et Lyla et Timor aussi.

– Je sais. Moi aussi, je suis désolée. J'aurais dû dire quelque chose. J'en ai parlé longuement à Merquin et je me sens plus confiante maintenant. Si tu voulais réessayer…

– RÉESSAYER ! je crie, effrayé.

Je secoue la tête agressivement, si fort que la vue des autres pads et des Lemorans qui croisent notre route se brouille en un continuum brun.

– Tu es folle !

Elle expire bruyamment.

– Nob, pas que je sache.

– Si, si. Tu dois l'être. Tu devrais peut–être retourner voir Moreth.

Elle grogne, puis sourit.

– Tu es sérieux ?

– De toute évidence, j'ai cassé quelque chose dans ton cerveau. Le solaire où je t'ai blessée, j'ai trouvé… du rouge sur mes doigts. Je t'ai blessée à l'intérieur.

Ma voix se brise encore et encore alors que j'essaie de m'expliquer et je me frotte le visage avec la main fautive avant de la serrer pour former un poing.

Elle cherche à l'attraper, mais je m'écarte d'elle et mets autant d'espace que le chemin le permet entre nous. Un pad se dirige vers nous et je panique en voyant qu'il se rapproche dangereusement d'Essmira. Elle est si petite. Elle pourrait être piétinée. Je n'avais pas l'intention de la blesser, mais je l'ai fait sans effort. Elle est si douce ! C'est à moi de la protéger. Même contre moi s'il le faut.

– Reste là–bas ! je crie à la cavalière avant de la diriger vers l'autre côté du chemin.

Laissant Essmira à l'écart, je m'interpose entre elle et le danger.

La femelle lemorane qui chevauche la bête infernale fronce les sourcils, comme la plupart des membres de mon clan l'ont fait pendant la majeure partie des cinq derniers solaires qui ont suivi l'arrivée de Merquin pour escorter Essmira hors de mon donjon.

– Ne me regarde pas comme ça, Stara !

La jeune femelle lemorane tire la langue et, en passant devant Essmira, penche la tête vers elle.

– Bonjour, miriga. Contente de te revoir !

– Vous vous connaissez ?

J'ai hurlé ces mots sans réfléchir. Je jette un coup d'œil pour m'excuser à Essmira, mais elle ne s'est pas encore détournée de Stara.

– Contente de te voir aussi, répond–elle. Et pour répondre à ta question, Raingar, Stara est venue faire raccommoder une tunique. Normalement, Lyla s'occupe des ajustements pour les Lemorans, mais elle était occupée, alors je l'ai aidée.

– Yeffa. Je ne savais pas que c'était ta compagne. J'avais juste entendu dire qu'une femelle d'une beauté inouïe officiait avec Timon et Lyla. Je ne m'attendais pas à la voir se salir les mains avec Lyla dans les teintures.

Elle glousse et Essmira l'imite et souffle à côté de moi. C'est comme si elles partageaient un secret dont je ne sais rien et je *déteste* ça. C'est ce que je déteste le plus et je déteste déjà pas mal de choses. Nob, je fais erreur. Ce que je déteste le plus, c'est lui faire du mal.

– C'était très amusant. Je n'avais jamais travaillé avec les teintures Walreys. Les couleurs sont incroyables.

– C'est aussi mon avis !

Stara rayonne, puis me jette un regard glacial en poursuivant, à l'attention d'Essmira :

– Tes bleus guérissent ?

– Oh, oui.

Essmira hoche la tête et rabat une mèche derrière son oreille. Je n'ai qu'une envie : faire de même. Je voudrais toucher son oreille, moi aussi.

Mais je ne la toucherai plus jamais. Je l'ai blessée. Je perds trop vite le contrôle en sa présence. Alors nob. Je serai son compagnon... de loin. Ça peut fonctionner. Ça va fonctionner.

– Ce n'était pas grand chose, juste quelques bosses et quelques bleus. L'anatomie lemorane est très différente de la mienne et je pense que Raingar et moi avons appris que nous devrons être plus prudents à l'avenir.

Elle est tellement gentille ! Beaucoup, beaucoup trop gentille. Stara semble légèrement surprise, puis légèrement agacée.

– Si tu as besoin d'aide pour quoi que ce soit, tu sais que tu peux venir me voir. Je mettrai volontiers un coup de poing sur le nez de Raingar.

– Je pense que la moitié du clan a déjà frappé ce pauvre Raingar. Regarde comme son nez est encore gonflé.

Elle expire si fort qu'elle a le hoquet. Puis elle rit, comme si je ne l'avais pas fait pleurer sur mon lit en ce jour funeste. Elle agit comme si je méritais vraiment d'être pardonné.

Mais je ne m'y trompe pas. Gorman ne s'y trompe pas non plus. Merquin, Tana, Reyna et Bebette de même. Idem pour Stara. Et Gorman a raison. Je ne peux pas accepter le pardon d'Essmira parce que je sais qu'il n'est pas réel. Il n'est pas réel. Alors je n'ai plus qu'à garder mes distances pour la protéger.

Stara me regarde.

– Il est bien mieux comme ça, son nez, si tu veux mon avis, fait–elle remarquer.

Essmira souffle et rit comme si c'était une blague, mais je ne suis pas sûr que Stara soit en train de plaisanter. Stara continue sur sa lancée et mes nerfs sont mis à rude épreuve lorsque la plupart des créatures sur le chemin des mines s'arrêtent et parlent à ma compagne. Ils ne lui veulent pas de mal. Bien au contraire. Seulement, ils sont bien plus grands qu'elle et je réalise maintenant qu'un mauvais contact avec un Lemoran, un coup de battement d'ailes osseuses de Rekkaru, un coup de nageoire d'Hypha ou un faux pas de pad effrayé pourraient avoir des conséquences désastreuses sur Essmira.

– Arrêtez ce vacarme ! je crie à un groupe composé de plusieurs espèces qui s'adresse à Essmira depuis bien trop longtemps déjà. Nous devons partir, nous avons des choses à faire.

– Tu peux partir. Nous sommes ici pour parler à la miriga, pas à toi.

Le Rekkaru qui vient de s'exprimer me tourne le dos. Il me bloque la vue sur Essmira et je panique ! Je ne peux pas accepter cela. Je le pousse sur le côté, mais je le pousse trop fort et il s'écrase contre la femelle lemorane à côté de lui. Les deux tombent au sol et crient de douleur à cause de moi.

OHR ! PUTAIN DE OHR, C'EST MOI LE PROBLÈME !

– Argh ! je crie en éloignant Essmira du groupe.

– Est–ce qu'ils vont bien ? demande–t–elle en regardant par–dessus son épaule.

Elle commence à descendre la colline vers l'entrée du système de grottes où le kintarr pousse dans un abandon insouciant. C'est ce avec quoi nous l'avons achetée... Ohr ! Peut–être que lui faire visiter mes mines, qui sont les plus grandes de Lemora après celles de Merquin, était une mauvaise idée.

J'ai l'impression de n'avoir que des mauvaises idées ces derniers temps.

– Il n'y a rien de grave, dis–je, les nerfs à vif.

De la sueur se forme entre mes cornes.

– Tu en es sûr ? On ne devrait pas s'arrêter pour vérifier ?

– Nob, nob ! Nous sommes arrivés. Ce sont les mines. Ce sont de grandes mines. Je suis très fier de mes mines. Le Kintarr pousse dans les mines. Attends, je vais te les montrer.

OHR, RAINGAR, RESSAISIS–TOI !

– Tu vas bien ?

– JE VAIS BIEN !

– Raingar ?

Sa voix est étrange. Elle tremble un peu. Ça me fait mal aux cornes. Quand j'étais avec elle dans le lit et que tout allait bien avant le désastre, j'ai encore perdu un morceau de gris sur mes cornes. Mais depuis que j'ai laissé Merquin la porter dans ce chariot, loin de moi, toute meurtrie, triste et désolée... plus rien.

Plus de perte d'écailles. Pas même de petites écailles. Et là, le noir qui entoure la moitié de chacune de mes cornes blanches me serre terriblement. Ça me rappelle le moment où je suis entré dans l'atmosphère du premier quadrant. C'est comme si l'enveloppe extérieure se raffermissait et se *durcissait*.

La colère et l'irritation tourbillonnent dans ma poitrine, en se mêlant à une obscurité troublante qui me fait lever les yeux vers le ciel, là où la lavande pâle rencontre l'indigo. Les dessous des nuages, par contre, sont toujours sombres.

Ma voix est plus calme quand je lui réponds :

– Tout va bien, Essmira.

– Ok, dit-elle, mais je sais qu'elle ne me croit pas du tout. Je suis bien contente de pouvoir visiter les mines…

Sa voix monte comme si elle posait une question.

Je soupire et me frotte brutalement le visage. Un poids pèse soudain sur ma poitrine.

– Elles sont en bas. Tu as remarqué la vue ? C'est l'une des plus belles de mon territoire.

Le chemin tourne et la colline descend. Lorsque nous atteignons le sommet du monticule, elle sourit et le poids qui pèse sur ma poitrine n'est plus aussi lourd.

– C'est incroyable, dit-elle, puis elle me regarde et j'ai l'impression que tout pourrait, peut-être, s'arranger. Tu dois être fier.

– Tu devrais l'être aussi. Tu es la miriga de ce clan.

– Miriga ?

Ohr ! Je peste tout bas.

– Hummmmm je bégaie. C'est… un terme d'affection. Yeffa…

Elle hausse un sourcil et se pince les lèvres.

– Tu me caches encore quelque chose, Raingar, et je déteste ça.

Je me mets à rire, sans pouvoir m'en empêcher, et secoue la tête.

– C'est la meilleure ! Si tu continues, tu vas me ressembler.

Elle sourit et ses yeux bruns scintillent en regardant les mousses vertes, jaunes et violettes qui s'entrechoquent en visions saisissantes sur la topographie rocheuse. Le ciel mauve qui nous domine disperse tout dans une brume qui, de ce point de vue, ressemble à des paillettes. Le chemin de terre jaune devient rose à mi-parcours, à cause de la poussière des cristaux que l'on trouve dans les mines d'avant-plan.

Ce chemin mène vers une ouverture dans la grande colline rocheuse suivante. Des créatures – essentiellement lemoranes – y entrent et en sortent à flots réguliers. Des Rekkarus, des Asgids, quelques Hyphas et même des Twees et des Holdars, produits d'une union entre Hyphas et Lemorans (entre nous, ils ont l'air épouvantables), aident à charger et à conduire les chariots qui transportent le kintarr non raffiné jusqu'à la station de traitement située juste à l'extérieur de mon village. Mais ils ne travaillent pas dans les mines. Les mines de kintarr sont dangereuses. Seuls les Lemorans ont la peau assez dure pour y travailler.

C'est pourquoi je ne lui montrerai que brièvement ce qu'il y a à l'intérieur et elle sera en sécurité, près de moi, pendant tout ce temps.

– Tu ne veux vraiment pas me le dire ?

Je souris d'un air penaud, un peu gêné.

– Crois-moi, ça vaut mieux. Je ne pense pas mériter ce titre, je réponds.

– Toi ? Mais c'est *moi* que ton clan appelle « miriga ».

– Yeffa, mais c'est un terme qui m'honore, et je ne le mérite pas.

Elle s'adoucit. Elle est pourtant déjà trop douce pour ce monde.

– Raingar…

– Nob, nob, nob. Ne dis rien. Laisse-moi te montrer les mines. Elles sont magnifiques. Pas aussi belles que toi... mais elles sont quand même... très belles.

Elle sourit encore plus.

– Je t'ai pardonné, tu sais. Tu es inexpérimenté et je ne peux pas imaginer ce que la folie du rut Xiveri doit te faire ressentir. Je n'avais pas réalisé que ce petit incident te mettrait si mal à l'aise. On m'a appris à croire que les mâles ne se souciaient pas du plaisir des femelles. Je suis désolée...

– Oh non !

Je lève un pied en l'air et m'éloigne rapidement d'elle lorsqu'elle tend la main pour me toucher.

– Essmira, pour l'amour du cosmos, ne t'excuse *pas*. Je mérite qu'on me retire mes quatre pierres et qu'on en fasse un collier que tu porteras afin que je puisse faire acte de contrition. Si tu t'excuses, je devrai aussi te donner ma queue.

Sa mâchoire s'ouvre et elle pouffe de rire, la bouche grande ouverte. Elle met sa main autour de son nez, comme si cela pouvait contrer le hoquet qui suit. Ce n'est pas le cas. Au lieu de cela, elle se contente de rire plus fort et je finis par l'accompagner jusqu'à ce que nous soyons tous deux debout, à quelques pas l'un de l'autre, en train de rire l'un de l'autre.

– Quelle image ! Raingar, je pense que tu devrais me laisser parler quand il s'agit de mode ou d'accessoires.

Toujours en riant, je penche la tête vers la mine.

– Allons-y. J'ai d'autres pierres à te montrer.

Dans la grande entrée, des éclats de kintarr tirés de la mine depuis longtemps brillent contre chaque surface, contre chaque pierre. Elle s'émerveille de tout, y compris des Lemorans qui l'accueillent chaleureusement tout en m'évitant.

Je n'aime pas le nombre de créatures qui l'entourent, mais je suis rapidement distrait lorsque Mino et Olga s'approchent de moi en fulminant à propos d'un problème avec le nouveau système de ventilation que j'ai acheté. Il est placé plus profondément dans la structure de la mine et je n'ai pas d'autre choix que de les suivre – et d'entraîner Essmira avec moi – ou de demander un autre Lemoran, à une autre bêtes rocheuse, de lui faire visiter les lieux. Jamais de la vie ! Le sang coule directement de mon visage à la plante de mes pieds à cette idée.

– Essmira, viens. Reste près de moi, lui dis-je alors que nous traversons les trois grottes suivantes, plus profondément enfouies dans la terre.

Les grottes sont profondes, bien plus que nous ne le pensons, et contiennent plus de kintarr qu'aucun d'entre nous ne pourrait espérer en extraire au cours de sa vie, surtout si l'on considère que, dans son habitat naturel et seulement s'il est extrait à l'aide de techniques douces qui n'arrachent pas le bourgeon de kintarr de sa racine minérale, le kintarr se régénère si rapidement que c'en est effrayant. C'est un cristal, mais il agit plus comme un organisme vivant.

Mino et Olga, comme à leur habitude, sont en train de se chamailler dans mon dos, je suis donc obligé de prendre part à leur dispute. Puis, je montre à ces pitoyables ingrats comment utiliser à nouveau le système de ventilation. Toutefois, ils veulent que je le réinstalle moi–même parce que ces crétins ne comprennent pas de quoi je parle et, pour ce faire, nous montons sur une haute tablette de pierre, la plus proche de la surface, où pénètre la tige du ventilateur. Je n'invite pas Essmira à me rejoindre là–haut, je la laisse avec Willa. Willa est l'une des jeunes femelles lemoranes qui travaillent dans les mines. Ses mains ne sont pas encore aussi épaisses que celles des autres, et ses cornes ne sont pas non plus très pointues... mais d'ici, d'où je me trouve, elle semble bien grande par rapport à Essmira...

Mais…

…Ce n'est pas Willa !

Essmira est contre la paroi opposée de la grotte et, bien que Willa se tienne à côté d'elle, ma compagne est tournée vers le mâle qui se trouve devant elle. Un mâle qui s'appelle Jagger ou Jaguar ou Jabber ou quelque chose comme ça. Je ne sais plus et je m'en fiche. Elle le… Ohr ! Elle a posé ses mains sur son dos et elle le caresse !

Ma rage triple. Mes mains se crispent. Le système de ventilation est oublié, tout comme les deux seules règles à suivre dans la mine, règles que j'ai moi–même mises en place :

Ne jamais aller seul dans les grottes.

Ne pas faire de bruits forts qui pourraient perturber l'équilibre fragile du kintarr.

La réactivité du kintarr fait partie de ce qui le rend si puissant. Sa réactivité fait partie de ce qui le rend si mortel.

Je rugis si fort que tout mon corps tremble :

– JAGGUAR, PETIT OHR DE MES DEUX, ÉLOIGNE-TOI D'ESSMIRA !

Puis je regarde ce qui se passe, comme au ralenti. La centaine de visages éparpillés dans cette grotte se tournent vers moi, ce qui veut dire qu'ils ne la regardent pas quand le kintarr juste au–dessus de sa tête se brise.

Il plonge vers elle. Une stalactite rose translucide recouverte de petits coquillages, de calcium et d'autres sédiments naturels qui lui donnent un aspect trouble, descend droit sur elle. Et tandis que l'extrémité pointue s'arrange pour pointer directement vers ma compagne, je pousse un cri mutilé et torturé. J'aurais probablement sauté de l'étagère de pierre sous mes pieds si Olga ne m'avait pas ramené sur mes fesses. Et je suis toujours sur le cul avec un petit cristal de kintarr qui me poignarde la fesse gauche, quand je l'entends.

BOOM.

9

Essmira

– Ça va ? je demande, inquiète.

Je tousse, puis inhale des particules de poussière poudreuse qui s'installent dans ma bouche et obstruent ma gorge. Allongée sur le dos entre deux rochers, je regarde le mâle placé au-dessus de moi. Il grimace en commençant à bouger ses membres.

– Fais attention.

Je tousse encore et tends les bras au-dessus de moi pour lui tenir les épaules.

– Doucement. Ne bouge pas.

Il acquiesce, les yeux fermés. Il ne faut pas longtemps pour que des mains trouvent ses bras et commencent à retirer les morceaux de gravats et de roches qui le couvrent. Plusieurs Lemorans, dont la gentille femelle qui m'avait servi de guide, l'appellent par son nom.

– Jaygar !

– Jaygar, tu nous entends ?

– Jaygar… Par ici, déplace ces pierres.

– Le kintarr s'est enfoncé dans son dos...

– Attention aux éclats !

– Attends ! Prends ça pour tes mains !

– Essmira !

– Miriga Essmira est là–dessous ?

Miriga. Encore ce mot. Mon estomac se serre à chaque fois que je l'entends parce que je *sais* que c'est un terme d'affection, même s'il ne veut rien dire pour moi. La façon dont ils prononcent ce mot me prouve leur affection. Ils sont toujours gentils, toujours respectueux, toujours doux.

– Je suis là. Je vais bien. Jaygar m'a sauvé la vie ! je crie.

Puis plus doucement, juste pour lui, je chuchote :

– Merci, Jaygar. Merci beaucoup, merci du fond du cœur.

Sa bouche se crispe et il grimace quand quelqu'un au–dessus de lui enlève des pierres de son épaule et essaie de l'attraper pour le soulever. Il est maladroitement coincé entre deux rochers. Moi, je suis tombée plus profondément dans la crevasse qui les sépare. Environ un mètre nous sépare. Une distance suffisante pour que je puisse tendre la main et toucher son cou, ce que je fais, espérant ainsi le réconforter.

– On dirait que je vais avoir besoin d'un autre massage, dit–il avec raideur.

Je lui offre un petit sourire, mais l'émotion qui envahit ma poitrine, mon cœur ou mon âme est bien éloignée de ce qui peut faire sourire. Il est blessé à cause de moi. Il s'est jeté sur moi pour me protéger, alors que je ne suis qu'une étrangère. L'altruisme de ces Lemorans est bouleversant. Même Raingar... Je repense à sa réaction lorsqu'il a réalisé que j'étais blessée... Je n'aurais jamais pu imaginer une telle chose de la part de Tyto. Je sais que c'est une mauvaise comparaison, mais c'est à lui que je compare tous les mâles. Comment cette abominable créature peut-elle exister dans la même catégorie que ces autres mâles ?

J'ai passé ma vie à penser que ce qu'il faisait était normal. Avant de me retrouver ici, du moins.

Je sais maintenant que ce n'est pas le cas.

Et je suis déterminée à m'accrocher à cette beauté qui m'entoure.

Je lui offre une légère pression sur la portion de son cou où il avait déjà mal. Je sais étirer les mâles et offrir des massages qui apaisent, qui détendent et qui guérissent certains maux. Igmora s'en est assurée. Elle pensait que ce serait un atout pour mon futur maître et elle m'a fait pratiquer sur elle et Tyto une centaine de fois.

– Je pense que l'étirement de tes muscles tendus devra se faire après que Moreth t'ait examiné.

Il acquiesce fermement, les yeux fermés. La douleur qui irradie de lui comme la chaleur d'une étoile me fait mal au cœur et me déchire les yeux.

– Tu as peut-être raison, Miriga.

– Je suis vraiment désolée, Jaygar.

À ce moment-là, ses yeux s'ouvrent. Ils sont violets au centre, contrairement à ceux de Raingar, et les couleurs extérieures irradient surtout du jaune et du vert.

– Pourquoi es-tu désolée ?

Je ne sais pas trop, alors je secoue la tête. De petites pierres tombent sur mon corps et de la poudre s'écoule dans leur sillage tandis que Jaygar est soulevé. Je me sers des murs rocheux qui m'encerclent pour me hisser, puis je me lève en tremblant. Le visage de Willa est le premier que je vois et elle crie mon nom avec terreur, puis à nouveau avec ce qui semble être du soulagement. Sa main touche sa poitrine, là où je sais que se trouve son cœur le plus élevé.

– Essmira, es–tu blessée ?

Je secoue la tête.

– Je ne suis pas blessée. Jaygar m'a sauvé la vie.

– Jaygar !

Ce rugissement m'est familier, tout comme la rage qui l'anime. Raingar traverse la foule et en disperse une partie.

– C'est à cause de Jaygar que tu as failli être tuée !

Raingar se jette en avant, mais son genou gauche cède et il se rattrape au bord du rocher devant moi. Nous sommes séparés par sa largeur. J'essaie de détourner son attention des autres, mais il refuse de croiser mon regard. Et je n'aime pas ça du tout.

Willa fronce les sourcils et plante ses poings sur ses hanches.

– C'est grâce à Jaygar qu'Essmira n'a pas été réduite en bouillie par le kintarr que *tu* as délogé en criant comme un enfant !

Sa voix, qui n'avait cessé de s'élever n'est plus qu'un sifflement diabolique.

– C'est de *sa* faute ! S'il n'avait pas touché à ce qui m'appartient, je n'aurais pas crié.

Sa poitrine se soulève. Il fait un pas menaçant vers Willa, cette fois, et une sensation inconnue me parcourt le sang.

C'est une sensation plus sombre que la colère. C'est un peu plus comme une *blessure*.

Elle a le goût de la trahison. Je me sens trahie.

Je suis dégoûtée. Je me sens dégoûtée.

Il a dit qu'il était désolé, mais maintenant je ne suis pas sûre qu'il comprenne ce que signifie ce mot. Peut-être qu'il était seulement désolé de m'avoir fait du mal. Cette idée me paralyse. Pour moi, ses actes étaient compréhensibles compte tenu de son inexpérience et de mon éducation. Ce que je n'ai pas aimé, c'est le fait qu'il m'a traitée comme une femelle de plaisir alors qu'il m'avait dit que j'étais sa compagne. Et il recommence en pensant que je lui appartiens. Ce n'est pas le cas. Je suis censée être sa compagne. C'est Merquin qui m'a achetée. Et il n'y a pas de femelles de plaisir ici sur Lemora.

– Je ne t'appartiens pas !

Peste d'étoiles ! Est-ce que c'est... est-ce que c'est moi qui viens de parler ?

Le silence s'installe. De petits chuchotements s'élèvent ici et là parmi les personnes rassemblées. Les seuls qui parlent à voix haute sont les quelques personnes qui entourent Jaygar et qui l'emmènent sur une planche plate pour le transporter rapidement hors de la grotte.

Raingar regarde tout autour de lui, mais il évite soigneusement mon visage. Il se frotte la mâchoire et secoue violemment la tête.

– Ce n'est pas... ce n'est pas ce que je voulais dire ! Je voulais juste dire que tu le touchais et que je n'aimais pas ça...

– Je l'aidais. Il avait une tension dans le cou et j'ai été formée pour pouvoir soulager ce genre de petits maux. N'est-ce pas le devoir de tous les Lemorans de s'entraider ? C'est l'impression que j'ai reçue de tout le monde ici – même de toi lorsque tu as tenu tête à Igmora et Tyto, à un seigneur de guerre Egama et à une horde d'Oosa. Ne devrais-je pas faire de même ?

La poitrine de Raingar se soulève. C'est comme si tous les autres habitants de la grotte s'étaient effondrés.

– Tu n'es pas Lemorane. Tu es trop douce. Tu te blesses facilement. Tu devrais rester en sécurité.

La fureur m'assaille et je sens des larmes piquer mes paupières. Raingar fixe mon visage avec horreur lorsque la première larme touche ma joue. Mes épaules palpitent de rage et je regarde autour de moi. Il y a une pierre violette de la taille de mon poing parmi les détritus qui sont tombés. Je la saisis et la lance directement sur le mâle qui m'a dit que j'étais sa compagne mais qui ne comprend rien à Lemora, à l'univers, aux compagnons et à l'amour. Il ne sait rien des liens Xiveris. Peut–être même moins que moi.

Je la lui lance à la tête et les étoiles qui guident mon bras m'aident à viser juste pour la deuxième fois. La pierre s'écrase lamentablement sur sa corne droite, n'emportant rien de la matière noire.

– Écoute–moi bien !

Je crie. Je suis plus enragée que jamais, plus enragée que lorsqu'il m'a blessée parce que la blessure d'aujourd'hui n'est pas superficielle, contrairement à celles de la dernière fois.

– Tu n'es *pas* mon compagnon ! je reprends. Tu ne me respectes pas. Tu ne me fais pas confiance. Tu es comme Tyto.

Un souffle silencieux est suivi d'un profond silence. De petits morceaux de kintarr tombent de quelque part sur le sol, de petits cailloux s'éparpillent contre d'autres cailloux. Raingar souffle et gronde en se déplaçant sur les pierres, mais il est trop grand pour s'approcher de moi. Son visage est marqué par la terreur. La voix qui était autrefois celle d'Igmora dans ma tête est tout à fait silencieuse. Je me fiche qu'il soit blessé. Ce n'est pas à moi de le réconforter maintenant. Je ne regrette pas mes paroles, je regrette juste que les gens du clan les aient entendues.

– Je ne veux pas te déshonorer, mon seigneur, nous savons tous que tu fais un excellent chef de clan.

Une autre larme s'échappe de mon œil et je ne suis pas assez rapide pour l'essuyer avant que les autres ne la voient. Précautionneusement, je contourne le rocher pour me diriger vers la seule sortie de la grotte.

– Et je me moque bien que tu m'aies blessée avec tes grandes mains. Nous faisons connaissance, nous apprenons à nous découvrir l'un et l'autre, ça peut arriver ! J'étais contrariée parce que tu m'as traitée comme une femelle de plaisir alors que tu m'avais promis que je représentais bien plus pour toi. J'ai été assez bête pour te croire. Et maintenant, tu recommences.

Je prends une respiration tremblante et je le fixe profondément dans les yeux, au-delà de tous ces anneaux, jusqu'au mâle effrayé à l'intérieur. Je sais qu'il m'entend, même si l'extérieur rocheux est prêt à bondir sans raison.

– Je n'ai pas peur d'avoir des cicatrices. Les cicatrices prouvent qu'on a vécu. Je n'en ai pas peur. Ce dont j'ai peur, c'est d'une autre entrave. Je mourrai avant de renoncer à la précieuse liberté que j'ai trouvée ici. Tu m'entends, Raingar ? Je mourrai.

– C'est une menace ? siffle-t-il en se penchant en avant sur le bloc qui m'abrite partiellement.

Son regard est dur. Le regret que j'avais cru y voir a disparu. Il est redevenu le mâle que j'ai vu affronter l'Egama, mais cette fois, c'est moi le chef de guerre adverse.

– C'est une promesse.

Je recule, ma jupe serrée dans mes mains, et laisse la foule former une barrière entre nous. Ils me protègent et ne le laissent pas la franchir, même s'il essaie. J'utilise leur distraction à mon avantage et me retourne avant qu'il ne puisse essayer de répondre. Je me hâte de sortir de la grotte, nerveuse lorsque j'entends des grognements, puis des pieds qui martèlent derrière moi.

– Miriga, as-tu besoin d'un pad ?

Le soulagement s'abat sur moi. Ce n'est que Willa.

– Yeffa, j'expire en tremblant. Ce serait parfait. Merci, Willa.

Raingar ne m'a toujours pas rattrapée lorsque Willa libère un pad entravé près de l'entrée extérieure de la grotte et me tend les rênes.

– Tiens, prends la mienne. Elle s'appelle Geroo. C'est une bonne fille. Elle te guidera.

– Merci, Willa, lui dis-je lorsque je vacille sur le dos de la bête.

Willa tapote pensivement le nez de l'énorme créature avant de me regarder avec un doux sourire.

– Je sais que je ne te connais pas encore assez bien pour te le dire, mais je suis fière de toi, miriga.

Je tremble – je n'ai pas l'habitude de telles confrontations – et je ne sais pas trop quoi faire de ses compliments. Je me contente donc de sourire et de dire :

– Que signifie « miriga » ?

Elle semble surprise par ma question, mais son sourire se transforme en quelque chose de magnifique quelques instants plus tard.

– « Miriga » signifie reine.

Je ne sais pas quoi dire. Je reste assise à la regarder, positivement stupéfaite, tandis qu'elle glousse légèrement et frotte le nez massif de la bête qui se balance sous moi.

– Je...

– C'est un titre ancien, explique Willa en haussant les épaules. Ça ne veut pas dire grand-chose en pratique, mais ça veut dire beaucoup dans l'âme et dans ce clan, même si nous sommes peut-être aussi furieux contre Raingar que tu l'es en ce moment, miriga. Quand il nous a dit que ses cornes brûlaient pour toi il y a quelques solaires, nous avons su que l'univers nous avait fait un présent magnifique. Nous savions qu'il nous avait offert une femelle assez féroce pour affronter ce grand grincheux. Et l'univers a tenu ses promesses. Nous t'aimons tous, même si nous ne te connaissons pas depuis longtemps. Nous t'aimons parce qu'il aime chacun d'entre nous d'un amour féroce, tout comme nous l'aimons, et depuis que tu es arrivée, il a pété les plombs. Nous ne l'avons jamais vu dans cet état. Je crois que ce mâle t'aime peut-être plus qu'il n'aime Lemora et je crois que personne n'a jamais aimé Lemora plus que lui. Il faut juste qu'il... se reprenne. S'il y a bien quelqu'un qui peut lui faire entendre raison, c'est toi.

Elle me fait un clin d'œil et je ne peux m'empêcher de sourire en tremblant. Je ne sais pas si ses mots m'effraient, me mettent en colère ou me rendent heureuse.

– Je ne suis pas sûre qu'il mérite mon pardon pour l'instant...

– Oh nob !

Elle lève les deux mains et recule vers la bouche béante de la première grotte.

– Absolument pas ! reprend–elle. Retourne à son donjon. Dors bien. Laisse–le mariner dans ses remords encore un peu, ça lui fera les pieds.

– Son donjon ?

– Yeffa. Je lui dirai que tu es allée chez Merquin. Elle l'occupera pendant la lune. C'est mieux que d'y aller toi–même et de l'écouter maudire ta fenêtre tout au long de la lune.

Je grogne, sincèrement satisfaite, puis j'attrape les rênes de la bride du pad et j'enfonce mes talons dans sa peau. Il se met immédiatement à avancer.

– Tu es une créature sournoise, dis–je en la taquinant.

– Tu n'as pas idée, miriga.

Elle rit et frappe le dos de mon pad au moment même où les sifflements de Raingar résonnent dans le réseau de grottes.

– Maintenant, va–t'en !

Le pad part au trot puis au galop et, bien que je n'aie jamais monté une de ces bêtes auparavant, je m'accroche à lui comme si ma vie en dépendait et je le chevauche comme si je montais des pads depuis des lustres et comme si j'étais une femelle qui n'avait jamais su ce que c'était que de ne pas être libre.

10

Essmira

Comme l'avait prédit Willa, Raingar ne se rend compte que je suis restée dans ses quartiers privés que le solaire suivant. J'ai donc pu y dormir du sommeil du juste. Ses appartements se trouvent derrière la porte au bout du couloir de gauche, mais sa chambre à coucher est en fait en haut, tout en haut de l'escalier en colimaçon au sommet de la tour. À son retour, je me suis barricadée à l'intérieur, les bras posés sur le lourd bureau que j'ai placé contre la porte, tandis que Raingar frappe de l'autre côté.

– Espèce… espèce de créature infernale ! Ouvre cette porte !

– Jamais !

Je hurle comme une démente. Je me sens sauvage. Je me sens complètement déchaînée malgré le fait que je sois enfermée dans sa chambre. Je ris et grogne en même temps.

– Pas avant que tu ne t'excuses, espèce de… brute stupide !

– MOI ? UNE BRUTE STUPIDE !

Il frappe la porte de ses deux poings et fait cliqueter le lourd bois noir dans son cadre.

Je cherche des insultes qui pourraient bien l'irriter plus encore, mais je m'aperçois que je n'en connais pas beaucoup.

– Tu... tu es plus bête qu'un Egama si tu crois que je vais ouvrir cette porte !

– Un Egama ! Tu m'as empêché de dormir pendant toute la durée du lunaire ! J'étais fou d'inquiétude ! Comment oses–tu me traiter ainsi ?

– Comment j'ose ? C'est la meilleure ! je crie en poussant plus fort contre le bureau qui se déplace d'un demi–pas sur le sol. C'est toi qui as failli faire tuer Jaygar !

– Et je me suis excusé !

– Tu ne sais pas ce que c'est que s'excuser !

– JE N'AI PAS BESOIN DE LE SAVOIR ! OHR ! JE SUIS LE CHEF DU CLAN ! JE NE M'EXCUSE AUPRÈS DE PERSONNE !

– Et je suis la miriga ! Je sais ce que ça veut dire !

Je n'ai jamais crié de ma vie : ni sur quelqu'un, ni sur quelque chose. Ohr ! C'est grisant !

– Ça ne veut pas dire que je suis faite en sucre ! j'ajoute.

Mes cheveux volent autour de mon visage, mes boucles se collent à mon cou en sueur. Je pèse de tout mon poids pour maintenir le bureau en place. Je suis presque sûre que Raingar pourrait détruire la porte et le bureau s'il voulait vraiment entrer.

Je jette un coup d'œil rapide derrière moi et aperçois un coffre. Abandonnant rapidement mon poste, je me précipite vers lui et commence à le tirer vers la porte.

– Je ne suis... pas... en... sucre !

Je grogne en poussant le coffre de toutes mes forces sous le bureau, tout contre la porte. Je dois me mettre sur le dos et pousser avec mes pieds nus. Je porte encore ma robe imprégnée de kintarr de la veille. J'ai failli rester debout toute la lune pour me faire une nouvelle robe, mais je me suis dit que ce n'était pas la peine. Raingar ne m'a toujours pas laissé lui confectionner plus d'un pantalon et il continue à porter son monstrueux pantalon qui date de plusieurs générations. Qui se soucie de ce que je porte ?

– Yeffa, tu l'es ! Tu n'as pas vu à quel point je t'ai facilement blessée alors que je n'en avais pas l'intention ?

– Nob ! Je ne le suis pas !

Je donne un nouveau coup de pied dans la caisse en gloussant tout bas, même si une douleur fulgurante envahit mon talon et me parcourt l'arrière de la jambe. Je ricane comme une *cinglée*. J'ai l'impression d'avoir perdu la moitié de mon esprit.

Les voix qui ont si longtemps guidé ma vie sont toutes silencieuses, incinérées, comme des étincelles qui se sont éteintes. Sans leur lumière, je ne sais plus ce qui reste. Moi ? Essmira ? Ce nom ne m'appartient même pas, il m'a été donné par Igmora parce qu'elle pensait qu'il était facile à prononcer dans les principales langues des quadrants.

Igmora n'est pas ma mère. Elle ne m'a jamais aimée autant qu'une femelle que je n'ai rencontrée que deux fois et qui s'appelle Willa. Elle ne m'a jamais aimée autant que Librida et Merquin, qui m'ont accueillie alors que je n'étais qu'une étrangère. Elle ne m'a jamais aimée autant que les quatre cheffes de clan qui se sont réunies pour dépenser des rotations de kintarr afin de me libérer. Maintenant que j'y pense, le fait de m'enfermer dans cette chambre n'est–il pas une honte quand on pense au sacrifice qu'elles ont fait ? Et que dire de Raingar ? Le chef de clan qui s'est dérobé à ses responsabilités durant des solaires juste pour me poursuivre et professer son éternelle frustration envers moi, comme seul un chef de clan le ferait pour sa miriga.

Peut–être que je suis une miriga. Pas *la* miriga du siècle, mais *une* miriga, au moins. Ces Lemorans me donnent l'impression d'être une reine, alors pourquoi ne pas agir en conséquence ?

Je suis Miriga. Je fais ce que je veux.

– Tu ne veux pas voir la vérité en face, femelle ! crie–t–il. Tu as vu la taille de ce morceau de Kintarr ? Il t'aurait écrasée si Jaygar n'avait pas été là...

– Ha ! Tu admets donc qu'il m'a sauvé la vie !

– Je...tu...il...argh !

Raingar frappe contre la porte, en mettant plus de poids dans la poussée cette fois–ci. Une partie de la porte se brise et je pousse un cri avant de m'extirper rapidement de sous le bureau afin d'y mettre plus de poids, même si ça ne change pas grand chose.

La porte est fissurée. Je peux maintenant voir Raingar et il peut me voir.

– Tu n'en sais pas assez sur Lemora !

Il agite son doigt vers moi avec colère et l'enfonce à travers la porte brisée.

Je l'imite en pointant un doigt vers lui en retour.

– C'est toi qui ne sais rien de Lamora ! Je suis Miriga ! Je fais ce que je veux !

– Tu...tu...

– Arrête de bafouiller comme un bouffon ! Finis tes phrases. Ne crie pas tout le temps. C'est agaçant. Ne sois pas méchant avec les membres de ton clan ou d'un autre clan. Ils méritent la même gentillesse que celle qu'ils te témoignent ! Arrête de jurer. Tu es chef de clan. Tu ne devrais pas jurer autant. Et fais–toi faire un nouveau pantalon à ta taille !

La bouche de Raingar s'est totalement relâchée. Par la fente, il me regarde simplement, bouche bée.

– C'est tout ? hurle–t–il.

Sa voix est montée de trois octaves. Cela me fait grogner.

– Non, ce n'est pas tout. Je suis Miriga ! J'ai plein de choses à dire !

Je secoue à nouveau la tête. Mes boucles s'envolent comme des corbeaux s'élevant vers le soleil.

– Est–ce que tu vas ouvrir cette porte ?

– Nob, mon Seigneur, je réponds sur un ton moqueur, je n'en ferai rien.

Il commence à s'agiter. Il est si énervé qu'il me fait instantanément penser à une bouilloire sur le point d'exploser.

– Argh !

Il frappe des deux poings sur la porte et un boulon se détache du cadre métallique qui entoure la porte en bois. Il rebondit sur la table et je l'attrape avant qu'il ne tombe, puis je le lance dans l'ouverture.

Je vise juste et le boulon rebondit sur son nez.

– ARGH ! OK ! Tu veux rester là–dedans ? Tu peux y rester pour toujours, je m'en fiche !

Il s'agite un instant avant que je n'entende le bruit inimitable d'une lourde clef qui se met en place dans une serrure.

– Tu vas m'enfermer ici ? Comme Tyto ?

– Arrête de prononcer le nom de cette misérable créature ou je serai obligé de contacter Rhorkanterannu et d'apprendre où se trouve Tyto afin que je puisse aller le trouver et l'écorcher vif ! Je ne suis pas comme lui, et je *déteste* que tu me compares à ce malade. Je suis juste en colère contre toi ! Nous nous disputons. Tu ne vois pas la différence ?

Je vois bien la différence et ses mots éteignent une petite partie de mon cœur enflammé. Mais je ne le lui dis pas. Je ne peux pas. Pas alors que je suis en train de gagner. Je n'ai jamais eu le dessus sur un interlocuteur lors d'une dispute. Alors même si ce qu'il a dit est juste, il a quand même tort.

– Tu ne devrais pas m'enfermer.

– C'est pour te protéger, souffle–t–il d'une voix brisée.

– Nob, c'est pour te protéger *toi*. J'imagine que si je suis ta compagne, alors ça te fait mal de me voir blessée. Tu n'aimes pas ce que tu ressens.

– Tu ne crois pas si bien dire. Je me sens malheureux de savoir ce que je t'ai fait. Je déteste la façon dont j'agis avec toi la moitié du temps. Tu me rends fou.

Il tape de la main contre la porte, mais moins fort que lors de ses tentatives précédentes. Il ralentit, il glisse... J'entends un bruit sourd, puis un cliquetis. Enfin, le bruit qu'il fait en se cognant les fesses et en se cognant l'arrière de la tête contre la porte me parvient.

– Je n'ai jamais voulu de compagne, avoue–t–il.

Cet aveu me fait étrangement mal. Je me sens... indésirable.

– Mais je t'ai rencontrée, poursuit–il. Tu m'as jeté cette statue à la tête et je n'arrivais pas à croire que les étoiles s'étaient alignées pour produire une telle compagne pour un mâle comme moi. Je ne te mérite pas. C'est pourquoi...

Il déglutit.

– C'est pourquoi je suis jaloux quand tu parles à d'autres mâles. Je sais à quel point les Lemorans sont raffinés. Tu pourrais trouver bien mieux que moi à tous les coins de rue, mais je ne peux pas... je ne veux pas t'abandonner. Alors je ne veux pas te perdre de vue parce que j'ai peur que tu sois blessée, yeffa, mais aussi parce que je ne veux pas te laisser une chance de rencontrer quelqu'un d'autre.

J'effleure du pouce la cicatrice sur ma paume. Elle me rappelle que j'ai déjà tout tenté pour me libérer, avant même de savoir ce qu'était la liberté.

– Raingar, dis-je, la voix un peu tremblante.

Ses mots... m'ont touchée. Je comprends ses craintes. Je comprends l'angoisse qu'elles suscitent. Je comprends sa peur et son incertitude. Je comprends tout cela.

Quelque chose de délicat fleurit dans ma gorge. Je le sens dans ma bouche, sur ma langue, dans les mots que je prononce quand je dis exactement ce que j'ai en tête, sans réfléchir.

– Tu n'es pas seul.

– Quoi ?

– Tu n'es pas seul. Moi aussi, j'ai peur de ne pas mériter ce bonheur.

– Tu parles de moi ?

– Bien sûr, dis-je en ricanant. Tu es un chef de clan. Je ne suis qu'une femelle de plaisir que ton clan a eu la compassion d'acheter et j'ai vu à quel point ton clan t'aime – à quel point tout le monde t'aime – même avec tes mauvaises manières et tout le reste. En plus tu es vierge. Tu voulais attendre ta compagne avant de connaître le plaisir. Venant d'un monde où l'accouplement est, au mieux, un sport, au pire, un moyen pour des créatures cruelles d'exercer leur pouvoir sur les autres, comment ne pas trouver cela romantique ? Je voulais tellement être cette femelle pour toi ! Tu te souviens de ce que tu m'as dit dans le magasin de tissus ? Tu as parlé de compagnons, de couple. C'est à ce moment-là que j'ai ressenti pour la première fois de l'espoir. Tellement d'espoir. Mais ce que tu fais en ce moment : me retenir prisonnière, m'empêcher de découvrir Lemora, le monde que tu aimes… C'est trop, Raingar. Tu ne peux pas m'offrir de l'espoir et le reprendre ensuite. Cela fait trop mal. Tu as raison : je suis une femelle délicate, douce, fragile… mais ma peau n'a rien à voir avec ça. C'est cet espoir qui me rend fragile. Il n'y a que ça qui peut me briser. Ne me l'enlève pas, ne m'enlève pas ce beau cadeau que tu m'as fait.

Le silence suit mes propos. Un long silence. Enfin, j'entends Raingar tourner la clé et déverrouiller la porte. Il souffle :

– Je suis un salaud, Essmira. Je ne te mérite pas.

Je souris.

– Et je suis une femme de plaisir qui a été vendue. Je ne te mérite pas non plus.

– Alors… Que peut-on faire ?

– Je dirais que nous sommes plutôt parfaits l'un pour l'autre, n'est-ce pas ?

Il émet un son tendu : mi-jappement, mi-sifflement.

– Tu… tu me détestes encore… tu me détestes, murmure-t-il.

– Nob, je gémis. C'est juste une dispute, mon seigneur. Cela ne change rien aux sentiments que j'éprouve à ton égard.

– Sentiments ?

– Yeffa. Des sentiments.

Il fait une pause.

– De bons sentiments ?

J'éclate de rire et je finis par un petit grognement.

– Nous sommes en train de nous disputer, chef de clan. Alors je ne vais pas répondre à cette question.

– Tu es vraiment trop bien pour moi… soupire-t-il.

Il souffle et c'est presque un rire, mais c'est trop triste pour l'être vraiment.

– Essmira, je n'ai pas dormi pendant la dernière lune. Est-ce que je peux dormir maintenant pour que nous puissions continuer à nous disputer un peu plus tard ?

Je grogne.

– Bien sûr que tu peux dormir.

– Et nous nous disputerons plus tard alors ?

– Oui.

– Promis ?

– Yeffa, mon Seigneur.

– Et tu auras toujours ces sentiments pour moi quand je me réveillerai ?

– Argh ! Raingar, arrête ça. Va dormir. Tu veux un oreiller ?

– Yeffa, grogne-t-il.

J'en passe un par la fente de la porte.

Mon âme se sent déjà plus légère qu'avant – plus qu'elle ne l'a jamais été – alors que je me dirige vers la plus grande fenêtre de la pièce.

– Essmira ?

– Bonne nuit, Raingar, dis-je d'une voix sévère.

Il hésite, comme s'il voulait dire autre chose.

– Bonne nuit, Miriga, finit-il par dire.

Je souris et croise les bras sur ma poitrine tandis qu'un vent frais me caresse. La campagne est d'une beauté épique et je soupire devant toutes ces couleurs. Des jaunes et des verts, des violets et des rouges. La mousse pousse sur tout, quelques pierres courageuses osent dépasser de sa surface. Les routes qui s'éloignent du domaine de Raingar serpentent dans presque toutes les directions. Mais elles ne sont pas nombreuses. D'après ce que j'ai vu, c'est un monde relativement peu peuplé. Mais il est immense. Il y a encore tant de coins de Lemora que je n'ai pas visités.

Je veux voir les montagnes et les falaises glacées qui se trouvent à l'est. Je veux cueillir des myrtilles dans les champs du village de Bebette. Je veux boire à la rivière suspendue qui coule vers le haut de la montagne maudite, et non vers le bas. Je veux aller dans l'une des auberges et danser. Je veux dormir à la belle étoile, en plein air. Je veux voir les dunes de sable qui forment les plaines sombres. Yeffa, par–dessus tout, je veux voir ça.

Mais je ne pourrai pas le faire si mon compagnon a l'intention de faire de moi sa prisonnière.

Je ne sais pas combien de temps je reste assise à regarder tout ce qui se passe quand j'entends une voix m'appeler par mon nom.

– Essmira ! Tu vas bien ?

Le martèlement de sabots attire mon attention sur le sol.

– Gorman ! Tu es de retour.

– J'ai entendu dire que Raingar te retenait prisonnière…

Il a l'air bouleversé et je me sens immédiatement coupable. Je sais qu'il était occupé par quelque chose dans la campagne et j'espère que ce n'était pas important, sachant qu'il est revenu pour ça.

– Je suis vraiment désolée. Ce n'est pas du tout ce qui se passe. En fait, je me suis barricadée dans cette pièce. Je voulais me reposer sereinement et il lui a fallu toute une lune pour réaliser où j'étais.

Gorman me fixe quelques instants, puis esquisse un sourire. Il est rare de le voir sourire.

– Fabuleux. Ça va bien, alors ?

– Oui. Tout va très bien.

Et je le pense vraiment. J'ai l'impression d'être une autre femelle. Une femelle qui a un compagnon. Un compagnon avec plein de défauts. Et je suis Miriga, même si je ne sais pas ce que je dois faire.

Mais nous apprenons à nous découvrir.

Nous faisons des efforts.

N'est–ce pas ce qu'une miriga et son compagnon peuvent faire de mieux ?

– Tu es sûre ? Tu n'as besoin de rien ?

Mon estomac choisit ce moment pour gronder et je le couvre de ma main.

– En fait, j'ai un peu faim.

– Descends alors. Je vais demander à Eewa de te préparer quelque chose...

– Je ne peux pas. Raingar dort devant la porte et je ne veux pas le réveiller. Il n'a pas dormi lors de la dernière lune.

Le sourire de Gorman s'élargit encore.

– Alors… tu lui as pardonné ?

– Oui. Tout à fait. Mais il ne le sait pas et je n'ai pas l'intention de le lui dire.

Et là, il rit. Gorman rit vraiment. C'est un son étrange, comme si plusieurs accords étaient plaqués sur plusieurs instruments très différents. J'ai donc réussi à le faire rire ? J'ai l'impression de pouvoir faire n'importe quoi.

– Je suis Miriga, me dis–je en chuchotant.

Je frotte ma paume et sa cicatrice.

– Je peux tout faire.

– Sais–tu que toutes les tours ont des trappes d'évacuation en cas d'incendie ?

Je cligne des yeux.

– Vraiment ?

– Descends de là et je t'emmène au village. Il y a de l'agitation au pub. Il devrait y avoir de la nourriture là–bas aussi.

Super !

Peut–être que je n'ai pas besoin de m'inquiéter des chaînes que Raingar voudrait me faire porter. Pas quand il y a des trappes à l'intérieur de son domaine.

– Je te préviens, il y aura du monde. Je ne resterai probablement pas toute la lune, mais tu seras entre de bonnes mains si tu choisis de le faire.

Il a confiance en moi. Cela me fait pétiller et briller. J'aimerais que Raingar ait confiance en moi.

– C'est parfait. Merci, Gorman. Maintenant... euh... comment je descends ?

Son sourire devient un peu malicieux et il lève ses deux sourcils pointus.

– Que dirais–tu d'utiliser une corde, Miriga ?

– Une corde ? Je vais devoir descendre ces quatre étages avec une corde ?

Il acquiesce.

Mon cœur bat plus vite dans la cicatrice qui traverse ma paume. Je la touche. Je peux tout tenter pour m'échapper, je m'en souviendrai toujours.

– J'ai hâte d'essayer.

– Alors ouvre le coffre au pied du lit et sors. La fête de la fin de l'hiver devrait battre son plein quand nous arriverons.

//

Essmira

Je ne me suis jamais rendue à une fête lemorane, alors je pensais qu'il s'agissait d'une fête… comme les autres. La fête de l'hiver a bien vite mis le feu à mon imagination limitée. Cela fait un moment que j'y participe, et les flammes sont toujours aussi vives dans mon esprit.

Un temps indéterminé plus tard, je m'aperçois que je ne sais plus où se trouve la cape que Gorman m'avait prêtée… je ne sais plus où se trouve Gorman non plus. Où est–il parti ? Je n'arrive pas à m'en souvenir. J'ai une corne contenant une concoction épicée dans la main et j'en ressens tous les effets. Ma tête bourdonne agréablement et mon cœur bat la chamade au rythme de la musique qui incinère tout silence autour moi; mais surtout… je *danse*. Et c'est exactement ce que je voulais faire.

Je sais danser comme une professionnelle, j'ai été formée à tous les styles, mais je n'ai jamais dansé au sein d'un groupe qui m'encourageait à me laisser aller et à me déchaîner.

C'est ce que je fais en ce moment.

– Je suis miriga.

Je murmure cette affirmation au premier doute qui me traverse l'esprit et qui me dit de danser selon un style défini, de ne pas trop bouger de peur de me ridiculiser, de ne pas laisser mes émotions s'exprimer dans des éclats merveilleux et colorés.

– Je peux tout faire.

Je suis miriga et une miriga danse sur des tables ou dans les bras des autres danseurs. L'Hypha à mes côtés est ma nouvelle amie. Elle s'appelle Charana. Je suis entourée de visages familiers : Willa est là, tout comme Olga, qui s'empresse de m'informer que Jaygar se porte à merveille. Twee et Holdar sont là aussi, ainsi que le guérisseur Moreth.

Je passe un long moment à discuter avec Twee et Holdar. Ce sont des hybrides comme moi, mais moi, je ne sais pas exactement de quoi est constitué mon métissage. J'ai souvent entendu dire que je devais être à moitié Drakesh et à moitié humaine. Les *Humains* ont été récemment découverts. Il n'existe que deux colonies humaines connues dans les quadrants – l'une dans le Quandrant 4 et l'autre juste à l'intérieur de l'infâme Zone grise, en grande partie sous le contrôle des pirates Niahhorrus.

Nous parlons longuement de notre expérience en tant qu'hybrides. Je me sens proche de ce mâle et de cette femelle. Quand ma conversation prend fin, Willa m'attrape et me fait tournoyer. La musique m'emporte vers d'autres étoiles, dans d'autres quadrants.

On me fait virevolter jusqu'à l'un des longs bancs qui se trouvent de part et d'autre de l'énorme table qui fait toute la longueur de l'auberge. Je me heurte à un Lemoran qui était en train de jouer avec des bâtons et des cubes rebondissants. Il renverse sa bière sur le devant de ma robe.

Il me fait de plates excuses, mais je rejette la tête en arrière en rigolant et il m'invite à danser. Je lui rappelle que je suis liée à Raingar et il m'assure que je n'ai rien à craindre parce qu'il est lui–même déjà en couple. Je rougis en regardant ses cornes et en constatant qu'elles sont blanches.

La culpabilité ose franchir la barrière de mes pensées. *Je n'aurais pas dû abandonner Raingar.* Non pas parce qu'une femelle doit s'occuper de son mâle, mais parce que moi, Essmira, je ne veux pas le voir, lui, Raingar, blessé. Il était épuisé parce qu'il m'avait couru après. Il s'était inquiété. Mais d'un autre côté... je ne suis pas sûre non plus qu'il aurait participé à cette fête avec moi – je suis même certaine qu'il ne l'aurait pas fait. Et moi *je veux profiter* de tout ce que Lemora a à offrir.

Je prends donc le bras de mâle appelé Prilla et, main dans la main, nous tournoyons sur la longue table où se trouvent plusieurs autres couples. Il sent la sueur et les épices de bière. Je suis sûre que mon odeur doit être bien plus désagréable que la sienne alors que je tourne entre lui, Charana, Olga, Willa et une douzaine d'autres couples.

Je tourne, tourne et tourne et je réalise bientôt que toute l'auberge scande mon nom.

– Essmiiiiiira ! Essmiiiiiiiiira !

De temps en temps, on entend un cri :

– Regardez notre miriga danser !

Mes hanches se déhanchent au rythme de la danse et mes mains sont au‑dessus de ma tête. Mes doigts pianotent sur les accords que je sens irradier dans tout mon corps aussi puissamment que la boisson épicée que j'ai bue avec les cornes qu'on m'a tendues. Ma tête... ma tête tourne. J'émets un son aigu avec ma langue contre le palais et la salle répond par des acclamations. Je trébuche sur quelque chose, j'essaie de me rattraper, mais le reste de ma coordination m'abandonne et mes pieds se dérobent sous moi.

Je vole. Oh nob, *je tombe.*

Je glapis et plusieurs autres crient. À ma périphérie, je perçois un mouvement, mais lorsque Willa et Prilla se jettent sur moi, leurs mouvements chaotiques et désordonnés les font basculer toutes les deux – ainsi que Charana et Olga. Elles s'écroulent de la table sur le sol.

Je ferme les yeux, je me prépare à l'impact... mais il n'arrive pas. Le monde se dédouble tandis que je suis soulevée dans les airs et que les murs en bois de la taverne tournent autour de moi, se chevauchent dans des couleurs kaléidoscopiques avant de se fixer sur le noir, le bleu, le violet, le gris, l'orange, le jaune et le vert électrique en plein milieu. Ce vert brille et éclate.

Raingar grimace et m'écarte de son corps d'un coup sec. Il essaie de me poser, mais j'ai le vertige... je ne tiens pas debout... Alors, je m'accroche à lui. Je reconnais son visage, sans le reconnaître. Raingar est plein de colère et de mots grossiers alors que ce mâle est plein d'hésitation et de douceur, comme de la charpie de poche et des touffes de bulbes portés par un doux vent lemoran.

– Essmira ? dit‑il d'une voix si rauque qu'il doit l'éclaircir plusieurs fois.

Il déglutit, déglutit encore, et recommence à nouveau.

C'est étrange que je puisse entendre chacun de ses mouvements alors qu'il y a tant de bruit dans l'auberge... non, c'*était* bruyant, mais maintenant ça ne l'est plus. Maintenant, c'est calme. Et c'est pour ça que je l'entends parfaitement quand il dit :

– Tu veux bien m'accorder cette danse ?

12

Raingar

– Merquin ? Merquin ? Je sais que tu es là !

Les murs sombres de son donjon paraissent se moquer de mes cris. Le pont-levis qui traverse la courte rivière entourant son donjon est fermé. Le pont-levis n'est jamais fermé. Gorman doit avoir raison. Elle est ici, et Merquin veut m'empêcher de la voir.

Je me frotte le menton, pensif, en repensant à Gorman. Il est en ce moment même dans mon donjon, en train de ranger des palettes comme s'il n'était jamais parti. J'ai été surpris de le voir – surpris et reconnaissant – mais quand je l'ai salué, il m'a juste dédaigneusement indiqué où trouver Essmira. C'était comme si... nous étions de nouveau amis.

Pour être complètement honnête, j'ai quand même eu l'impression que ce petit salaud préparait quelque chose... Il avait l'air bien trop heureux de m'aider... mais je l'ai tout de même cru et maintenant je suis ici. Il a beau être chiant, il ne m'a jamais donné de raison de douter de sa parole.

C'est mon meilleur ami et je suis content qu'il soit de retour dans mon donjon. Je pense qu'il suffit d'une connerie pour qu'il déguerpisse à nouveau, alors j'apprécie avec encore plus d'ardeur sa présence. Je suis un idiot, je suis maladroit. Essmira a bien raison, je ne suis qu'un Egama qui n'a rien dans le crâne. Autant dire que je vais sûrement faire d'autres conneries.

Je forme un cornet avec mes mains autour de ma bouche et je crie à nouveau :

– Librida ! Viens me parler.

– Elle n'est pas là, répond Librida depuis le petit palier en haut du mur.

– Je t'entends !

– Nob, tu ne peux pas, rétorque-t-elle avec impertinence.

Ça me ressemble bien cette attitude.

Je plante mes mains sur mes hanches, puis je les lève au ciel. Si je pouvais traverser et escalader ces foutus murs, je l'aurais déjà fait. Mes cornes sont en feu, mais des frissons me parcourent le corps. Je tremble. Je ne me suis jamais senti aussi mal. Je suis *malade*. Et je n'ai jamais été malade.

– Merquin !

Je crie et j'agite mon poing droit en direction du petit globe Eshmiri qui éclaire le palier supérieur.

– Ouvre s'il te plaît, j'ai besoin de toi ! Il faut qu'on discute. Tu es ma meilleure amie ! Enfin, après Gorman. Là, j'ai l'impression que tout le monde me ment. Ou que tout le monde m'ignore. Ohr ! Tu sais que je suis allé à l'écurie de pads et que la cheffe d'écurie n'a pas voulu m'en donner un ! À moi ! *Le putain de chef du clan ! Ohr !*

Je me serais bien emporté contre la responsable des écuries, mais c'est une Rekkaru et je pourrais la blesser. Je ne veux blesser personne.

Je ne veux blesser personne *d'autre*.

Je ne veux plus faire de mal à qui que ce soit. Plus jamais.

Le gloussement de Merquin me parvient avant sa réponse :

– Tu ne mérites pas ce titre de toute façon.

– Je sais.

Tous mes organes me semblent hypertrophiés. Ils sont trop gros pour mon corps, ils poussent contre mes os fragiles. Je me baisse et je dois me rattraper sur mes genoux avant de lancer aussi fort que possible :

– J'ai blessé ma compagne, Merquin.

Il y a une pause et une voix, celle de la compagne de Merquin, répond :

– Nous le savons. Nous avons vu les bleus. Et nous avons entendu dire ce solaire que tu la gardais prisonnière.

– Les bleus, la séquestration, les insultes… Je ne vaux guère mieux que Tyto !

Honnêtement, je ne pense pas être descendu aussi bas, mais je n'en suis pas loin.

C'est le silence qui accueille ma remarque. C'est plus dur cette fois. La lune est tombée autour de nous et se creuse rapidement. Je veux juste la voir, baisser mes cornes sur le sol à ses pieds et lui promettre le monde si cela signifie qu'elle me parlera à nouveau. Si elle promet de ne plus jamais m'appeler « seigneur ». Si elle promet d'arrêter de me fuir, mais de me dire où elle sera pour que je sache qu'elle va bien, même si elle me demande de ne pas la rejoindre. Je le ferais quand même par contre, je la rejoindrai. J'irais partout où elle veut aller si ça veut dire que je peux être avec elle.

– Et… ?

C'est Librida qui s'exprime. Je ne comprends pas où elle veut en venir.

– Quoi ?

– Alors… qu'est-ce que tu comptes faire quand tu la verras ?

– Je vais arrêter ! je rugis. C'est elle la miriga. C'est elle qui fait les règles. Je vais devoir apprendre à lui faire confiance pour qu'elle mette en place des règles que je pourrai suivre.

– Contrairement à tes règles.

– Yeffa.

Je grimace en pensant à toutes les façons dont j'ai essayé de la freiner ou de l'empêcher de vivre.

– C'est elle qui dicte les règles à partir de maintenant.

– Elle le sait ?

Nob, stupide femelle ! C'est pour ça que je suis là ! Pour le lui dire !

C'est à nouveau le silence. J'entends un murmure en haut, mais il n'est pas distinct. Un instant plus tard, je perçois un grand coup de manivelle et un grincement sourd. Le lourd pont-levis gémit en s'abaissant et je dois reculer pour éviter d'être écrasé par la lourde pièce de bois. Merquin et Librida apparaissent sur la plateforme, un globe eshmiri flotte juste derrière elles. Il brûle d'une couleur légèrement plus blanche que l'orange auquel nous sommes habitués, signe que la nouvelle huile fonctionne.

Librida se dirige vers moi d'un pas décidé, les mains jointes devant sa robe. Même si Merquin a l'air de vouloir me faire la peau – et elle en aurait bien le droit –

elle est repoussée par Librida qui s'avance jusqu'au bord du pont–levis et me jette un regard sévère et triste de ses grands yeux noirs.

– Au fond, tu sais que tu la mérites, Raingar. Tu ne pensais pas non plus que tu méritais d'être chef de clan, mais il y a une raison pour laquelle tu l'es. Je le vois, les chefs de clan le voient, même Essmira le voit. Tu devrais l'entendre parler de toi : elle t'admire ! Ça a d'ailleurs le don d'enrager Merquin. Lorsque Merquin a essayé de me faire la cour, je n'étais pas aussi aussi bien disposée envers elle qu'Essmira l'est envers toi. Toi, tu es déjà son héros. Tu l'as sauvée. Il est clair que tu l'apprécies. Tu dois juste lui montrer que tu la respectes aussi. Et que tu lui fais confiance.

– Je sais... C'est juste que... C'est difficile...

– Nob, Raingar. Ce n'est pas difficile. C'est juste que tu n'as pas confiance *en toi*. Tu sais que tu es assez bien pour elle. Tu sais que ta position de chef de clan est méritée. Il n'y a pas de chef de clan plus gentil avec son village ou plus serviable, que toi. Tu penses à tout. Tu as pensé à acheter du miel de Walrey pour Moreth, même si ses propriétés curatives ne sont qu'expérimentales. Tu as prouvé maintes et maintes fois par tes actions que tu étais le chef de clan dont ton village a besoin. Maintenant Raingar, prouve–lui à elle, par tes actions, que tu es le compagnon dont elle a besoin.

Je grimace en écoutant son explication. Je déteste les compliments. Je déteste être le centre d'attention. Je déteste avoir à *faire mes preuves*. Je ne sais pas comment faire mes preuves. Mais... je sais comment *agir*. Je peux agir pour elle. Je sais ce qu'elle aime, au moins un peu. Je peux faire ça.

– Je suis le chef de mon clan. Je peux tout faire, dis–je aux deux femelles.

Ce sont les deux êtres en qui j'ai le plus confiance. Enfin, après Gorman.

Et Tana et Reyna et Bebette.

Et une foule d'autres.

Argh ! Je leur fais confiance à tous de la même manière. Et Librida a raison. Je fais confiance à Essmira aussi. Le seul être en qui je n'ai *pas* confiance dans tout Lemora… c'est *moi*. Ohr ! Essmira a raison. Je suis un idiot.

– Pour l'amour des comètes, gémit Merquin. Tu es insupportable.

– *C'est toi* qui es insupportable. Est–ce que je peux voir ma compagne ?

– Elle n'est pas là.

– Encore ? Si je dois camper ici tout la lune en chantant des chants de victoire, je le ferai.

– Par les étoiles… Non, ne fais pas ça !

– Tu sais très bien que tu ne sais pas chanter, disent simultanément les deux femmes.

Elles échangent un regard, puis rient.

– C'est la vérité, elle n'est vraiment pas là, Raingar, dit Merquin en secouant la tête.

Elle s'approche de Librida et glisse une main possessive autour du bas du dos de Librida pour la poser sur sa hanche. Je déglutis, concentré sur cette main. Je me demande comment elle réussit à toucher sa compagne sans la blesser. Tant de contrôle. Tant de confiance. Et ça va dans les deux sens.

– C'est vraiment vrai ?

Je me frotte le menton, incertain.

– Oui.

Mes sourcils se rapprochent. Mon pouls s'accélère.

– Par tous les soleils de Lemora, alors, où se trouve–t–elle ?

Les deux femelles échangent un regard. Je sens qu'elles se demandent si elles doivent me le dire ou non. Je dois les convaincre.

– Argh ! je crie en faisant un pas vers l'avant. Dites–le–moi, s'il vous plaît. Je vous promets que je serai sage…

– Il a intérêt sinon ils vont tous le démonter, s'esclaffe Librida, les épaules secouées par le rire.

Merquin sourit de travers à sa femelle avant de se tourner vers moi avec un regard froid.

– J'ai entendu dire que la fête de la fin de l'hiver était très animée cette année. Il te faudra un pad si tu veux arriver assez tôt pour ne pas la manquer.

– Alors préparez la bête !

Je n'arrive pas à y croire. Ohr ! Gorman et tout mon village m'ont menti pour la protéger. Cette pensée fait vaciller mon menton. *Ils l'aiment déjà. Ils l'aiment vraiment.*

Librida s'en va, mais Merquin reste debout, les bras croisés et les sourcils froncés.

– Tu t'es mal conduit, Raingar. Tu t'es très mal conduit.

J'acquiesce, mais je ne me déshonore pas, ni Merquin, ni Essmira, en détournant le regard de mon accusatrice.

– Yeffa.

– Tu te crois prêt à essayer de la conquérir, mais tu ne l'es pas.

Je ne dis rien. Si Merquin le dit, c'est qu'elle a probablement raison.

– C'est pour ça que je voulais qu'il y ait de l'espace entre vous deux. Elle se découvre encore. Et si, en arrivant, tu la trouves dans les bras d'un autre danseur, qu'est-ce que tu vas faire ?

Lui déchiqueter le visage. L'éventrer. La jeter par-dessus mon épaule, la ramener dans mes appartements et l'y enfermer...

– Nurfigh, je réponds en me cognant brutalement l'orteil dans le sol moussu.

– Quoi ?

– Rien.

– Je n'ai pas entendu.

– Je ne vais rien faire !

– Hum, dit-elle.

Elle ne me croit pas. Et je n'y crois pas non plus. Mais je vais essayer. Quand on a une miriga, la moindre des choses à faire, c'est d'essayer.

– Sois sage.

Je grogne.

– Je vais essayer.

– Quoi ?

– Rien ! Au revoir !

Un trajet en pad plus tard, je suis de retour *dans* mon propre village. Je laisse le pad et passe devant les fêtards, le cœur battant la chamade dans ma poitrine, en essayant de me frayer un chemin jusqu'à la taverne. Les rues sont étrangement claires, jusqu'à ce que je passe la place du village. Là, les orbes brillent, illuminent la fête qui s'est répandue *près de* la fontaine où une demi-douzaine de créatures ivres se baignent dans le bassin peu profond.

– J'espère que vous vous noierez tous ! Tous autant que vous êtes !

Je serre le poing en le brandissant dans leur direction, mais seuls deux d'entre eux me prêtent attention.

L'un des mâles lemorans rompt le baiser qu'il échange avec sa compagne juste le temps de me regarder d'un air renfrogné. Ses cornes et celles de sa femelle sont d'un blanc terne, là où la mue de mes cornes s'est arrêtée.

– Argh !

Je mets fin à notre échange d'un mouvement de la main et je traîne mes pieds lourds vers l'entrée d'une auberge que j'ai évitée avec succès pendant toutes mes rotations en raison d'une aversion générale pour la gaieté et les réjouissances. *Mais je serai joyeux et festif pour elle. En tout cas, je vais essayer.*

J'hésite devant la porte, terrifié par ce que je vais trouver à l'intérieur. Terrifié de ce qui pourrait... juste terrifié. Je suis humide à cause de la bruine et bien content d'être torse nu. Je porte le pantalon qu'elle m'a confectionné. Elle n'aime pas mon autre pantalon. Je le savais, mais je l'ai quand même porté. Est–ce que ça pourrait être un motif de séparation ? Ou un acte de rébellion qui l'éloignerait de moi ? Je fronce les sourcils et je me fais une promesse : je ne porterai plus jamais autre chose que ses créations. Je veux être beau pour elle.

Beau.

Même si je ne suis qu'un rocher avec des cornes et un caractère bien trempé.

La porte s'ouvre devant moi. C'est d'abord la musique qui bombarde mes sens. Puis viennent les odeurs. La salle sent la sueur, le ruffalumph grillé et, plus que tout, la bière épicée lobba. Je respire profondément et fais un pas en avant prudemment... pour me faire percuter par trois Rekkarus qui bourdonnent devant moi. Ils s'effondrent – il est rare qu'un Rekkaru ivre puisse voler correctement – et rient en tombant l'un sur l'autre.

– Ta compagne est une magnifique danseuse, dit l'une d'eux.

C'est une femelle aux grands yeux gris et aux longs cheveux noirs qui s'est exprimée.

L'une des autres femelles qui marchent à ses côtés acquiesce tandis que l'autre siffle :

– Vous n'avez pas entendu parler de ce qu'il a fait ? Il a emprisonné sa compagne. Il l'a mise dans une tour et il l'a…

Elles sortent dans la lune et les paroles incriminantes s'éloignent de moi, noyées dans la musique, les chants, les cris et les rires.

Je me tourne pour faire face à la foule en restant au bord de la pièce. Un balcon entoure l'intérieur du deuxième étage et une foule de créatures à moitié habillées s'y est pressée. Il y a des couples, mais je ne les regarde pas. Je regarde devant moi, j'ignore les regards et les ricanements et j'essaie de la trouver. Quand j'y parviens... j'arrête complètement de bouger.

Elle est debout sur la plus longue table de la salle. Pieds nus, elle illumine le monde. La fête de la fin de l'hiver est réputée pour donner lieu à des débordements, mais ce niveau de débauche est rare et je sais que cette lune, c'est à cause d'elle. Toutes les créatures ici regardent, se penchent, dansent, bougent, se déplacent, jettent un coup d'œil vers elle. C'est comme si elle était l'étoile centrale autour de laquelle Lemora gravite, et que nous étions tous pris au piège dans sa lumière.

Ils l'appellent Miriga. Ils l'honorent. Ils m'honorent.

Ils ne me parlent peut-être pas en ce moment, mais ils n'ont pas oublié qu'ils tiennent à moi, au moins *un peu*. Assez pour l'appeler Miriga. Mes lèvres se retroussent.

Je fais un pas vers elle, mais je suis paralysé par son rire bruyant. Il est plus fort que je ne l'ai jamais entendu, plus insouciant, plus sauvage. Sa tête et son torse tombent en arrière, mais les bras liés aux siens la maintiennent debout. Je veux me concentrer sur les êtres à côté d'elle, mais je ne peux pas détourner mon regard. Alors je ne le fais pas.

Mes doigts cherchent maladroitement une chaise – n'importe laquelle – et j'en trouve une que je ramène sous moi. Je m'assois et je regarde comme un idiot, les coudes posés sur la petite table que je traîne sur le sol jusqu'à ce qu'elle glisse sous moi. Trois pintes de bière basculent et deux d'entre elles se brisent sur le sol. Les mâles lemorans qui étaient assis à la table se lèvent et me crient des injures, mais je ne les vois même pas. Tout ce que je vois, ce sont ses bras au-dessus de sa tête, ses pieds qui bougent et ses hanches...

Je déglutis. Une pensée brutale m'assaille lorsque je regarde ses hanches se balancer sous un vêtement beaucoup trop ample. Il devrait être plus serré. Alors je pourrais voir ses formes et me les représenter plus clairement. Elle. Sous moi. Se déhanchant. Comme ça. Je n'ai malheureusement pas une très bonne imagination. Il m'en faut plus.

Mais...

Je ne suis pas prêt. Je dois faire mes preuves avant de pouvoir la toucher à nouveau.

Je recule dans l'ombre quand elle tourne sur elle-même. Je ne veux pas qu'elle me voie. Je ne veux pas gâcher sa lune. Je la regarde danser. Je regarde ses lèvres prononcer des mots qui parlent d'histoires qu'elle ne devrait pas connaître, mais cela ne semble pas avoir d'importance. Elle est lemorane. Son passé peut aller se faire ohr, il ne compte pas. Ce que je lui ai dit auparavant dans la chaleur des mines, ces paroles insensées peuvent aller se faire ohr. Elles ne comptent pas. Je peux aller me faire ohr.

Elle se dégage de l'emprise de Prilla et est rattrapée par Charana. Les deux femelles tournent sur elles-mêmes et tandis qu'elles continuent de tourner, un doux chant se fait entendre dans toute l'auberge. Je ne fais pas attention aux mots qu'elles prononcent – je ne le fais jamais – jusqu'à ce que je me rende compte qu'elles prononcent son nom.

Je souris. Et là, mes tripes s'effondrent. Les mains de Prilla touchent à nouveau sa taille. Il ne la touche que pour l'empêcher de tomber. Pas parce qu'il aime la toucher. Pas parce qu'elle lui sourit et lui donne l'impression qu'il est le roi de l'univers.

Je ferme les yeux puis j'inspire et expire profondément par le nez. Confiance. Lui faire confiance. Avoir confiance en moi. Faire confiance à Prilla. Je peux le faire... je pense.

J'espère.

J'ouvre les yeux. Elle tourne toujours, mais ses pieds sont nus et il y a des choses sur la table. Elle se dirige trop près du bord et elle ne fait pas attention parce qu'elle fait ce son aigu avec sa bouche. Ils l'acclament tous et elle leur sourit. La catastrophe survient à ce moment-là : elle trébuche sur une pinte abandonnée et perd l'équilibre.

Son talon s'écrase sur le bord de la longue table et ses bras se tendent vers Prilla et Charana, mais ils sont trop occupés à tomber aussi pour la rattraper.

Elle a besoin de quelqu'un pour la rattraper.

Je plonge vers l'avant en écartant les créatures de mon chemin tout en m'élançant pour la prendre dans mes bras. Elle se heurte à l'une de mes mains, qui s'empare d'elle pour l'écraser contre moi dans un élan de soulagement et de désir. Nous étions en train de nous disputer tout à l'heure. Nous sommes toujours fâchés... je crois. Peut–être qu'elle ne veut pas que je l'étreigne comme ça ? Je la tiens loin de moi, avec la ferme intention de la déposer dès que possible, mais elle s'accroche à mes bras, le regard perdu dans le mien. J'ai du mal à suivre son regard. Ses yeux sont tellement... tellement joyeux.

Elle émet des sons doux et flous en essayant de reprendre son souffle. Cela me donne envie de la serrer plus fort, mais je lutte pour résister. Je me bats contre cet instinct. Alors au lieu de cela, j'ouvre la bouche. J'essaie de prononcer son nom, mais je dois me racler la gorge un millier de fois, ce qui attire mon attention sur le fait que tout le monde dans cette taverne désordonnée et ivre me regarde – nous regarde – en attendant la suite...

– Essmira ?

Je grogne en baissant la voix. Je déteste le fait qu'ils m'écoutent tous. Je ne sais pas quoi dire, quoi faire, quoi demander... Je me racle à nouveau la gorge.

– Tu veux bien m'accorder cette danse ?

Son visage s'adoucit encore plus et elle sourit. Ses dents sont merveilleusement blanches et droites. Sa petite langue rose brille tellement qu'on dirait qu'elle irradie de lumière... C'est magique et étrange à la fois.

– Tu aimerais danser avec moi, mon seigneur ?

Je me renfrogne, mais je ne la corrige pas. Je ne mérite pas encore qu'elle m'appelle par mon nom.

– Hum… yeffa. Oui, je veux bien, répond-elle.

Je hoche vigoureusement la tête tandis que mes entrailles bouillonnent et s'embrasent. Mais le feu s'apaise lorsqu'elle me sourit. Son sourire est une onde qui m'inonde.

– Il va falloir me poser, mon seigneur.

Je soulève Essmira et pose ses pieds sur la table. Alors que je m'apprête à la rejoindre sur cette estrade de fortune, je me sers de l'épaule de Pilla comme appui. Il est possible que je la serre un peu trop fort en grimpant. Je pèse peut-être aussi de tout mon poids sur lui en montant à côté d'elle. Et peut-être que je… le pousse un peu aussi.

Il va me falloir un peu de temps pour m'améliorer. Je ne suis pas parfait.

Il trébuche de la banquette et s'écrase au sol. Un mâle lemoran lui attrape le bras et le maintient debout. Ce sauveur de fortune lève les yeux au ciel, mais me sourit légèrement avant de s'éloigner, une autre corne de bière serrée dans son poing.

Je lui lance un regard noir. Essmira m'empêche de tuer qui que ce soit en criant :

– Pourquoi n'y a-t-il plus de musique ?

Elmina, la propriétaire de la taverne, lâche un sifflement aigu et les êtres portant des instruments s'avancent dans un désordre échevelé. Je vois d'ici les trois Rekkarus qui composent la troupe, mais seulement parce qu'ils volent au-dessus des têtes de tous ces corps agglutinés.

Deux d'entre eux portent des arcs, de grands instruments à cordes qui composent la majeure partie de la mélodie, et l'un d'eux tient un yiyi, une masse gélatineuse bleue qui émet un trille aigu grâce à ses vibrations internes. À en juger par ce que j'entends, le groupe est constitué d'au moins trois cors, deux tambours et une poignée de cloches; mais je sais qu'ils sont susceptibles d'accueillir et de laisser partir d'autres joueurs au cours de la lune.

Les gens commencent à chanter et même si Essmira ne connaît pas les paroles de cette chanson, elle fredonne. Le son de sa voix est perçant et hypnotique. Lorsque ses yeux se ferment et qu'elle commence à se balancer, je me tiens si près d'elle que je tremble de désir. L'odeur du lobba épicé s'accroche à sa peau et à ses cheveux. Je sais que c'est la raison pour laquelle elle n'a pas encore commencé à me crier dessus.

De l'autre côté, Charana lui tend une corne de wyrn pleine d'alcool. Elle prend la corne incurvée dans sa main et la porte à ses lèvres.

– Tu en veux ? me demande Essmira.

– Sais–tu… sais–tu que cette corne est faite de wyrn ? je réponds bêtement.

Elle sourit et me regarde langoureusement. Je me force à ne pas la toucher. Je m'approche suffisamment pour pouvoir crier par–dessus le bruit des réjouissances qui reprennent.

– Nob. Qu'est–ce que le wyrn ?

– Le wyrn ? Oh. C'est un dépôt minéral qui se forme naturellement dans les mines de kintarr. Il est délicat à travailler, mais abondant. La plupart des gobelets et des verres pour boire sont en wyrn. Le wyrn est aussi le nom du minéral dont il est fait. Il a la capacité de faire ressortir la saveur de l'épice lobba. De la bière, je veux dire. La bière que tu bois est faite à partir d'épices lobba.

Essmira me sourit. Ses joues sont pleines et rondes sous ses jolis yeux. Elle me fixe et son regard scintille d'un plaisir violent.

– Charana ! appelle-t-elle en se détournant de moi pour attraper par le bras la femelle qui se trouve de l'autre côté. Peux-tu me donner un autre wyrn de bière pour notre chef de clan ?

Je rougis en l'entendant prononcer mon titre avec une telle déférence. Charana semble penser que c'est hilarant et souffle en riant.

– Bien sûr ! Il y a toujours de la lobba pour le chef de clan Raingar. Tant qu'il le mérite. Penses-tu qu'il le mérite, Essmira ?

Ma gorge se serre. J'observe le visage d'Essmira qui se fend d'un sourire stupéfiant.

– Tout le monde mérite la lobba. Mais seulement si elle est bue dans un wyrn. C'est la tasse la plus sophistiquée que j'aie jamais utilisée. Savais-tu qu'elle se forme naturellement à partir de dépôts minéraux ?

– Vraiment ? ricane Charana.

Quelques instants plus tard, elle revient avec un wyrn de lobba pour moi. Elle passe devant Essmira pour le déposer dans mon poing, puis elle étreint ma compagne.

– Elle nous plaît celle-là, chef de clan.

Elle me fait un clin d'œil, le regard dirigé vers moi, en me défiant de trouver une réponse à la hauteur.

– Je pense que c'est à moi qu'elle plaît le plus ! je lance.

– Alors pourquoi ne danses-tu pas avec elle ? Tu ne viens pas de demander à notre miriga de t'accorder une danse ?

Elle me taquine maintenant, mais j'arrive à me retenir de l'étrangler.

– Tu as tout à fait raison, dis-je en serrant les dents.

Charana éclate de rire quand je recule et commence à... danser ?

Je ne suis pas surpris que toutes les âmes en peine de cette auberge se moquent de moi. Je suis là, moi, leur chef de clan, à taper du pied sur la table devant la plus belle femelle de la galaxie. Et elle n'a pas l'air de s'en soucier.

Elle tourne dans la cage de mes bras et presse son dos contre mon front. Sa tête tombe contre mon torse et elle chante haut et fort un nouvel air qu'elle reconnaît. Elle porte sa corne de wyrn à ses lèvres et une partie de la bière s'écoule sur les côtés et le long de son cou. J'observe les gouttelettes s'enrouler sur la peau douce de ses seins avant d'assombrir le haut de sa robe.

Elle était plus tôt d'un vert pâle, mais elle est maintenant beaucoup plus sombre, tachée de rouge par endroits à cause de la lobba, et de rose à d'autres à cause du kintarr des mines. Je ravale mon désir et tente de suivre ses mouvements. J'échoue lamentablement, distrait à chaque fois par la beauté qui m'accompagne.

– Je ne peux pas... je ne peux pas danser. Tu peux danser, mais moi je n'y arrive pas, dis-je en essayant de m'éloigner.

Elle se retourne dans mes bras, puis presse ses seins contre ma poitrine. Son regard grisé brille et elle trébuche. Mes bras l'entourent, j'essaye de la faire tenir droite.

– Tu sais danser, mon seigneur.

Je fronce le nez.

– Soit tu es folle, soit tu as bu trop de bière. Je penche pour la seconde hypothèse.

Elle grogne, mais glisse ses mains le long de ma poitrine jusqu'à mes hanches. Je déglutis difficilement.

– C'est manifestement ta première fois. Mais ce n'est pas parce que tu ne l'as jamais fait que tu ne peux pas le faire, ou que je ne peux pas apprécier tes mouvements.

Est–ce qu'elle... est–ce qu'elle parle encore de la danse ? Ohr ! Je commence à transpirer.

Ses mains poussent légèrement mes hanches vers la gauche, puis vers la droite, puis de nouveau vers l'arrière. Elle imite le mouvement avec ses propres hanches avant de me lâcher et je me balance devant elle comme un pendule.

– Oh wowwww ! crie quelqu'un derrière moi.

– Raingar, tu nous avais caché que tu savais danser !

– Danser ? Je parlais du pantalon. C'est Essmira qui l'a fait, tu sais ?

– Ah bon ? Elle travaille avec Timor et Lyla, alors ?

– Yeffa. Je veux dire, nob, elle était jusqu'à...

J'essaie de tendre l'oreille, mais les mots s'estompent lorsque d'autres créatures commencent à applaudir. Je ne sais pas pourquoi elles applaudissent. Je sais que c'est probablement à mes dépens, mais je ne peux pas me résoudre à me recroqueviller. Je suis un salaud, yeffa, mais je suis un chef de clan – pas un lâche.

– Raingar, il faut que tu te détendes un peu ! Ne sois pas si raide ! crie Pilla.

Il est toujours au sol, en contrebas. Il ne danse plus, il est assis à une table et joue au mok bir, la version la moins dangereuse du fameux jeu Niahhorru. Le mok biz se joue avec des bâtons au lieu de jetons.

Je serre le poing contre lui et laisse échapper un grognement, mais c'est Essmira qui répond en mon nom, avec une réponse bien plus fine que celle que je m'apprêtais à donner. Elle passe devant moi, glisse ses deux mains douces sur chacun de mes bras, puis elle ramène mon poing levé contre mon corps et lui fait un signe du menton.

– Il se trouve que j'aime bien la façon dont il se déhanche et entre nous, ça ne me dérange pas qu'il soit un peu raide.

Elle lui fait un clin d'œil et Willa, non loin de là, hurle de rire.

C'est moi ou elle vient d'*insinuer* que... Peut–être que la lobba n'est pas le problème. C'est elle qui est vraiment devenue folle !

J'ai la tête qui tourne. Ma peau grésille. Je veux que ma bite reste tranquille, mais comme elle bouge contre moi plus vigoureusement, mon sexe me trahit. Essmira tourne, virevolte, chante et danse. Moi, je déplace mon corps de géant maladroit sur la table en me contentant de trépigner et de la contempler béatement.

Elle prend une autre corne de wyrn pleine de bière et j'en prends deux autres. Ce n'est pas suffisant pour réduire mon excitation, mais c'est suffisant pour faire tomber la réserve que j'avais sur le fait de la toucher. Je me mets donc à la toucher, puis je m'arrête, honteux, avant de m'éloigner en sursaut.

Elle tombe contre mon torse et m'éclabousse de bière. Elle ne semble ni s'en soucier ni le remarquer.

– Tu sais, je ne suis pas en sucre, mon seigneur.

Elle bégaye presque et je suis un peu inquiet.

– Je sais que tu n'es pas en sucre, miriga, dis–je en épongeant une partie de la bière renversée.

– Tu en es sûr ?

– Je…

Non, je n'en suis pas sûr.

– Je vais m'en rappeler à partir de maintenant. Je vais essayer en tout cas.

– Super. Essayer, c'est déjà bien, n'est-ce pas, Raingar ?

J'attrape ses deux paumes contre ma poitrine pour les empêcher de flotter sur ma peau et de faire voler en éclats ma retenue.

– Raingar. Tu m'as appelé Raingar.

– Et tu m'as appelée Miriga.

Elle s'appuie contre moi. Elle a du mal à se tenir debout. Ses yeux commencent déjà à se fermer.

– Miriga, je pense que tu devrais aller te coucher.

Elle ne répond pas et, bien que je souhaite la laisser libre de prendre les décisions qui la concernent, je suis encore en train d'apprendre à *faire mes preuves*. Alors je profite de son silence pour la soulever et la porter avec précaution de la table au sol, à travers le pub, jusqu'aux escaliers du deuxième étage pour finir dans une chambre à coucher ouverte. Je ferme la porte derrière moi d'un coup de pied et le mouvement la réveille en sursaut. Ses yeux plongent dans les miens dans la lueur de la lumière de la lune qui pénètre par les fenêtres jumelles de la chambre, une de chaque côté du lit étroit.

C'est le moment.

La décision m'appartient. Quel genre de vie va-t-elle mener ? Vivra-t-elle comme elle a vécu avec Igmora et de Tyto, ces êtres vils et répugnants ? Ou vivra-t-elle différemment ? Cette femelle sauvage et parfaite mérite une vie sauvage et parfaite.

– Je ne me mettrai pas en travers de ton chemin, Essmira. Mais j'aimerais, enfin… je veux dire… si tu le veux aussi, j'aimerais t'accompagner. Je suis un chef de clan ici, mais Lemora n'est pas Voraxia – je n'ai pas le contrôle de toutes les planètes de ce quadrant – et je ne suis pas un pirate Niahhorru véreux. Je ne peux pas t'offrir le ciel. Mais je peux t'offrir Lemora. Je sais qu'une femme de ton calibre mérite tout. Les soleils, les lunes, toutes les étoiles filantes… Tout. Toutefois, je ne peux t'offrir que mes soleils, mes lunes et mes étoiles. Celles que j'ai.

Je la berce d'un bras et tire les couvertures avant de l'installer sur l'unique lit de la pièce.

Au clair de lune, la sueur sur sa peau brille comme les mines lemoranes juste après une nouvelle récolte. Elle sourit et se penche en arrière. Tous mes muscles se contractent. Je brûle d'envie de me rapprocher d'elle, de la prendre dans mes bras et de la baiser jusqu'à ce qu'elle en oublie son nom, mais je ne peux pas faire ça. Je n'aurais pas dû la caresser comme je l'ai fait la dernière fois. J'aurais dû suivre les conseils de Librida et de sa compagne. J'aurais dû la laisser faire ce qu'elle voulait. J'aurais dû la laisser vivre sa vie comme elle l'entendait.

– Je serais honorée de t'avoir à mes côtés, Raingar.

– Chut. Tu n'as pas besoin de répondre maintenant. De toute façon, tu ne te souviendras de rien quand tu te réveilleras. Dors. Nous pourrons nous disputer à nouveau au lever du soleil.

– Je crois que je n'ai plus envie de me disputer avec toi. Je crois que je veux juste être heureuse. Ce n'est pas ce que tu veux ?

Je hoche la tête, le cœur plein à craquer, alors que je touche ses cheveux, sa joue, son nez et son cou.

– Oui, Essmira, et je le suis déjà. Chaque instant passé en ta présence me comble de bonheur.

Je me racle la gorge, maladroit et penaud.

– Je serai près de la porte. Crie si tu as besoin de moi.

– Raingar ?

– Yeffa ?

– Tu peux me prendre dans tes bras durant la lune ? Je n'ai jamais dormi dans les bras de quelqu'un et c'est ce que j'ai toujours voulu.

Ma gorge se serre. L'étreindre toute la nuit ! Ce serait si facile… et si douloureux. J'avais prévu de dormir devant sa porte pour empêcher la racaille d'entrer, mais je ne me donne pas la peine de le lui expliquer maintenant. À partir de maintenant, quoi qu'elle veuille, la réponse sera « Yeffa ».

– Yeffa. Je vais d'abord te donner un pichet d'eau sucrée. Tu en auras besoin après toute la bière que tu as bue.

– Merci.

Je serre les dents. Je voudrais qu'elle arrête de me remercier tout le temps et pour tout. Je voudrais arracher la gorge sanglante d'Igmora pour n'avoir pas répondu favorablement à une requête aussi facile à satisfaire que celle de ma femelle : elle voulait juste un peu d'affection pendant la lune ! Mais je n'en ferais rien.

Je me fraie un chemin à travers la horde dansante en contrebas et je reviens avec une cruche d'eau sucrée. Elle est endormie. Je pose la cruche sur le sol à côté de son lit et je place deux tasses à côté. Puis je me glisse sur le lit à côté d'elle. Elle sent la pierre de sang, la mousse, la rosée fraîche et, maintenant, la lobba. Je prends soin d'enrouler un drap autour d'elle. Je ne veux pas abîmer sa peau.

J'en ai déjà assez fait quand je l'ai brutalisée. Je me contente de faire exactement ce qu'elle a demandé.

Je me love contre elle et je passe mon bras en travers de sa poitrine. Je la serre dans mes bras et je lui murmure des promesses, assez de promesses pour remplir plusieurs livres. Je lui promets que je ferai mieux, que je la l'accompagnerai dans son voyage à travers les merveilles de cette vie, et qu'elle ne souffrira plus jamais.

Je lui promets qu'elle vivra sa vie comme elle l'entend et que je ne m'y opposerai pas.

13

Essmira

Je me réveille en sursaut et je réalise avec horreur qu'il y a un mâle dans mon lit. J'ai dû commettre une grave erreur et je serai punie brutalement pour cela.

Si Tyto découvre que j'ai passé la nuit avec mâle, même si nous n'avons fait que dormir ensemble et qu'il ne s'est rien passé, il me fera faire des simulations de plaisir pour lui pendant les prochains solaires, sans repos, sans nourriture et sans rien à boire. Il l'a déjà fait pour des fautes bien moins graves.

Mon estomac s'agite, puis tourne sur lui–même comme une vague. Je me lève d'un bond, me dégage des bras du mâle et tombe du lit en titubant. Je me mets à plat ventre. *Par les étoiles* ! Je vais être malade. Je jette un coup d'œil autour de moi. Il y a bien une porte contre le mur de droite et la tente, mais elle s'ouvre sur une corniche et au–delà, c'est le vide.

Je me précipite de l'autre côté, j'essaie d'ouvrir la deuxième porte et trouve un pot de chambre qui sent... L'odeur est suffisante pour que mon estomac perde enfin la bataille contre la bile qui fait rage en lui. Je m'assois violemment sur le pot de chambre, et je me soulage.

Je pousse, je pousse et je pousse… Je pousse jusqu'à ce qu'il n'y ait plus rien à évacuer.

Finalement, je parviens à me redresser. Je suis étourdie et désorientée et je ne sais pas trop à quoi m'attendre parce que je n'ai jamais ressenti cela, alors je titube avec des airs d'actrice dans la pièce principale. À ma grande surprise, on m'attrape, quelqu'un me prend dans ses bras. Je suis transportée jusqu'à un lit – non, je suis transportée jusqu'*au même lit* – par mon maître.

Euh… Non pas du tout.

Il n'y a pas de maître. Tyto n'est pas là. Tyto n'est plus mon maître.

Je ne suis plus sa captive. Je suis autre chose, je suis m…

– Ne bouge pas ! crie Raingar paniqué. Tu es malade ! Tu n'es pas censée être malade ! Les lemorans ne tombent pas malades à cause de la lobba ! Tiens, bois cette eau et je reviendrai bientôt avec de la nourriture, un guérisseur, et tout ce qu'il te faut !

Boum, boum, vlan. Il est parti et je reste allongée là. Je suis si mal que je n'ai qu'une envie : disparaître.

Mon estomac fait à nouveau des siennes. Je me lève lorsque mon corps ne me permet plus de rester immobile. Redressée, je me vide par la bouche. Je vomis pendant un temps qui me semble interminable dans une cruche qui se trouve près de lit. Elle devait contenir de l'eau mais ce n'est plus le cas. A-t-elle été vidée pour que je puisse vomir ? J'espère que non. Ohr ! Je suis miriga… et je suis *morte de honte*.

Un moment – ou une éternité – plus tard, je reviens dans le présent lorsqu'on me tire les cheveux. Je me rends compte que je suis dans une pièce que je ne reconnais pas. Je sais que je ne devrais pas être ici. Je me suis échappée par la trappe avec la corde que Gorman m'avait conseillé de sortir du coffre. La dernière chose dont je me souvienne avant ça, c'est d'avoir eu une dispute avec Raingar.

Mais nous ne nous sommes plus disputés depuis, si ? Nous avions atteint un terrain d'entente précaire, une trêve fragile. Puis il est venu me chercher. Des flashs de souvenirs me reviennent : Raingar qui piétine à mes côtés... Raingar qui danse. Il a dansé avec moi pendant toute la lune.

Je veux aller le voir, lui crier dessus, lui dire que je lui pardonne... Je veux faire tout ça avant de m'allonger pour mourir.

J'arrive jusqu'à la porte et je sors sur le palier. Il donne sur une pièce remplie d'êtres allongés sur le sol, les bancs et la grande table. Je cligne des yeux et, dans la brume, je parviens à apercevoir une femme que je reconnais.

– Charana, je croasse.

Elle lève son visage de la table, ses nageoires se retroussent et elle sourit.

– Miriga ! dit–elle, puis elle penche son visage vers l'avant.

Elle n'a aucun signe distinctif par rapport aux mâles de son espèce, mais elle est plus mince et ses yeux et sa bouche sont plus grands. Ses nageoires ne sont pas aussi impressionnantes, mais cela ne la rend pas moins ravissante.

– Je...

J'ai un haut le coeur et je tape des deux mains sur la table.

– Essmira, tu vas bien ?

– Je n'ai jamais…

J'agrippe le bord du bois si fort que les muscles de mes bras me brûlent jusqu'aux coudes.

– Je n'ai jamais…

Elle se met à glousser en se levant. Ses mains saisissent l'extérieur de mes bras et me serrent doucement.

– Pourquoi ne retournes-tu pas te coucher ? Raingar est en train de s'inquiéter. Il arrivera bientôt avec une énorme quantité d'eau et de nourriture, et probablement tous les guérisseurs des alentours.

– Raingar ?

Je secoue la tête et ferme les yeux alors que la nausée menace de me faire perdre pied.

– Je dois lui dire…quelque chose…

– Oh la la… Que les étoiles te viennent en aide. C'est la première fois que tu bois de la bière, n'est-ce pas ?

Elle me donne une petite tape sur le bras.

– Je suis malade à cause de la bière ?

Maudite bière !

– Yeffa.

Elle rit un peu plus fort et tente de m'arracher les doigts de la table. Je résiste.

– Allez, viens. Retourne dans ta chambre avant que Raingar ne pète les plombs.

Je secoue la tête. Je ne sais pas trop quoi répondre alors que je m'appuie contre elle en la laissant supporter mon poids. Je transpire. Et je *pue*.

– Ohr ! Qu'est-ce qui m'arrive ? Achève-moi, c'est horrible !

– Ah, c'est vrai que c'est pas marrant.

Elle glousse et écarte d'un coup de pied une jambe appartenant à un très grand mâle endormi sur le dos à même le sol.

– Je pue.

– Yeffa. Mais tout le monde pue encore plus. Je crois que Carvern s'est pissé dessus lors de la dernière lune.

– Qui est Carvern ?

– C'est cet idiot, dit–elle en écartant brutalement un mâle alors que nous atteignons les escaliers.

Il en tombe comme un poids mort, et s'écrase sur le sol, la tête la première.

Je viens à peine d'agripper la rampe sèche et poussiéreuse dans ma poigne moite que j'entends une voix tonitruante traverser l'espace.

– ESSMIRA, TU VAS BIEN ?

Charana m'aide à me retourner et me rattrape lorsque mon pied glisse sur la marche supérieure. La plante de mes pieds est nue et collante.

Raingar se tient devant une porte ouverte, avec la propriétaire de l'auberge juste derrière lui. C'est une femelle lemorane aux cornes d'un blanc éclatant. Je n'ai jamais rencontré d'être plus aimable qu'elle. Elle porte un plateau. Deux autres femelles lemoranes avec un énorme baquet suspendu entre elles la suivent. Raingar a les bras chargés de cruches et d'une grande sacoche en cuir. Moreth se trouve à l'arrière du petit groupe.

Mon estomac se remplit de peur et d'effroi.

– Tu... qu'est–ce que c'est ? Est–ce que tu me ramènes..?

– Essmira... quoi ? Nob ! Nob, nob, nob !

J'ai l'impression que j'ai perdu la mémoire. Je n'arrive pas à me concentrer.

Je commence à transpirer abondamment tandis que des frissons encore plus violents envahissent mon corps. Je n'ai jamais ressenti cela. Je n'ai été malade qu'une poignée de fois dans ma vie – Igmora et Tyto ont veillé à ce que ça arrive peu – et je ne me suis jamais sentie aussi mal.

Je baisse mon regard vers le sol et contracte mes muscles. J'essaye de faire le vide dans ma tête, de rassembler mes pensées et de me préparer à me battre, au cas où une dispute éclaterait entre Raingar et moi. Il semble que nous ayons toujours matière à nous disputer.

Mais... ce n'est pas le cas.

Raingar traverse l'auberge à grands pas, pousse des jurons et des cris de douleur lorsqu'il marche sur les membres des créatures allongées sur le sol ou lorsqu'il se sert de ses pieds trapus pour les écarter. Il décharge tous les objets qu'il tient dans ses bras sur la table où Charana était assise, puis son corps tombe brutalement sur le sol, à mes pieds avec un bruit sourd.

Ses paumes sont tournées vers le haut. Elles me rappellent un peu trop mon ancien statut. Son regard me renvoie son impuissance avec intensité. Cela me surprend. Je cligne des yeux. La nausée et le délire s'estompent tandis qu'un souvenir lucide traverse mon esprit engourdi par la maladie, je revois : *Raingar qui danse avec moi sur les tables, Raingar qui me blottit contre sa poitrine, Raingar qui me dit des mots doux dans la chaleur de la lune.* Il a dit qu'il essaierait de faire de son mieux, pour moi.

Moi aussi je ferai de mon mieux pour lui. Est–ce que je le lui ai dit ?

– Essmira, je...

Il secoue la tête et fait l'impensable. Il se penche vers l'avant, puis s'incline de telle sorte que ses cornes frôlent le sol juste au niveau de mes orteils nus, certaines bruns, d'autres rouges.

– Pardonne–moi, miriga. Pardonne–moi.

Mes jambes tremblantes finissent par lâcher et Charana n'est pas assez rapide pour me retenir. Je m'écroule sur le sol, juste devant Raingar, assez près pour tendre la main et toucher ses cornes. Je lève la main. Tout le reste s'écroule. La pièce entière. Tout le monde à l'exception de nous.

Je me concentre du mieux que je peux et j'approche mon majeur, le doigt le plus long, de la corne gauche de Raingar. Je la caresse de la pointe blanche à la base noire. Cela me rapproche de Raingar, je suis si près que je me penche sur lui. Je suis si près que je peux voir sa peau rugueuse onduler et sentir l'odeur du lobba et du soleil sur sa peau. Il se secoue une fois, avec force, avant de relever son visage pour croiser mon regard. Il a l'air si hésitant et incertain, un peu effrayé.

Je lèche mes lèvres. Il regarde ma bouche. Il se lèche les lèvres. Je me concentre sur les siennes.

Puis je murmure :

– Il n'y a rien à pardonner.

– Tu sais que ce n'est pas vrai.

– C'est pourtant vrai. Je t'avais déjà pardonné avant d'arriver à la fête de la fin de l'hiver.

Le choc qui se lit sur le visage de Raingar est suffisamment clair pour me faire grogner, rire et hoqueter. Ma réaction brusque me donne à nouveau un haut le cœur. J'essaie de reculer alors que la bile s'accumule, mais Raingar s'avance.

Je lève la main et recule jusqu'à la première marche de l'escalier qui se trouve à côté, mais Raingar continue d'avancer, de s'approcher, puis... c'est trop tard. Une violente nausée m'envahit et je couvre mon compagnon de vomi.

Je m'étouffe, puis je vomis à nouveau. La totalité de ce qui reste dans mon estomac atterrit... sur ses genoux. Raingar, de la bile sur les genoux et des morceaux de... (je n'ose imaginer ce que cela pourrait être) sur le pantalon, éclate d'un rire sauvage. Il ne faut pas longtemps à Charana pour l'accompagner... Toute l'auberge finit par rire avec eux.

Raingar se lève et j'entends un mâle crier de là où il est :

– Il vaut mieux ne pas énerver cette femelle !

Les rires fusent à nouveau. Je suis horrifiée et tellement gênée que je pourrais en mourir – enfin, si la lobba ne m'achève pas avant.

– Ne vous inquiétez pas, on ne m'y reprendra plus, dit Raingar en revenant à mes côtés avec un seau et un chiffon humide.

Il place le premier sous moi pendant qu'il presse le tissu frais sur mon front, puis sur ma nuque. –Respire. Ça va aller.

– Nob, ça ne va pas, je gémis en commençant à pleurer.

Il s'esclaffe.

– Mais si, ça va. Ça va aller.

– Dééé zoléééé…

Ma respiration est sifflante. La prochaine vague de bile se propage dans mes poumons et dans ma bouche, puis dans le seau. Les éclaboussures... sont horribles. Des petits jets de bile acide, dégoûtante et humide me touchent. Jamais je n'ai été... Mon cerveau se bloque. Je m'éloigne avec dégoût de mon propre vomi, tandis que des mains énormes et lourdes s'appuient sur mon dos et le frottent maladroitement de haut en bas. Ce sont les mains de *Raingar*.

– Je t'ai déjà dit d'arrêter de t'excuser.

– Jté womi dessssuuuuuus, je gémis.

– Tu te souviens de ce qu'on s'est dit hier ? On s'est promis de faire de notre mieux l'un pour l'autre. Tu fais de ton mieux. Je dirais que ça se passe plutôt bien. D'ailleurs, tu crois vraiment que tu es la première créature à me vomir dessus dans cette auberge ? Détrompe–toi !

Il éclate d'un rire encore plus communicatif. Charana, à côté de moi, est pliée en deux.

– Dis–donc petite peste, tu n'as pas le droit de rire, lui aboie Raingar en brandissant son devant son visage. C'est entièrement de ta faute.

– Quoi ? C'est de *ma* faute ?

– C'est toi qui n'as pas cessé de servir de la lobba à la miriga. Tu l'as rendue malade. Plus de lobba pour toi, Essmira, gronde–t–il, irrité.–Neum dipa ske jdoi…. faire.

Je vomis à nouveau. J'ai la tête comme une enclume tandis que l'auberge s'anime autour de moi. L'embarras ne peut pas toucher la femelle que je suis devenue.

Raingar s'esclaffe.

– Je n'oserai jamais, miriga. Vas–y, laisse tout sortir. Ensuite, nous te remettrons au lit. Moreth a apporté des sels de guérison pour ton bain. Il a aussi apporté du giri pour calmer ton estomac. Quand tu te sentiras mieux, Celia te préparera un grand plat. Tu pourras manger. Puis tu dormiras. Tu as besoin de beaucoup de sommeil. Tu peux dormir ici, tu peux te retourner chez Merquin, ou, si tu le souhaites, tu peux aller dans mes appartements. J'aimerais que tu t'y installes. Prends les clefs. Mes appartements sont à toi. Je dormirai ailleurs. Ou avec toi, si tu veux. Mais je ne... tu n'as pas... tu n'as pas à craindre d'être enfermée quelque part. Les clés de mon donjon t'appartiennent. Je le jure, miriga.

Le plus drôle, c'est que j'ai beau vomir comme une damnée pour la centième fois : je le crois. J'essaie de sourire, mais je vomis à la place. Je commence à développer une réelle intimité avec le seau qui se trouve en-dessous de moi. Entre deux vagues de nausée, je réussis à répondre :

– J'ai con phience en toa, Raingar.

– Tu...tu quoi ?

– J'ai confiance... en toi.

– Nob, dit-il en me touchant le sommet du crâne et en passant doucement ses doigts dans mes cheveux.

Il agit avec une indicible douceur, avec un soin extrême.

– Tu n'as pas encore confiance en moi, reprend-il. Tu ne peux pas avoir confiance en moi. Mais je vais te donner des raisons de me faire confiance, et alors, tu me feras confiance.

Il n'était pas obligé de dire ça, mais il l'a fait et j'ai aimé ses propos. Si j'avais pu répondre à cette grande brute à ce moment-là, je lui aurais dit que je l'aimais.

Mais la lobba ne m'a pas laissé parler.

14

Essmira

Il me faut *trois* solaires pour me remettre complètement de cette rencontre avec la bière épicée lobba. Je passe la première lune dans l'auberge de Celia et la seconde chez Merquin et Librida. Comme Raingar refuse de me quitter et épuise la patience des mes merveilleuses hôtesses, j'accepte d'accompagner Raingar à son donjon lors de la troisième lune pour les épargner.

Raingar me conduit directement à ses appartements, après avoir repoussé sans ménagement les créatures de la grande salle qui me saluent. Si je n'avais pas été si malade, j'aurais grondé Raingar et passé plus de temps avec eux. Mais je suis dans un tel état que je bénis le ciel pour l'impolitesse dont Raingar fait preuve.

Je lui suis reconnaissante pour tout ce qu'il fait pour moi.

Gorman nous rejoint à la porte de la chambre de Raingar. Il porte l'une des tenues que je lui ai confectionnées et il est très élégant.

– C'est bon de te revoir, Essmira. Je suis heureux que la corde que je t'ai procurée ait fonctionné. J'ai entendu dire que tu as passé un excellent moment à la fête de la fin de l'hiver.

Je grogne et ricane devant l'évidente taquinerie de Gorman, mais Raingar brandit l'une de ses énormes mains vers son ami et s'écrie :

— Dégage de mon chemin, espèce de traître !

— Yeffa. Merci Gorman, je réponds. Je suis vraiment désolée d'avoir perdu ta cape, mais je ne l'ai pas trouvée le lendemain et je ne sais plus où je l'ai mise. Je crois que je me suis un peu trop amusée avec la lobba.

Mes bras se croisent instinctivement sur mon estomac douloureux et nauséeux.

Les lèvres de Gorman se retroussent d'un côté. Il cligne ses grands yeux noirs qui scintillent.

— Yeffa. C'est ce que j'ai cru comprendre. Il paraît que tu as aussi donné à Raingar une douche bien méritée.

Je sursaute, horrifiée, mais le rire de Gorman me fait sourire. Raingar regarde notre échange avec des yeux ronds et une mâchoire molle.

— Tu… commence–t–il avant de secouer la tête. Je vais te trouver une autre maudite cape, Gorman. Maintenant, file !

Gorman redresse ses vêtements et serre son carnet de notes contre sa poitrine. Il me fait un clin d'œil et je souris, étourdie puis je lui rends son clin d'œil.

— Quand tu seras disponible, Raingar, rejoins–moi. Il y a beaucoup à faire. Nous avons une nouvelle récolte de bulbes à distribuer, une cérémonie d'accouplement requiert ta présence, et tu dois procéder à la répartition du miel de Walrey entre Leelee et Moreth – toutes deux sont convaincues qu'elles en ont plus besoin l'une que l'autre. Il y a également une délégation d'Asgids qui arrive pour se procurer du kintarr. La population asgide locale aimerait organiser un festival – quelque chose appelé Ashashana – pour faire la fête avec leur communauté et ils ont besoin de ton donjon pour l'organiser, c'est le seul endroit assez grand. Enfin, l'un de tes navires de commerce a été intercepté par une bande d'Eshmiris et nous avons perdu soixante–dix sacs de kintarr à cause d'eux.

– Ohr ! Putain d'Eshmiris ! s'écrie Raingar.

Il ouvre les portes de sa chambre et je suis frappée par l'abondance de lumière. Il faisait sombre et lugubre lorsque je me sus rendue dans ses appartements la veille, et je n'ai donc pas pu les admirer. Mais en les voyant maintenant, mon âme sort de ma poitrine. Ils sont incroyables et en disent long sur le mâle qui les a aménagés de la sorte. C'est *magnifique*.

Je jette un coup d'œil à Gorman, distraite de la conversation par l'*incroyable* verre peint qui recouvre presque tout le mur. De brillantes couleurs kaléidoscopiques représentent de magnifiques portraits en rose pâle, vert et orange sur le sol recouvert d'une moquette vert foncé. Une petite collection de sièges robustes en cuir et en fibre wego se font face sous la fenêtre. Des étagères couvrent un mur visible.

– Qu'est–ce que tu regardes ? grogne Raingar.

Je souris.

– Tes appartements. Je ne les avais pas bien vus. Ils sont superbes. Je pense que c'est ce à quoi ressembleraient mes propres quartiers si j'avais pu les aménager moi–même.

– Ce sont *nos* appartements.

– Quoi ?

– Ce sont les tiens. Je te l'ai dit, tu as les clés. Ils sont à toi. Et ce sont aussi les miens, si cela te convient.

Il jette un coup d'œil à gauche et à droite en se déplaçant d'un pied à l'autre.

– Tu… es sérieux ?

– Je suis toujours sérieux ! s'écrie-t-il.

Je souris. Je me sens légère et complète. Pas entièrement complète, mais presque.

– Je ne sais pas quoi dire…

Gorman s'esclaffe et se retourne vers Raingar pour parler affaires.

– Alors, quand viendras-tu ?

Je ne sais pas pourquoi, mais alors que mon regard se pose sur Raingar, toujours en train de pester à propos des Eshmiris, je rougis du sommet de la tête jusqu'à l'estomac. Il me regarde. Je détourne rapidement les yeux, mais mes cuisses palpitent encore un peu alors que je me pose des questions... Nous avons dit que nous ferions de notre mieux l'un pour l'autre. Je veux que nous fassions de notre mieux aussi pour ce qui touche à notre plaisir. Je veux savoir si je peux maintenant faire l'expérience de la jouissance, avec Raingar, sans douleur. Je veux contrôler l'expérience. Je veux la rendre agréable pour lui et pour moi. Je devrais pouvoir le faire. En matière de plaisir, Igmora m'a tout appris.

Mais me donnera-t-il une autre chance ?

Nob, pas à moi : se donnera-t-il une autre chance ?

Je suis miriga. Je fais ce que je veux. Et. Je. Le. Veux.

– Raingar ?

– Je, hum, je…nous... Argh ! Nous commencerons à gérer les faits locaux le solaire à venir. Je m'occuperai de ces Eshmiris plus tard dans la journée.

– Nous, Raingar ? dit Gorman.

– Yeffa. Nous. Ma miriga et moi.

Je rougis encore plus fort. Mon cœur s'accélère. Mes doigts se serrent contre le tissu doux de ma robe.

– Tu… tu veux m'inclure dans les affaires d'un chef de clan ?

– Seulement si tu n'es pas trop occupée avec Lyla et Timor, répond Raingar par–dessus son épaule en entrant dans son salon.

Il se gratte le sommet du crâne et a l'audace de prendre un air humble. Quel culot !

Mon pouce effleure ma cicatrice et j'expire lentement.

– Je n'ai pas été formée pour gérer les choses dont Gorman a parlé. Je ne pense pas être qualifiée…

– Bien sûr que tu l'es. Tu es notre miriga. Tu es intelligente, tu es gentille et tu connais le village. Tu es mieux placée que moi pour accomplir la moitié de ces tâches. Tu as travaillé avec Timor, Lyla, Leelee et Moreth, dit–il en faisant référence aux tailleurs, à la femme responsable de la culture et de la distribution des herbes, et à la guérisseuse en chef de son village, alors tu les aideras à distribuer le bulbe et le miel de Walrey. Ce serait un grand honneur pour le couple si tu supervisais la cérémonie d'accouplement. Tu n'es pas obligée, bien sûr, mais toutes les astéroïdes savent que mon clan t'aime plus qu'il ne m'aime, de toute façon. Je m'occuperai du kintarr.

Il grimace un peu en disant cela et son regard croise le mien avec hésitation.

– Ce n'est pas que tu ne puisses pas le faire, reprend–il. J'ai juste des contacts qui m'aideront à m'occuper de ces Eshmiris. Et une fois que j'aurai compris ce qu'est cette fête asgide, tu pourras m'aider aussi. Qu'est–ce que c'était déjà, Gorman ? Un As…ash…aaa.. quoi ?

– Un Ashashana, je réponds. C'est un festival des lumières en l'honneur de Râ, l'esprit de la flamme qui, selon les Asgids, éclaire toutes nos étoiles.

Gorman, dans l'embrasure de la porte, et Raingar, assis dans un profond fauteuil rembourré dans son salon, me regardent fixement. Un temps s'écoule avant que Raingar ne dise :

– Je suppose que tu pourras également organiser le festival.

– C'est un peu trop pour Essmira d'un seul coup, tu ne crois pas ? fait remarquer Gorman.

– Elle peut s'en charger.

Ses doigts se posent sur un point inexistant de l'accoudoir en cuir de son siège.

– J'ai confiance en elle.

La lumière dorée dans ma poitrine gonfle et scintille au–dessus de tout.

– Cet arrangement me convient si ça convient aussi à Essmira, dit Gorman. Ce sera un soulagement d'avoir un peu plus d'aide pour soutenir Raingar. Il en fait trop tout seul.

– C'est aussi ce que je pense. Merquin a plus d'une douzaine d'assistants, mais Raingar n'a que toi. Tu fais un travail incroyable, Gorman, mais je serais honorée de te soulager.

Les nageoires de Gorman se hérissent et j'ai l'impression qu'il n'a pas l'habitude de recevoir des compliments.

– Merci, Miriga. Tu es trop gentille, affirme–t–il en déglutissant difficilement.

– C'est la pure vérité. Tu devrais l'entendre plus souvent.

Je lance un regard à Raingar. Il lève les mains vers le ciel.

– Je n'en peux plus ! On dirait que vous cherchez à m'achever. Surtout toi ! s'exclame-t-il en me pointant du nez.

Je lui tire la langue. Il serre le poing et ses yeux s'échauffent rapidement.

Je me mords la lèvre inférieure et j'essaie de me concentrer sur le fait que nous ne sommes pas seuls et que nous avons de la compagnie.

– Je peux…

Gorman me coupe la parole.

– Tu fais une bonne miriga, miriga.

Il me regarde avec une expression tendre et douce.

– Tu es une miriga féroce.

La bouche de Raingar forme un demi-sourire, pas tout à fait fini.

– Mais seulement si c'est un titre que tu veux avoir.

Mon cœur se serre. Je fais un pas vers lui, puis je saute. Je m'élance presque avant de traverser la distance qui nous sépare et de m'asseoir sur ses genoux. Il s'agrippe aux bras de son fauteuil et je me fiche qu'il soit raide ou qu'il ne me touche pas. Je me souviens de plus en plus de ma lune remplie de lobba. Je me souviens de lui en train de danser prudemment à mes côtés. Comme s'il avait peur de me faire du mal. Je sais qu'il a encore peur. Mais pour l'instant, je me fiche de tout cela.

Je presse ma bouche contre la sienne et j'aspire son souffle, surprise qu'il ait le goût du soleil et de la mousse, le goût pur de Lémora. Raingar grogne contre ma bouche, ses lèvres bougent férocement même si son toucher est léger comme une plume lorsqu'il glisse une main sur le bas de mon dos.

Je me dégage lentement des braises du désir qui menacent de nous engloutir, lui, la pièce et moi. Il pousse un gémissement désespéré, mais il n'essaie pas de me retenir. *Une femelle devrait toujours...* Cette femelle ne suivra plus jamais ces conneries.

– Ce serait un honneur, Raingar.

Ses yeux, aussi brillants et colorés que la fenêtre derrière lui, sont inondés de désir et pétillent de joie. J'embrasse son nez sans savoir ce qui me pousse à le faire.

– Quand est–ce que je commence ?

Raingar s'apprête à répondre, mais Gorman se racle la gorge.

– Étant donné que la délégation asgide doit arriver lors de la prochaine rotation lunaire, je dirais que tu es déjà en retard, miriga.

15

Raingar

Essmira est une source d'inspiration. J'adore la regarder travailler. Il s'avère qu'Igmora a réussi à l'équiper de toutes les connaissances possibles et imaginables. Il semble qu'elle soit douée pour tout et, lorsqu'elle déclare qu'elle est prête à accepter une nouvelle mission – quelle que soit la tâche – nombreux sont ceux qui se pressent au donjon avec une liste de missions à accomplir si longue qu'il lui faudrait plusieurs vies pour les mener à bien.

Mais il est tout de même impressionnant de la voir essayer de faire tout ce qu'elle peut pour aider. C'est tout ce qu'elle peut faire. Elle fait de son mieux pour son clan, comme elle le fait pour moi à chaque lune, en pressant son corps contre le mien pour me tenter. Je sais qu'elle essaie de me faire craquer, mais je ne suis pas prêt. Je ne le suis pas encore.

Mais peut–être... peut–être le serai–je bientôt ?

En attendant, elle continue à travailler avec Lyla, à filer des fibres de bulbe avec Timor, à produire des bocaux et des bocaux de son huile de corne apaisante avec Leelee. Moreth lui a même demandé de donner des cours d'étirement et de respiration, car il est souvent submergé par les ouvriers des mines lemoranes qui se plaignent de douleurs mineures qui nécessiteraient davantage les soins d'Essmira que les siens.

Le festival Asgid de la foudre, du soleil ou de je ne sais plus quel truc occupe la majeure partie de son temps. Elle a presque tout organisé en servant d'intermédiaire entre les Asgids et moi ou en se procurant directement les choses dont elle a besoin pour eux. La seule chose qui lui manque pour l'instant, c'est un espace pour accueillir les festivités. Mais je... j'ai une idée pour elle. J'hésite. Je ne sais pas si je vais le lui montrer ce solaire, ou le suivant, ou celui d'après... Ça fait très longtemps que j'y pense, que j'en rêve. Mais suis-je prêt à lui en parler ?

Mon esprit me pousse à attendre, mais mon corps – ma bite – voudrait que je le lui montre chaque instant.

Quant à mon cœur... Il veut faire quelque chose pour elle. Quelque chose de spectaculaire. Elle fait tellement pour mon peuple. Et elle fait encore plus pour moi.

Elle m'appelle Raingar.

– Raingar !

Elle se lève d'un bond quand elle me voit assis sur mon trône. Je viens d'écouter les plaintes des voyous qui composent mon clan et je m'apprêtais à aller la chercher pour un second repas. Elle m'a trouvé en premier.

Les lèvres frémissantes, je me lève, descends les petites marches qui mènent au trône et la rattrape lorsqu'elle se jette sur moi, comme elle le fait si souvent. Je crains de la blesser, mais grâce à la nouvelle technique de polissage que Moreth m'a aidée à mettre au point, ma peau glisse sur la sienne sans accroc.

– Qu'y a–t–il, Essmira ?

Je l'embrasse librement et, comme à chaque fois, je m'imprègne de son odeur. Il émane d'elle *une affection sans tache et le parfum pur de Lemora*. Je la désire si désespérément que je pourrais arracher des étoiles du ciel pour les lui offrir. Je sais que lorsque je l'inviterai à compléter mon lien d'accouplement, ce ne sera pas comme la première fois. Je veux que ce soit parfait.

Je pose ses pieds sur le sol. Ma peau ne la fait plus souffrir lorsque nous sommes l'un contre l'autre, mais sa peau à elle… est pour moi un tourment son nom. Elle glisse douloureusement sur ma poitrine, ses seins s'écrasent contre moi à travers sa robe fine. Pourquoi le tissu est–il si fin ? Je dois trouver des tissus plus épais sur Lemora. Peut–être que les Voraxians qui vivent sur la planète de glace Nobu possèdent des fourrures que je pourrai acheter la prochaine fois que je les rencontrerai.

– Essmira ?

Elle a l'air prête à exploser. Ses yeux pleins d'étoiles brillent comme ceux des jeunes enfants lors des fêtes du feu dans le nord.

– Bebette m'a dit que tu avais eu des nouvelles du Raku de Voraxia !

Elle bondit sur ses orteils, impatiente d'en savoir plus.

Je me renfrogne :

– Ohr ! Bebette et sa grande grande bouche !

Elle s'exclame :

– C'est donc vrai ? Tu lui as parlé de moi ?

– Je ne dirai rien !

Elle hurle et m'attrape le bras si fort que ses petites griffes émoussées forment des demi–lunes sur ma peau épaisse.

– Oh ciel, oh ciel, oh ciel ! C'est vrai ? C'est vrai ?

– Quoi ?

– A–t–il pris une femelle mi–drakesh, mi–humaine pour compagne ? Une femelle hybride, comme moi ?

– Peut–être, dis–je.

Je n'en dis pas plus. Je ne vais pas gâcher la surprise plus que Bebette ne l'a déjà fait. Elle ouvre la bouche, mais je plaque ma paume sur ses lèvres douces et alléchantes.

– Maintenant, assez parlé ! Je ne dirai plus rien sur les hybrides humains !

Ses sauts s'arrêtent et ses mains tombent de mon bras. Je relâche sa bouche et elle se lèche les lèvres. Maintenant, c'est à son tour de me lancer un regard amusé.

– Et la réunion prévue plus tard dans la journée ? Je n'aurai pas le droit d'y assister ? Je pensais que cela avait un rapport avec le Raku et sa compagne. Du moins, c'est ce que pensait Bebette. C'est la seule raison pour laquelle elle m'a dit...

– Quoi ? Quelle réunion ?

– Un vaisseau de guerre Egama abîmé est arrivé. Il va falloir le réparer. Il venait d'accoster au niveau du clan de Bebette quand je suis partie te chercher. Il y a une hybride humaine à son bord.

Mes tripes se retournent immédiatement. Immédiatement. Je ne m'interroge même pas sur la nausée que suscite la révélation de ma compagne. Je sais que ce n'est pas normal. Je le sais. Et mon instinct ne se trompe jamais. Jamais. Je suis chef de clan pour une raison.

Un élan protecteur me saisit et je me rapproche immédiatement d'Essmira tout en appelant Gorman à grands cris.

– Gorman, j'ai besoin de toi !

Mon ton doit indiquer au mâle que l'heure est grave car il lève les yeux en fronçant les sourcils et abandonne immédiatement le groupe de Rekkarus qu'il aidait à décharger les provisions de leur chariot. Il s'arrête devant nous, le regard fixé sur ma main qui se glisse autour de la taille d'Essmira.

– Tout va bien, Raingar ? Miriga ?

Les quatre nageoires qui sortent des côtés de sa tête tressaillent en même temps.

– Tu savais qu'un vaisseau de guerre Egama avait accosté sur Lemora ? Essmira dit qu'il a atterri près du clan de Bebette.

– Nob, je... Tu veux que je vérifie les holo–écrans pour voir si Bebette ou les autres cheffes de clan sont disponibles ?

Je déteste utiliser les holo–écrans et ne le fais presque jamais. Je préfère envoyer un messager ou me rendre directement aux autres donjons en cas d'urgence.

– Il vaut peut–être mieux que tu y ailles...

– Vous parlez du vaisseau Egama ?

C'est l'un des Rekkarus qui vient d'intervenir. Il est arrivé sur notre planète il y a peu, il a rejoint mon clan après avoir quitté Kor, et il n'a pas encore totalement assimilé le lemoran.

– J'étais là–bas il n'y a pas longtemps. Bebette a parlé à deux Egama pendant que kintarr...

Il cherche un mot, ses ailes battent avec animation derrière lui. Dans ma grande salle, de nombreux autres villageois ont cessé de bouger et écoutent.

– Carburant. Kintarr pour le vaisseau.

Je fronce les sourcils, mes tripes se durcissent en même temps que ma prise sur la taille d'Essmira. Je repense au guerrier Egama que j'ai combattu pour elle. Je n'apprécie pas la présence d'Egamas sur notre planète, même s'il n'est pas rare qu'ils s'y arrêtent pour faire le plein. *Il y a quelque chose qui cloche.*

– Tu as entendu parler d'une humaine à bord ?

– Umène ? C'est quoi ?

Essmira fait un signe de la main et offre un sourire éclatant au Rekkaru.

– Moi, par exemple ! Je suis mi–humaine, mi–drakesh.

Le mâle Rekkaru la fixe avec des globes en guise d'yeux.

– Pardon ! Je pas vouloir offenser.

– Pas de souci.

Essmira lui offre un salut lemoran en attrapant l'air et en le portant à sa poitrine.

– Tu ne m'as pas offensée. Les humains ne sont pas une espèce connue dans les quadrants. J'espérais simplement pouvoir me rendre au donjon de Bebette et découvrir par moi–même si les rumeurs qui circulent dans le village sont vraies, reprend Essmira.

Pour la première fois de ma vie, je regrette que nous n'ayons pas adopté les moteurs de vie des Voraxians ou les jetons yeeyar des pirates. Même les Eshmiris utilisent le yamar pour communiquer entre eux dans les étoiles. À Lemora, nous échangeons le plus souvent de vive voix. Ce n'est que lorsque nous devons faire du troc que nous utilisons nos écrans holo, et je sais que Bebette n'est pas devant le sien, puisqu'elle reçoit des invités étrangers en ce moment. Je me frotte le menton et regarde le visage plein d'espoir de ma compagne. *Comment puis–je lui dire nob ?*

Quelque chose cloche.

Cette pensée m'assaille à nouveau et je fais quelque chose que je n'ai pas fait depuis dix-neuf solaires, surtout lorsque nous ne nous disputons pas. Je m'oppose à ses désirs.

– Essmira, j'ai besoin que tu…

Je me racle la gorge, puis je recommence.

– Pourrais-tu attendre ici pendant que je vais voir Bebette et que je m'occupe de nos nouveaux invités ?

Elle cligne des yeux, confuse, puis fronce les sourcils, le cœur brisé et l'air frustré.

– Je croyais que Gorman y allait ! s'écrie-t-elle en grimaçant. Je ne peux pas l'accompagner ? Je pense être digne de la même considération… N'est-ce pas ?

– Yeffa ! Yeffa, bien sûr, Essmira.

Je me rends compte que ma formulation a été maladroite. J'attrape un côté de son visage et je me baisse.

– Yeffa, ce n'est pas ce que je voulais dire. Tu es respectée, c'est juste que… Il y a juste… J'ai un mauvais pressentiment. C'est pourquoi je n'envoie aucun de vous deux. J'y vais moi-même. Je crains que tout ceci ne soit lié à l'Egama que j'ai rencontré dans le premier quadrant. S'ils ont une autre humaine, peut-être qu'il est désespéré et prêt à tout. Peut-être qu'ils le sont tous. Peut-être que… Je… Je ne sais pas ! Je ne sais pas. Mais je sens que quelque chose cloche.

Ses yeux s'écarquillent un peu et son visage devient mortellement pâle.

– Tyto, murmure-t-elle.

L'horreur qui se lit sur son visage est suffisante pour que je ressente sa peur.

– Ce n'est pas Tyto. Nos détecteurs vérifient la présence de formes de vie. Ils l'auraient détecté à temps et Bebette ne l'aurait jamais laissé toucher le sol lemoran. Tu n'as rien à craindre de lui.

Elle acquiesce, mais ses yeux sont distants. Elle secoue la tête.

— Ok… d'accord. Je vais rester ici. Mais tu m'envoies un messager si l'humaine veut bien me rencontrer pour me parler ?

— Bien sûr. C'est toi que j'informerai en premier. Mais en attendant…

Je déglutis. J'ai l'impression d'avaler des éclats de kintarr. C'est douloureux.

— Promets–moi de rester dans nos appartements jusqu'à ce que je te donne le feu vert.

Je vois un éclair de douleur dans ses yeux quand elle se souvient de la dernière fois où je l'ai enfermée, et où elle s'est enfermée elle–même. Puis la lueur s'éteint rapidement dans un élan de défi.

— Je vais me barricader, me lance–t–elle en levant le menton.

Je souris.

— Tu n'as pas besoin d'aller jusque là, Gorman va rester avec toi.

Je lance un regard appuyé à on ami.

— Et il sera armé.

— Armé ? ! crient–ils à l'unisson.

Le visage de Gorman perd toutes ses couleurs et devient d'un jaune maladif.

— Nob. Impossible.

— Tu divagues !

— S'il vous plaît, je grogne, prêt à exploser.

Je tape du pied sur le sol, prêt à m'éloigner d'eux pour enquêter sur ces mystérieux visiteurs.

– Allez dans nos appartements et barricadez la porte !
Mais n'ouvrez pas avant que je ne vous appelle.

Essmira reste silencieuse pendant quelques instants avant d'acquiescer, de prendre mon bras et de se hisser sur la pointe des pieds. Elle se penche vers moi. Ses seins se pressent contre mon bras et je suis distrait un instant au point de ne plus savoir ce que je dois faire. Puis elle embrasse ma joue comme si elle m'aimait. Moi, je l'aime. Le sait-elle ? Je devrais le lui dire. Peut-être maintenant... peut-être plus tard. Peut-être...

– D'accord. Je te fais confiance, Raingar.

J'inspire une bouffée de fierté que j'aimerais pouvoir ressentir pleinement, mais une peinte de remords m'en empêche. Je lui touche le menton quand elle retombe sur ses talons. Elle doit alors lever les yeux vers moi.

– Dès que je serai sûr que ces idiots sans carburant ne posent pas de problème, j'enverrai quelqu'un te chercher. Je les inviterai également à passer la lune dans mon donjon. Comme ça tu pourras discuter avec l'humaine.

Elle se réjouit de cette proposition et joint ses mains avant de libérer la puissance de son étreinte sur moi. Elle m'attire de plus en plus profondément contre sa poitrine et pendant un moment, je ferme simplement les yeux et laisse mes trois cœurs battre à un rythme effréné.

– Ok, vas-y alors ! Reviens vite, Rainy.

– Rainy… je répète horrifié. Rainy !

Elle glousse et lorsqu'elle s'éloigne de moi vers le couloir de gauche, je souffle dans son dos. Elle pouffe de rire jusqu'à ce qu'elle ait franchi le seuil de la porte. Je vois souvent Essmira excitée, mais rarement à *ce* point. Je me sens excité moi aussi, mais je suis surtout dans mes petits souliers. *Je devrais peut-être lui dire de venir avec moi...*

Nob.

– Tu penses vraiment que quelque chose ne va pas, Raingar ?

La voix de Gorman est troublée.

Yeffa.

– Je n'en suis pas sûr mais j'ai un mauvais pressentiment. Garde un œil sur elle pendant mon absence, d'accord ?

Ses dents s'attardent sur sa lèvre inférieure. Il acquiesce timidement et, pour la première fois depuis que je le connais, je crains que la tâche que je lui ai confiée ne le dépasse.

– Ça ira, je le rassure en saisissant fermement son épaule inclinée. J'ai confiance en toi. Je te confierais ma vie alors je peux te confier sa vie.

Il acquiesce à nouveau, le regard perdu et distrait.

– Dépêche–toi de revenir.

Je reviens le plus vite possible.

– Bien. Et prends un pad.

Je grogne :

– Jamais !

Peu de temps après, je me retrouve à l'arrière d'un fichu pad. Je traverse un village après l'autre.

J'arrive plus tard au donjon de Bebette en pleine effervescence. Merquin est là aussi. Elle se précipite par les portes ouvertes du donjon alors que je guide la bête infernale à travers elles.

– Merquin ! Hé, Merquin ! Qu'est–ce qui se passe ? je crie en portant la main à mes yeux pour éloigner la pluie qui vient de commencer à tomber.

Merquin me regarde d'un air hébété, comme si je l'avais surprise en pleine réflexion.

– Raingar ? Que fais–tu ici ?

– Essmira a entendu dire qu'il y avait une hybride humaine dans le vaisseau Egama. Elle veut rencontrer un membre de sa propre espèce, mais…

Quelque chose cloche.

– Je n'étais pas sûr que les rumeurs soient vraies.

– Ohr ! Il nous faut des moteurs de vie, jure Merquin en essuyant la pluie sur son front.

Je fronce les sourcils et descends du pad, avant de lui donner une petite tape sur le nez puis de laisser tomber les rênes au sol tandis qu'une main stable vient les prendre. Je remarque un regain d'activité dans le donjon de Bebette, qui est constitué de quatre murs entourant un grand espace ouvert, adapté à divers usages.

Il n'y a qu'un groupe de petites huttes en pierre à l'arrière. C'est l'endroit où elle dort et héberge ses invités. De la fumée s'échappe de l'une d'entre elles. Il y a du vent et je sens qu'un orage approche, mais ce n'est qu'une bruine et la température n'a pas encore baissé. Pourquoi faire un feu si tôt dans la lune ?

– La rumeur est fausse. Il n'y a pas d'humaine avec les Egamas. Il n'y avait que deux guerriers Egamas dans le vaisseau et ils sont... ils sont dans un sale état. Je n'ai jamais rien vu de tel. Le vaisseau dans lequel ils sont arrivés a manifestement été trafiqué. Ils sont partis de Kor il y a soixante solaires. C'est le dernier endroit enregistré sur leur feuille de route.

– Ils ont perdu leurs données de vol ?

Je fronce les sourcils, mais Merquin secoue déjà ses cornes.

– Nob. On dirait qu'ils ne se sont pas arrêtés depuis. Ils n'ont pas accosté.

– Quoi ? Ils n'ont pas accosté ? Est–ce que c'est possible ? Et leurs réservoirs ? Ils avaient assez de nourriture ? Ou d'eau ?

– Justement. Ils sont gravement déshydratés et dénutris. Je n'ai jamais vu un Egama dans un tel état. Ils sont à peine conscients. Ils ont dû être transportés hors de leur vaisseau, Raingar, et le pire c'est que…

Sa voix, qui n'a cessé de s'élever avec une panique que je n'avais jamais entendue chez Merquin, s'éteint d'un seul coup. Elle s'avance vers moi et m'attrape par l'épaule avant de me guider à l'intérieur du donjon. Adossée à un mur de pierre, elle se tourne vers moi et murmure :

– Ils ont été *torturés*.

– Torturés ! je m'écrie.

– Chut ! siffle–t–elle. Je ne veux pas semer la panique. Il faut que tu retournes à ton donjon maintenant et que tu passes par les donjons de Reyna et de Tana en chemin. Rassemble les guérisseurs. Tous les guérisseurs. Ils devront travailler ensemble. Nous ne sommes pas prêts à accueillir des Egamas dans un tel état. Je ne connais pas assez bien leur anatomie... C'est...

– Ils ont été torturés comment ?

– Brûlures, coupures, ecchymoses, os brisés. L'un d'entre eux n'a plus que trois doigts, l'autre n'a plus d'oreilles.

– DES DOIGTS ET DES OREILLES !

– Chut ! Va chercher les guérisseurs. Pendant ce temps, je vais contacter le Conseil des guerriers Egamas et leur expliquer ce qui s'est passé. Il ne faut pas qu'on puisse s'imaginer que ces Egamas ont été torturés ainsi sur le sol lemoran. Le Conseil voudra aussi venir chercher ses guerriers, j'en suis sûre, et nous devons préparer quelque chose de spécial pour cette délégation en signe de soutien. Ensuite, il faudra que tu contactes Rhorkanterannu de Kor pour voir si ses pirates ont des registres détaillant ce qui a pu arriver aux Egamas à Kor ou après qu'ils l'ont quitté. Je pense que toutes leurs blessures sont survenues après qu'ils ont quitté le sol de Kor, mais nous devons en être sûrs. Ce n'est pas le genre de Rhorkanterannu de laisser une telle chose se produire sur son territoire à son insu et si c'est le cas, il voudra le savoir pour faire un exemple des coupables.

– Quoi ? Tu penses qu'ils pourraient avoir été blessés dans le ciel ? Tu penses qu'ils se sont torturés les uns les autres ? je m'écrie d'un air moqueur.

– CHUT !

Sa salive me vole sur le visage mais je n'en ai rien à faire. Mes trois cœurs battent la chamade et me font penser que je devrais déjà être sur mon pad pour retourner voir Essmira. Nob, Merquin m'a assigné des tâches et je dois les accomplir. Yeffa.

Nob. Nob, nob, nob. Retourne voir Essmira.

Je secoue la tête, j'essaye de me concentrer.

– Tu ne peux pas demander aux Egamas ce qui leur est arrivé ?

Merquin grimace, ses joues se crispent sous ses yeux striés de couleurs violettes. La chaleur s'échappe de sa peau et sa prise sur mon bras devient douloureuse.

– Leurs langues ont été arrachées et les traducteurs qu'ils portent dans les oreilles ont été coupés aussi, et pas proprement. Ils ont perdu beaucoup de sang et ont désespérément besoin de notre aide.

Je me montre ferme en m'armant de courage alors que le ciel commence à s'assombrir. Ohr ! Qu'est–ce que c'est que ce bordel ? Lemora est un endroit paisible, la violence n'y a pas sa place. Nos boucliers activés par les Niahhorrus nous ont coûté pas mal de kintarr, mais cela en valait la peine. Nous sommes rarement attaqués et nous n'avons jamais vu de combat ou de violence sur nos terres depuis les guerres des clans lemorans, il y a bien longtemps. C'était il y a si longtemps qu'il s'agit plutôt de fables de notre Histoire qui enseignent aux petits enfants l'importance de l'acceptation, de la bonté et de la noblesse.

Personne ici ne songerait à couper la langue à quelqu'un d'autre. Nous n'avons pas de trace de telles atrocités dans nos registres.

— Ma miriga et moi reviendrons dès que nous le pourrons. Elle pourrait être en mesure de fournir de l'aide – du réconfort, au moins – aux Egamas.

Merquin me regarde, surprise. Un petit sourire se dessine sur son visage avant qu'elle ne reprenne sa détermination.

— Bonne idée. Merci, Raingar. Ton aide et celle de ta miriga seront les bienvenues.

Alors que je me retourne pour poursuivre maladroitement l'Asgid qui conduit mon pad aux écuries, elle m'appelle :

— Tu sais quoi, t'es plutôt pas mal comme chef de clan finalement !

— Argh !

La pluie commence vraiment à tomber sur mon trajet entre le donjon de Reyna et celui de Tana. Mon pad ralentit, mais pas considérablement, et je ne me laisse pas décourager, déterminé à retrouver rapidement ma compagne. Comme celui de Merquin, le donjon de Tana est entouré d'eau, mais pas de tous les côtés. C'est plutôt un lac que je dois contourner ou traverser avec l'un de ces engins flottants infernaux.

Cela prend un peu de temps et lorsque j'arrive à faire le tour, les portes s'ouvrent. Je trouve cela étrange. Ce qui est encore plus étrange, c'est qu'il y a des créatures sur les murs des postes de guet. Je ne les ai pourtant jamais vu occupés, ni par Tana, ni par le chef qui l'a précédée, ni par celui qui l'a précédé.

Je suis repéré. L'une des femelles lemoranes qui se trouve sur les murs se retourne et crie :

– Il est là ! Raingar est là !

J'entends ensuite un bruit de pas dans la boue avant de voir Tana elle–même émerger, suivie d'une petite flotte de Lemorans.

Ils sont *armés*.

– Raingar ! Bénies soient les étoiles ! Viens vite !

– Qu'est–ce qui se passe ?

Ma voix s'étrangle sur des notes de détresse. Je n'ai pas l'habitude de voir les membres de mon clan bouleversés et je n'aime pas ça. Je n'aime pas ça du tout.

Tana m'attrape par le bras et me tire hors du pad, si bien que je tombe à genoux dans la boue, trempant le pantalon qu'Essmira m'a confectionné. J'essaie de lui dire qu'Essmira n'appréciera pas que j'aie abîmé un autre pantalon, mais Tana ne m'écoute pas. Elle continue de tirer et m'entraîne vers le grand château qui forme le mur arrière de son donjon. J'ai toujours pensé que c'était une construction plutôt étrange.

– Nous sommes tous sur les écrans holo.

– Vous… quoi ? Vous êtes sur les écrans ? C'est qui « nous » ?

– Yeffa. Nous avons dû les activer en urgence.

– Pourquoi ?

– C'est Essmira…

Mon estomac se soulève. Mon esprit se disperse. C'est comme si elle avait abattu une lame sur mon crâne pour couper mon corps en deux proprement.

– Elle a disparu !

Je titube en arrière sans pouvoir m'arrêter. Mes jambes ont été coupées au niveau des genoux. Mon esprit sonne creux tandis que Tana me conduit vers une volée d'escaliers de pierre qui s'enroulent élégamment pour atteindre un palier. Nous allons de gauche à droite. Nous nous retrouvons enfin dans une pièce déjà remplie de créatures qui me regardent toutes avec terreur et inquiétude.

L'immense série d'écrans qui occupe un mur entier est une copie identique de la salle holo de mon propre donjon. Ils sont rarement activés. D'ordinaire, nous ne les utilisons que pour conclure des transactions. je suis choqué de voir les visages que j'ai en face de moi.

J'aperçois Gorman sur l'écran où je me trouverais normalement. C'est lui qui prend la parole en premier :

– Raingar, mon seigneur.

Seigneur ? Ohr. Nob. Nob, nob, nob. Ce n'est pas possible. Qu'est–ce qui ne va pas ? Qu'a–t–il fait ?– Pardonne–moi !

Ce mâle qui n'a jamais perdu son calme une seule fois depuis que je le connais, sanglote tandis que Moreth se tient à son épaule droite et tente de stopper l'écoulement de sang d'une de ses nageoires droites. Nob, ce qui était *autrefois* sa nageoire droite. Sa nageoire a disparu. *Putain de ohr ! Elle a disparu !* On dirait qu'elle a été arrachée du côté de son visage, pas découpée. Arrachée, tirée avec les mains. *Est–ce ainsi que les Egamas ont été torturés ? Leur a–*

t–on arraché la langue de cette façon ? Que va–t–on arracher à Essmira ?

– Gorman !

La douleur me traverse l'âme, la plante des pieds et les mains. Je souffre pour lui, pour Essmira, pour tout le monde. Je bouscule brutalement les créatures qui s'entassent devant moi pour les écarter de mon chemin.

– Gorman, que s'est–il passé ?

– Je n'ai pas pu l'arrêter... Quand il... Je ne l'ai même pas vu arriver...

Il secoue la tête, les yeux distraits et perdus, tandis que Moreth hurle des ordres en arrière–plan.

Mes cœurs s'emballent. Mon corps se serre et un froid s'installe sur mes os. Je n'arrive pas à croire ce que j'entends.

– Il ?

Ma voix est glaciale, mon inquiétude et ma préoccupation s'envolent dans la brise orageuse.

Une détermination s'installe en moi. Une transe de combat m'habite. Je ne l'ai ressentie qu'une seule fois, lorsque le guerrier Egama l'a regardée et a essayé de me la prendre.

– Elle ne s'est pas enfuie ?

– Nob, sanglote Gorman, la voix tordue par la douleur.

Moreth se lève précipitamment. Il est suivi par plusieurs apprentis et il nous crie de laisser Gorman tranquille. Il déclare qu'il a besoin de soins urgents et d'un accès au centre de soins. Gorman refuse de se laisser transporter, il résiste. Au lieu de cela, il hurle :

– Il l'a enlevée !

Les mots m'assomment. Je serre les bras contre mon corps en m'efforçant de réfléchir et de comprendre ce qui a pu se passer.

– Enlevée ? Quelqu'un est entré dans mon donjon, a pénétré mes appartements et a enlevé ma compagne ?

Comme personne ne répond, je me tourne vers la petite table sous la fenêtre et je frappe du poing sur la surface vitrée. Je me délecte de la douleur qui me parcourt le bras droit.

– QUI A FAIT ÇA ?

La voix de Tana me fait tourner la tête. Elle se tient au centre de l'espace qui s'est dégagé autour de moi. Elle me montre ses deux paumes.

– Raingar… Je… J'ai pris la liberté de demander à notre ami Rhorkanterannu de se joindre à nous. Il pense connaître la créature responsable.

Mon regard se lève. Je découvre le visage furieux de Merquin dans le viseur avant de poser les yeux sur le regard argenté qui occupe l'écran central. Ce sont les yeux du roi pirate Niahhorru, même si je n'oserais pas l'appeler roi en face. Il ne vaut mieux pas si je veux continuer à vivre. Les pirates méprisent les rois.

Le mâle à la peau argentée s'adosse à son siège, tranquille, l'air peu affecté par cette situation alors que moi, je ne pourrais pas l'être plus.

– Rhorkanterannu, tu sais qui a enlevé ma femelle ? je siffle, en m'efforçant de reprendre mon souffle.

– Ton ami à nageoires a eu de la chance de survivre. Sans témoin, nous n'aurions pas pu identifier le coupable et ton hybride serait probablement perdue dans les étoiles à l'heure qu'il est.

– De la chance ! je crie en brandissant mon poing sur l'écran.

Ohr ! J'aurais aimé qu'il soit là pour l'anéantir à la place de celui qui m'a enlevé Essmira, ma miriga, ma compagne Xiveri.

– Je doute que Gorman soit de cet avis, je reprends.

Gorman s'évanouit au même moment et il est rattrapé par Moreth qui l'emporte avec lui. Je ne peux que fixer le simple mur de pierre où se trouvait mon ami et souhaiter qu'Essmira réapparaisse parmi les visages rassemblés.

Rhorkanterannu ajuste quelque chose sur l'écran et sourit. Puis il me regarde et sourit encore plus.

– Centare, je suppose qu'il ne serait pas de cet avis. Mais ce qu'il ressent ne change pas la vérité. Il a de la chance. Parce qu'il a rencontré le plus grand assassin de Sky et qu'il a survécu.

– Assassin ?

Merquin, Reyna et moi avons parlé en même temps.

Tana, à côté de moi, répète ensuite un autre mot, un mot qui glace le sang :

– Sky ?

– Ontte, dit–il.

Ça veut dire « *yeffa* » en meero.

Je frissonne. Mes intestins se glacent et menacent de se purger en imaginant ce qui attend Essmira si elle est emmenée avec succès sur la planète Sky. Elle se trouve en dehors de tout quadrant et en dehors de la zone grise contrôlée par les Niahhorrus. Elle est dans un territoire dans lequel même les Niahhorrus ne se rendent pas. C'est pourquoi Rhorkanterannu est ici maintenant. Il doit l'être.

– Les habitants de Sky sont des monstres, murmure Merquin.

– En effet.

Si même Rhorkanterannu est d'accord, alors nous sommes dans la merde.

— Ils enlèvent des espèces pour créer des soldats cybernétiques, des assassins, des chasseurs de primes... et j'en passe, ajoute-t-il. Ta femelle a été enlevée par le tueur le plus expérimenté de Sky. J'ai réussi à retrouver le nom de ta compagne sur une liste de Sky.

Son doigt se porte à son oreille. Il active probablement un jeton yeeyar – un élément avancé de la technologie Niahhorru permettant la communication à longue distance, entre autres choses – que tous les pirates portent. Il fait un signe de tête à quelqu'un alors qu'il s'adresse à moi :

— On dirait qu'il détient son contrat depuis un certain temps... Plus de quatre-vingts solaires.

— Son contrat ? SON CONTRAT ! Il a été envoyé pour... pour... pour la tuer ?

Je balbutie et heureusement, Tana vient alors m'attraper le coude pour m'aider à me maintenir debout. Sans elle, je me serai effondré dans un trou au fin fond des entrailles de Lemora pour y mourir.

— Centare, répond-il en Meero. C'est une prime. Il va la livrer.

— Tu dis que le contrat a été édité il y a quatre-vingts solaires ? Quatre-vingts solaires ! C'était bien avant que je la rencontre dans le premier quadrant...

Rhorkanterannu rit. Le bruit est sombre et délirant. Il produit le vacarme de tambours qui s'entrechoquent, ou un bruit des cloches, celles qui tintent dans les cauchemars et pas dans les rêves.

— La prime n'a rien à voir avec toi, mon ami lemoran. Ton hybride était convoitée bien avant qu'elle ne te rencontre. Du moins, c'est ce qu'il semblerait.

– Par qui ?

– Peux–tu nous donner un nom, Rhorkanterannu ? demande Merquin à bout de souffle. Si nous savions qui détient le contrat, nous pourrions l'intercepter à la livraison.

Rhorkanterannu sourit.

– Centare, vous ne pourrez pas intercepter la livraison. Cet assassin est trop intelligent pour cela. Mais je peux vous dire qui détient le contrat. C'est Tyto, l'ancien compagnon d'Igmora. Je sais que vous le connaissez tous. Mais ce que vous ne savez peut–être pas, c'est que Tyto est un mâle recherché dans le Quadrant 2. Il a tué Igmora de sang–froid devant une douzaine de témoins. Il se cache ici, sur Kor, mais je suppose qu'il n'est pas vraiment en train de se cacher. Il attend juste que sa prime apparaisse.

J'ai besoin de casser quelque chose. J'ai besoin de faire très mal à quelque chose. L'instinct de guerre pique ma peau rugueuse. Le mâle à qui j'ai donné quatorze tonnes de kintarr n'a jamais eu l'intention de la relâcher. Ce salaud aurait pu m'éviter bien des ennuis en me le faisant savoir.

J'aurais alors pu lui faire ce que je ne manquerai pas de lui faire sous peu, avec quatre–vingts solaires de retard. Je lui enfoncerai mes cornes dans la poitrine et, pendant qu'il s'étouffera dans son propre sang, je lui briserai la queue comme je briserais une brindille.

–Toutefois, soupire Rhorkanterannu, tu as de la chance. Je sais que ce chasseur de primes a un point faible. Un seul. Son point faible est une cible qui est sur sa liste depuis douze rotations, mais qui a réussi à lui échapper pendant tout ce temps. C'est une récompense trop importante pour qu'il la laisse passer. Nous pouvons l'utiliser comme appât et l'attirer, puis, quand le moment sera venu, nous frapperons. Je vais la connecter à cette communication.

Avant que je puisse poser d'autres questions, une voix s'élève dans la salle. C'est une voix forte, féminine et totalement hostile.

– Rhorkanterannu, tu n'as pas intérêt à essayer de me demander de faire autre chose pour toi…

Bien qu'elle s'exprime en Meero, sa voix est voilée. Elle semble ivre.

– J'ai poursuivi Herannathon à travers la moitié des quadrants pour toi…

– Et pourtant, Ashmara, tu es revenue les mains vides.

Il secoue la tête. Il semble docile, je ne l'ai jamais vu comme ça. C'est comme s'il partageait une certaine affection pour cette femelle. Qu'est-il arrivé au chef de guerre endurci que je connaissais ?

– Quand je pense que tu oses dire que tu es une pilleuse… reprend-il.

– La prochaine fois que je te vois, je t'enfonce une comète dans le cul si grosse que tu chieras de la poussière spatiale pendant des rotations !

Rhorkanterannu rit. Il rit alors qu'Essmira a disparu, et qu'elle est à la merci d'un drone sans cervelle, une bête bricolée à partir de toutes les parties les plus terribles des créatures de Sky. Elle a été capturée par *le plus grand assassin de Sky, par leur chasseur de primes le plus adroit. Il l'a enlevée sous la surveillance de Gorman. Il a coupé la langue de ces Egamas. Qu'est-ce qu'il lui fait à elle ?*

Je respire un peu plus profondément toutefois. Je sais que ce n'est pas comme ça que fonctionne un chasseur de primes. Il a besoin d'elle vivante et en bon état pour réaliser sa vente. Tyto a quatorze tonnes de kintarr à troquer, au moins. Sky voudra que l'affaire soit menée à bien. Ils ne vont pas laisser ce tueur sans visage lui faire du mal.

– Je suis content de voir que tout ce muuim n'a pas totalement émoussé ton esprit, réplique Rhorkanterannu.

Le muuim est une substance addictive. Cette femme toxicomane est–elle vraiment la solution à tous nos problèmes ? J'ai envie de passer la main à travers l'écran et d'arracher les pointes de la colonne vertébrale de Rhorkanterannu avec mes cornes, en les brisant toutes à la base, juste pour l'entendre crier.

Pendant ce temps, la femme sans visage appelée Ashmara s'exclame :

– Tu plaisantes ou quoi ? Qu'est–ce qui fait mon charme d'après toi ?

– ASSEZ ! Peut–elle nous aider avec le chasseur de primes ou non ? je fulmine.

– Quel chasseur de primes ? répond–elle avant de se redresser.

Quand elle expire, sa voix est tremblante.

– Laissez–moi deviner… fait–elle en riant d'un air sombre. Un certain chasseur de primes de Sky fait est venu foutre le bordel chez vous ? Qui parmi vous a eu la chance de faire la connaissance de Jerrock ?

Jerrock. C'est le nom du mâle qui m'a ôté la vie.

C'est le nom du mâle qui mourra de ma main.

– Raingar de Lemora et moi sommes unis dans ce projet. Il semblerait que, pour une fois, nos problèmes soient les mêmes.

– Qui l'aurait cru ? Des pirates répugnants travaillant main dans la main avec les adorables Lemorans !

Adorables ? Adorables !

– C'est trop mignon et ça me touche beaucoup, vraiment. Mais j'ai autre chose à faire que d'écouter vos petites histoires. Tintin et moi sommes attendus sur Evernor par des gladiateurs...

– Nous avons trouvé Herannathon ! aboie Rhorkanterannu, et maintenant, je vais lui dire comment faire pour te rejoindre.

– Quoi ? Qu'est-ce que tu racontes ? Vous avez retrouvé Herannathon ? Tu veux me l'envoyer ? Qu'est-ce que je vais bien pouvoir faire avec un idiot à quatre bras armé sur mon vaisseau ? Il y a à peine assez de place pour Tintin et moi.

– Herannathon nous a contactés après avoir perdu la trace du vaisseau Egama. On dirait que les Egamas n'étaient pas les seuls à bord. L'un de tes amis s'y trouvait aussi.

Ashmara est silencieuse. Tellement silencieuse que je me demande si elle est toujours là.

– Jerrock a-t-il la femelle humaine que recherche Herannathon ?

– Nos capteurs ont détecté une présence humaine lorsque le vaisseau était encore en dehors de notre atmosphère, mais lorsqu'il a accosté, les seules créatures qui ont débarqué étaient deux Egamas. Et maintenant, le vaisseau a disparu, dit Bebette d'une voix aussi basse qu'un murmure.

Je suis sous le choc.

– Il a disparu ?

– Yeffa. Je suis vraiment désolée, Raingar. Je ne sais pas comment le vaisseau s'est libéré de nos boucliers. Tout ce que je sais, c'est cet assassin n'a laissé derrière lui que trois Rekkarus morts et des Egamas torturés.

Elle renifle et mon cœur se brise. Ces Rekkarus étaient des êtres de Lemora. Ils étaient à nous, comme Essmira, comme Gorman, et ce salaud les a détruits.

– Ce sont des boucliers que *tu* nous as vendus, Rhorkanterannu ! je rugis. Comment a–t–il pu les traverser ?

Ashmara intervient à la place du pirate.

– Les boucliers ne sont rien pour lui. Il sait tous les désactiver, mais il… a–t–il…

Elle se racle la gorge.

– Les Egamas qui étaient avec lui sur son vaisseau, reprend–elle. Comment vont–ils ?

– Ils ont la langue coupée, je m'exclame.

– Il les a torturés, ajoute Merquin. Je ne sais pas combien de temps, ni s'ils s'en remettront un jour. Ni mentalement, ni physiquement.

– Shrov ! dit Ashmara, avec un air douloureusement sincère. C'est un tueur. Il m'a chassée pendant des rotations. Je sais ce que c'est que de se battre contre lui. Je…

Elle se racle la gorge et lorsqu'elle reprend la parole, la tendresse que je croyais avoir entendue s'est teintée d'amertume comme la peau moisie d'un fruit. Il ne reste que de la chair morte et de la saccharine.

– Quoi qu'il en soit. Ça a l'air d'être *votre* problème, et je ne peux pas vous aider, donc…

La voix de Rhorkanterannu se fait forte et profonde.

– Il faut que tu baisses tes boucliers, Ashmara.

– Par les étoiles ! C'est quoi ces plaisanteries ? Baisser mes boucliers ? Ha ha ha !

Elle rit d'une manière théâtrale qui me fait frémir.

Même le masque d'argent stoïque de Rhorkanterannu s'efface lorsqu'il grimace.

– Ashmara !

Son cri est une morsure qui me pique dans ma chair…

…mais elle, elle ne recule pas.

– Centare ! Écoute-moi, sale voyou. Tu crois que j'ai réussi à éviter un tueur de Sky en me promenant avec une cible autour du cou ? Ça s'appelle un nœud coulant, au cas où tu ne le saurais pas Rhorky, et c'est comme ça qu'on pend les pilleurs Eshmiris. Hors de question, pirate.

Le pirate Rhorkanterannu appuie sur les accoudoirs de son énorme siège métallique avec ses deux mains supérieures. Les deux mains inférieures restent hors champ, même s'il commence à se lever de son siège, comme s'il ne voulait rien d'autre que traverser l'écran et étrangler la femelle, quelle qu'elle soit.

Elle s'appelle Ashmara. C'est une pilleuse Eshmiri. Ce qui n'a aucun sens, car les pilleurs ne sont que des mâles. Voir une femelle Eshmiri est un fait exceptionnel mais je ne fais pas attention à ce genre de choses. et je n'ai jamais entendu parler d'elle. Il y a des milliards de créatures dans les quadrants connus et des milliards d'autres dans les quadrants inconnus.

Et il n'y en a qu'une qui m'intéresse, pour l'instant.

– Baisse tes boucliers. Une fois que nous aurons récupéré Essmira et éliminé ce chasseur de primes, nous irons au point de rendez-vous fixé par Tyto. Il a quatorze tonnes de kintarr en sa possession et je te garantis que c'est avec ça qu'il paiera ton chasseur. Si tu nous aides maintenant, ce kintarr est à toi, j'annonce.

– La moitié, rectifie Rhorkanterannu, comme si cela avait toujours fait partie du plan et que ce n'était pas quelque chose que j'avais suggéré sur un coup de tête.

Fichu pirate.

Ashmara pousse un grand cri.

– Foutu pirate !

– Foutue pilleuse Eshmiri ! On a un accord ? Nous n'avons pas de temps à perdre. Il pourrait déjà être près de Tyto à l'heure où nous parlons et ce marché ne fonctionne que si tu baisses tes boucliers maintenant.

Elle marque une autre pause. Celle-ci me transperce comme une lame. En arrière-plan, j'entends des bouteilles s'entrechoquer, puis le son de la femelle qui éructe bruyamment.

– Ok ! D'accord, j'accepte. S'il m'étripe, ne dis pas que je ne suis pas morte en héroïne.

La transmission se coupe, et je me retrouve face à Rhorkanterannu une fois de plus. J'ai l'impression que nous sommes seuls. Merquin, Reyna et Tana préparent toutes des plans pour s'emparer du vaisseau de guerre afin de récupérer chacun d'entre nous directement de nos domaines. Ça ne s'est jamais fait à Lemora.

– Ce plan te satisfait-il, chef de clan ?

Mes épaules se tendent près de mes oreilles. Le tintement de mes cornes est silencieux.

– Oui. Tant que je récupère Essmira, je suis satisfait.

Je marque une pause.

– Et tant que j'ai l'occasion de tuer quelqu'un, j'ajoute.

Il sourit.

– Bien. Alors apporte des armes. Beaucoup d'armes.

– Pourquoi nous aides-tu, pirate ?

Je serre les poings, je l'observe... Je m'attends à percevoir des signes clairs de sa tromperie. Les pirates cherchent toujours à tromper.

Il sourit et me montre toutes ses dents nacrées.

– Comme toi, j'ai un faible pour les humains.

Il se lève lentement et commence à se détourner de moi. Juste avant que l'holo–écran ne s'éteigne, je vois l'inimaginable.

Coincé contre sa poitrine, dormant du sommeil du juste, un bébé se tient dans les bras du roi pirate Rhorkanterannu.

Ce bébé a une peau brune qui semble aussi douce que celle d'Essmira et il a quatre bras.

Ce bébé est à moitié Niahhorru.

Et à moitié… humain !

16

Essmira

J'entends un grognement doux, puis c'est le silence.

– Gorman ? C'est toi ?

Je lève les yeux des échantillons de tissus que j'ai apportés dans mes appartements pour travailler. Ils constituent une bonne distraction qui me permet de ne pas penser aux Egamas ou à l'humaine qui pourrait être ou ne pas être avec eux.

L'un des échantillons est destiné à la confection d'une nouvelle robe pour moi. Trois autres échantillons sont destinés à des robes similaires que l'on m'a demandé de confectionner pour des travailleuses asgides. Elles sont plus petites que les Lemoranes et ont une préférence pour les habits bien couvrants, c'est aussi le cas pour les mâles. Elles m'ont demandé de leur créer plusieurs robes en suivant les modèles que j'ai faits pour moi, car ils sont faits de tissu wego résistant. C'est un tissu qui absorbe l'eau *et*, plus important encore, qui sèche rapidement sous la pluie.

J'envisage de personnaliser quelques modèles pour les Rekkarus, mais j'ai remarqué qu'ils ont tendance à utiliser des tissus plus clairs. Je pourrais peut–être même teindre à la main certains motifs. Les teintures des Walreys sont magnifiques. Je me demande ce qu'en penserait Lyla. Je pourrais les tremper dans de la cire pour créer des formes épurées...

Mon esprit s'emballe et je souris en levant les yeux lorsque j'entends un autre gémissement doux, puis un son plus étrange, comme de l'eau qui s'égoutte.

– Gorman, tu n'as pas à me surveiller, tu sais. Je sais qu'il y a beaucoup de choses à préparer pour nos invités... Oh. Bonjour.

J'adresse le salut lemoran au mâle qui franchit les portes de mes appartements, situés au deuxième étage. Je les avais laissées ouvertes pour Gorman, mais ce mâle n'est certainement pas Gorman. En fait, je ne l'ai jamais vu sur Lemora. Il n'appartient même pas à une espèce que j'ai déjà vue. Il est recouvert de métal. Je ne suis pas sûre qu'il soit fait de chair et d'os. La première pensée qui me vient, me frappe de plein fouet.

– Qui vous a fait ça ? je murmure.

D'instinct, j'évite de parler à haute voix.

Son œil unique s'écarquille de surprise et je sens la terreur me transpercer jusqu'aux orteils. L'instant passe dans le silence, puis il fait un pas en avant.

Le mâle est grand, un peu plus que Raingar si on lui enlève ses cornes, et il porte ce qui doit être le vêtement le plus étrange que j'aie jamais vu. Noir, il couvre sa poitrine de l'épaule droite à la hanche gauche. Il s'ajuste si étroitement à son corps que je peux voir la définition de ses nombreux muscles à travers le tissu fin et mat.

Son bras droit est recouvert du même tissu que sa poitrine, mais son bras gauche, ses pectoraux et une partie de son abdomen sont dissimulés par du métal. Il brille de mille feux, comme du stalyx fraîchement frappé. Seulement... Il n'est pas vraiment recouvert de métal... On dirait que ce métal fait partie de lui. À la façon dont son bras se plie au niveau du coude, je peux voir des articulations métalliques qui relient le haut du bras au bas. Une veine métallique similaire remonte sur le côté gauche de son cou.

Le côté gauche de son visage est également partiellement construit en métal. Il y a une plaque de métal à la place de la joue, mais au-dessus, il n'y a pas d'œil, il n'y a qu'un reflet gris foncé et plat. Il bouge bizarrement, comme si du sable noir se déplaçait sous lui, formant des motifs et des tourbillons.

Le métal se courbe sur son front et sur sa tempe, pour former l'essentiel de son crâne sur le côté gauche. Sur le côté droit, cependant, au-dessus de son front, des cheveux blancs et raides poussent. Ils tombent en cascade sur son épaule droite et descendent jusqu'à la moitié de son dos. Les pointes touchent le haut de son pantalon, qui est recouvert du même tissu noir. Il porte des bottes noires souples qui épousent la forme de ses grands pieds plats.

Partout où il n'y a pas de métal... il n'y a que du rouge. Sa peau est rouge. La couleur drakesh, que je porte aussi, m'est familière. Il a même une queue rouge. Elle traîne derrière lui, paresseusement. L'extrémité plane juste au-dessus du sol. On dirait qu'il a été coupé au milieu et que tout ce qui, sur son côté gauche, était autrefois de la peau rouge, de la chair et des os, a été remplacé par des pièces métalliques.

Qui lui a fait ça ? A-t-il eu mal ? A-t-il été blessé ? Ces modifications lui ont-elles sauvé la vie ? À quoi ressemblait-il avant ?

Une pensée audacieuse me traverse l'esprit tandis que quelque chose de puissant bascule dans mon cœur. *Je le connais. Je connais cet homme.*

– Est–ce que je vous connais ? je murmure, la gorge et les lèvres soudainement sèches.

Je m'éloigne de lui sans savoir pourquoi.

– J'ai l'impression de vous connaître.

Il ne parle pas. Il fait juste un pas de plus dans la pièce. Dans ses yeux – dans son œil *unique* qui ressemble si étrangement au mien, un anneau brun foncé entourant un point noir flottant dans une flaque blanche – il n'y a pas de reconnaissance. Il n'y a rien.

– Je suis désolée, lui dis–je, même si je recule en trébuchant, une main levée.

Mon corps sait qu'il s'agit d'un prédateur, même si quelque chose en moi le reconnaît et me pousse à aller de l'avant, à aller réconforter ce mâle.

– Je suis vraiment désolée, je répète.

J'ai l'impression de l'avoir laissé tomber.

Je ne sais pas pourquoi, mais je suis désolée. Profondément. Du plus profond de mon âme.

Toute la bonté de Lemora ne peut rivaliser avec l'indifférence aveugle de sa démarche. C'est comme si rien ne comptait pour lui. Comme s'il n'était rien. Comme s'il ne voyait rien. Comme s'il existait à peine.

Ses lèvres pleines et vermeilles ne font pas le moindre mouvement. Elles ne s'ouvrent pas. Son expression est vide alors qu'il traverse silencieusement la pièce, en s'arrêtant juste devant moi. Il lève son bras métallique devant mon visage et, comme je ne sais rien faire de mieux, je ne retiens pas ma respiration. Je respire simplement son léger parfum d'agrumes. Puis je tombe dans le vide de son regard, là où il n'y a pas de lumière, là où il n'y a pas de bonheur, là où il n'y a rien du tout. Pas même le chagrin, la douleur ou la nostalgie.

Je me réveille ce qui me semble être un instant plus tard, mais je sais que ce n'est pas le cas, car mon environnement a complètement changé. Tout ce qui représentait le goût et la sensation de la terre de Lemora, la force et l'amour de Raingar, a été enlevé. Ce qui reste est si dépouillé que j'en ai mal aux os.

Je peux sentir le manque d'amour de cet endroit rayonner à travers mon esprit conscient. Ce n'est pas agréable, et j'ai mal à la tête. Mon crâne bat si fort que j'ai du mal à respirer. Ce parfum d'agrumes était–il un gaz ? Un poison ? C'est sûrement ça...

– Au moins, je suis encore en vie, je marmonne en réalisant que cela fait longtemps que je ne me suis pas parlé à moi–même.

Sur Lemora, j'ai toujours eu quelqu'un à qui parler.

Mais je ne suis plus sur Lemora…

Je tousse sur le sol brillant, blanc et vitreux. Il est gras au toucher, même si rien ne se dépose sur mes mains. Toutes les lumières s'y reflètent, il scintille. Tout est si blanc que ça fait mal. Tout est brillant et sans âme, y compris le mâle qui est assis sur un petit tabouret devant ce que je suppose être des commandes, mais qui ne ressemblent à rien de ce que j'ai vu auparavant dans ma vie.

Une grande table aux trois quarts complète forme un cercle autour de lui. Elle est inclinée vers lui et, d'où je suis couchée sur le ventre, je ne peux voir qu'une surface qui ondule en vagues, en crêtes et en arcs sous son toucher habile. C'est comme le sable liquide qui vit dans son œil gauche. C'est comme s'il jouait d'un instrument, sauf qu'il n'y a pas de musique. Il n'y a pas de son du tout. C'est terrible. Je n'ai pas connu un tel silence depuis que j'ai quitté Tyto et Igmora.

Je ne leur appartiens plus.

Je suis miriga et ce mâle n'a pas le droit de me mettre en cage.

Cependant, je ne suis pas idiote. Je sais que je ne suis pas non plus de taille à l'affronter et qu'il me faudra être prudente. Mon pouce frotte la cicatrice à l'intérieur de ma paume. C'est un nouvel adversaire, mais la mission est toujours la même. Je dois me battre pour ma liberté. Je dois retourner à Lemora. Je dois retrouver Raingar et son caractère de vieux grincheux sauvage. Mais d'abord, je dois être patiente.

Un mouvement saccadé sous moi intensifie la douleur dans mon crâne. Le mâle se lève et se dirige vers le mur derrière moi. Il passe juste à côté de moi et ne me regarde même pas ou ne fait pas signe d'être conscient de ma présence de quelque manière que ce soit. J'ai l'impression d'être un fantôme. *C'est comme si j'étais déjà morte.* Nob. Je tremble violemment tandis que tout le transporteur sous moi oscille.

Nob, ce n'est pas un transporteur. C'est un vaisseau. Un petit vaisseau. Du moins, cette pièce est petite et il n'y a que deux ouvertures. L'une est un cercle rond dans le mur qui donne sur ce que je suppose être une salle d'eau, à en juger par le tube circulaire transparent qui tombe du plafond jusqu'au sol. Derrière, il y a un trou dans le sol, pour l'évacuation des excréments, j'imagine.

L'autre ouverture est fermée par une trappe blanche. L'homme tend son poignet vers une sorte de scanner et une lumière rouge jaillit de son poignet vers la surface blanche. Il y a un sifflement, puis l'homme fait tourner une poignée montée au centre de la trappe ronde. Ensuite, il la fait pivoter vers l'intérieur.

Je panique, inquiète. J'ai peur que la pression de l'air change et je retiens ma respiration; mais comme rien ne change, je la relâche. Je jette un coup d'œil au panneau de contrôle, mais je sais que je ne pourrai pas le comprendre avant qu'il ne revienne, alors je m'élance vers la trappe. Je me jette dessus pour la fermer. Je suis surprise quand elle se referme sous moi... je suis plus que surprise même. C'était trop facile.

Je regarde la poignée et j'essaie de la tourner pour la fermer, mais elle ne bouge pas. La panique s'empare de moi.

Je me redresse en titubant et je tombe. Ma tête... *me fait mal*. Je n'arrive pas à me concentrer. Le petit vaisseau, ma nouvelle cage, double autour de moi, puis triple. Je parviens tant bien que mal à me hisser sur le tabouret. Il tourne. Argh ! *Argh ? Est–ce que je viens de dire « argh », comme Raingar* ? Cette pensée fait tressaillir mes lèvres malgré les circonstances.

Mes mains se posent sur les commandes. Enfin... les trucs. Mes mains tâtonnent sur le sable. Il est froid au toucher et ressemble étrangement à un liquide. Mes doigts tâtonnent dessus, mais peu importe où j'appuie, rien ne se passe. Il n'y a aucune inscription, dans aucune langue, et je n'ai jamais été initiée à une technologie comme celle–ci, alors je ne sais pas par où commencer. Je touche donc à tout.

Abattue, je m'affaisse et me retourne sur le tabouret. J'essaie de voir ce que je pourrais utiliser comme arme dans cet environnement austère, mais avant que je ne puisse me lever et me diriger vers une armoire blanche encastrée directement dans le mur, une lumière orange s'allume au plafond au–dessus de ma tête, venue de nulle part. Elle recouvre tout d'une effrayante lueur orange. Un souffle plus tard, la trappe s'ouvre.

Mon *ravisseur*, mi–mâle, mi–machine, bondit dans la pièce blanche avec une femelle dans les bras. Il la tient par les cheveux roux qui tombent en cascade sur son corps nu. Elle est complètement nue et elle crie. *Elle pleure aussi.*

Je me redresse du mieux que je peux pour lui faire face.

– Qu'est–ce que vous…

Il ne prend pas la peine de m'écouter et il porte sa main métallique à mon visage, puis à mon estomac. Il me donne un coup de coude avant que sa paume ouverte ne forme un poing et n'atteigne mon estomac. Il me donne un violent coup de poing, m'attrape par les cheveux et me jette dans le coin avec l'autre femelle.

Nous atterrissons l'une sur l'autre, ma peau rouge et brune se heurte à la sienne, d'une couleur bien plus claire. Ses cheveux… sont extrêmement fournis. Je suis assaillie par ses boucles. Elles sont dans ma bouche, sous moi, partout. Des vagues et des vagues d'un rouge orangé à la texture rugueuse se frottent à mes propres boucles.

– Est–ce que tu… vas bien ? je lui demande.

Je tousse en essayant de parler malgré la douleur qui se répand en moi. J'ai l'impression que mon visage a été frappé par la foudre. Je masse ma mâchoire droite, ma joue et mon menton. Mon œil commence déjà à se fermer.

Elle répond… mais je ne parle pas sa langue. Igmora a toujours prétendu que les mâles voulaient que les femelles leur parlent dans leur propre langue, sans traducteur. Selon elle, les traducteurs ne sont pas naturels et les mâles doivent toujours se sentir à l'aise. Je n'ai donc jamais été équipée d'un traducteur. Au lieu de cela, j'ai passé toute ma vie à apprendre des dizaines de langues, en particulier le meero, le lemoran et l'egama. Rien de tout cela ne m'aide aujourd'hui.

– Kiiiiiiyaituuuuuu ! crie-t-elle en faisant des pieds et des mains pour s'éloigner de moi, comme si c'était *moi* la méchante.

Je gémis, j'essaie de me mettre à genoux, mais le vaisseau s'agite sauvagement sous moi lorsque les moteurs se mettent en marche. Je m'arc-boute donc, mais la femelle à côté de moi ne doit pas avoir l'habitude des petits vaisseaux spatiaux comme celui-ci, car elle vole contre le mur et son crâne s'écrase contre la surface avec un bruit sourd.

Je rampe vers elle en essayant de la calmer, mais elle a les mains en l'air et panique lorsque je m'approche. Je me retourne vers notre ravisseur et constate que le mâle a repris sa place, mais qu'il n'est pas assis. Au lieu de cela, il est debout, les deux mains appuyées sur le bord de son poste de contrôle. Il fixe le sable noir qui s'élève et s'abaisse au rythme de hurlements.

La femme qui m'accompagne plaque ses mains sur ses oreilles et, bien que mon instinct me pousse à faire de même, j'essaie de résister car, plus j'écoute, plus je crois pouvoir distinguer des mots dans le chaos.

Et ça sonne Eshmiri.

– …ne…pas…quoi…

Après un autre cri douloureusement fort, les mots fusent d'un seul coup, avec clarté.

– Shrov ! Tintin, remets les boucliers en place tout de suite !

La voix est féminine et semble angoissée.

– Comment as–tu pu les désactiver ? Gibli, viens ici…

Puis le son retentit à nouveau.

Les mains de notre ravisseur s'envolent vers le poste de contrôle et le vaisseau prend un autre virage sauvage qui envoie la femelle s'écraser contre moi. J'essaie de la stabiliser, mais elle est terrifiée – et même terrorisée. C'est comme si elle voyait des créatures d'une autre espèce pour la première fois.

Peut–être, me dis–je brièvement, vient–elle d'une autre planète où il n'y a pas d'accès aux voyages inter–quadrants.

Cette pensée m'horrifie pour elle – la pauvre doit être en état de choc et je sais ce que c'est que d'être privée de liberté. Je sais ce que c'est que d'être submergée d'un seul coup.

Moi, j'avais Raingar pour me tenir la main. Même s'il l'a lâchée une ou deux fois, il est toujours revenu me soutenir. Parce qu'il est le compagnon que je n'aurais jamais cru avoir. Je ferme les yeux. Une sensation étrangère et inconnue m'envahit. *Il me manque.* Personne ne m'a jamais manqué avant lui. Personne.

Une lumière verte s'allume au–dessus de ma tête et une voix que je reconnais dans chacun de mes os rayonne dans la petite chambre. Les sables se déplacent, formant des images qui s'animent de couleurs. Je ne m'attendais pas à voir son visage. Je ne m'attendais pas à le revoir, mais... il est là. Tyto, en chair et en os. Pas tout à fait, mais presque, et son image est bien trop près de moi pour que je me sente à l'aise.

– Où es–tu ? siffle–t–il.

Sa langue fourchue glisse entre ses petites dents acérées tandis que le sable se rassemble pour représenter sa forme avec une précision dévastatrice.

Mon – *notre* – ravisseur ne répond pas. Je sais que je devrais m'inquiéter davantage de la femelle qui hyperventile à côté de moi, mais depuis que la voix de Tyto a résonné dans la pièce, je n'ai pas pu bouger. Je suis plaquée contre le mur, comme ma codétenue, mais contrairement à elle, je ne respire pas. Elle par contre, elle respire beaucoup trop fort.

– J'ai oublié les règles de Sky concernant la prise de parole, souffle Tyto, l'air livide. Tu l'as avec toi ?

Sky ? Notre ravisseur est Sky !

Ma peau perd toute sensation. La douleur s'estompe, devient insignifiante face à ma terreur. Sky. Les histoires qu'Igmora m'a racontées sur Sky me glacent soudain le sang. C'est là qu'Igmora menaçait de m'envoyer si je ne me comportais pas bien. Elle m'a dit que sur Sky, je serais massacrée ou utilisée pour faire naître de nouveaux monstres dans ce monde. J'ai fait tout ce qu'ils m'ont demandé de faire Tyto et elle, mais je vais quand même finir là–bas.

Notre ravisseur acquiesce et lorsque Tyto se lèche les lèvres, je détourne le regard.

– Laisse–moi la voir.

Il suffit d'appuyer sur quelques boutons et une étincelle noire jaillit, m'aveuglant momentanément. Tyto siffle plus fort. Sa queue émet un léger cliquetis que je peux entendre tout autour de moi.

– Tu l'as punie ?

Le mâle sans nom acquiesce.

– Elle s'est mal comportée ?

Un autre signe de tête lui répond.

La voix de Tyto s'épaissit de convoitise.

– Il faudra que je la *discipline* à nouveau quand je la recevrai, alors.

Même si ce n'était pas une question, mon ravisseur – le mâle qui m'a *battue* – secoue la tête. Mais il ne secoue la tête qu'une seule fois. Peut–être a-t-il mal compris la question.

Tyto ne semble pas le remarquer.

– Tu me l'apportes cette lune à la Décharge comme prévu ? poursuit-il.

La Décharge ? Par les étoiles ! J'espère que ce n'est pas un endroit… et j'espère que contre toute attente, mon ravisseur n'a pas l'intention de m'y emmener, même si je sais que c'est le cas. Peut–être l'ai-je toujours su. Au moment où je me suis coupé la main sur la fenêtre, j'ai su que je n'échapperais jamais vraiment à Tyto.

Je touche la coupure sur ma main, j'y presse mon doigt, tout en regardant mon ravisseur hocher la tête. Tout aussi rapidement, il effleure les commandes du bout des doigts et les sables tombent, emportant avec eux l'image de Tyto.

Quelques secondes plus tard, le son de la voix de la femelle en détresse me parviennent. Le mâle au–dessus des commandes ferme un œil. Ses narines s'enflamment. Il inspire profondément et sur son expiration, ses épaules se détendent un peu le long de son dos. Est–il soulagé ou agité par une émotion plus sombre ? Je n'en suis pas sûre. Je ne sais pas non plus qui est la femelle à mes côtés. S'agit-il d'une autre victime de Tyto et Igmora ? Je me demande pourquoi Igmora ne parle pas à ce sauvage de Sky. C'est toujours elle qui parle d'habitude.

– Alors Tintin ? Qu'est-ce que tu fous ?

On entend soudain des coups, de grands coups. Le bruit de ce qui semble être du métal qui s'écrase contre du métal.

– Shrov ! Ne fais pas ça. Donne–le moi ! Attends, attends, attends... C'est toi qui as ma réserve ?

Notre ravisseur tressaille. C'est la première fois que je vois une quelconque émotion chez lui.

– Ontte, c'est ce que je veux... ontte ! Ça tombe à pic. Tu vois ce point ici ? Ça veut dire qu'il se rapproche de nous ! Shrov !

Le juron de la femelle s'interrompt au moment où le vaisseau en dessous de nous s'écrase contre quelque chose d'autre. Ou *s'accroche*.

Je ne connais pas grand–chose aux vaisseaux ou aux voyages spatiaux, mais je sais qu'il doit s'agir d'une technologie rare pour qu'il se déplace aussi rapidement et qu'il puisse voler sans être détecté. *Il doit posséder une technologie hors du commun, sinon Raingar m'aurait déjà trouvée.* Notre ravisseur se dirige vers l'écoutille. *Il va venir me chercher.* Il l'ouvre. *Je suis son âme sœur Xiveri...*

– Salut Jer ! dit une voix féminine amicale avant que... BOOM !

Un rayon de lumière verte jaillit dans la chambre, frappe l'homme dans son épaule métallique et le fait tomber. Il tourne dans les airs et cogne le plafond avant de s'écrouler à quelques pas de moi. Il se remet lentement sur ses pieds, presque paresseusement, comme s'il ne se souciait pas du tout du pirate Niahhorru qui fait irruption par le trou dans le sol ou du Lemoran qui le suit à l'intérieur.

Ce Lemoran, je le connais de toutes mes fibres de mon être.

– Raingar ! je hurle.

Il se tourne immédiatement vers moi et, en me voyant, ses yeux s'écarquillent. Une partie du combat qui avait gonflé les muscles boursouflés de ses bras et de ses cuisses puissantes l'abandonne. Il pivote pour s'éloigner de la menace mi–métal, mi–Drakesh, et se dirige vers moi d'un pas rageur. Avant que je ne comprenne ce qui m'arrive, il s'accroupit à mes pieds et abat ses deux paumes sur le mur, de part et d'autre de mon visage.

– Jepeutetouché, dit–il d'une voix trop graveleuse pour être comprise.

Il se racle la gorge pour s'éclaircir.

– Je peux te toucher ? Es–tu blessée ? T'a–t–il touchée ? Il t'a frappée ici ?

Ses doigts sont délicats et doux lorsqu'ils caressent mon front et descendent jusqu'à ma joue blessée. Je ne grimace pas, pas du tout, et j'apprécie ses gestes pour ce qu'ils sont. Ce sont les gestes d'un mâle qui a changé, ce sont les gestes d'un mâle qui ne me considère plus uniquement comme un objet de désir et de plaisir.

Ce mâle est *prêt*. Peut–être.

Moi, je suis plus que prête. J'ai assez attendu.

Je me jette sur son torse et enroule mes bras autour de son cou. Entre–temps, des créatures ont envahi l'espace et elles sont de toutes sortes.

Le premier pirate Niahhorru est rejoint par trois autres et Raingar est rejoint par Merquin et Tana. Ils forment une barrière protectrice autour de nous, si bien que je n'aperçois qu'à travers leurs jambes, écartées en position défensive, la horde de pilleurs Eshmiris qui inonde le peu d'espace qui reste. Ils doivent être plus de vingt, alors que ce vaisseau ne peut contenir confortablement qu'une seule créature – ou trois, si deux d'entre elles sont emprisonnées et ignorées.

Je jette un coup d'œil à ma mystérieuse codétenue, certaine que l'assaut de tant de visages interstellaires doit la pousser à s'époumoner... et je n'ai pas tort. Elle tremble violemment, des larmes mouillent ses joues, ses lèvres roses frémissent et son corps pâle est couvert de chair de poule. Elle est aussi dans les bras d'un pirate.

Il lui chuchote frénétiquement des mots à l'oreille, mais elle se contente de secouer la tête encore et encore, jusqu'à ce qu'elle halète une dernière fois et s'évanouisse. Le pirate la rattrape et la chaleur qui se dégage de lui n'est égalée que par celle qui se dégage de la peau de Raingar. Ils sont tous les deux aussi chauds que des éruptions solaires.

– Regarde–moi, Essmira, murmure Raingar en effleurant ma mâchoire d'un doigt pour ramener mon attention sur lui.

Je soutiens son regard, je me souviens soudain de ma douleur à la tête, à la joue gauche et aux côtes droites. J'essaie de me décoincer, car je ne suis vraiment pas à l'aise.

– Qu'est–ce que tu...

– Aide–moi à me lever, s'il te plaît. Mes côtes... Elles me font mal dans cette position.

– Il t'a frappée, murmure–t–il.

Son ton est si bas et si sombre que je l'entends à peine.

Je grimace, la douleur m'envahit à petites doses.

– Yeffa.

Raingar serre les dents et ferme les yeux. Il replante brutalement ses deux mains sur le mur à côté de mon visage, mais lorsqu'il me touche à nouveau, cette fois–ci sur les épaules, sa poigne est douce. Il me met debout en veillant à créer un rempart avec son corps entre le danger et moi. Il me protège, comme le ferait un chef de clan pour sa miriga.

– Raingar, je t'aime...

– Vous l'avez attrapé ? aboie Raingar par-dessus son épaule.

Il ne m'a pas entendue et mes joues brûlent. Ce n'est manifestement pas le moment de faire des déclarations d'amour audacieuses.

– Ontte, répond un pirate que je connais en meero.

C'est Rhorkanterannu. Tout le monde connaît le pirate Rhorkanterannu de Kor.

Il possède le port de commerce. Il commande les pirates. Et il est ici. Je n'aurais jamais pensé que les pirates aideraient viendraient en aide aux Lemorans. Mais le plus incroyable; c'est que les Eshmiris sont là aussi ! Ils sont connus pour mentir, tricher et piller; je n'ai jamais entendu dire que voler au secours des autres faisait partie de leur passe-temps. Je me demande ce que Raingar leur a offert en kintarr et un nouvel éclair de culpabilité me ravage.

– Ontte ? Mon cul ! dit une voix féminine.

Je la reconnais aussi. C'était la voix de l'autre côté des cris que mon ravisseur écoutait si attentivement tout à l'heure.

Je m'efforce de contourner Raingar pour l'apercevoir et, lorsque j'y parviens, je suis stupéfaite. Elle, elle n'a pas l'air aussi ébahie que moi. Au contraire, elle détourne son regard blanc et brillant de moi aussi rapidement qu'il s'est posé sur mon visage.

Elle me rejette alors qu'elle a la même peau marron foncé que moi, mais pas de rouge. Ses cheveux sont des boucles blanches qui encadrent son visage et ses yeux...

ses yeux sont colorés, mais seulement de façon fugace, avant que la couleur ne disparaisse pour laisser place à une ardoise blanche et vierge. Elle est étonnante. Fascinante. Je n'arrive pas à savoir si cette femme me terrifie ou si je la trouve terriblement belle. Dans tous les cas, elle a de la chance qu'Igmora et Tyto n'aient jamais mis la main sur elle. Ils lui auraient enlevé tout son feu et il ne fait aucun doute qu'elle est une flamme vive.

Elle soulève une arme – une sorte de blaster – et la pointe à travers la petite chambre. Je suis le mouvement et mon regard se pose sur l'homme qui m'a enlevée à mon foyer. Il a les bras enfermés dans une sorte de filet que je n'ai jamais vu auparavant. Une énergie bleue rayonnante en pulse. On dirait un fil sous tension censé lui causer une douleur physique alors qu'il encercle chacun de ses poignets et les relie entre eux.

Des chaînes similaires maintiennent ses pieds écartés et les clouent au sol. Mais il reste là, sans se soucier le moins du monde de *quoi que ce soit*. Il reste là, comme si tout était déjà fini et qu'il avait gagné. Ou comme si... il se fichait de perdre.

Et pourtant, toutes les armes de cette petite salle sont *encore* braquées sur lui.

– Jerrock a été appréhendé, dit Rhorkanterannu.

Mais quelque chose me donne l'impression que je devrais plutôt croire la femelle, lorsqu'elle ajoute ironiquement :

– Mais bien sûr...

Je me demande, distraite, si elle est un hybride... Est–elle aussi à moitié humaine ? Sa peau ressemble à la mienne. Mais peut–être que non. Elle ne m'a pas regardée comme si elle voyait en moi la même espèce qu'elle. Peut–être qu'à force de rechercher des humains je commence à en voir partout maintenant.

– Je veux sa tête, grince Raingar en se tournant vers moi.

Il garde les bras écartés de chaque côté, comme si le mâle que Rhorkanterannu a appelé Jerrock pouvait encore passer à travers tous les autres pour m'enlever à nouveau.

Les pilleurs Eshmiris se mettent tous à parler en même temps. Ce sont des créatures courtes et trapues à la poitrine épaisse et musclée. Ils portent des haillons, des cuirs et des peaux drapés sur leurs formes brunes et rousses et leur langage ressemble à des ricanements aigus.

La femelle aux cheveux blancs les rejoint. Sous le choc, je m'aperçois qu'elle parle Eshmiri comme une Eshmiri. *C'est l'une d'entre eux.*

– Les Eshmiris ne sont que des mâles normalement, je murmure.

Raingar étouffe un rire amer.

– Tous sauf Ashmara. Ne te laisse pas avoir par son apparence. C'est une pilleuse dans l'âme. Elle est encore plus psychotique que les autres réunis.

– Tu n'auras pas sa tête.

La femelle – Ashmara – fait pivoter son blaster pour le pointer sur Raingar. Tana et Reyna changent alors de cible et les Eshmiris se mettent tous à triller.

– Nous avons un accord, Raingar. Le kintarr de Tyto d'abord, les têtes tomberont *après*. Toutes les têtes que tu voudras.

Elle range son blaster dans le cuir de sa ceinture et lève les deux mains.

Elle porte quelque chose à sa bouche et boit une gorgée d'une gourde en cuir dur accrochée à sa ceinture.

Les chaînes de l'autre côté de la chambre étroite et chaude se mettent à chanter. Une horrible odeur se répand alors dans l'espace. Elle provient du grésillement autour des poignets de mon ravisseur. C'est l'odeur de la chair brûlée. Jerrock se calme rapidement.

Mais pas assez vite.

— Oooooh, chantonne Ashmara d'une voix douce et mielleuse que je n'aime pas du tout.

Elle a l'air monstrueuse ainsi. *Sans cœur.*

— Tu t'inquiètes pour moi, Jerry chéri ?

Jerry chéri ? Je parierais mes bandes rouges que ce n'est pas le surnom préféré de ce chasseur de primes.

Il ne répond pas. Il se contente de fixer le vide en face de lui.

La salle est plongée dans le silence un moment. Personne ne bouge. Tout compte fait, comme la situation paraît maîtrisée, cette angoisse semble bien inutile. Tana rompt la tension croissante et le silence en disant :

— Alors… Que fait–on maintenant ?

— Maintenant, dit lentement Rhorkanterannu, nous avons besoin que notre nouvel ami nous dise où se trouve le point de rendez–vous avec Tyto.

Il sort un bâton de foudre et frappe l'estomac du mâle sans crier gare.

Jerrock tressaille, mais ne bronche pas. Ashmara, la psychopathe, rit :

— Rhorky… Je peux t'appeler Rhorky ?

— Centare.

— Rhorky, dit–elle sans l'écouter alors qu'elle se fraye un chemin autour des Eshmiris amassés dans un coin pour atteindre Rhorkanterannu.

Je remarque qu'elle se balance légèrement, même si le vaisseau n'est pas en mouvement.

– Jerry chéri ici présent s'est habitué à la torture depuis des lustres. La douleur est sa meilleure amie. Tu n'arriveras pas à le faire parler comme ça.

Rhorkanterannu soupire, comme exaspéré. Il pivote vers Ashmara derrière lui, mais ne perd pas Jerrock de vue.

– Alors, que suggères–tu ?

Elle tire la langue sur le côté de sa bouche et plisse les yeux. Ses yeux se fendent, mais je distingue encore la vive lueur bleue qui traverse fugitivement ses globes oculaires avant de s'évanouir.

– On pourrait le chatouiller, dit–elle en haussant une épaule.

– LE CHATOUILLER ! rugit Raingar devant moi.

Il a parlé assez fort pour faire trembler le vaisseau.

– Tu penses qu'il faudrait chatouiller l'assassin de Sky pour lui soutirer des informations ? poursuit–il.

Tous les Eshmiris se mettent à parler en même temps. Je jette un coup d'œil à la femelle serrée contre la poitrine du pirate à côté de moi. Elle est toujours dans les vapes. Je m'inquiète pour elle, mais le mâle qui l'entoure de ses bras ne semble pas prêt à la relâcher.

– Raingar, dis–je.

Je lui tape sur l'épaule.

Il continue de crier en agitant les deux bras. Il ne m'entend pas.

– Raingar… RAINGAR !

Tous les pirates présents dans la pièce sursautent légèrement, mais se taisent. Je me racle la gorge.

– Les méthodes d'interrogatoire originales d'Ashmara ne seront pas nécessaires. Je sais où ils vont, je sais où ils sont censés se retrouver. Tyto et Jerrock ont communiqué et j'ai entendu Tyto lui dire de le retrouver à la Décharge. Est-ce que cela vous dit quelque chose ?

– La Décharge ?

Ashmara sourit, un coude appuyé sur la tête d'un Eshmiri à proximité. Il ne semble pas s'en préoccuper et tressaille de ce que *je pense* être un vrai rire.

– N'est-ce pas le territoire de ta femelle, pirate ?

Rhorkanterannu rit, profondément, et du ventre.

– La Décharge ! J'adore cet endroit.

– Qu'est-ce que c'est ? je demande.

Ses yeux d'orbe argenté se tournent vers moi et me figent sur place. Il est difficile de ne pas succomber à son regard. Je touche le dos de Raingar en plantant ma paume sous son épaule droite. Il se crispe, se raidit encore plus, comme s'il cherchait à rassembler plus de force pour me la donner. Ça marche.

– C'est sur Kor. C'est un casino.

Peu de temps après, Rhorkanterannu et ses pirates réussissent à relier leur vaisseau-mère à l'ensemble du désordre qu'est cette salle blanche de la terreur et à connecter le tout aux pièces sombres d'Ashmara, faites de charbon et de rouille.

À l'intérieur du vaisseau d'Ashmara, je suis assise sur une caisse couverte de rouille et remplie de bouteilles en verre usagées. J'essaie de de ne toucher à rien. Raingar s'agenouille devant moi, caresse mes jambes, tient un chiffon humide, je l'espère, propre, sur le côté de mon visage, tandis que Tana et Reyna enroulent un bandage autour de ma taille.

– Cela devrait tenir jusqu'à ce que nous soyons de retour sur Lemora.

Je les remercie, mais cela ne soulage pas le malaise dans mon estomac, un malaise qui n'a rien à voir avec la douleur.

– Qu'est-ce qu'il y a ? Qu'est-ce qui ne va pas, Miriga ? demande Raingar.

Je lui souris, puis je grimace tandis que les Eshmiris lancent des outils rouillés, ou essaient simplement de faire le plus de bruit possible sur ce terrible vaisseau qui ne pourrait pas être plus opposé au croiseur blanc, brillant et stérile dans lequel j'ai été enfermée auparavant. Si je ne me fie qu'à l'apparence, je ne pourrais pas dire quel navire est le pire.

Si je ne me fie pas qu'à l'apparence, je dois dire que le vaisseau de Jerrock était teinté d'un épais vernis de tristesse. Le vaisseau d'Asmara est peint avec de la négligence rouillée et de l'amour sauvage. Il y a de l'amour dans cet endroit.

Je regarde Raingar et me rapproche de lui. Je presse ma bouche contre la sienne et il m'embrasse timidement. Je ne veux pas qu'il prenne tant de pincettes avec moi

– Je ne suis pas en sucre, je murmure contre sa joue.

Nos souffles se mêlent, son odeur me rappelle fortement ma planète.

– Nob, tu es un roc, tu es plus solide que moi, mais tu es un roc meurtri. Je ne veux te blesser inutilement. Maintenant dis-moi, qu'est-ce qui ne va pas ?

Satisfaite par sa réponse, je l'embrasse plus fougueusement encore avant de m'éloigner. Tranquillement, seulement pour lui, je murmure :

– Ça ne me plaît pas. Le chasseur de Sky a abandonné bien trop vite. Ça me semble trop facile. Comme si c'était un piège.

Raingar fronce les sourcils, les narines gonflées.

– Nous allons récupérer le kintarr promis aux pirates et tuer Tyto, ce qui mettra fin au contrat passé avec Sky portant ton nom. Ils ne viendront pas te chercher et nous rentrerons chez nous. Ces satanés pilleurs s'occuperont du reste.

J'acquiesce, je veux partager son optimisme.

– Tu es sûr que Jerrock ne peut pas échapper à ses chaînes ?

– C'est du droherion renforcé de fer ionyx'ix. Ce sont les éléments les plus puissants de la galaxie réunis. Il n'y a aucun moyen qu'il puisse échapper à ces chaînes.

– Tu en es sûr ? je demande, hésitante.

Il hoche la tête fermement :

– Je n'ai jamais été aussi sûr de quoi que ce soit.

17

Raingar

– PUTAIN DE OHR, C'EST QUOI CES CONNERIES ? COMMENT A–T–IL PU S'ÉCHAPPER ?

Je protège Essmira avec mon corps, en l'aplatissant contre le sol derrière une table de mok biz renversée. La pierre suffit à faire obstacle à la grêle de tirs de blasters qui pleuvent sur nous depuis l'endroit où se trouve un mâle. Un seul. Ohr !

– Je vous avais dit que c'était une mauvaise idée de se fier aux menottes ! crie Ashmara.

Elle se trouve avec quelques–uns de ses amis Eshmiris derrière la table voisine de la nôtre. De la poussière et des morceaux de pierre explosent entre nous. Cela donne l'impression que nous sommes au beau milieu d'une bataille menée par des milliers de personnes.

– Les chatouilles auraient fonctionné ! ajoute–t–elle.

Le pilleur accroupi à côté d'elle trille avec animation avant de lancer un objet circulaire hérissé par–dessus la table sur le sol du casino. Sous moi, Essmira m'agrippe violemment le cou.

– Est–ce que c'est un explosif ou...

BOUM.

Une rafale d'air est suivie d'une accalmie momentanée.

– Où est Tyto ? crie à nouveau Essmira, étouffée par la poussière qui épaissit l'air.

– Cette espèce de lâche utilise la palette de kintarr comme bouclier. Il sait que nous ne pouvons pas nous approcher suffisamment pour le faire sortir d'ici avec Jerrock et que nous ne pouvons pas tirer sur le kintarr lui-même sans faire exploser la moitié de Kor dans l'espace.

– Alors nous devons le forcer à sortir.

Essmira pousse sur mon bras. Je n'ai que deux choix : ou je l'écrase, ou je la laisse se lever. À contrecœur, j'opte pour cette dernière solution. À genoux, elle se serre les côtes. Elle a des traces de suie et de cendre sur les joues, mais ses yeux n'ont jamais été aussi brillants. Est-ce l'adrénaline ? Ou bien est-ce à cela qu'elle ressemble lorsqu'elle laisse entrer la sauvagerie et l'insouciance dans sa vie ?

– Qu'est-ce que tu as en tête, cheffe de clan ? s'écrie Ashmara en sortant de sa cachette pour tirer quelques balles supplémentaires puis esquiver avant que des morceaux de pierre ne se désintègrent à l'endroit où se trouvait son visage.

– Laissez-moi y aller !

– QUOI ?

Elle lève la main pour me faire taire. Merquin, de l'autre côté, sourit. Reyna et Tana se contentent de regarder la table d'à côté d'un air abasourdi.

– C'est la seule chose qui *attirerait* Tyto. Il ne pourra pas résister. Laisse-moi sortir Raingar et quand il me suivra, rattrape-le.

Elle tend hardiment la main vers l'un des blasters que j'ai entre les mains et je suis trop sidéré pour faire quoi que ce soit d'autre que de la laisser le prendre.

Elle dépose un baiser rapide sur mes lèvres, mais lorsque je secoue la tête, elle se penche en arrière et me cloue sur place avec un regard d'une férocité pure que même son parfum docile ne peut atténuer. De la fumée s'échappe du bord de la table et sa bouche se fige.

– Ça *va* marcher. Je connais Tyto mieux que personne.

– Elle a raison, ajoute Merquin, cette traîtresse.

– Je suis d'accord ! hurle Ashmara. Tintin dit que tuer Tyto est le seul moyen de nous débarrasser de Jerrock et il a raison sur ce point aussi. Jerrock ne s'en prendra pas à nous ou au paiement s'il n'a plus de contrat. Les contrats sont ce à quoi ces salauds de Sky sont redevables – c'est la seule chose qui leur importe. Le contrat meurt avec Tyto et...

BOUM.

Une explosion fait voler en éclats la table à notre droite – la table derrière laquelle se trouvaient Tana et Reyna.

– Nob ! hurle Merquin. Couvrez–moi !

C'est ce que font les Eshmiris, tandis que Merquin s'élance vers l'avant. Ensemble, nous parvenons à tirer Tana et Reyna derrière le bouclier de notre table, juste avant que le feu n'embrase les tapis du sol sous la table brisée.

– Il gagne du terrain. Il ne va pas tarder à nous tomber dessus, souffle Tana en toussant après chaque inspiration.

Elle a une coupure sur la joue et Reyna berce son bras gauche, mais elles ont l'air d'aller bien. Du moins, en apparence.

– Moi, je n'arrive même pas à le voir, dit Merquin en tirant encore quelques coups de feu au hasard.

– Il y a trop de fumée !

Reyna tousse et crache.

– Wow ! Vous êtes trop forts, vous !

Nous nous retournons tous. Ashmara nous observe avec un sourire sauvage. Ses yeux blancs se parent de couleurs, reflets de son héritage Drakesh.

Les couleurs ont des significations différentes en fonction de ses émotions. En ce moment, ils brillent d'un éclat argenté, tout comme ceux des Niahhorrus. Sauf que sur elle, cette teinte est synonyme d'excitation. Ohr ! Cette psychopathe adore ça, peut-être autant que ma miriga.

– Quoi ? j'aboie.

– Le plan de ta femelle fonctionne. Tu devrais peut-être y aller là par contre…

Mon cœur s'emballe et mon regard suit la ligne du bras tendu d'Ashmara. Des tables parsèment la vaste salle jusqu'aux sièges incurvés de style arène qui suivent le bord extérieur de ce casino. Des couloirs les séparent, certains menant à d'autres salles, d'autres à des sorties. Et en ce moment même, Essmira vient de disparaître dans l'une d'entre elles.

Je vois l'éclair de ses boucles noires et de sa robe verte en lambeaux…

Je vois aussi un mâle avec des écailles vert foncé en guise de peau et une queue barbelée qui lui fonce dessus.

Et puis je ne vois que du rouge.

– Couvrez-moi ! je rugis.

– Shrov !

– Ohr !

Ils ne bougent pas assez vite parce que je suis à moitié debout et déjà en train de courir quand ils commencent à tirer. Jerrock tire et ne me manque pas. La chaleur me parcourt l'échine. Le coup aurait été mortel si la peau des Lemorans était plus fine.

Des ondulations de douleur parcourent mon dos. Je chancelle et c'est seulement parce que je chancelle qu'il rate ma nuque et frappe mon épaule droite. Il s'agit de balles à fusion ionique, ou quelque chose comme ça, car elles désintègrent la chair autour de leur point d'entrée.

– Raingar ! crie Tana.

Merquin crie plus fort :

– Continue à tirer !

Je lui en suis reconnaissant.

Je parviens à atteindre le passage indemne – enfin, en vie – mais je garde mon blaster à portée de main tandis que je m'enfonce dans le tunnel. L'obscurité règne, les lumières montées sur les murs donnent à l'espace d'un orange abyssal. Tout sent la pisse, le vomi et la bave que certaines créatures de Kor laissent échapper derrière elles lorsqu'elles marchent. C'est un endroit misérable. Rien à voir avec Lemora. *Je dois ramener Essmira à la maison.*

Un cri devant moi me propulse plus loin, plus vite. Le tunnel est bordé de portes et je dois, à mon grand regret, hésiter à chaque seuil; je ne veux pas me tromper... Un bruit sourd est suivi d'un grognement. Puis j'entends des mots murmurés que je n'arrive pas à comprendre. Je commence à paniquer. Mes trois cœurs battent à tout rompre. S'il lui arrive quelque chose… Que l'univers me vienne en aide...Ohr ! Là !

Je me rattrape à l'encadrement d'une porte ouverte avant que mes pieds ne menacent de la franchir. Il s'agit d'une des salles de jeu privées, avec une table de jeu au centre de l'espace. Derrière elle, Tyto a coincé ma compagne contre le mur.

Il brandit sa queue mortelle derrière lui dans une vague sulfureuse, en la menaçant pour s'assurer de sa docilité. Il a une main autour de sa gorge et l'autre autour de son poignet.

Son blaster a disparu et ses yeux sont tellement écarquillés que je peux voir du blanc tout autour de la couleur brune soyeuse de leur centre. La peur irradie d'elle. Elle ne me regarde même pas, terrifiée qu'elle est par ce mâle auquel j'aurais dû m'intéresser davantage dès le début.

Je ne me mêle pas des affaires des autres quadrants. Je n'ai jamais voulu le faire. Je savais que le trafic de chair d'Igmora était une affaire monstrueuse. J'avais entendu parler des tortures infligées par Tyto. J'aurais dû y mettre fin dès que j'ai mis le pied dans le premier quadrant. Je n'aurais jamais dû payer un prix qui n'aurait jamais dû être suggéré, parce qu'elle est un être vivant et sensible, et qu'elle est *à moi*. Elle n'a jamais été à vendre.

Et je suis un imbécile, moi qui ne le réalise que maintenant.

Tyto frappe Essmira avec sa queue. Il lui donne un coup sur l'estomac assez fort pour déchirer sa robe et faire couler du sang rouge vif de sa peau. Ce sang tache les pointes de sa queue. Je rugis et c'est un son monumental, un son qui déchire les fondations de la pièce qui nous entoure.

Les sculptures montées sur de petites étagères autour de la pièce tombent de leur perchoir et se brisent en morceaux sur l'affreux sol moquetté. La seule source de lumière de la pièce vacille sauvagement et continue de vaciller alors que je fonce, saisis un bord de la table en pierre et l'arrache à ses fondations. Elle se fracasse contre la barre du mur de droite tandis que je continue à charger.

Je ne suis pas un mâle violent. Nob, je ne suis pas un mâle violent d'ordinaire.

Je baisse la tête et je fonce, cornes les premières vers le monstre. Je le touche sous ses omoplates avant de le relever rapidement pour être sûr de ne pas toucher ou couper Essmira. Ses pieds quittent le sol et sa queue se balance, mais je parviens à l'attraper juste sous les pointes alors qu'elle fonce vers le visage d'Essmira. Je pare le coup alors qu'elle n'est qu'à un souffle du bout de son nez et elle tombe au sol avant que je puisse la rattraper.

Je projette Tyto hors de mes cornes et il heurte le mur avant de s'effondrer sur le sol. Il a l'air tout petit. Peut-être a-t-il toujours été petit sans Igmora.

— Elle m'appartient, stupide Lemoran, ricane-t-il, comme si j'allais considérer cela comme une insulte.

J'ai entendu bien pire de la bouche de la femelle qu'il a essayé de briser sans succès.

Il se relève péniblement. Il a été empalé. Il parvient à peine à se mettre à genoux que je suis sur lui. Je l'attrape par la nuque et le tire. Je regarde Essmira et elle soutient mon regard. La peur abîme son visage parfait, mais j'ai l'intention de l'effacer à jamais.

Je murmure dans la fente de l'oreille de Tyto :

— Nob. Elle n'appartient à personne.

Je fais tourner sa tête autour de ses épaules. Il pousse un cri mutilé, mais un instant plus tard, il y a un craquement, puis un bruit sec. Il meurt dans mes bras.

Je laisse tomber son corps, plante un pied à la base de son cou et saisis chaque côté de son visage. Je tire. Mes bras se tendent un instant, surtout le bras droit. La douleur tente de percer mon subconscient, mais ma conscience lutte contre elle et elle obéit en reculant rapidement.

Je transpire. La tâche devrait être facile et je sais qu'elle ne l'est qu'à cause de ce maudit assassin qui est dehors et qui touche tout ce qu'il vise. C'est un miracle qu'il ne m'ait pas tué. Mon côté droit me fait mal, mais je ne m'arrête pas avant d'entendre la première déchirure et de sentir la première éclaboussure de sang jaune chaud frapper mes jambes avec un léger claquement. Je dégage complètement la tête de Tyto du reste de son corps et la jette contre le mur le plus éloigné.

Ma tête retombe sur mon cou et mes épaules roulent. Je tends les bras sur les côtés en formant des poings massifs avec mes mains. Je rugis et je crie ma rage contre le monde. Je me sens calme, je me sens mieux, j'ouvre les yeux. Je vacille sur mes pieds. Un mouvement dans l'embrasure de la porte me fait pivoter sauvagement, prêt à affronter la prochaine menace qui pèse sur ma compagne.

Mais ce n'est qu'une Eshmiri. La plus folle du cosmos.

– Putain…de… shrov. Ça c'est un Lemoran en colère, dit Ashmara.

Elle regarde l'Eshmiri trapu à côté d'elle.

– Tintin, as–tu déjà vu un Lemoran en colère ?

Un trille Eshmiri est la seule réponse qu'elle obtient, mais je n'en ai rien à ohr. Ma poitrine se soulève lorsque je dis :

– Son contrat...

– Ontte. Le contrat est signée par un biosignal. Je pense que, vu l'état de Tyto, ce contrat est détruit.

– Bien.

Je titube sur le sol et tombe à genoux devant Essmira. Je m'accroche à la réalité et tends la main pour la toucher, mais avant que je puisse le faire, elle se jette dans mes bras.

– Je suis vraiment désolée, Raingar. J'ai eu l'occasion de tirer, mais je n'ai pas pu appuyer sur la gâchette. Je pensais que je pouvais, que j'étais plus forte que ça, mais je...

– Chut, je murmure en caressant ses boucles jusqu'à sa taille.

Je l'entraîne sur mes genoux et la serre fermement contre ma poitrine. La conscience s'estompe, mais je m'accroche au poids de sa respiration et aux battements de son cœur.

– Je suis content que tu ne l'aies pas fait.

– Mais il t'a fait du mal. Raingar, tu as besoin d'un guérisseur...

– Nob. Je veux juste... pour l'instant, laisse–moi te serrer dans mes bras, j'expire une bouffée qui a le goût du sang.

Elle serre mon cou trop fort. Des jets de douleur descendent le long de mon dos jusqu'à mon gros cul rocailleux. Ils font tressaillir ma jambe gauche jusqu'au talon de mon pied. Je la tiens fermement, pas violemment, mais pas délicatement non plus.

– J'ai entendu ce que tu lui as dit, chuchote–t–elle.

– Humm...

– Mais tu as tort, tu sais.

Son souffle chaud effleure ma joue. Elle m'embrasse fougueusement, puis elle caresse ma mâchoire avec sa langue et ses lèvres. Elle me fait goûter au paradis.

– Je t'appartiens, je suis à toi.

Elle se retire et des bruits forts s'infiltrent dans la pièce. Ils me donnent mal à la tête. Je n'aime pas du tout ça. Les cris de Merquin, les cris des pirates, les trilles des Eshmiris qui s'amusent comme des fous et les insultes d'Ashmara me parviennent amplifiés.

Mais je ne me concentre que sur son visage alors que la réalité m'échappe de plus en plus. Je veux rester ici avec elle. Je refuse qu'il en soit autrement.

– Qu'est-ce que tu veux dire, Miriga ?

Elle me sourit et il me faut un moment pour réaliser que son expression est suffisante. Je crois que je ne l'ai jamais vue aussi sûre d'elle que lorsqu'elle tend la main et caresse de son pouce la base de ma corne droite jusqu'à son extrémité. Le plaisir me traverse, intact, sans démangeaison, sans bourdonnement, sans douleur.

– Tes cornes. Lorsque tu as tué Tyto, cela a dû suffire pour que le noir disparaisse entièrement. Elles sont entièrement blanches et c'est seulement pour moi.

Je grogne :

– Qui aurait cru que ma compagne était aussi arrogante ?

Elle expire brusquement, mais elle se met à grimacer à la vue du sang qui s'étale sur ma chemise. Une partie est rouge, mais la plus grande partie est rose. Elle hurle :

– Il nous faut un guérisseur !

Je glisse sur le côté, je me rattrape au dernier moment à mon bras droit blessé. Il se déforme. Des mains se posent sur mes épaules et mon dos. Je sens des mains rugueuses. Des mains qui appartiennent à mon espèce. Mais tout ce que je veux sentir, ce sont les mains douces de la femme qui touchent mon visage en essayant de me garder assez lucide pour l'entendre.

– Raingar, si j'avais des cornes, je veux que tu saches qu'elles seraient blanches pour toi aussi. Elles auraient été blanches depuis le moment où tu as exigé de voir ma main quand j'ai essayé de passer par la fenêtre. Je t'aime...

Sa voix s'éteint, tout comme la réalité qui m'entoure.

Mais je souris.

C'était un bon solaire.

Vingt-trois solaires plus tard...

18

Essmira

– Essmira ?

Raingar se tient dans l'embrasure de la porte de la boutique de Timor et Lyla, la lumière du début de la lune s'écoule derrière lui en formant de merveilleuses couleurs.

– J'arrive !

Je m'époussette les mains et range mes dernières fournitures dans les tiroirs que j'ai récemment aidé Lyla à réorganiser et à étiqueter. Puis je me dirige vers la porte et le rejoins à l'extérieur.

– Je viens de terminer ma dernière retouche sur une robe asgide. C'est un nouveau modèle. Je ne suis pas sûre qu'elle plaise à Thoedrea. J'espère qu'elle finira par l'apprécier avec le temps.

– C'est joli, grogne–t–il.

Il a l'air distrait. Dehors, le vent est étonnamment chaud et je souris.

– Il est censé y avoir un coucher de soleil exceptionnel sur cette lune. Tu penses qu'on pourrait le regarder ?

Il souffle et ses épaules s'affaissent. Il a l'air ennuyé. D'ordinaire, je l'aurais réprimandé pour ses efforts manifestes pour plomber l'ambiance, mais cette fois-ci, je m'inquiète.

– Cela ne fait que vingt-trois solaires que tu as eu cette blessure par balle. Es-tu sûr de ne pas vouloir reporter la surprise que tu as prévue…

– NOB ! Ne… Argh ! s'écrie-t-il agacé.

Il s'agite beaucoup, puis passe d'un pied à l'autre. Il ne porte plus la housse de protection que Moreth lui a posée sur l'épaule droite, ni la greffe qui a remplacé une partie de la peau perdue dans l'explosion – apparemment, les balles ioniques utilisées par l'assassin étaient imprégnées du venin d'une créature appelée *hevarr*. On ne le trouve que sur Nobu, et l'acide à lui seul aurait pu lui transpercer les trois cœurs si sa peau avait été moins résistante qu'elle ne l'est.

Je fronce les sourcils, le cœur serré à l'idée que je l'ai peut-être perdu avant même d'avoir eu le temps d'être avec lui.

– Raingar…

– Essmira… s'il te plaît. Je te promets que je vais bien. Je veux juste y aller avant que nous soyons en retard.

– En retard ? En retard… pour quoi ? On prend des pads ?

C'est avec un air sceptique que je me laisse conduire vers deux pads et que je me hisse sur le plus petit. J'enjambe son dos et lui fais des caresses douces et apaisantes.

– Malheureusement, oui. Maintenant, allons-y. Ne faisons pas traîner les choses plus longtemps qu'il ne le faut.

Il sort du village à une vitesse surprenante, en criant et en maudissant les villageois pour qu'ils s'écartent de notre chemin, même si la plupart du temps ils ne le font pas. Au contraire, ils lui sourient et nous font des signes de la main. Cela me remplit d'une joie sans pareille. Ou disons, que quelque chose d'autre pourrait me donner une telle joie...

Mais... j'étais trop nerveuse à cause de ses blessures, alors je me suis contentée de l'embrasser, je n'ai pas été plus loin.

J'aimerais aller plus loin, mais c'est comme si j'avais oublié tout mon entraînement. L'inquiétude m'a fait oublier comment *initier* l'intimité avec un mâle. Et je ne sais pas ce qu'il ressent, car jusqu'à présent, il n'a rien initié non plus. Il est vierge. C'est à moi de faire le premier pas. C'est ce que je me dis. Peut–être que je me trompe ? Il est aussi chef de clan. Et il est blessé.

Je devrais peut–être demander à Moreth s'il est prêt pour... *l'aventure*, bien que si Raingar l'apprenait, il ferait probablement une dépression nerveuse s'il savait que je parlais de sexe avec Moreth.

Je grogne et Raingar me regarde du haut de son pad. Nous sommes sur une route que je n'ai jamais empruntée et qui est presque entièrement dégagée, ce qui nous permet d'avancer côte à côte.

– Quoi ? demande–t–il.

Je suis sur le point de lui dire à quoi je pense, mais je me ravise.

– Je pense à la femelle humaine. Elle va bien ?

– Tu demandes ça à chaque solaire.

Je me mordille l'intérieur de la joue en hochant la tête.

– Et je continuerai à le faire.

Il glousse légèrement et secoue la tête.

– Je te l'ai dit. Elle s'en sortira.

Pendant la bataille de la Décharge, nous l'avons laissée seule à bord du vaisseau d'Ashmara. Dans son état de panique, elle s'est réveillée seule et a pris l'une des capsules de sauvetage – un tireur – toute seule. Sans destination programmée, ces engins volent tous vers un seul endroit...

– Elle est seule sur Evernor, la planète des gladiateurs Eshmiris. Comment va–t–elle s'en sortir ? Tu n'as pas vu dans quel état elle était...

– Elle n'est pas seule. Herannathon est parti à sa recherche et s'est engagé dans le tournoi. Il la protégera.

– Ashmara ne peut pas les sortir de là ?

– On peut toujours marchander avec les Eshmiris, mais pas quand il s'agit de tournoi. C'est leur plus grande compétition et elle n'a lieu qu'une fois toutes les six rotations. Ils ne laisseront même pas l'un des leurs s'opposer à la participation de l'un des concurrents.

L'un des leurs. Ashmara est une hybride humaine–Drakesh, mais ce n'est que par le sang, pas par choix. Et comme je l'ai appris, le sang n'est rien face au choix. Même si cela me rend triste. Elle est peut–être la seule comme moi, mais je ne la connaîtrai jamais vraiment. Elle est aussi éloignée de moi qu'un pirate à quatre bras ou un assassin sans âme. Peu importe que nos origines aient commencé sous la même étoile. Et comme ni Ashmara ni moi ne connaissons nos origines, cela n'aurait pas d'importance, même si elle acceptait de me parler.

Mais nous sommes des sœurs à part entière. Des sœurs dans la lutte contre Tyto. Je suis heureuse que ce soit fini pour moi, mais mon cœur se serre encore pour l'humaine à la peau pâle et à la crinière rouge vif.

– De plus, Ashmara a déjà assez de problèmes.

Je grimace.

– Rhorkanterannu ne peut pas l'aider à fuir Jerrock ?

– Nob. Et son contrat est trop important pour être racheté. Nous, les chefs de clan, avons essayé de mettre nos ressources en commun et de les combiner avec ce que Rhorkanterannu et les Voraxians offraient, mais ce n'était toujours pas suffisant.

– Pourquoi sa prime est–elle si élevée ?

– Elle a libéré des esclaves dans les coins les plus riches des quadrants. Le Quadrant 1 à lui seul a une prime de vingt–huit tonnes de kintarr sur sa tête. Apparemment, plus d'un millier de leurs esclaves de jardin ont disparu au cours de six lunes. Ashmara a été désignée comme la coupable.

Une vague de chaleur et de surprise m'envahit. Elle emplit ma poitrine et je hoche la tête tandis que nous commençons à gravir une colline vers un magnifique ciel violet.

– C'est bien. Espérons que le kintarr qu'elle a récupéré de Tyto l'aidera à se cacher jusqu'à ce qu'elle soit un vieille pilleuse.

– Non… C'est dommage, mais elle n'a rien obtenu.

– Quoi ?

Je tire sur les rênes du pad et la bête sous moi dégage de la vapeur par ses larges naseaux.

Les joues de Raingar s'assombrissent et ses yeux se posent sur mes doigts serrés.

– Nous avons proposé de payer, mais les Eshmiris et les Niahhorrus ont refusé.

– Et le kintarr ? Tyto avait bien la somme pour payer mon contrat ?

– Jerrock…

– Il l'a volé ? Mais je pensais...

– Nob, répond Raingar en secouant la tête. Un chasseur de primes de Sky ne volerait pas la récompense pour un contrat incomplet. Il l'a détruit.

– Mais pourquoi...

– Je n'en sais rien. Je ne sais rien de Sky et j'espère ne jamais rien savoir de plus sur cet endroit.

Il frémit et penche la tête.

– Nous sommes presque arrivés et je ne veux pas te faire penser à des assassins ou à la guerre.

– Bien sûr, mon seigneur.

Ses sourcils se froncent, inquiets, sous ses cornes d'un blanc nacré. Ses cornes… humm... elles s'élancent dans le ciel en s'arquant vers les nuages orangés. Elles sont magnifiques et je sens – mon cœur sent – que je m'échauffe à leur vue, peut-être simplement parce que je sais qu'elles sont à moi...

– Mon seigneur ? répète-t-il.

Il se renfrogne si férocement que je ris. Le son est emporté par le vent, puis s'enroule autour de moi à nouveau.

– Je ne sais pas ce que j'ai fait pour mériter que tu m'appelles comme ça...– Je te taqui...

Nous approchons de la crête de la colline et juste au moment où nous la franchissons, je suis sans voix. Je ne peux pas dire un mot. Enfin, je peux dire un mot. Et ce mot est « Ohr ».

Raingar s'esclaffe.

– Voici les plaines obscures, Essmira.

D'interminables champs de galets aux couleurs vives s'élèvent et s'abaissent de la base de la colline jusqu'à toucher l'horizon.

– C'est...

Et puis il y a une explosion.

Un groupe de cailloux s'élève dans les airs et s'écrase l'un contre l'autre, ce qui produit de la *lumière*. Des lumières de toutes les couleurs, de toutes les nuances, de toutes les intensités et de toutes les hauteurs. Certains cailloux étincellent juste au–dessus des dunes de sable, tandis que d'autres s'élèvent à des centaines de mètres dans les airs et remplissent tout le ciel violet d'un feu magique.

J'ai les larmes aux yeux. Ma mâchoire s'agite. Je bégaie. Ma poitrine est inondée de feu. Je n'arrive pas à y croire. Chaque solaire, Raingar m'a emmenée faire quelque chose de spécial, mais ça ? Rien ne peut rivaliser avec ça.

– Argh ! Ne pleure pas, grommelle Raingar, l'air à nouveau agacé. Suis–moi.

Je m'exécute bêtement, incapable de détourner mon regard du champ dont les éléments se heurtent violemment dan le ciel qui s'assombrit. Un seul soleil lemoran pend comme un orbe bleu, comme un fruit, sur la ligne d'horizon. Il descend un peu plus bas tandis que nous suivons un sentier qui contourne la crête de la colline jusqu'à ce que nous atteignions une série de plates–formes. Il doit s'agir de plates–formes d'observation. C'est du moins ce que je suppose. Mais je ne pose pas la question, car ma bouche s'est entièrement asséchée et ma langue est nouée lorsque Raingar nous conduit à la plus grande d'entre elles.

Nous descendons de nos pads et suivons une courte volée d'escaliers jaunes pour y accéder à pied. À mi–chemin de la colline, la plate–forme s'avance et ne recouvre pas tout à fait les plaines obscures. Par contre, elle est parfaitement positionnée pour qu'on puisse y admirer le spectacle sans interruption. Une base jaune plate est entourée d'un garde–corps rose, mais mon regard est attiré loin des plaines obscures – c'est presque impossible – vers la structure au centre de la plate–forme.

C'est un lit.

Un énorme matelas recouvre une grande partie de la plate–forme, tandis qu'un plateau en bois couvert de nourriture est posé sur une table basse sur le côté. Un seau contenant des bouteilles de quelque chose – j'espère que ce n'est pas de la lobba – repose à côté. Des montagnes d'oreillers et de couvertures marron et taupe forment des dunes sur le matelas. Matelas à côté duquel Raingar se tient avec frustration – *nob, ce n'est pas de la frustration, il est nerveux. Mon mâle est nerveux cette lune.*

Mon cœur bondit dans ma gorge alors que ma réalité s'effondre. Je pensais qu'il m'évitait parce qu'il était blessé, pas parce qu'il était nerveux. Pas parce qu'il voulait me surprendre...

–Je sais que la dernière fois que nous avons essayé, je n'étais pas prêt. Mais je me sens prêt maintenant et, si tu es d'accord... je veux dire, si tu veux essayer à nouveau... je...

Il se gratte la nuque, son visage s'assombrit encore plus. Il tord ses mains l'une contre l'autre devant son abdomen, tandis que je le regarde fixement.

Je pensais que j'étais amoureuse avant.

Mais je ne connaissais pas l'amour jusqu'à ce moment précis.

Mon cœur explose dans ma poitrine et je n'entends rien de ce qu'il dit ensuite parce que le vent est dans mes oreilles et je cours, je saute, je danse, je saute pour le rejoindre. Je le frappe si fort en sautant dans ses bras qu'il vacille et s'écroule. Il s'effondre sur le dos sur le matelas au centre de la mer d'oreillers et la folie me saisit comme jamais je ne l'ai ressentie.

La chaleur m'envahit et je ne peux soudain plus respirer – je sais que je ne *pourrai* plus respirer – si Raingar ne me pénètre pas immédiatement.

– Raingar ! je crie.

Ses yeux s'écarquillent tandis que je m'agrippe aux liens de son pantalon. C'est moi qui les ai faits, mais je n'arrive pas à les dénouer assez vite.

– Aide–moi. J'ai besoin... j'ai envie de toi...

– Essmira...

Il hésite.

– Tu vas bien ? demande–t–il.

– Je ne sais pas... je ne sais pas…

Je n'arrive pas à réfléchir. Mes yeux se déconcentrent.

– Je veux... j'ai besoin que tu me prennes, Raingar. J'ai *besoin* que tu me prennes comme j'ai besoin d'eau pour vivre.

Raingar fixe ma bouche comme si j'en avais soudain deux sur le visage. Sans crier gare, il se redresse, passe ses doigts entre mes dents et me tire la langue.

– Kes... Kesketu…

Je ne peux pas parler s'il me tient la langue comme ça et je me mets à rire en bavant sur le bout de ses doigts.

Mais il ne me répond pas, au lieu de cela, il *hurle* :

– Je suis ton âme sœur XIVERI !

Une rafale de cailloux envoie un spectacle de lumière dans notre direction. Elle explose au–dessus de nos têtes dans un blanc–jaune éclatant et ressemble exactement à la manifestation physique des sensations qui m'envahissent. J'ai tellement chaud que je commence à transpirer. Je cligne des yeux à plusieurs reprises, frustrée et *en colère* contre mon compagnon, qui n'a toujours pas sorti sa bite.

– Qu'est-ce que tu veux dire ?

Je pousse un cri, mes ongles griffent son torse. *Il l'a poli. Il l'a poli pour que la texture rugueuse de sa peau me fasse moins mal.* La pression dans mon abdomen devient trop forte. Je vais exploser. Je vais mourir si nous ne le faisons pas... J'ai besoin...

– Tu es à moitié Drakesh ! crie-t-il comme si cela répondait à ma question.

– Argh !

Je souffle ma frustration cette fois et trouve la force de me lever. Je me redresse juste assez pour défaire la cravate de ma nuque et laisser ma robe tomber à mes pieds.

– Raingar, je veux que...

– Ta langue ! s'exclame-t-il alors que je tombe sur lui.

Je ne porte que les petits sous-vêtements qui cachent mon sexe, l'endroit qui a désespérément besoin d'être soulagé. Je me frotte sans pitié sur tout son corps, même s'il essaie de me retenir.

– Raingar ! je gémis bruyamment.

Mais il secoue la tête.

– Les Voraxians et les Drakeshs portent leurs émotions sur leurs crêtes. Ils prennent des couleurs vives dès qu'ils ressentent une émotion et, lorsqu'ils rencontrent leurs âme sœur Xiveri, ils prennent toutes les couleurs. Toutes en même temps. Toi, tu n'as pas de crêtes... sauf celles de ta langue.

Je souffle et étire ma langue en plongeant vers l'avant. Je me fiche éperdument des crêtes, je ne pense qu'à une chose, je veux le goûter. Raingar ouvre la bouche, mais je suis momentanément arrêtée par les lumières qui se reflètent sur ses lèvres. Et elles n'ont rien à voir avec les plaines obscures qui nous entourent.

Je cligne des yeux en succession rapide tandis que des éclairs d'énergie zèbrent mes cuisses, les faisant frémir. Je me penche et attrape mon sexe, il pulse. Je sens *tout* et je gémis :

– Je suis ton âme sœur Xiveri...

– Yeffa, dit–il en riant à gorge déployée.

Je ne trouve pas la situation drôle. Je ne vois pas ce qui pourrait être drôle. Je vais pleurer s'il ne me pénètre pas immédiatement.

– J'ai mal... s'il te plaît, Raingar, s'il te plaît...

La fièvre me saisit à chaque endroit que Raingar touche. Il saisit ma nuque d'une de ses énormes mains, renverse nos corps et me place sur le dos sous lui. Il s'agenouille au–dessus de moi, une main posée sur le matelas près de mon visage et ses genoux près de mes jambes.

– Pas comme ça. C'est *moi* qui doit écarter les jambes. J'ai besoin d'être au–dessus. J'ai promis de te guider... Tu n'as jamais fait...

Raingar se lèche les lèvres et se lève rapidement. Il détache son pantalon et l'arrache de son corps. Ce faisant, il déchire quelques–unes de mes coutures, mais je n'en ai rien à *ohr*. Je lui ferai mille pantalons, tant qu'il...

– Prends–moi !

Son expression est ferme, mais douce, tout comme sa poigne alors qu'il prend mes genoux dans chacune de ses mains et écarte mes jambes, exposant ma chair sensible et électrifiée à la dureté des éléments.

Il fait glisser ses doigts contre l'intérieur de mes cuisses, mais j'ai des spasmes de plaisir et de douleur lorsqu'une nouvelle vague d'intensité me frappe.

– Raingar !

– Argh !

Il saisit le sous–vêtement qui emprisonne mes lèvres inférieures et le déchire entre ses mains, en prenant soin de ne pas me bousculer, et encore moins de me blesser. Il fait de même avec la pièce de tissu qui emprisonne mes seins, puis il recouvre mon corps du sien.

Il embrasse le côté de mon visage, ce qui provoque en moi des ondes magiques qui me font trembler.

– Le rouge... le rouge est beau, dit–il, mais ce qui m'intéresse, c'est ce qu'il y a derrière…

Je gémis. Son souffle est comme un millier de plumes qui s'abattent sur moi en même temps. Je ne peux pas respirer à travers leur douceur.

– Tout ce qui compte pour moi Essmira, c'est toi. Tu es mon univers.

– Raingar…

Ses mots font s'écarter les nuages au–dessus de moi. D'autres explosions dansent dans le ciel tandis que je me précipite dans un autre univers. Je ne contrôle plus mes membres. Je suis terrifiée, réellement effrayée par le changement qui s'est opéré en moi si soudainement, mais je lui fais confiance. Je lui fais confiance alors je m'abandonne.

– Je vais te montrer ce que je veux dire, Essmira , dit–il brutalement en se déplaçant sur moi.

– C'est... C'est moi la femelle de plaisir... Je devrais guider...

– Non, *je* suis ton mâle de plaisir, Essmira. Te faire jouir est mon devoir.

Il se baisse sur un coude, mais ce n'est pas suffisant. Il ne me couvre toujours pas, il ne me prend pas. Au lieu de cela, il repousse mes cheveux de mon front tandis que son érection rebondit furieusement contre mon ventre. J'essaie de l'attraper, mais il emprisonne mes deux mains au-dessus de ma tête dans une seule des siennes.

Il croise mon regard et je tombe dans ces profondeurs colorées.

– S'il te plaît, laisse-moi t'accompagner à travers cette épreuve. Je te promets... que je ne te laisserai pas tomber.

Sa voix se brise.

Les couleurs, sauvages et radieuses, explosent contre son visage lorsque je pousse un gémissement sauvage. Toutes les couleurs de la campagne lemorane m'environnent, me font fête. Mon dos se cambre, mais je ne peux pas bouger les bras. Il m'a coincée.

– Je sais que tu ne me laisseras pas tomber. Je t'adore, dis-je, à bout de souffle.

Raingar grimace comme s'il avait été frappé et serre une main contre sa poitrine. Il ferme les yeux et lorsqu'il les rouvre, il soutient mon regard avec détermination puis fait rouler ses hanches jusqu'à ce qu'elles rejoignent les miennes. Il passe la main entre ses jambes et regarde vers le bas, prudent, en alignant son érection sur mon ouverture.

La chaleur de sa bite est brûlante et douloureuse. Je pousse un cri sauvage lorsqu'une bombe bleue éclate à des centaines de mètres au-dessus de moi. Le vent siffle sur les plaines obscures en créant des mélodies délirantes. C'est comme si je pouvais toucher l'univers à travers tant de couleurs qui s'affrontent – elles me désorientent, alors je me concentre sur celles que je connais le mieux.

Le noir, le bleu, le violet, l'orange, le jaune et, au centre, le vert irisé de son regard, tourbillonnent.

– Es–tu prête, mon Essmira ?

– Raingar, je gémis, n'y tenant plus. Je t'en prie, prends–moi !

Il pousse vers l'avant. Je halète et me débats contre son emprise. Mon corps veut qu'il entre à fond, mais mes pensées, qui se désagrègent rapidement, remercient le ciel qu'il me pénètre avec une douloureuse lenteur. Il m'emmène aux portes de la folie. Son sexe est *énorme*. Le mâle lui–même fait au moins quatre fois ma taille et bien qu'Igmora, la femelle qui a connu une fin prématurée, et Tyto, le mâle qui l'a tuée, m'aient appris que je m'étirerais pour m'adapter à n'importe quelle taille, je n'en ai pas l'impression pour l'instant.

Ses yeux sont ouverts. Sa mâchoire est serrée si fort que je peux entendre ses dents grincer l'une contre l'autre. Les muscles de son cou se contractent et il doit lâcher mes mains pour soutenir davantage son poids alors qu'il introduit sa bite dans ma chaleur trempée et sensible. Mes lèvres inférieures s'ouvrent pour lui tandis qu'il enfonce la tête de son érection en moi en chatouillant un point de plaisir au sommet de mon sexe. C'est cette petite pression qui m'entraîne dans une spirale de désir. Et dire que nous ne sommes pas encore allés jusqu'au bout !

Je crie et je me convulse. Je sais exactement ce qu'il faut saisir lorsqu'il se laisse tomber sur ses deux coudes. J'attrape ses cornes et je serre leur base. Raingar émet un gémissement guttural. Ses hanches se figent et je sens les muscles de ses cuisses fléchir tandis que je serre sa taille entre mes cuisses tremblantes. Son sperme me transperce. Je peux sentir sa chaleur comme une extension de lui et c'est une sensation extraordinaire qui signe ma perte.

– Essmira, souffle–t–il, ébahi.

– Raingar ! je hurle.

Mon orgasme n'a pas calmé la tempête qui sévit dans mon corps. Bien au contraire. J'en veux plus. Je veux tout ce qu'il a à donner. Je veux que son corps souffle sur le mien une passion amoureuse à la hauteur de l'amour qui a livré une bataille sans merci dans ma tête et dans mon cœur et qui les a vaincus tous les deux.

– Ne pars pas, je supplie.

Il souffle et rit en même temps. Je peux voir la sueur briller à la base de ses cornes lorsque je parviens enfin à ouvrir les yeux.

– Je ne partirai pas. Je ne partirai jamais, et je ne partirai certainement pas avant d'avoir réussi à te pénétrer entièrement.

Il se raidit à nouveau et je sens son ventre se détendre davantage sur moi alors qu'il pousse à nouveau vers le haut. Ce mouvement m'aurait projetée à travers le lit si sa main ne s'était pas accrochée à ma nuque pour m'ancrer.

Mes yeux se lèvent vers le ciel.

– J'ai envie de toi… Oh Raingar… J'ai envie de toi…

– Eh bien, ma petite hybride égoïste. Je suis ton âme sœur Xiveri et en ce moment, je suis aussi ton mâle de plaisir. Tu vas devoir faire ce que je te dis. Tu vas devoir attendre.

Ma détresse a l'air de l'amuser. Il me le paiera cher, j'ai moi–même plus d'un tour dans mon sac.

Je serre les parois internes de mon sexe autour de sa longueur et il gémit, avant de s'effondrer encore plus en avant jusqu'à ce qu'il soit à moitié à l'intérieur de moi, là où son érection est la plus épaisse. La douleur déchire mon vagin, à l'intérieur comme à l'extérieur, mais cela n'a pas d'importance, car j'en veux encore plus.

– Essmira...

Sa tête roule sur son cou. Il baisse les yeux vers moi. Sa pupille verte est follement gonflée.

– Je vais essayer de garder le contrôle jusqu'au bout. Dis–moi si ça te fait mal. S'il te plaît, Essmira, préviens–moi tout de suite, ne me laisse pas te faire du mal.

Les larmes brouillent sa vue. Je caresse doucement ses cornes jusqu'au bout, du moins, le point le plus élevé que je peux atteindre. Je hoche la tête.

– Je te fais confiance, Raingar.

– Je t'aime, Miriga.

Sa bouche s'écrase contre la mienne tandis que son corps se déplace lentement, doucement, tout en franchissant des barrières invisibles que nous ne pouvons pas sentir. Il lui faut une demi–lune – ou seulement quelques instants – pour m'écarter suffisamment pour me prendre tout entière. Nous crions tous les deux quand ses hanches viennent se coller aux miennes... Je sens alors l'ardillon qui me pique les fesses.

– Ça va ?

Il a à peine le temps de prononcer les mots que je crie au ciel :

– YEFFA !

Il glousse. Sa main lisse mes cheveux en les éloignant de mon visage, puis il passe l'autre main sous moi. Là, ses doigts glissent sur la courbe lisse de mon cul mi–rouge, mi–brun.

– Je vais mettre mon éperon inférieur en toi maintenant... croasse–t–il.

Il parle comme un mâle mourant de soif.

– Je ne pourrai pas le rétracter facilement, alors si tu veux le retirer, dis-le moi tout de suite. Ça va faire mal si tu essaies de t'éloigner ensuite, c'est ce qu'on m'a expliqué.

Il a l'air désespéré. Je hoche vigoureusement la tête.

– S'il te plaît... je veux que ça rentre... je veux que tu sois en moi... tout.

– Oh, par les étoiles, Essmira. Tu es parfaite !

Il embrasse mon front et ferme les yeux. Mes orteils se recroquevillent lorsque je le sens s'attaquer à mon deuxième trou... celui qui est serré et qui n'est pas encore prêt à recevoir ce qu'il va y introduire. Raingar doit le sentir lorsqu'il enfonce son doigt à l'intérieur, car il recueille un peu du liquide qui a coulé le long de mon pli et le masse à l'intérieur de moi. Puis il remplace son doigt par le petit appendice protubérant que tous les mâles lemorans ont à la naissance de leur sexe et je sens le bout, qui n'est ni hérissé ni poilu mais une combinaison des deux, entrer en moi et s'y loger avec une facilité effrayante.

Je grimace. Je me sens douloureusement pleine lorsqu'il se déplace, puis mes yeux se révulsent lorsque Raingar s'assied, et change l'angle suffisamment pour que le plus petit ardillon sur le dessus de son pénis puisse inonder mon sexe tandis que son pouce travaille le petit faisceau de nerfs à l'extérieur de mon corps. Ses mains sont tellement plus douces que la dernière fois. Je vais exploser.

– Ohr ! je crie.

Les sensations sont irrésistibles. Je plaque mes deux mains à côté de moi sur les draps.

– C'est trop ?

– Par les comètes, yeffa ! Yeffa, Raingar !

– Je vais me retirer... donne–moi juste...

Je vois rouge et je suis assaillie par des envies de meurtre. Je m'élance vers l'avant, j'attrape son cou, et j'écrase sa bouche sur la mienne. Contre le goût de la rosée et d'un millier de levers de soleil, je murmure :

– Si tu t'arrêtes maintenant, je te jetterai dans les plaines obscures. *Baise–moi*, Raingar. Prends–moi maintenant !

Il rit bruyamment contre moi et m'embrasse avec violence, comme je le désire. Je veux *tout* cela.

– Tes désirs sont mes ordres, miriga.

Comme s'il avait reçu la permission de se laisser aller, ses mouvements deviennent sauvages en un instant. Il s'assit complètement sur ses talons, il saisit mes mollets et les tient devant lui. Ainsi positionnée, je suis ouverte pour lui, il peut me pénétrer, il peut m'envahir.

– Par les étoiles, miriga… souffle–t–il. Quand je te vois ainsi… Je medis que je ne quitterai jamais ce lit.

– Alors ne le quitte pas. Parce que moi aussi je veux rester.

Il gémit. Ses yeux se révulsent et des ondes de chaleur inondent mon corps. Ses éperons s'accrochent à l'intérieur de moi et ne me lâchent pas. Leur pression fait passer le plaisir à travers mes trous avant plus serrés. Les sensations de multiples orgasmes s'écrasent sur moi simultanément. Je ne peux que crier. De l'humidité s'échappe de mon corps, se déverse contre mes cuisses et plonge plus bas pour couvrir les courbes de mon cul.

– Raingar, yeffa ! S'il te plaît, approche–toi... Je te veux en moi…

Mais ce salaud me serre les jambes et me baise comme ça : en refermant mes jambes autour de sa bite. J'ai l'impression qu'il me pénètre à nouveau pour la première fois. Je gémis sous l'effet de la pression énorme et gonflée qui s'exerce en moi. Je perds la notion du temps. Tout a un goût nouveau, merveilleux et différent. Je ne redescendrai jamais de là.

– Raingar…

– Miriga. Je suis ton serviteur, grogne–t–il.

Ses cornes s'abaissent pour encadrer mon visage tandis qu'il presse mes genoux contre ma poitrine.

– Tu es mon roi.

– Alors tu es ma déesse.

Je ris et ses lèvres rencontrent les miennes. Je me perds dans le bruit de nos chairs qui s'entrechoquent. Je réussis à le faire reculer suffisamment pour écarter mes jambes sous lui. Nous sommes ainsi suffisamment proches l'un de l'autre pour que je puisse glisser mon majeur dans son trou du cul.

– Essmira ! crie–t–il.

Ses yeux s'illuminent de surprise un instant avant qu'il ne jouisse à nouveau, le visage tordu.

Je souris jusqu'à ce que la pression de ses coups de boutoir devienne trop forte et que mon clitoris sensible me supplie de le soulager...

Un orgasme me submerge et je halète lorsque je remonte à la surface. Je lève les yeux, au–delà du visage de Raingar, vers le ciel orageux. Il est d'un indigo sombre, mais des éclats d'or et de vert menacent de s'abattre sur nous et de nous anéantir. Je suis déjà anéantie, à la dérive dans l'étreinte magique de cette chose appelée Xiveri. Naufragée, mais pas perdue, car je suis en sécurité dans les bras de celui que j'appelle mon âme sœur Xiveri.

Je le serre contre moi et il me serre contre sa poitrine tandis qu'une dernière et terrible pression m'arrache le dernier souffle de mes poumons et que chaque fibre se resserre en moi. Son éperon arrière s'enfonce dans mon cul et sa bite palpite à l'intérieur de moi en même temps que son éperon frontal, qui maintient nos corps enfermés l'un dans l'autre.

– Ne me lâche pas, gémit-il.

– Je ne te lâcherai jamais...

Mais mes bras se relâchent et nos hanches se heurtent l'une contre l'autre de façon inégale en battant la chamade alors que nous poursuivons tous les deux le chemin de notre jouissance jusqu'aux étoiles.

– Raingar !

– Ohr ! Miriga !

Il hurle. Les cordes de son cou se tendent avant qu'il ne bascule sur le côté et n'explose.

Nous nous serrons férocement l'un contre l'autre tandis que le sable explose au-dessus de nous et que l'océan entre mes jambes m'envoie les dernières décharges. Nos respirations se mélangent, nous partageons notre souffle. Sa poitrine se soulève contre mes seins. Mes parois intérieures palpitent et son éperon reste dur et noué à l'intérieur de moi. Il me possède.

– J'ai menti, dis-je.

Je me penche pour l'embrasser partout où ma bouche peut aller: son menton, son cou, le V à la base de sa gorge.

– Je veux être ta femelle de plaisir. Je veux me présenter à toi à chaque fois que tu veux m'avoir. J'en veux plus, tout le temps, aussi brutalement que tu le souhaites. C'est ce que je veux, et pour toujours.

Il saisit l'arrière de ma tête et rapproche mon visage du sien. Ses éperons raclent mes orifices. Son érection n'est toujours pas retombée. Je ne me suis jamais sentie aussi satisfaite qu'en ce moment où sa langue envahit ma bouche et ses mains vénèrent chaque centimètre de ma peau. Il m'étreint brutalement les seins et je me cambre, le torse inondé de plaisir alors que je commence à me balancer contre lui encore et encore.

– Et c'est ce que tu auras pour toujours. Tu es *ma*, Miriga. Tu es à moi.

– Yeffa.

– Je veux t'entendre le dire, grogne-t-il.

Je sens l'atmosphère changer. Il a refait surface, il – cette bête qui m'a effrayée lorsque nous avons essayé de nous accoupler pour la première fois – est de retour. Mais cette fois, c'est le gentil Raingar qui est aux commandes. Je sens qu'il se retient, qu'il fait tout pour ne pas me blesser. Mais cette fois, je suis prête, car ma passion est tout aussi sauvage que la sienne.

– Je suis à toi.

– Je suis celle que tu baiseras et que tu protègeras, me dit-il.

– Je suis celle que tu… baiseras et que tu protègeras, je souffle alors qu'il commence à s'enfoncer en moi plus agressivement dans cette nouvelle position.

Nous sommes tous les deux couchés sur le côté.

– Celle que tu conserveras à jamais dans ton cœur.

– Celle que tu conserveras à jamais dans ton cœur.

– Je t'aime, Miriga.

– Je t'aime, Raingar.

Il passe la main entre nous et son pouce effleure délicatement mon bouton gonflé et luisant. Entre ça, ses mots et le claquement humide de nos corps… c'est trop.

– Je vais encore jouir, Raingar.

– Oui, tu vas jouir. Jouis pour moi, Essmira, son ton est sombre, ses désirs sont des ordres.

Comment pourrais-je lui désobéir ?

Ma tête bascule en arrière et je crie vers le ciel alors que des vagues de plaisir me prennent et me lient à ce mâle qui m'a capturée dans ses bras. Il me serre contre lui et émet un son étouffé lorsqu'il jouit à nouveau. Nous tournons en spirale ensemble, encore et encore, jusqu'à ce que le ciel devienne noir et que les couleurs des plaines obscures éclatent encore plus fort. Raingar me traîne sur son torse et tire une couverture sur mon dos. Ses éperons et sa bite sont toujours logés profondément dans mon corps. Je sais que cette chose appelée Xiveri est rassasiée lorsque des couleurs étrangères s'échappent de ma bouche sur son torse poli. Je suis heureuse. Je suis la femelle la plus heureuse du cosmos.

Ses doigts s'emmêlent dans mes cheveux et il murmure :

– Ne t'endors pas, miriga. Je te reprendrai bientôt.

Un rire s'échappe de mes lèvres sur sa poitrine. Mes paupières sont alourdies, même si mon sexe palpite. Il est encore chaud et humide pour mon mâle. Mon compagnon. Mes ongles griffent son torse et je roucoule :

– Je te fais confiance.

Il se tourne vers moi et en un clin d'œil, nous recommençons à zéro.

Huit solaires plus tard...

19

Raingar

– Dis-le, je grogne en la pénétrant.

Mon sexe est beaucoup trop gros, mais elle peut le supporter. Elle ne se souffrira pas, surtout pas à cause de moi.

Je tiens ses hanches entre mes mains et je la prends par derrière. Depuis que j'ai découvert cette position impie, je n'ai pas cessé de la prendre ainsi. C'est peut-être elle la femelle de plaisir, mais elle aime me laisser le contrôle et moi j'aime le prendre. Elle est *ma* femelle maintenant.

– Je suis à toi… dit-elle en soufflant à chaque coup de reins.

– Tu es ma ..?

– Je suis ta… xiveri !

Elle pousse un cri aigu avant de tomber en avant. Je la suis dans sa chute. Mon éperon le plus court est maintenant logé dans son entrée arrière froncée et palpitante. Tandis que mon éperon le plus long se presse à l'intérieur d'elle avec mon érection. Je vide tout ce que j'ai dans son corps. Tout ce que j'ai.

Nous nous effondrons l'un contre l'autre sur le lit, mais Essmira n'est docile que pour quelques respirations. Elle passe sa jambe par–dessus mes hanches et s'abaisse sur mon sexe en rejetant la tête en arrière. Elle me chevauche avec plaisir, son corps rebondit sur le mien. Je la rattrape lorsqu'elle tombe avant de me vider en elle une quatrième fois. Nous recommençons encore et encore et encore, jusqu'à ce qu'un coup furieux à la porte nous tire de notre désir et me force à me lever.

– Raingar ! crie Gorman de l'autre côté de la porte. Essmira ! Les Asgids sont arrivés ! Les festivités commencent ! Dépêchez–vous sinon vous allez tout manquer !

J'ouvre la porte en grand et les yeux de Gorman s'emplissent d'horreur à la vue de ma peau grise tachée de sperme. Ses nageoires sont parcourues de spasmes viscéraux. Celles du côté droit a été chirurgicalement rattachées à sa tête grâce à une nouvelle technologie de greffe que nous avons réussi à nous procurer dans une colonie d'Hypha.

– Nous en avons encore pour un moment ! je crie.

Je lui présente un sourire carnassier.

L'expression horrifiée de Gorman se concentre alors sur mon visage. Il cligne des yeux une douzaine de fois en une succession rapide. Je fais maintenant un grand sourire à tout le monde, pour qu'ils puissent voir toutes mes dents. Cela fait fuir les plus jeunes, terrorisés. Ils ne savent plus qui je suis. Mais je ne peux pas m'arrêter. J'ai changé.

– Pourquoi tu souris comme ça ? crie Gorman. Tu as l'air d'un malade !

– C'est à cause du sexe ! J'adore ça. Et Essmira est extrêmement compétente.

– Raingar !

La voix d'Essmira s'amplifie alors qu'elle nous rejoint, vêtue d'une magnifique robe. Elle porte une robe *épaisse*. Si Gorman devait la voir un jour dénudée, ce qui est assez probable étant donné la fréquence à laquelle il doit nous réveiller pour nos tâches, ce qui lui est arrivé avec l'assassin de Sky ne serait rien comparé à ce qu'il risquerait. Aucune opération chirurgicale ne pourra lui redonner les yeux que je vais lui arracher de la tête si cela devait arriver.

Elle vient me prendre le bras et se place entre Gorman et moi.

– Nous descendrons dans un instant, Gorman. En attendant, peux–tu faire visiter le donjon à nos invités et préparer les chars à pads qui emmèneront les Asgids vers les plaines obscures ? Je me suis assurée qu'au lever du soleil, tout était déjà en place. Il devrait déjà y avoir des assistants avec de la lobba et d'autres rafraîchissements pour accueillir nos invités. Préviens les musiciens qu'ils devront jouer dès l'arrivée du premier char.

Gorman la regarde fixement, puis me regarde, comme s'il était sur le point de s'évanouir.

– La Miraiga a parlé ! j'aboie.

Gorman semble plus à l'aise avec ce ton de voix de ma part car il se redresse, hoche la tête et sa bouche se ferme enfin. Il est sur le point de dire quelque chose d'autre, mais je claque la porte entre nous, j'arrache la robe de ma femelle, je la plaque contre le mur et d'une légère poussée, je suis à nouveau en elle.

Puis je la baise sans ménagement trois fois de plus.

Les festivités ont déjà commencé lorsque nous arrivons aux plaines obscures. Je ne cesse de me plaindre et de demander à ma miriga quand nous pourrons rentrer à la maison.

– Peut-être que nous pourrons nous éclipser pendant la fête, propose-t-elle et bien entendu, j'accepte.

Je l'embrasse sur la tempe, même si je sais qu'il n'y a aucune chance que cela se produise. Pas avec la surprise que j'ai préparée.

Mais j'aime bien percevoir dans sa voix que son désir égale le mien.

Nous descendons de cheval et elle se faufile dans la foule en s'adressant à tout le monde. Lorsqu'elle a fini sa tournée, le ciel est sombre et les Asgids s'extasient devant les champs de sable kintarr et le spectacle de lumières qu'ils nous offrent, tout en sirotant de la lobba et engloutissant de la nourriture et des produits de leur propre monde. Leur monde a été détruit il y a de nombreuses rotations, mais leur culture et les coutumes se perpétuent à travers des descendants. Elles ne s'éteindront jamais, grâce à eux.

Ma miriga, ma beauté et ma vie, se tourne vers moi et pose ses mains sur ma poitrine.

– Alors, as-tu toujours envie de partir ?

Elle lève un sourcil, cette ligne de poils délicats, et je soupire :

– Je n'arrive pas à croire que tu es à moi.

Je touche sa petite oreille et je suis la boucle rouge jusqu'à ce qu'elle rejoigne la brune. Elle est si belle. Chaque partie d'elle. Surtout quand elle ouvre la bouche et que les petites bosses qui tapissent le dessus de sa langue brillent.

Je me penche pour l'embrasser et, lorsque ma poitrine se contracte, je me penche pour l'embrasser à nouveau. Puis encore une fois, encore plus brutalement.

Maintenant que ma poitrine est polie, elle aime que je sois brutal. Mes mains serrent ses bras un peu plus fort et ma bite se durcit dans mon pantalon. Je n'arrête pas de lui dire qu'elle doit me faire un entrejambe en métal pour que ma bite cesse de lutter contre le tissu, mais jusqu'à présent, cette insupportable tentatrice ne l'a pas fait.

– Raingar, gémit–elle dangereusement.

Sa bouche brille d'un éclat que je sais qu'elle ne contrôle pas, mais qui l'embarrasse à chaque fois. Elle se mord la lèvre inférieure, mais je la libère. J'aime cette couleur. J'aime toutes ses couleurs.

– Argh. Je n'arrive pas à croire que je vais devoir me refuser à la plus belle femelle de toutes les galaxies.

– *Refuser* ! glapit–elle.

– Chut !

J'éclate de rire. Un groupe d'Asgids ivres qui se dirigeait vers nous bifurque rapidement vers la plate–forme suivante.

– On rentrera plus tard… j'ajoute.

Bien, bien plus tard; j'en suis sûr.

– Pour l'instant, je veux te présenter une délégation.

– Une délégation ? Mais je croyais que j'avais la liste de tous les invités ? dit–elle en faisant une moue adorable.

Qui aurait cru que ma petite femelle de plaisir deviendrait une telle maniaque du contrôle ?

– C'est vrai, miriga, je réponds sur mon ton le plus apaisant.

Je ne savais même pas que ma voix pouvait se faire si apaisante.

– Mais tu as invité des gens sans me prévenir.

– C'est une petite erreur, c'est tout.

– Je n'aime pas ça.

J'éclate de rire à nouveau et je lui passe un bras par-dessus les épaules. Je prends sa main la plus proche, puis je la porte à mes lèvres. Je la dirige ensuite vers le bas, loin des Asgids, loin des plateformes où la fête est la plus dense, vers celles où le calme règne.

Asgids, Rekkarus, Lemorans, hybrides et Hyphas s'étirent, se prélassent sur les lits, les tapis et les poufs qu'Essmira a placés là. Ils fument dans de grandes pipes à eau et s'empiffrent. Mais ce ne sont pas ces créatures que je recherche. Je n'en cherche que deux.

Je guide Essmira sur deux niveaux jusqu'à une plate-forme plongée dans l'ombre. Proche des plaines obscures, elle est principalement éclairée par leur lumière, et je sais que c'est la seule raison pour laquelle Essmira n'a pas encore paniqué. Mais alors que nous montons sur la plate-forme, deux silhouettes se tournent vers nous, l'une beaucoup plus grande que l'autre. Dès qu'Essmira s'avance dans la lumière des torches et les voit, elle se fige.

Je glousse et fais un geste entre ma femelle et les étrangers.

– Essmira, voici le Raku, la Rakukanna de Voraxia, et leur enfant, la Rakuka de Voraxia. Raku, Rakukanna, voici Essmira, ma compagne et la miriga de notre clan.

Le grand mâle voraxian à la peau bleue s'avance et me surprend en offrant à Essmira le salut lemoran. Il attrape l'air et le porte à son cœur.

– C'est un honneur de vous rencontrer, dit-il.

Je ne connais pas de plus grand honneur que de voir *ce* mâle s'adresser à ma compagne. Le voir lui parler sur les plaines de mon domaine, sous un brillant coucher de soleil fait de sables kintarr explosifs, alors que, dans son autre bras, repose sa petite endormie, est un privilège.

La petite hybride a la peau rouge de sa mère et les cheveux noirs et raides de son père. Sa queue pend mollement sur son avant-bras tandis qu'elle roucoule doucement dans son sommeil. Elle est si petite. Elle est si parfaite. Ma prise sur l'épaule d'Essmira glisse vers le bas de son dos alors qu'elle vacille, probablement en état de choc.

— Je…je… balbutie-t-elle en voraxian et je ris.

C'est l'une des rares fois où je l'ai vue aussi peu éloquente.

— Je veux dire… pardonnez-moi. Je suis honorée de vous rencontrer, Raku, Rakukanna, Rakuka, dit-elle en inclinant la tête vers le petit et en lui offrant le salut lemoran en retour.

Cependant, c'est la Rakukanna qui s'avance et abandonne toute formalité. Elle éloigne brutalement ma femelle de moi et passe ses bras autour de son cou. Elle est à peine plus petite qu'Essmira et aurait l'air tout à fait Drakesh sans les traits de son visage et les douces boucles brunes qui lui poussent sur la tête, beaucoup plus lâches et légères que celles d'Essmira.

Elle dit quelque chose contre le cou d'Essmira qui ressemble à « Béniswa laizétoiles », avant de répéter en voraxian :

— Je suis honorée de te rencontrer.

Lentement, très lentement, Essmira lève les bras – ils tremblent – et étreint la femelle en retour, la serrant de plus en plus fort jusqu'à ce qu'il semble que nous ayons besoin d'une machine Niahhorru pour séparer les deux femelles.

En voraxian, Essmira répond :

— C'est un honneur, Rakukanna…

– Nox, nox. Pas de ça. Appelle–moi *Miari* Essmira, et considère–moi comme ta sœur.

– Sœur ?Nous sommes sœurs, hexa. Nous étions six hybrides à être nées en même temps, mais nous avons été dispersées dans les étoiles. Je n'ai jamais pensé...

Sa voix est saccadée et elle se frotte le visage, ce qui étale la peinture qu'elle porte autour de ses yeux. Elle n'a pas l'air d'une Rakukanna, et pourtant, le mâle à ses côtés ne pourrait pas être plus fier. Je sens ma propre poitrine se gonfler en réponse lorsqu'il croise mon regard et me fait un léger signe de tête.

Je pense que je pourrais finir par tolérer ce mâle.

La Rakukanna – Miari – renifle à nouveau, cette fois plus longuement, et attrape Essmira par le bras. Je n'y vois pas d'inconvénient. Elle guide ma femelle loin de moi et elles s'assoient sur l'un des poufs bas. Je reste derrière elle et j'attends, comme je l'attendrai pour le reste de ma vie – avec impatience, peut–être, mais docilement.

– J'avais perdu espoir de trouver les autres hybrides. Nous avons rencontré Ashmara, mais elle...

Elle secoue la tête.

Essmira souffle légèrement en souriant et cela apaise mon âme. Je me positionne confortablement, je laisse mes muscles se fondre dans mes os.

– Elle ne compte pas vraiment. Ashmara est Eshmiri, par le sang et l'âme, fait remarquer Essmira.

– Exactement. Darro et moi étions les seuls hybrides, jusqu'à ce que j'entende parler de toi.

– Darro ? demande Essmira.

– Je crois, *mont namour...* l'interrompt Raku.

Je n'ai jamais entendu auparavant le surnom qu'il vient de lui donner. J'ai l'impression qu'il s'agit d'une langue étrangère. *Peut–être une langue… humaine* ?

Il s'avance derrière elle et lui touche les cheveux, tandis qu'Essmira me regarde par–dessus son épaule, en quête de force. Je vois le calme envahir ses yeux lorsque je m'approche d'elle et que je prends le pouf à ses côtés. Je lui prends la main. Elle croise ses doigts dans les miens.

– Hexa ? dit la Rakukanna.

Le Raku n'a toujours pas fini sa phrase.

Il sourit.

– Mes excuses. J'ai été distrait par la façon dont la lumière des plaines obscures se reflète dans tes yeux.

– Arrête d'essayer de me distraire. J'essaie de raconter une histoire, dit–elle en feignant une exaspération qui est trahie par le grand sourire qu'elle affiche.

Raku prend place à côté d'elle, de l'autre côté de la table basse où la nourriture et les boissons sont prêtes. Il y en a assez pour nous permettre de passer la lune là, et même plus. Des bougies grasses brûlent intensément. Il pose la petite sur le pouf à côté de lui et la recouvre d'une couverture. Il lui caresse distraitement les cheveux et je serre deux fois la main d'Essmira qui émet un son doux, un son joyeux.

Raku sourit :

– J'allais justement dire qu'Essmira ne connaît rien de cette histoire, alors je te suggère de commencer là où toutes les bonnes histoires commencent, *mont namour*.

– C'est–à–dire ?

– Commence par le début.

Merci beaucoup d'avoir rejoindre Essmira et Raingar sur Lemora! Si vous avez apprécié l'histoire d'Essmira et Raingar n'hésitez pas à me le faire savoir avec un avis sur Amazon, ou vous pouvez me contacter sur:

Instagram: @estephensauthor
TikTok: @elizabethstephensauthor

Vous pouvez également faire partie de ma mailing list à
www.booksbyelizabeth.com

Argh la prochaine !

Elizabeth

¤°´*`°¤,¸¸,¤°*°¤,¸¸,Ø

Enlevée par le Barbare Pikosa

Septième tome de la Passion Xiveri (Halima et Ero)

Le seigneur de guerre, Ero, commence à se douter que l'une des nouvelles captives va poser problème. Halima parle sa langue et elle semble vouloir utiliser ce savoir contre lui. Il devrait la tuer, mais ce que les signes lui hurlent ne peut être ignoré : elle est à lui. Elle lui appartient. Va-t-elle faire son bonheur ou signer sa perte ?

Disponible en livre de poche partout où l'on vend des livres en ligne ou sur Amazon en ebook ou livre relié.

1

Halima

Je perçois un bruit, une *destruction*. Non, il ne s'agit pas que d'un bruit, c'est en train de se produire. Le monde se brise. Je me brise. Crrrrrack. Je ne suis plus que fragments.

La douleur me secoue tout le corps, c'est comme si on m'avait donné un coup de poing dans la poitrine. C'est comme si ce poing avait un goût de métal et de sang et qu'il criait mon nom. C'est bien moi qu'il appelle. Même à travers la prononciation déformée que mes oreilles peinent à comprendre, je reconnais ce nom. Je le connais à un niveau profond, viscéral. Tout comme je sais que j'ai une âme, que cette âme est reliée à ma peau et que cette combinaison d'âme enveloppée de peau est ce qui fait de moi un être humain.

Je suis humaine et je m'appelle Halima.

– Halima !

Elle prononce mal mon prénom. C'est un haa long – pas un ha court – suivi d'un laam, d'un yaa, d'un meem, le tout complété par un ta'marbouta. Mais la femme qui crie ne peut pas améliorer sa prononciation parce qu'elle parle anglais et que mon nom est arabe.

L'anglais, l'arabe… C'est étrange mais, instinctivement, je connais les différences entre les deux.

– Halima, tu m'entends ?

Oui, je t'entends, mais mon nom n'est pas ha – avec un a plat – lima, mon nom est hhhaah–leem–a, comme le disait ma mère.

Ma mère…

Je sais quel sens a ce mot, mais je n'arrive pas à évoquer le souvenir de cette mère qui m'a dit mon nom pour la première fois. La mère qui a été la mienne. Quand je cherche dans ma mémoire, tout ce que je vois, c'est une main qui dessine un ha avec d'élégance – ce toit aplati au–dessus de la courbe généreuse en dessous – mais il n'est dessiné de cette façon que lorsque la lettre existe de manière isolée…

ح

Sa main fait bruisser le papier sous elle tandis qu'elle dessine à nouveau le *ha*, mais cette fois avec un toit pointu qui descend avant de remonter pour former le *laam* qui est la deuxième lettre de mon nom. *Yaa*, *meem* et *ta'marbouta* suivent. Elle est marron clair, cette main. Elle est marron clair, comme la mienne. « Halima », elle écrit ce mot pour moi.

حليمة

Je tends à nouveau la main à travers le brouillard de ma mémoire, au–delà du gouffre de tant de langues qui s'entrechoquent : le cantonais, l'anglais, le wolof, le farsi, le turc, l'hindi, le coréen, le français, l'espagnol, et ma langue maternelle, l'arabe égyptien. Mais lorsque je tends la main pour la saisir, cette main change, devient plus grande, calleuse, menaçante, et d'un brun plus foncé qu'elle ne l'était.

Elle s'étire vers moi depuis le haut, s'agrippe au devant de ma chemise, me soulève, et tire plus fort. Je vole. Je chancelle. Je m'étouffe. Je suffoque. Je ne peux plus respirer. Mes yeux s'agrandissent démesurément et mon estomac se noue. Je suis extirpée d'une sorte de lit ou peut–être d'un bain – une boîte en verre remplie d'un liquide d'un bleu néon qui n'a rien de naturel.

– Halima, tu m'entends ? la voix s'élève au–dessus du bruit des cris.

Je me racle la gorge, puise dans ma connaissance de l'anglais et réponds. Non, je ne t'entends pas. Je suis en train de m'étouffer.

Mes poumons brûlent et mon torse se révolte. J'ai l'impression de renaître dans un liquide bleu qui colle comme de la sève plutôt que dans le ventre d'une mère que je ne connais plus.

Je ferme à nouveau les yeux et je cherche, je cherche… Je cherche l'image de cette main qui dessine un *ha* élégant et je sais que si j'y parviens, tout ira bien, mais… je n'y arrive pas.

– Haddock !

La femme rugit et sa main sombre se heurte à une seconde main, plus légère, plus grande et plus rugueuse.

– Survivra–t–elle si vous retirez le tube respiratoire ?

Le visage de la femme apparaît au moment où je cligne des yeux. Sa peau est marron foncé, son crâne est aussi chauve que celui de l'homme qui se tient à ses côtés. Ses yeux sont d'un blanc éclatant, tout comme ses dents, mais lorsqu'elle me regarde, je peux voir une pupille complètement dilatée, qui engloutit l'iris brun qui la protège.

L'homme à côté d'elle a la peau blanche et est tout aussi chauve qu'elle. Je me demande à quoi je ressemble. Suis–je aussi nue et glabre que les autres ? Est–ce que moi aussi, je ne porte pas de marques visuelles nécessaires pour m'identifier ?

Ses yeux verts parcourent mon visage. Sa bouche est pincée en une ligne meurtrière, ses lèvres minces contrastent avec celles de la femme à ses côtés. Une alarme retentit quelque part derrière lui – une autre alarme. Quelque chose s'écrase, le métal se déchire, des voix s'élèvent dans une cacophonie d'intonations contradictoires.

Mon regard se perd dans le coin de la pièce. Je suis des yeux le regard de l'homme appelé Haddock jusqu'à un groupe de personnes chauves qui se tiennent dans le coin. Où sommes–nous ?

La pièce qui nous entoure est grande et pleine de réservoirs brisés qui sont soit vides, soit remplis d'une substance bleue tourbillonnante d'une couleur plus sombre et plus terrifiante. *C'est du sang. C'est. Du. Sang.*

Bien qu'il y ait quelque chose dans ma bouche qui m'étouffe et que je ne puisse pas parler; je tousse. En m'entendant, Haddock se tourne vers moi. Il cligne plusieurs fois des yeux et secoue rapidement la tête.

– Nous n'avons pas le choix, Kenya, dit–il à la femme.

Je suis sur allongée le côté, sur une sorte de table. Elle est dure et je l'entends ployer sous mon poids. Derrière moi, des mains travaillent sur quelque chose dans mes fesses, puis les libèrent. Mes fesses se serrent l'une contre l'autre. Mon pantalon est remonté sur mes hanches.

– Elle est importante, dit sévèrement Kenya en le réprimandant.

Haddock serre les dents de devant et crache :

– Nous sommes tous importants. C'est pour ça qu'on nous a choisis. Mais pour l'instant, nous devons nous tirer d'ici avant qu'ils n'ouvrent une brèche.

– J'ai des ordres du général, docteur. Faites-le !

– Ils ont ouvert une brèche !

Une nouvelle voix se fait entendre, c'est une autre femme cette fois.

Elle n'a pas de cheveux et sa peau semble anormalement pâle. Rien qu'à son accent, j'aurais deviné qu'elle était coréenne. Sans cheveux et sans cils, il est difficile de discerner quoi que ce soit de ces êtres. Nous sommes tous chauves et mouillés, couverts de bleu collant. Nous portons tous des uniformes gris sur lesquels sont cousus des mots.

Sur le mien se trouve l'inscription: *Kenya Pettis*. Et en dessous. *Premier lieutenant.*

Je jette un coup d'œil à la chemise de Haddock. Il y est inscrit : *Haddock Schwarzmann. Médecin. Chirurgien.*

Puis je jette un coup d'œil à ma propre chemise. Comme je dois lire à l'envers, il me faut quelques secondes pour assembler les lettres. C'est de l'alphabet romain.

Halima Magdy. C'est mon nom. Mais ce qui est peut-être plus important, c'est ce qui est écrit en dessous : *Étymologue. Interprète.*

Je suis Halima Magdy.

Je suis interprète.

Et je ne peux pas respirer.

Je commence à trembler en prenant conscience de la raison de cette restriction respiratoire. *J'ai quelque chose dans la bouche.* L'homme jure, mais ses mains sont fortes et sûres lorsqu'il manipule ma tête. Tout à coup, la douleur m'envahit. La destruction revient. *Ahlan wa sahlan*, me dis-je en l'accueillant.

Haddock tire et l'objet sort de ma bouche. J'ai l'impression qu'on vient de m'arracher les entrailles.

Mon dos et ma poitrine se soulèvent lorsque le bout de l'objet se détache enfin de ma lèvre inférieure. Je me tords et me débats sur la table. J'essaie de saisir l'insaisissable en inspirant.

Mes yeux sont démesurément grand ouverts. Des mains se posent sur ma poitrine et me pressent. Je m'évanouis. Puis je me réveille et la bouche d'un homme se pose sur la mienne. Il respire, je halète et il se retire en même temps que la femme m'attrape par les mains et me tire de la table. J'atterris sur les genoux.

– Halima, écoute-moi.

J'ai la tâte qui tourne. Je lutte contre l'envie de vomir.

– Tu es l'une des trois cent quarante-quatre personnes sélectionnées pour survivre à l'apocalypse climatique et aux guerres de l'eau qui ont suivi et qui ont détruit la terre. Nous sommes restés endormis quatre mille ans. Nous aurions dû rester en sommeil artificiel onze mille ans, mais nous avons été réveillés par une espèce d'humains qui ont survécu aux guerres et à ce qui s'en est suivi.

Elle secoue la tête. Sa lèvre supérieure transpire. Tout son visage transpire. Je transpire aussi.

– Ils ont… Ils ont évolué.

La peur suinte de ses paroles. Son ton distille dans l'air une terreur non contenue. Je peux sentir l'effroi s'insinuer dans le souffle qui racle ses ongles sanglants le long de mes narines et de ma gorge avant de s'installer dans mes poumons et de les comprimer.

– Ils ne devraient pas être ici. Ils n'étaient pas censés survivre. Personne, à part nous, n'était censé survivre. Mais ils ont survécu et maintenant ils vont nous détruire. Ils ont tué la plupart de nos soldats et, d'après ce que j'ai vu, tous les commandants masculins que nous avions. Leanna était le colonel, mais c'est la plus haut gradée qui reste. C'est notre générale maintenant. Elle m'a envoyée te chercher.

Elle jette un coup d'œil par-dessus son épaule, et secoue la mienne au passage.

– Les ordres que je vais te transmettre sont importants. Ce sont les ordres les plus importants que je vais donner aujourd'hui, alors écoute-moi, Halima. Je sais que tu ne sais pas qui tu es. Tes souvenirs ont été effacés lorsque tu es entrée dans les bureaux Sucere – l'endroit où nous nous trouvons maintenant. Les seuls souvenirs sélectifs laissés à un membre Sucere non classé sont ceux relatifs à sa compétence. Sais-tu ce que tu es ?

Je fais un signe de tête, sans prononcer un mot, et je jette un coup d'œil à ma chemise. D'un doigt tremblant, je pointe mon sein gauche.

– Oui. Bien. Tu es l'interprète.

Je suis *l'*interprète et pas *une* interprète, parce que dans le programme Sucere, il n'y en a qu'une.

Pas mutarjima mais *al*-mutarjima. *Meem–taa–raa–jeem–meem–ta'marbouta*. *Jeem* a toujours été ma lettre préférée. C'est comme un haa, mais avec le point au-dessus. C'est une *lettre sacrée*. Quelqu'un m'a dit cela un jour, mais je ne sais pas qui. Mes souvenirs ne contiennent plus le son de la voix de cette personne.

– Tes ordres sont les suivants : tu dois rester silencieuse. N'essaie pas de communiquer avec eux. Contente-toi d'écouter. Apprends. Nous devons connaître leurs faiblesses pour pouvoir les exploiter au moment opportun. C'est notre seule chance de les tuer et de nous échapper, et nous avons besoin de toi pour cela. Halima, quand tu...

– Kenya, aboie le mâle en tapant du pied sur le sol, encore et encore.

Il est pieds nus. Nous le sommes tous.

– Nous n'avons pas de temps à perdre.

– Ils sont là !

La femme dans le coin a à peine fini de hurler que les portes explosent et qu'ils entrent.

Ils ont la peau bronzée, des cheveux d'un noir d'encre et d'épaisses ceintures bordées d'armes qui leur enserrent la taille. Leurs chaussures montent jusqu'aux chevilles.

Ils arrivent comme une tempête; des épées, des lances et des fouets à la main. Leurs fouets chantent en faisant vibrer l'air. Les gens – ceux de mon espèce – crient lorsque les extrémités en cuir effiloché de leurs fouets touchent nos chairs sensibles. Kenya me fait tomber de force, puis jette son corps sur le mien. Je suis en état de choc pour une foule de raisons, dont celle-ci.

Ensuite, moins d'un battement de cœur plus tard, elle est arrachée de moi et je suis traînée sur le sol. Puis, on me met debout.

La douleur me traverse l'épaule et continue de déchirer mes poumons tandis qu'un mâle – une créature masculine que je ne peux pas voir – me traîne dans un tunnel après l'autre. Il y a des corps partout, pressés contre moi de tous les côtés. La plupart sont des humains chauves en uniforme gris. Les autres sont les monstres qui nous font du mal.

J'essaie de saisir les différents noms, les différentes professions, les différents métiers. J'essaie de construire un édifice où loger la raison dans mon esprit afin d'expliquer ce qui m'arrive. Mais la tour est faite d'échardes. La raison est trop difficile à trouver.

Il y a un architecte, un urbaniste, un biologiste, un géologue, un paléontologue, un anthropologue, un ingénieur électricien et un ingénieur aérospatial. Il y a même une femme aux immenses yeux bleus dont la chemise porte la mention « artiste ». Je me demande distraitement de quel type d'artiste il s'agit.

Les rochers sous la plante sensible de mes pieds sont froids et escarpés. Je me cogne le gros orteil en me faisant bousculer par derrière. Finalement, les lumières autour de nous changent. L'air change. La chaleur qui était si oppressante se dissipe, revient en force, puis se dissipe à nouveau. Nous ne sommes plus dans les bureaux Sucere. Peut-être n'y sommes-nous plus depuis longtemps. Quelque part en chemin, nous descendons.

Nous sommes dans des grottes. Les tunnels sont étroits et effrayants. Certains des guerriers violents portent des flammes vives – des torches – mais ils n'en ont plus besoin lorsque les couloirs s'élargissent, car les murs ici sont encastrés avec des fosses de feu au-dessus de ma tête, mais pas si haut au-dessus de la leur. Eux, ils sont grands.

La femme que j'ai reconnue dans la pièce précédente se tient à côté de moi et s'agite comme une pierre projetée dans une cage. Je jette un coup d'œil à sa chemise.

Jia Kim. Botaniste.

Elle pleure sans faire de bruit et quand je me penche pour lui serrer la main, elle la retient fermement, désespérément, sans se poser de questions. Elle ne me connaît pas et je ne la connais pas, mais nous sommes ensemble maintenant. Chacune d'entre nous est un peu moins seule du fait de notre proximité.

Au fur et à mesure que nous nous enfonçons dans les profondeurs, je ne peux m'empêcher de penser à l'enfer.

Dans l'ancienne Mésopotamie, les Sumériens croyaient que toutes les âmes des morts allaient à Kur, un grand trou dans le sol comme celui-ci. Je commence à me demander si nous sommes peut-être à Kur, mais lorsque nous sommes finalement forcés de passer par une ouverture dans une énorme caverne, je commence à avoir des doutes. Kur est décrit comme un endroit sombre et misérable. Ce lieu… cette grotte… est tout simplement magnifique. *Zay al foll*. C'est aussi beau que le jasmin.

La lumière pénètre dans la grotte par une seule ouverture dans le plafond, en traits d'or pur. Je peux voir des particules de sable et de poussière danser dans la lumière qui illumine toute l'étendue de la grotte dans des tons brillants de brun et de bleu topaze.

Une rivière divise le centre de l'espace et, de l'autre côté, des pierres plates et lisses mènent à un seul rocher massif et à l'imposant trône qui le surmonte – ainsi qu'à la créature qui l'occupe.

Mais cela ne veut rien dire : même Hadès, le dieu des Enfers de la mythologie grecque, était beau dans certaines représentations... C'est peut-être même la beauté de cet endroit qui le rend encore plus horrible.

Je ne sais pas où je suis – je sais à peine *qui* je suis – mais j'ai peur. La peur est peut-être ma seule vérité.

On me pousse plus loin dans la grotte. Elle est aussi grande qu'une cathédrale, et en balayant du regard les alentours, je constate qu'elle est remplie.

Les gens – les créatures – sont *partout*. Des hommes et des femmes à la peau bronzée et aux cheveux noirs ont des fouets à la main. Ils se tiennent autour du périmètre de la pièce massive. Ils nous regardent entrer et je pense fugitivement à Kur, à l'enfer, et aux neuf cercles de Dante.

L'enfer, c'est la chaleur et le feu, tandis que Kur est morne et misérable, rempli de démons et de poussière. Dans l'Égypte ancienne, après la mort, les cœurs sont pesés sur la balance d'Anubis et, au Tibet, il faut servir dans les Narakas, au plus profond de la terre, jusqu'à ce que le karma ait atteint son plein résultat.

Quel est le poids de notre cœur ?

Combien de karmas avons–nous gaspillés ?

Qu'avons–nous fait de si terrible dans nos dernières vies pour finir ici ?

Les corps bousculés se s'écartent devant moi et à travers eux, j'ai enfin une image plus claire de l'homme sur le trône. Toute incertitude que j'avais sur la raison de notre présence ici : jugement final ou non, est effacée.

Nous y sommes. C'est le jugement final. Le purgatoire a atteint sa conclusion. Même si je ne me souviens pas du visage d'Allah, je connais le mot et sa définition. Je sais qu'il s'agit d'un comptoir dans le monde souterrain. Je sais qu'il s'agit de l'antre du mal, quel que soit son nom : Hadès, le Diable, Belzébuth, Azazel.

Il est assis au centre de ce nouveau monde, au sommet de son trône, et il nous observe alors que nous lui faisons face, en attendant impassiblement de rendre son verdict. Nous sommes en présence d'Anubis, le dévoreur.

J'aperçois une seconde fois la créature lorsqu'on me pousse vers l'avant, plus près du bord de la rivière. C'est le tintement d'une chaîne qui attire mon attention. Il tient une chaîne dans sa main droite et lorsqu'il la secoue, la femme accrochée à l'autre extrémité s'envole du rocher sous son trône et atterrit durement sur le palier lisse en contrebas.

La main sur la joue, elle se redresse avec un regard de feu qui me fait penser que, dans une vie antérieure, elle aurait pu être une Valkyrie, même si dans celle-ci, elle porte le même uniforme gris que nous tous.

Son crâne pâle est chauve, mais ses joues sont d'un rose vif. Ses couleurs contrastent avec le gris de l'uniforme et attire mon attention vers le bas... vers le rouge qui recouvre le reste de son corps.

– C'est du sang ? murmure Jia, à mes côtés. Oh mon Dieu, qu'est-ce qu'il lui a fait ?

Elle tremble alors que nous atteignons le bord de la rivière – ou bien c'est moi qui tremble, je ne sais pas. Quoiqu'il en soit, je ne lâche pas la paume de Jia.

Je ne la connais pas, mais je ne la lâche pas.

– Gedabegulibetihi pondari tenirodiki !

Le cri vient de derrière moi. Je ne peux pas l'interpréter, du moins pas assez vite pour éviter la vague de douleur qui me traverse le dos.

Je suis en état de choc et je ne peux crier. Je ne peux rien faire d'autre que d'absorber la douleur résultant de ce qui me semble être un millier de couteaux qui me tranchent de l'omoplate droite à la hanche gauche. Je manque de tomber du pont de pierre qui enjambe la rivière – c'est ce qui se serait passé si Jia ne m'avait pas rattrapée et tirée jusqu'à la la pierre de l'autre côté afin que je reste en sécurité.

Je m'évanouis, mais lorsque je reviens à moi quelques instants plus tard, je vacille sur mes pieds. Des personnes en uniforme gris se répartissent à ma gauche et à ma droite. Alors que nous sommes forcés de former une ligne branlante, Jia écrase mes doigts dans sa main. Elle sanglote avec force maintenant, suffisamment pour que l'émotion secoue sa poitrine. Elle essaie de plaquer une main sur sa bouche pour faire moins de bruit et ne pas attirer l'attention sur nous, mais rien n'y fait.

Elle hurle lorsque l'éclair du fouet s'approche d'elle et tombe à genoux. Je tombe à côté d'elle. Je refuse de lâcher sa main alors que sa prise se relâche dans la mienne.

– Ça va aller, Jia, je murmure à voix basse.

C'est un mensonge. Ça ne va pas aller. Anubis dévore les âmes de ceux qui ne sont pas dignes de passer dans leur prochaine vie.

Des rires et des cliquetis de chaînes résonnent dans la caverne. La chaîne dans la main de Belzébuth n'est pas la seule. Il y a d'autres êtres ici que nous, les victimes en uniforme gris, et les démons brandissant des fouets pour nous torturer.

En regardant autour de moi, je remarque qu'il y a d'autres espèces présentes – au moins deux autres.

Des êtres plus minces à la peau couleur charbon se fondent presque dans les murs et contrastent totalement avec les créatures à la peau bleutée et aux cheveux blancs qui tombent en nœuds miteux jusqu'à la taille.

Ils ne sont pas comme nous – le fait qu'ils ne soient pas chauves et qu'ils ne portent pas d'uniformes le confirme. Toutefois, ils ne sont certainement pas comme les démons. Ils ont l'air si différents de nous, *d'eux*, les uns des autres, que je m'interroge… je suis perdue, confuse… je ne sais pas quoi penser.

Je ferme les yeux et je pense à ces mains, celles qui tracent cette lettre appelée *jeem*. Celles qui tracent mon nom. Elles appartiennent à la voix qui a épelé mon nom pour moi pour ce qui était peut-être la toute première fois. Combien de fois l'ai-je tracé depuis ? Et dans combien de langues ?

Je suis égyptienne, mais je suis aussi l'interprète. C'est à moi de trouver les faiblesses des monstres qui nous contiennent et de libérer les captifs. Je décide alors que j'aiderai *tous* les captifs, quelle que soit leur espèce, leur croyance ou leur couleur. Ils ne mourront pas ici, parce que je suis Halima, l'interprète, et que je ne mourrai pas ici. Je les emmènerai avec moi.

Je ne mourrai pas ici. Nous ne sommes pas vraiment en enfer; et Anubis peut être vaincu.

Ces pensées calment la douleur dans mon dos et la réduisent à un lancinement sourd. J'ouvre les yeux. J'inspire en deux temps, qui déchirent mes poumons, qui déchirent mon cœur.

La main de Jia est toujours dans la mienne et je me concentre sur elle de toutes mes forces tandis que Belzébuth descend enfin de son trône. Il se fraye un chemin le long de la file d'attente et, en s'arrêtant à chaque personne, il fait un signe de tête vers l'un des quatre coins opposés de la chambre.

Sur son ordre, la personne désignée est emmenée et enfermée dans des chaînes qui l'attachent aux autres personnes présentes.

Il y a quelques exceptions.

Quatre femmes extraites de la foule sont emmenées ailleurs. La première a une silhouette ronde et pleine et un teint brun foncé. La deuxième est très grande et mince. La troisième a le même teint de peau que moi, mais n'a pas l'air égyptienne ou moyen–orientale – elle pourrait être sud–américaine, mais je n'en suis pas sûre.

La quatrième est petite, mais je ne vois ni son visage ni son badge avant qu'elle ne soit entraînée trop loin pour que je puisse identifier quoi que ce soit à son sujet. Tout ce que je sais, c'est que les quatre femmes avaient l'air plutôt jolies, même chauves et trempées, et tout ce que je peux espérer, c'est qu'elles n'ont pas été enlevées par le diable pour leur beauté.

Même si je ne sais pas comment la beauté est définie dans ce nouveau monde, j'ai d'autres mots dans mon vocabulaire qui sont bien plus effrayants. Des mots comme « pouvoir ». Des mots comme « viol ».

Jia manifeste sa surprise en inspirant bruyamment. Lorsque je suis son regard, je me fige à mon tour. Belzébuth a rejoint Kenya dans la file d'attente et l'observe maintenant avec plus d'attention que les quatre femmes qu'il a enlevées. Il l'examine trop pour que ce soit bon signe.

Kenya croise son regard avec une férocité qui me terrifie parce qu'elle est menaçante et qu'elle est notre capitaine. Elle m'a donné mes ordres. Haddock était prêt à m'abandonner, mais elle, elle m'a transmis d'importantes informations.Tant qu'elle vivra, je lui dois la vie.

Le Diable fait alors quelque chose de vraiment horrible. Il sourit. Il sourit et ses dents éclatent de blancheur sur son visage. Son sourire est magnifique et je suis aspirée au–delà du Styx, directement dans l'âme d'Hadès, par l'homme qui porte ce surnom.

– Memo lithan togo na. Memak haren higo no.

Sa voix est un grondement riche qui me serre l'abdomen.

Jia dit quelque chose à côté de moi, mais je ne l'entends pas. Je me concentre, les engrenages de mon esprit s'activent lentement au fur et à mesure que je reconnais certains mots. Je ne les reconnais pas tous – pas même la moitié – seulement deux pour le moment.

Lithan. Haren.

Lithan...

Lithan, lithan, lithan. On dirait un mot anglais ancien qui signifie « voyage ». Ce mot a ensuite évolué pour devenir *laedan* au quatorzième siècle, ce qui signifiait « guider » et il a ensuite trouvé sa pleine reconnaissance dans le mot anglais *leader*. Leader. Est–ce ainsi qu'il désigne Kenya ?

Je ne comprends pas comment il sait qu'elle est notre meneuse. Je ne comprends *pas* non plus pourquoi ces mots, que je n'ai jamais entendus auparavant, ont, pour la plupart d'entre eux, des racines anglaises et espagnoles, et d'autres arabes. C'est fascinant. Par ailleurs, une grande partie de la grammaire qu'il emploie semble être de l'amharique. C'est incroyable.

– Ero, ellama merimerikeganma ! crie un autre géant.

Je ne comprends aucun des mots, mais je me concentre sur le premier. *Ero.*

Ero. Ero, Ero, Ero.

Il a un nom et ce n'est ni Belzébuth, ni Azazel, ni Hadès. S'il a un nom, cela signifie qu'il n'est qu'une créature, un animal fait de chair et de sang, comme nous tous. Il peut saigner. Il peut être éviscéré. Il peut être éliminé.

Ero, l'animal, se retourne vers la femme attachée à son trône. Il donne un ordre qui incite un autre barbare à la libérer. Puis il saisit violemment Kenya par la nuque, il la jette vers le trône et claque des doigts.

Une lance est lancée sur le sol et atterrit directement entre Kenya et l'autre femme. Mon instinct me dit qu'il s'agit de Leanna, notre générale, et qu'Ero a identifié les deux plus hauts gradées de notre peuple. Mais comment ? Et quel est son plan ? Pourquoi a–t–il libéré Leanna et pourquoi donne–t–il une arme à des combattantes ?

– Fugcha ! ordonne–t–il et je sursaute.

– Qu'est–ce que c'est ? dit Jia. Halima, qu'est–ce qu'il y a ?

– Il veut qu'elles se battent, je réponds en chuchotant.

Kenya est la première à bouger. Elle s'élance vers la lance, mais elle n'attaque pas Leanna. Elle se jette sur Ero.

Leanna bouge une fraction de seconde plus tard et ramasse le bout libre de sa chaîne. Elle la fait tourner autour de sa tête comme un propulseur et la brandit comme un fléau au moment où Kenya fait une feinte et frappe l'estomac d'Ero.

Au début, il ne bouge pas. Il attend jusqu'à la dernière seconde. Jusqu'à ce qu'un soupçon d'espoir nous pousse à croire que ces deux guerrières pourraient bien le battre.

Mais même s'il n'est pas armé, son corps *est* une arme. Il dépasse Kenya de deux têtes et l'une de ses mains pourrait facilement s'enrouler autour de sa gorge. Il attrape la chaîne lorsqu'elle s'approche de lui et même si le bout s'écrase sur son épaule et qu'une plaie rouge apparaît en dessous, il ne bronche pas.

Au même moment, son autre main attrape la lance juste sous sa pointe métallique. Il arrête la trajectoire de la lance à quelques centimètres de son abdomen strié. Ses membres bougent en parfaite synchronisation, son regard est à moitié distrait.

Les démons adorateurs du Diable présents dans la grotte rient, mais il me faut un moment pour identifier le bruit comme tel. C'est donc leur rire. Il s'agit généralement d'un terme utilisé pour décrire des sons joyeux, des sons de gaieté. Mais ce son ne pourrait pas en être plus éloigné. C'est un son terrible, un son qui heurte les poitrines de ceux qui l'écoutent et étouffe toute velléité d'espoir et de bonheur.

Il sourit et lorsqu'il se met à rire lui aussi, je sens mon âme s'étioler un peu, se retirer plus profondément dans mon corps, dans l'espoir d'y rester en sécurité.

Pendant qu'il rit, Kenya et Leanna essaient de rétracter leurs armes, d'attaquer, de se libérer d'une manière ou d'une autre, mais elles sont coincées. Il rit, ils rient tous, et Jia tremble tellement à mes côtés que nos paumes moites et poisseuses restent collées l'une à l'autre par la seule force de l'adrénaline.

Ero écarte violemment son bras gauche et Leanna, qui ne veut pas lâcher son arme, s'envole. Elle heurte le sol de pierre à une vingtaine de mètres devant moi et, lorsqu'elle roule sur le côté, je vois que son dos est couvert de zébrures et d'entailles brutales. Sa chemise grise est déchiquetée. *Combien de fois l'a–t–il fouettée ?*

Les larmes me montent aux yeux tandis que je regarde le monstre. La rage me fait transpirer encore plus. Mon cœur bat la chamade dans ma poitrine.

J'aimerais pouvoir le tuer. *Je vais le tuer. Mais je ne suis pas encore prête.*

Il tire Kenya vers lui par la lance et l'attrape par la gorge lorsqu'elle tombe. Après l'avoir soulevée par le cou, il jette distraitement la lance par–dessus son épaule, où elle est attrapée par un guerrier plus jeune. Puis Ero jette Kenya tout aussi facilement sur le sol, à côté de Leanna.

– Tekaroella haremu.

Haremu ? Comme harem ? Cette pensée me fait sursauter et je sens des cris de protestation monter dans ma bouche alors que deux démons femelles emmènent Leanna et Kenya, mais je me souviens alors des ordres que l'on m'a donnés... *Ne te trahis pas, ils ne peuvent pas savoir quelles langues tu parles...* Je garde donc mes mots de colère et de violence en moi.

La'a. Non. Nein. Ayi. Bu. Non. Net. Je ferme les yeux, je cherche une langue qui me semble lointaine, j'opte pour le turc, puis je commence à compter jusqu'à cent. Bir, iki, üç, dört, beş, altı...

Très doucement, j'entends une voix douce et tremblante murmurer :

– Hana, du, se, ne, daseos…

Je compte à voix haute et maintenant Jia compte avec moi en coréen. Je change rapidement de langue.

– Yug, ilgob, yeodeolb...

Elle rit légèrement et frénétiquement sous l'effet de son souffle. Elle serre ma main si fort que je pense qu'elle va me briser les os. Lorsque je sens une ombre – une ombre chaude et énorme – s'abattre sur nous, je n'en doute plus. Jia réduira bientôt tous les os de ma main en miettes. J'ouvre les yeux et je lève la tête.

La première chose que je vois, c'est un mur de bronze. Il est couvert de cicatrices brunes et roses réfléchissantes. Elles couvrent chaque centimètre de son corps. Certaines sont fines et fraîches. D'autres sont anciennes, épaisses et mal cicatrisées.

La plus épaisse part de sa côte la plus basse et descend, puis disparaît dans son pantalon marron foncé. Ce sont des fibres tissées, mais je ne peux pas dire de quelle matière elles sont faites. Je peux juste voir qu'elles sont tachées. *Est–ce le sang de Leanna ? Ou celui de Kenya ?*

Il fait deux fois ma taille. C'est tout ce qui me vient à l'esprit quand je le regarde pour la première fois. J'ai tort – du moins, je l'espère – mais c'est quand même ce qui me frappe en premier. J'ai beau le détester, sa taille à elle seule me fait réfléchir, me fait frissonner, me donne envie de mettre tous mes secrets à nu pour ne pas avoir à être punie par lui lorsqu'il comprendra que je suis ici pour me rebeller.

Et pour me venger.

Je pince mes lèvres et je les mords. Ce faisant, je remarque un mouvement vers le bas chez lui. Sa bouche est grande, presque comique, et d'un rose sombre et délirant. Les puits de ses yeux projettent des ombres sombres sur ses joues, qui sont hautes et taillées comme des éclats des pierres noires et vertes qui scintillent sur les parois de la grotte qui nous entoure.

Comme ses lourds cils, ses cheveux sont d'un noir d'encre et tombent sur ses épaules gonflées. Enchevêtrées et enragées, ses boucles se précipitent comme le Styx. *Tu n'es pas Charon. Tu es Ero. Tu peux être vaincu.*

Jia tremblait tout à l'heure, mais maintenant je ne sens plus que mes propres tremblements lorsque je me force enfin à croiser son regard. Je constate alors qu'il ne me regarde pas. Il ne regarde pas Jia non plus. Il fixe nos mains jointes.

Je tremble tellement que cela attire encore plus Jia vers moi. Sans crier gare, l'air troublé d'Ero s'estompe et il se laisse tomber sur ses fesses.

Son corps massif occulte la lumière qui descend d'en haut. L'odeur du sang, de la sueur et du sel parfume sa peau. Il sent la guerre elle-même. J'ai envie de fermer les yeux, mais mon regard est rivé sur le mouvement de ses jointures ensanglantées lorsqu'il sort une dague de la ceinture qu'il porte à la taille. Courte, elle a un manche en cuir et une lame noircie.

Il hurle un ordre que je ne peux interpréter et un démon femelle s'approche, une torche à la main. La sueur coule de mes aisselles, de mes flancs, de ma nuque et de la courbe sous mes seins. Ero approche sa dague de la flamme. Ses mouvements sont délibérés et lents. Il attend patiemment que l'extrémité pointue s'illumine d'un rouge éclatant.

– Oreyo yasibalu yaruella ?

Il glousse et je déteste ce son. C'est pourtant un bruit charmant, mais tout ce qui me vient à l'esprit, c'est Lucifer. *Lucifer était un ange avant de devenir le mal incarné.*

Il tient sa lame devant ses yeux et, apparemment satisfait, la rapproche de plus en plus de Jia et de moi. Nous fuyons toutes les deux la chaleur qui émane de l'acier incandescent, mais pour y échapper totalement, il faudrait renoncer à se tenir par la main. Nous n'avons pas envie de le faire. Ni l'une, ni l'autre.

Nous ne nous connaissons pas, mais nous ne nous lâchons pas.

La bouche d'Ero tressaille. C'est un homme qui tient ses promesses. Il approche la lame de plus en plus près, jusqu'à ce qu'elle touche l'intérieur de nos deux poignets en même temps.

La vue de la lame brûlant ma chair précède la sensation de douleur et mes doigts se bloquent alors que j'aurais dû passer ces précieuses secondes à essayer de les ouvrir et de m'enfuir.

Mon cerveau s'agite, mais tarde à se mettre en marche, ou peut-être est-ce simplement parce que la douleur dans mon dos rend cette nouvelle agonie difficile à ressentir. Jia crie et s'effondre en avant, mais elle ne me lâche pas. Elle ne me lâche pas.

Et je ne la lâche pas non plus, pas même lorsque l'odeur de la chair brûlée monte jusqu'à moi. Elle s'oppose à l'odeur de la substance bleue encore accrochée à mon uniforme, qui pue l'antiseptique, mais d'où émanent aussi des odeurs plus étranges qui persistent sous le sang, la sueur et le sel de sa peau.

Je vacille et étrangement, je me dis qu'il sent la guerre, oui, mais aussi Anubis. Il est tel que je m'imagine Hadès. Il sent les minéraux, l'herbe, le métal, le sel et la mer. Il sent la survie, le regret, le paradis perdu. Il sent l'ange déchu. Il sent les ruines et la destruction.

Mais là où il y a des ruines, il y a aussi l'espoir de trouver un trésor.

Cette pensée se heurte à la douleur et la repousse. Elle la réduit à l'état de ruines. Une voix – une voix que je peux distinguer – murmure ces mots dans ma tête. Je *connais* cette voix. Je la connais.

C'est celle d'Ebi. Mon père. C'est lui qui a dit ça. Il répétait les mots d'un poète qu'il aimait et ce poète c'était... c'était... Je cherche dans la brume qu'est ma mémoire, mais je ne trouve rien.

– Là où il y a des ruines, il y a aussi l'espoir de trouver un trésor.

J'entends ces mots prononcés à voix haute, par ma propre voix.

– Woga eh ? gronde-t-il.

Je ne réponds pas, je ne me laisse pas effrayer par la proximité de sa voix et sa présence écrasante. Ce vers est si triste. Tout ici est si triste.

Au lieu de répondre, je ferme les yeux et laisse les larmes couler sur mes joues. Je pleure pour lui, pour cet Anubis, pour ce Charon perdu en mer.

Je pleure pour ce lieu dont l'âme hante des ruines et je répète les mots qui me viennent à l'esprit :

– Mon âme est d'ailleurs, j'en suis sûre, et j'ai bien l'intention d'aller la rejoindre.

C'est un vers du même poète...quelque chose...quelque chose Jalal...el...quelque chose. C'était le poète préféré de mon père.

– Woga eh ?

J'ouvre les yeux pour me retrouver face à son visage buriné, à ses sourcils froncés.

Il ne doit pas aimer ce qu'il voit sur le mien car il me montre les dents comme un animal, les lèvres retroussées par la rage. Il arrache la marque de ma peau et de celle de Jia. Une bouffée d'air s'engouffre dans mes poumons en même temps que les goûts riches et superposés de la douleur.

– Kedejiniliste ?

Son intonation est ascendante, c'est une question. Je ne comprends pas le mot, mais je sais qu'il veut que je répète ce que j'ai dit.

J'ouvre la bouche, mais en levant les yeux vers lui et en croisant son regard amer, les mots se bloquent dans ma gorge. Je secoue la tête.

Khara. Khara, khara, khara. Je sais immédiatement que j'ai fait le mauvais choix. C'est écrit dans ses yeux. Ils sont d'un gris qui rappelle les nuages d'orage. Ils reflètent la couleur de la lame sombre qu'il retourne sur mon bras, seulement dans mon bras.

– Lâche-moi, gémit Jia, peinée.

Mais je ne la lâche pas. Je ne parle pas, je ne dis rien. Ni à elle ni à lui, mais je refuse de lâcher prise, tout comme je refuse de baisser les yeux et de voir ma peau brûler. Je me concentre sur la sensation de la main douce de Jia dans la mienne.

Les répercussions de mon acte de défi deviennent de plus en plus sinistres au fur et à mesure que je le fixe dans les yeux. Une veine palpite sur son front. Les muscles de son cou d'acier se contractent. Sa mâchoire se fige et il enfonce plus profondément la lame sous la blessure qu'il a déjà faite juste sous le pli de mon coude. De plus en plus fort, et encore plus fort...

Mes paupières papillonnent. Il répète sa question, mais je ne réponds pas. Et cela n'a plus rien à voir avec le fait que la douleur a effacé le souvenir du poème. Je ne pourrais pas le réciter même si je le voulais. Si je ne dis rien, c'est parce qu'un autre mot se glisse devant, au centre, et au-delà de mes souvenirs de mère et de père, au-delà de mes réflexions sur ha et jeem, au-delà des mes pensées sur les langues. Ce mot s'installe calmement au centre de mon être.

C'est le mot « *ensemble* ». Il me rappelle que même si les souvenirs m'ont abandonnée, tant que la main de Jia est dans la mienne, il y a de nouveaux souvenirs à créer et de nouvelles raisons de se battre. Je ne suis pas seule ici.

Nous sommes ici ensemble.

Et si je me trompe et qu'il est l'Anubis de ce nouveau monde, c'est ensemble que nos cœurs seront pesés.

Nous trouverons un moyen.

– Ensemble, je murmure. Hamkke, je répète en coréen.

La main de Jia serre la mienne plus fort et, à travers l'odeur de chair brûlée et la douleur qui menace d'éclipser tout le reste, je l'entends murmurer :

– Hamkke back.

– Kedejiniliste, grogne–t–il entre ses dents.

Ma tête est embrumée. La réalité bat en retraite paresseusement et je bascule sur mes talons en laissant ma tête tomber en arrière tout en continuant d'endurer.

J'endure jusqu'à ce que la douleur devienne si écrasante que je ne la ressente plus. Étourdie, j'ouvre les yeux et, en amharique, je murmure :

– Anidi laye.

Ensemble.

Ses narines s'enflamment et ses yeux orageux s'obscurcissent d'une peur déguisée en violence. Ce sont les dernières choses que je vois avant que le barrage ne cède et que la douleur ne s'infiltre en moi pour me noyer.

Découvrez les autres livres d'Elizabeth Stephens

Monster in the Oasis, Book 2 (Diego and Pia)
Immortal with Scars, Book 3 (Lahve and Candy)
more to come!

Twisted Fates - Mafia. Brotherhood. Murder.
The Hunting Town, Book 1 (Knox and Mer, Dixon and Sara)
The Hunted Rise, Book 2 (Aiden and Alina, Gavriil and Ify)
The Hunt, Book 3 (Anatoly and Candy, Charlie and Molly)

Xiveri Mates - Aliens. Heat. New Worlds.
Taken to Voraxia, Book 1 (Miari and Raku)
Taken to Nobu, Book 2 (Kiki and Va'Raku)
Exiled from Nobu, Book 2.5, a Novella (Lisbel and Jaxal)
Taken to Sasor, Book 3 (Mian and Neheyuu) *standalone
Taken to Heimo, Book 4 (Svera and Krisxox)
Taken to Kor, Book 5 (Deena and Rhork)
Taken to Lemora, Book 6 (Essmira and Raingar)
Taken by the Pikosa Warlord, Book 7 (Halima and Ero)
*standalone
Taken to Evernor, Book 8 (Nalia and Herannathon)
Taken to Sky, Book 9 (Ashmara and Jerrock)
Taken to Revatu, Book 10, A Novella (Latanya and Grizz)
*standalone

Livres audio

Xiveri Mates - Aliens. Heat. New Worlds.
Taken to Voraxia, Book 1 (Miari and Raku)
Taken to Nobu, Book 2 (Kiki and Va'Raku)
Taken to Sasor, Book 3 (Mian and Neheyuu) *standalone
More to come!

Collections

Xiveri Mates - Aliens. Heat. New Worlds.
Collection 1: Books 1-3 + Exiled from Nobu
More to come!